Sur les berges du lac Brûlé

TOME 2

Entre la ville et la campagne

COLETTE MAJOR-McGRAW

Sur les berges du lac Brûlé

TOME 2

Entre la ville et la campagne

Guy Saint-Jean
ÉDITEUR

Guy Saint-Jean Éditeur
3440, boul. Industriel
Laval (Québec) Canada H7L 4R9
450 663-1777
info@saint-jeanediteur.com
www.saint-jeanediteur.com

. . . .

Données de catalogage avant publication disponibles à Bibliothèque et Archives nationales du Québec et à Bibliothèque et Archives Canada

. . . .

Nous reconnaissons l'aide financière du gouvernement du Canada par l'entremise du Fonds du livre du Canada (FLC) ainsi que celle de la SODEC pour nos activités d'édition. Nous remercions le Conseil des arts du Canada de l'aide accordée à notre programme de publication.

Gouvernement du Québec – Programme de crédit d'impôt pour l'édition de livres – Gestion SODEC

© Guy Saint-Jean Éditeur inc., 2016

Édition : Isabelle Longpré
Révision : Isabelle Pauzé
Correction d'épreuves : Johanne Hamel
Conception graphique : Christiane Séguin
Photographie de la page couverture : Krivosheev Vitaly/Shutterstock.com

Dépôt légal – Bibliothèque et Archives nationales du Québec, Bibliothèque et Archives Canada, 2016
ISBN : 978-2-89758-130-5
ISBN EPUB : 978-2-89758-131-2
ISBN PDF 978-2-89758-132-9

Imprimé et relié au Canada
1re impression, juin 2016

Guy Saint-Jean Éditeur est membre de
l'Association nationale des éditeurs de livres (ANEL).

À toi maman, qui partage
avec moi ces beaux moments
que l'écriture m'apporte,
et à toi papa, qui de là-haut
me guide dans la bonne direction.
Je vous dis « MERCI »
de m'avoir aimée profondément
et de m'avoir transmis
d'aussi belles valeurs humaines.

LA FAMILLE POTVIN

Ernest Potvin – Pauline Cloutier Potvin

Simon   Pierre   Yvon   Albert   Luc   Rose   Diane – Jules Labrie

Michel Steve Mylène

AVANT-PROPOS

Lorsqu'un enfant voit le jour, on pourrait imaginer le bonheur qui s'offre, tel un legs, à une famille choisie au hasard parmi des milliers d'autres.

Parents et amis du village se font alors un devoir d'aller féliciter l'heureuse maisonnée. Ils regardent le soleil avec respect en se disant que là-haut, un très grand homme vient à nouveau d'accomplir un miracle.

On présente fièrement le nouveau-né, comme on exhiberait une pierre précieuse qui nous a été confiée, et l'on festoie à la hauteur de nos moyens.

Au lac Brûlé, depuis des décennies, la demeure des Potvin n'est pas le théâtre de ce genre de célébrations, comme si un mauvais sort lui avait été jeté, la confinant dans une quarantaine qui refuserait de prendre fin.

Un vieil ours garde la tanière à l'écart des joies et des rires. Quelqu'un parviendra-t-il, un jour, à exorciser ce lieu maudit?

La vie continue

(Avril 1969)

À travers ses longs moments d'errance, la grand-maman Potvin profitait néanmoins de courtes, mais très intenses périodes de lucidité durant lesquelles elle revivait les premières années de sa vie d'adulte, sur le chemin Ladouceur, au lac Brûlé. L'époque pendant laquelle elle besognait fièrement, entourée de sa jeune famille, représentait, à ses yeux, de magnifiques journées ancrées solidement dans sa mémoire défaillante.

Son mari, Édouard, avait toujours manifesté une préférence absolue pour le cadet de ses enfants, Ernest, dont le tempérament rebelle s'apparentait grandement au sien. Il envisageait d'en faire son successeur et son unique héritier, comme on le faisait de père en fils depuis plusieurs générations chez les Potvin.

Le quotidien de la vieille dame aux côtés de cet homme dominateur, agressif et souvent provocateur s'était avéré plutôt misérable. Cependant, au moment où elle avait finalement réussi à l'apprivoiser, il lui avait semblé que les années s'étaient consumées à une vitesse teintée d'épouvante.

Son époux, Édouard, l'avait abandonnée à la suite d'un accident bête, alors qu'ils venaient tout juste d'aligner leurs pas dans une voie commune. Il avait chuté dans les décombres de sa maison incendiée en tentant de récupérer l'entièreté de ses économies, qu'il avait mises en sécurité dans un cruchon de grès, enterré à l'insu de tous, dans la cave de service. Hospitalisé pour soigner des blessures sérieuses, il n'avait pas eu le courage ni la volonté de lutter pour sa survie, maintenant qu'il était dépouillé de ses maigres biens.

C'est donc auprès de son fils cadet, cet autre ours mal léché, que la dame, passablement âgée, avait été obligée d'emménager, la coutume ayant préséance sur l'intention de vieillir en paix. Elle avait bien essayé d'amadouer Ernest, mais, n'ayant plus l'énergie nécessaire pour réaliser ce tour de force, elle avait irrémédiablement baissé les bras. Elle s'était résignée à regarder ses petits-enfants délaisser tour à tour la tanière, bien consciente qu'ils devaient s'en aller s'ils voulaient briser le spectre contrôlant de leur paternel.

* * *

À l'automne 1938, Ernest Potvin prenait pour épouse, en premières noces, Pauline Cloutier, une magnifique jeune fille qui demeurait dans le voisinage. Tout s'était fait très rapidement et, contrairement aux rites de l'époque, il n'avait pas eu à lui conter fleurette longtemps, ce qui, de toute façon, aurait été pour lui profondément avilissant. Il avait préféré utiliser la supercherie pour ravir à son frère Georges celle qu'il envisageait d'épouser et pour l'amour de laquelle il était parti à Montréal afin d'y gagner suffisamment d'argent pour la faire vivre convenablement.

L'honnêteté de Pauline était doublée d'une telle naïveté qu'elle n'avait pas été en mesure de déceler le loup sous son costume de brebis. Quand elle avait réalisé qu'elle était prise au piège, elle s'était étourdie dans le ménage, la préparation des repas, le jardinage et la couture. Elle n'avait trouvé de réconfort que dans la prière et dans l'amour prodigué à ses rejetons. Après plusieurs années passées sous la domination de cet individu mesquin, lasse d'être brutalisée et humiliée jour après jour, elle avait choisi de fuir la vie terrestre. À bout de forces, elle s'était dit que même l'enfer serait moins pénible que la promiscuité de cet être ingrat et manipulateur.

Bien qu'assommé par la tragédie du décès soudain de son épouse, Ernest avait su se relever rapidement. Sa période de veuvage n'avait donc pas duré une éternité. Il avait pris du recul et analysé ce qui avait poussé Pauline à agir de la sorte et cela lui avait permis de se déculpabiliser un peu. Il avait, de toute façon, la fâcheuse habitude de jeter le blâme sur autrui.

Il reprochait ainsi à ses enfants d'être égoïstes et d'avoir quitté la maison sans se soucier de leur mère, qui avait une lourde tâche à accomplir. Il reconnaissait Albert et Yvon coupables d'avoir poussé Pauline à bout avec leurs querelles constantes.

Mais il considérait que le plus grand responsable du départ de Pauline était, sans aucun doute, Pierre, l'enfant maudit. Depuis le tout premier jour de son arrivée dans la famille, plus rien ne s'était déroulé normalement. Avec ses mille et un malaises, l'enfant avait accaparé Pauline de jour comme de nuit. C'est lui qui avait épuisé les forces de sa mère et contribué à troubler son esprit. Il l'avait, d'une certaine façon, poussée à commettre l'irréparable.

Ernest en était donc venu à se disculper complètement de la disparition de Pauline et à rejeter tout le blâme sur Pierre, qu'il haïssait de plus en plus.

Il était maintenant libre de continuer sa vie et il avait entrepris d'être attentif afin de se trouver une nouvelle compagne. Il avait tout de même ses besoins d'homme à combler, et, comme le disait son père : «Les Potvin ont le sang chaud!». Il pouvait toujours envisager de fréquenter la rougette, au bout du rang, qu'il allait d'ailleurs visiter à l'occasion, quand son mari s'absentait. Cependant, avoir quelqu'un à portée de la main serait pour lui beaucoup plus intéressant.

Il avait donc arrêté son choix sur l'amie de sa mère, Adéline Gagnon, née Vendette. Une dame un peu plus âgée que lui, d'allure plutôt ordinaire, qui ne représentait aucune menace. De forte constitution et douée pour les corvées ménagères, elle s'avérerait un atout précieux et il savait qu'elle ne viendrait en rien entraver son statut de maître du patrimoine. Elle n'était pas particulièrement jolie et son strabisme n'avait rien pour l'avantager, mais Ernest se dit qu'il avait déjà possédé la plus belle

femme de la région; alors, il ne cherchait nullement à
la remplacer.

La grand-maman Potvin, à quatre-vingt-sept ans
et demi, était dorénavant cloîtrée à l'hôpital de
L'Annonciation, soit à une centaine de milles au nord
de son patelin. Le cours de sa destinée était maintenant
aiguillé par la boussole de sa vie, qui s'était malencontreusement affolée.

Tous les Agathois connaissaient ce grand édifice qui
avait été construit en 1957-1958, à la suite d'une pro-
messe électorale. À cette époque, on racontait dans les
journaux que les politiciens voulaient mettre en place
des stratégies pour favoriser l'embauche des habitants
de cette municipalité rurale, située dans les Hautes-
Laurentides, qui ne totalisait que mille quarante-deux
âmes. On accueillait à l'hôpital de L'Annonciation les
malades mentaux en cure ouverte et fermée.

Malheureusement, durant ces années-là, plusieurs
personnes croyaient que le fait d'éprouver un mal-être
psychologique passager ou situationnel relevait de la
folie. Aussi, l'internement était chose courante et la solution toute désignée pour contrôler plusieurs personnes
à l'équilibre fragile. À Sainte-Agathe-des-Monts, quand
on disait de quelqu'un qu'il était rendu à L'Annonciation,
on savait qu'il n'avait pas mal aux pieds!

La vieille dame ne profitait maintenant plus que de
quelques périodes de lucidité à travers ses longues journées, ponctuées d'hallucinations, de peurs et de voyages
dans le passé. Ses pensées étaient à ce point désordon-
nées et incohérentes qu'elle n'arrivait pas à discerner ce

qui était récent de ce qui était très éloigné dans le temps.

Diane, l'aînée de la famille Potvin, venait visiter sa grand-mère tous les mois et, bien que son mari ne soit pas en accord, elle avait insisté pour emmener la petite dernière afin de la lui présenter.

— Tu y penses pas, Diane, un bébé qui a tout juste trois mois, c'est pas raisonnable !

— Mémère va être fière de pouvoir la prendre.

— Elle a plus son idée, qu'est-ce que ça va lui donner ?

— Tu peux pas comprendre ! avait-elle coupé, ne voulant pas entreprendre un long débat.

Diane avait su qu'elle avait pris la bonne décision quand elle avait déposé la petite Mylène dans les bras de la vieille dame. Celle-ci avait d'instinct collé l'enfant contre sa poitrine aplatie, cherchant à lui faire entendre la mélodie des battements de son cœur ému.

— Mon bébé, avait-elle dit en laissant couler une larme sur sa joue flétrie, ma belle Fernande. T'es belle comme ton père, mais j'espère que t'auras pas son caractère ! avait-elle ajouté avec un demi-sourire.

Ces moments avaient été d'une grande importance pour Diane, qui souhaitait présenter sa petite à sa grand-mère, comme elle l'avait fait précédemment avec ses garçons. Elle avait l'impression qu'ainsi, sa fille serait protégée des affres de la vie. Ce contact avec l'aïeule devenait symbolique pour la jeune maman, même si la grand-maman Potvin avait confondu l'enfant avec l'un des siens. C'était la preuve que l'amour maternel était à tout jamais inoubliable.

Diane ne voulait pas abandonner sa mémère, même si

celle-ci ne la reconnaissait plus. Telle une comédienne, elle s'adaptait habilement à chaque situation et trouvait le moyen de donner l'envie de rire à sa grand-maman en lui racontant des anecdotes de ses jeunes années. C'était habituellement des histoires que celle-ci avait racontées à ses petits-enfants quand ils la visitaient et la vie faisait en sorte qu'aujourd'hui, c'était Diane qui les lui rappelait à son tour, sachant fort bien qu'elle les oublierait très rapidement.

Ce jour-là, Diane avait intentionnellement ramené son aïeule à la période où pépère gardait des animaux en pacage dans le champ adjacent à la bâtisse, que son père utilisait maintenant comme garage et atelier. À cette époque, dans une partie de la grange, il y avait des enclos, où l'on gardait trois ou quatre bêtes à cornes. Quand la belle saison arrivait, on les sortait à l'extérieur et elles se nourrissaient des herbages naturels.

— Est-ce que vous vous souvenez, mémère, de l'année où les animaux s'étaient faufilés à travers la vieille barrière brisée tout au bout du terrain, entre le lot de monsieur Legault et le nôtre?

— J'sais pas, mais tu peux toujours me le raconter. J'aime ça t'entendre parler des affaires de même.

— Ça faisait plusieurs fois que pépère demandait à son fils Ernest d'aller remplacer un poteau qui était pourri, mais comme vous me l'avez souvent répété, papa était pas du genre trop obéissant.

— C'est comme ça, les enfants. Y en a des bons pis d'autres qui sont plus haïssables.

— Eh bien chez nous, le haïssable, c'était mon père!

mentionna Diane en riant de bon cœur. Pour continuer mon histoire, je disais que cette année-là, votre mari, Édouard, avait deux petites génisses et un jeune *beu*[1] rouge qui était fougueux comme tout. Il venait à peine de les sortir dans le pacage que les animaux couraient déjà les uns après les autres comme des enfants qui jouent à la *tague*[2].

— J'aimais ben ça le printemps quand on mettait les bêtes dehors, mais j'avais toujours peur qu'elles partent après moi, ajouta la grand-mère, dont les yeux s'éclairaient en écoutant les propos de sa petite-fille.

— C'est probablement pour ça que vous restiez dans la cuisine à nous popoter de bons plats. En tout cas, cette fois-là, le p'tit *beu* rouge s'était faufilé à travers la barrière au bout du terrain, du côté de chez monsieur Legault, et les génisses l'avaient suivi. Votre fils Ernest avait voulu les rattraper et il avait pris un raccourci en passant entre deux broches de la clôture. Sa chemise s'était déchirée à la grandeur dans le dos, mais il avait pas arrêté pour autant. Rendu dans le détour, près de la maison de monsieur Shapiro, l'animal s'était soudain tourné vers lui et l'avait menacé, en baissant lentement la tête pour lui montrer ses cornes. Il en voulait probablement à Ernest d'avoir mis, peu de temps avant, des élastiques autour de ses bois pour les faire tomber. Il souhaitait peut-être se venger avant qu'ils tombent.

---

1   *Beu* : bœuf.
2   Jouer à la *tague* : S'adonner à un jeu de poursuite qui consiste à désigner au départ un joueur qui doit toucher un autre joueur, afin que celui-ci devienne le poursuivant et ainsi de suite.

D'après moi, papa a dû penser qu'il perdrait ses bijoux de famille ce jour-là!

La grand-mère riait toujours de bon cœur au souvenir de l'homme, qu'elle imaginait apeuré, coincé dans le fil piquant et tenant son entrejambe avec ses deux mains. De la voir ainsi s'amuser apaisait le cœur de Diane, qui souffrait à l'idée de constater qu'elle vivait constamment perdue dans un monde sans date.

— Le petit gars dont tu parles, y s'était-tu fait mal?

— Non, mais son orgueil en avait pris tout un coup! Toute la famille avait ensuite été obligée de participer à une corrida improvisée. On avait terminé le tout en début de soirée, en capturant la dernière bête, sur le chemin de la lumière électrique, à Sainte-Agathe-Nord!

— Le chemin de la lumière électrique! On allait ramasser des bleuets là quand j'étais jeune, dit la grand-mère, qui ne comprenait que ce qu'elle voulait bien entendre et qui ne gardait en mémoire, bien souvent, que la fin de la phrase, le début étant déjà pour elle chose du passé.

— Oui, mémère, c'était avec ces petits fruits-là que vous nous faisiez de bons poudings, que vous arrosiez de votre fameux sucre à la crème.

— Ça, j'aime ça, du sucre à la crème. Mais j'en fais jamais quand chu dans mes guenilles[3] parce qu'y r'vire à chaque fois! dit-elle tout bas, s'assurant qu'aucun homme n'aurait pu entendre ces propos réservés à la gent féminine.

---

3 Être dans ses guenilles : avoir ses menstruations.

Diane savait de quoi sa grand-mère voulait parler, car celle-ci en faisait souvent mention quand elle cuisinait avec ses petites-filles. Certaines croyances laissaient entendre que pendant leurs menstruations, les femmes éprouvaient de la difficulté à réaliser certains desserts, le lait tournant, le caramel se cristallisant ou la mayonnaise refusant de prendre.

Chaque visite à l'hôpital entraînait son lot d'émotions, selon l'état d'esprit de l'aïeule qui, dans ses périodes de solitude, revivait certains passages de son existence. Des moments heureux, mais également des phases difficiles, qui l'attristaient. On aurait pu imaginer que la blessure qu'elle se remémorait alors venait tout juste de se produire.

Diane se sentait responsable de sa grand-mère paternelle et elle se considérait comme privilégiée de pouvoir revisiter avec elle son album de vie. Au fil du temps, ce recueil semblait cependant avoir été malencontreusement échappé au sol et les feuilles en étaient mélangées. Bien que la reliure ait cédé sous le poids des années, les émotions vécues sur chaque page étaient tout aussi intenses.

Peu de gens visitaient maintenant la vieille dame, prétextant qu'elle était profondément troublée et qu'elle ne se souvenait jamais de leur passage de toute façon.

Néglige-t-on de cajoler un chat parce que l'on ne connaît pas son nom ni sa provenance?

* * *

Ernest, le dernier fils d'Amanda Potvin, ne s'était pas présenté une seule fois pour rendre visite à sa pauvre mère depuis qu'elle était internée.

Il racontait que c'était du temps perdu. Il était non seulement imbu de lui-même, mais aussi très avare. Chaque fois qu'il devait utiliser son véhicule pour parcourir une longue route, il calculait le coût de l'essence qu'il devrait débourser. Quand il faisait ses courses au village, on l'entendait régulièrement se plaindre:

— Je te dis qu'asteure que le gaz est rendu à trente-huit cents le gallon, tu y penses avant d'aller faire un tour de *char*. Les jeunes, y s'en font pas avec ça! On croirait que pour eux autres, l'argent pousse dans les arbres...

Il étudiait aussi attentivement l'usure des pneus, des freins et de toutes les pièces mécaniques. Tout était soigneusement calculé, afin d'économiser le plus possible.

Il devenait donc inconcevable pour Ernest qu'il engage des frais pour effectuer le déplacement entre Sainte-Agathe-des-Monts et L'Annonciation afin de visiter quelqu'un dont la pauvre tête était maintenant sous l'emprise de farfadets et de faux génies.

Sa sœur Fernande, qui demeurait à Montréal, se faisait un devoir de se rendre à l'hôpital dès que son mari Léon avait des congés et que la météo le permettait. Elle n'hésitait pas à clamer haut et fort qu'un individu ne peut être chanceux dans la vie lorsqu'il néglige complètement sa propre mère. Elle ne mâchait pas non plus ses mots quand elle rencontrait Ernest et qu'elle lui mettait sous le nez son attitude inadmissible.

À l'été 1964, Fernande avait pris son neveu Pierre sous

son aile. Celui-ci était l'avant-dernier fils de Pauline et Ernest. Elle l'avait inscrit au Collège Saint-Jean-Vianney, à Montréal. Depuis, c'était un autre de ses frères, Georges, qui s'occupait de régler tous les frais inhérents aux études et à la subsistance de Pierre. Georges était un homme assez bien nanti, qui travaillait à Détroit, dans le Michigan, pour une compagnie de voitures.

Georges n'avait jamais oublié la belle Pauline, qu'il avait tant chérie, et il s'était volontairement expatrié aux États-Unis, croyant ainsi alléger sa douleur et sa tristesse. La distance et le temps avaient eu l'effet d'un baume apaisant sur une plaie qui serait néanmoins à tout jamais omniprésente. Lui-même refusait de la soigner adéquatement de façon à maintenir en vie, un tant soit peu, le souvenir de l'être aimé.

De nature responsable, Georges faisait en sorte de garder un contact très étroit avec Fernande, son aînée, qui lui donnait régulièrement des nouvelles de leur vieille mère et de son père. Il s'informait aussi de ses sœurs, Yvette et Berthe, ainsi que de tous ses neveux et nièces. Sa famille était pour lui loin de ses yeux, mais toujours très près de son cœur.

En 1952, les problèmes de santé de sa maman l'avaient d'ailleurs ramené à la maison après quelques années d'exil. Lors d'une rencontre fortuite avec Pauline, il avait réalisé que jamais ils n'auraient dû être séparés. Celle qui vivait maintenant comme une esclave s'était instinctivement accrochée au bras tendu de son premier amour, qui lui apparaissait tel un sauveur. Elle lui avait tout raconté d'un trait, se libérant ainsi d'un poids avilissant.

Georges et Pauline s'étaient alors revus au bord de la rivière et, dans un moment d'extase profonde, ils avaient succombé à une tentation teintée de rancune et de regrets. Ces épanchements avaient été créateurs d'un magnifique petit être délicat et charmant : Pierre.

L'enfant était né neuf mois après qu'Ernest eût chassé son frère du lac Brûlé et jamais il n'avait aimé cet enfant, qu'il disait engendré par le démon. Quand, plus tard, sa sœur Fernande lui avait demandé de l'emmener avec elle à Montréal, il avait été soulagé et avait fait en sorte qu'elle le garde à tout jamais.

Fernande adorait Pierre autant que ses propres gamins. Celui-ci avait perdu sa mère alors qu'il n'avait que sept ans et c'est la grand-maman Potvin qui l'avait pris sous son aile. Depuis sa naissance, il était ignoré d'Ernest, dont il était devenu le souffre-douleur.

Georges avait été très heureux au moment où sa sœur avait fait appel à lui pour qu'il paie les frais reliés à l'éducation de son fils, qu'il chérissait malgré la distance qui les séparait. Il ne pouvait révéler à l'enfant le lien qui les unissait, mais il se disait qu'un jour ou l'autre, quand Pierre serait lui-même amoureux, il pourrait lui faire comprendre tout ce qu'il avait éprouvé pour Pauline. Il prendrait alors conscience de la raison pour laquelle Georges nourrissait un tel intérêt envers lui.

Le clan Potvin avait été rudement atteint par la mort de Pauline et les dommages s'étaient fait sentir de nouveau quelques années plus tard, lorsque mémère avait été internée. Le noyau familial n'était plus sous l'égide du paternel, mais bien sous celui de Diane, la sœur aînée.

Celle-ci avait bien laissé entendre à Rose et à ses frères Luc, Albert, Yvon et Pierre, que sa maison les accueillerait toujours. Ils n'auraient jamais besoin d'être invités pour venir s'asseoir à sa table ou pour y obtenir asile. Elle partagerait sans compter avec eux les modestes repas qu'elle préparerait, et ce, sans attendre quoi que ce soit en retour.

La porte de son humble demeure était à l'image de son cœur : ouverte et teintée d'amour.

Diane se jurait aussi de transmettre un jour le même message à son plus jeune frère, Simon, dont elle était la marraine. Pour l'instant, il jouissait de tous les privilèges qu'un enfant puisse espérer, son père ne vivant que pour lui. Il était beaucoup trop jeune pour faire la part des choses et Ernest continuait jour après jour de lui bourrer le crâne.

Simon apprenait à grogner comme le vieil ours. Il acérait ses griffes en douce et se laissait cajoler ; on pouvait croire que le monde entier serait un jour à ses pieds.

Il n'avait que très peu connu sa maman, qui était morte alors qu'il était un tout petit bébé et, par la suite, même sa grand-mère l'avait abandonné en oubliant peu à peu son nom.

Ne restait plus, pour toute présence féminine, qu'Adéline, sa nouvelle belle-mère, pour s'occuper de son éducation. Éprouverait-il des sentiments bienveillants envers celle qui avait pris la place laissée par sa défunte mère ?

Et ce cher Ernest, accepterait-il qu'elle intervienne entre eux ?

CHAPITRE 1

Reine au foyer

(Juin 1969)

Diane était dotée d'un esprit de famille très développé. Elle avait aujourd'hui trois enfants qu'elle adorait : Michel, cinq ans, Steve, quatre ans, et la petite Mylène, tout juste cinq mois. Ils représentaient son idéal, ce dont elle avait toujours rêvé et elle s'estimait bénie par la vie.

Son époux, Jules, occupait un poste d'ingénieur pour la compagnie Bell Canada, où il recevait une rémunération plutôt généreuse comparativement aux différents emplois disponibles dans la région. Il concentrait ses efforts sur son boulot qui, disait-il, lui demandait de plus en plus de temps. Il ne se préoccupait que très peu de tout ce qui concernait l'éducation de ses gamins, laissant toute latitude à sa femme qu'il savait complètement dévouée et libre puisqu'elle ne travaillait plus à l'extérieur.

Bien que Diane ait choisi de demeurer à la maison, auprès des siens, elle s'ennuyait de l'époque où elle occupait un emploi, où elle fréquentait des collègues de travail, où elle touchait un salaire et où elle éprouvait l'impression de se réaliser pleinement. Depuis plus de cinq ans, elle avait le sentiment d'être un peu inutile, jour après jour, à force de vivre uniquement entourée de babillage d'enfants.

Elle n'avait personne à qui parler! De toute façon, qu'aurait-elle eu à raconter à part la dernière poussée de fièvre de Mylène, la fâcheuse manie de Steve de mordre ou le talent de Michel pour le dessin?

Ce soir, elle attendait son mari de pied ferme.

— T'arrives donc bien tard pour le souper!

— J'ai été obligé de donner un *lift* à mon *boss* parce que son auto était au garage. Alors qu'il arrivait chez lui, il m'a demandé de rentrer pour prendre une bière et jaser un peu de la *job*. On a de l'ouvrage sans bon sens et il voulait avoir mon opinion avant d'embaucher un autre gars.

— T'aurais pu au moins m'appeler. Je suis là à t'attendre comme une codinde[4]!

— De toute façon, t'avais pas de place à aller à ce que je sache! répliqua Jules, qui était plus fanfaron quand il avait ingurgité un peu d'alcool.

— Non, mais c'est la troisième fois que je sors le macaroni du fourneau pour qu'il soit pas trop sec. Et d'habitude, j'aime ça pouvoir souper avec toi. C'est à peu près la seule période où on est ensemble, ces temps-ci!

— Ça me tente pas de discuter de ça à soir. Quand tu passes la journée à l'ouvrage à régler des problèmes, t'as pas le goût de te faire tomber sur la tomate en rentrant

---

4 Codinde: personne stupide.

chez vous. On dirait que tu comprends pas ça!

— Ce que je comprends, par exemple, c'est surtout que tu veux rien savoir de ce qui nous arrive à la maison. Je suis pas ta servante, Jules Labrie! Tu me prends pour qui? Dis-moi donc la vérité au lieu de me raconter des histoires. Tu me joues dans le dos, je le sais!

— Arrête, Diane, tu te conduis comme un enfant!

Et Jules s'était levé pour aller aux toilettes. Il avait développé cette habitude dernièrement. Quand il désirait mettre fin à une discussion, qui, à son avis, commençait à tourner au vinaigre, il se trouvait une obligation pour s'absenter. Quoi de mieux que des besoins personnels urgents à combler pour laisser la poussière retomber?

À son retour dans la cuisine, une dizaine de minutes plus tard, Diane raccrochait le combiné du téléphone.

— À qui tu parlais?

— À notre voisine, madame Lajeunesse. Elle viendra s'occuper des enfants demain après le dîner.

— Pourquoi tu fais garder les petits en plein milieu de la semaine? D'habitude, tu attends le samedi pour faire ton épicerie.

— J'ai des commissions à faire au village et après, j'avais prévu aller rencontrer la directrice de l'école Lionel-Groulx. J'aimerais ça inscrire Michel à la maternelle en septembre.

— Michel à l'école? Mais il a juste cinq ans! Pourquoi tu l'enverrais là quand toi, tu restes à la maison? C'est correct pour les femmes qui travaillent en dehors, ça!

— Ça fait une bonne secousse que j'y pense. Michel s'ennuie de plus en plus et il est prêt. J'aurais aussi un peu plus de temps pour faire mon ouvrage si j'avais juste les deux plus petits avec moi. Les gars passent leur journée à se tirailler et je suis obligée de les punir. Je suis certaine que Michel profiterait de cet apprentissage avant de commencer sa première année.

Jules n'était pas vraiment d'accord avec sa femme. Il disait que son fils était trop jeune pour commencer sa misère, alors que Diane, pour sa part, estimait celui-ci apte à franchir une prochaine étape.

Les Labrie, qui formaient auparavant un couple exemplaire, s'étaient éloignés l'un de l'autre depuis qu'ils avaient des enfants. Durant leurs premières années de mariage, ils avaient profité abondamment de leur liberté en fréquentant les salles de danse, en pratiquant des sports et en rencontrant fréquemment des amis. Maintenant, tout était différent et Diane se sentait emprisonnée dans sa cage familiale.

L'humeur massacrante de Diane n'était sûrement pas étrangère non plus au fait que son père lui avait téléphoné en début d'après-midi.

* * *

Ernest s'était levé ce matin-là avec la ferme intention de clarifier une situation qui l'embêtait grandement. Plutôt vaniteux, il n'aimait pas que les gens se mêlent de ses affaires et, bien qu'il ne soit pas très proche de ses enfants, il souhaitait tout de même les protéger à sa façon ou, à tout le moins, éviter qu'ils deviennent les dindons de la farce.

La veille, alors qu'il était allé chercher des plaquettes de frein pour son camion chez Pièces d'auto du Nord, il avait rencontré son fils Yvon, qui était arrêté près du commerce avec le véhicule de police.

— Salut, garçon! avait-il dit tout bonnement.

— Allo, p'pa! lui avait répondu Yvon, qui n'avait pas vu son père depuis déjà un bon moment. Il le croisait parfois au village, mais sans plus.

Ernest était flatté d'avoir un fils qui occupait un poste aussi prestigieux qu'agent de la paix dans la ville. Il était au fait que celui-ci avait la réputation d'être très sévère, mais il aimait mieux cela plutôt que d'avoir comme fils une espèce de grand flanc mou, comme le plus vieux de la famille Charette, que les jeunes s'amusaient à faire courir à gauche et à droite sans qu'il parvienne à les intercepter. Ernest savait cependant qu'ils ne se permet-traient pas de jouer les mêmes tours à Yvon, qui serait sûrement intransigeant au moment de leur mettre la main au collet.

— As-tu du trouble avec ton *char*? demanda Ernest, qui semblait heureux de cette rencontre inopinée avec Yvon. Il lui arrivait d'être un peu triste à l'idée de constater que la majorité de ses enfants l'avaient pra-tiquement abandonné et, bien qu'il ne veuille pas le démontrer, un hasard comme celui-ci avait l'effet d'un baume sur de vieilles blessures.

— Non, mais j'avais des pièces à conviction à venir porter au propriétaire. Il s'est fait voler dernièrement et j'ai trouvé le coupable et toute la marchandise.

— C'est un bon policier, ton fils, dit le commerçant

à Ernest, qui bomba le torse de fierté. Et je te dis que c'est pas un peureux non plus !

— Batinse que ça fait plaisir à entendre !

— Fais-toi z'en pas, Ernest, j'ai pas l'habitude de faire des compliments pour rien et tu le sais à part ça ! On a déjà eu plusieurs accrochages toi pis moi dans le passé et tu te rappelles sûrement que j'mâche pas mes mots !

— Je vais être obligé de vous laisser, les interrompit Yvon, après avoir recueilli les papiers qu'il avait fait signer au commerçant. Moi, je suis à l'ouvrage et l'enquêteur m'attend pour descendre à la cour de Saint-Jérôme, ajouta-t-il avant de quitter les lieux.

Pendant qu'Ernest patientait pour obtenir les pièces qu'il avait commandées, il vit que le véhicule de police était encore stationné devant le commerce et que son fils s'y attardait en complétant des documents. Il se dépêcha donc de payer sa marchandise pour avoir le temps d'aller lui reparler. Ce qu'il avait à lui demander était assez délicat.

Ernest frappa alors à la fenêtre de la voiture afin qu'Yvon le remarque et lui ouvre la porte.

— Qu'est-ce que tu veux, p'pa ? J'ai pas grand temps devant moi, je te l'ai dit tantôt !

— C'est à propos de ton beau-frère Jules.

— Jules a-tu des problèmes ?

— Non, pas encore, mais ça pourrait ben vite arriver. J'ai beau rester quasiment au boutte du chemin Ladouceur, j'ai ouï-dire qu'il avait été vu avec une autre femme à l'hôtel Mont-Condor à Val-David. As-tu entendu quelque chose à propos de ça ?

— Moi, je suis pas supposé de parler, avec la *job* que je fais, mais je l'ai rencontré deux fois avec une femme qui travaille au Bell. S'il fallait que Diane l'apprenne, je pense qu'elle lui arracherait les yeux!

— Ce batinse de Labrie-là, y viendra pas mettre le trouble dans ma famille, je t'en passe un papier!

— Faut quand même pas sauter aux conclusions, le père. On est peut-être mieux de les laisser s'arranger tout seuls. Chu certain que vous auriez pas voulu que personne se mêle de vos affaires de famille, dans le temps!

— En tout cas, un Potvin, c'est fier, et y sera pas dit que ma fille va se faire jouer dans le dos ben ben longtemps!

— Vous pouvez toujours faire à votre tête, c'est à vous les oreilles! lui répondit Yvon sur un ton ferme, mais moi j'ai pas le goût de m'en mêler.

Ernest avait donc coupé court à la conversation, heureux d'avoir tout de même obtenu l'information souhaitée. Il était ensuite retourné chez lui afin d'effectuer ses réparations, mais avec une idée fixe en tête.

En fin d'après-midi, ce jour-là, Ernest était revenu au village et il s'était stationné près de l'édifice de Bell Canada, de manière à observer les employés qui terminaient leur quart de travail sans qu'on puisse le remarquer. Il avait bien vu Jules qui se dirigeait seul d'un pas alerte vers son automobile.

Ernest s'était senti rassuré; après tout, ce n'était peut-être qu'une tempête dans un verre d'eau. Mais Jules ne partait pas, il restait là sans démarrer son véhicule. Plus personne ne sortait maintenant de l'immeuble. Peut-être avait-il un problème avec sa voiture ? se demanda soudain Ernest. Mais il ne pouvait pas aller lui poser la question sans que celui-ci sache qu'il l'épiait, comme un chat traque une souris.

Le patriarche Potvin vit à nouveau la porte de la grande bâtisse s'ouvrir et il aperçut une jolie femme vêtue d'une robe paysanne et de sandales de cuir lacées. Elle avait de magnifiques cheveux noirs mi-longs avec un bandeau assorti et elle avait sur l'épaule un grand sac artisanal en macramé aux teintes orangées.

Ernest était certain qu'il s'agissait bien de la fille en question. Sa démarche nonchalante et ses vêtements à la mode avaient vite fait de l'identifier.

S'assurant qu'il n'y avait personne aux alentours, la jeune femme prit place dans la voiture de Jules et elle l'embrassa passionnément, alors que celui-ci regardait d'un côté et de l'autre pour être certain que personne ne pouvait le voir.

— T'es fait comme un rat, mon Labrie ! Y sera pas dit que tu vas niaiser ma fille encore ben ben longtemps, mon batinse de pourri ! dit Ernest à voix haute pour se féliciter d'avoir découvert le pot aux roses.

Ernest aurait souhaité pouvoir intervenir, mais il préférait de loin gagner des points auprès de son aînée en l'avisant lui-même que son mari la trompait. Cela aurait beaucoup plus d'impact et il ne serait pas directement impliqué.

Le lendemain matin, après avoir pris le temps de préparer son coup, il attendit qu'Adéline soit partie travailler et il téléphona à sa fille aînée.

— Diane, c'est ton père! lança-t-il sur un ton amical qu'elle ne lui connaissait pas vraiment.

— Papa! répondit-elle, surprise. Dites-moi pas qu'il est arrivé quelque chose à mémère?

— Non, inquiète-toi pas. Tout le monde va bien, mais je voulais juste t'avertir des allées et venues de ton mari.

— De quoi vous vous mêlez, le père? Je suis bien capable de gérer ma vie de couple. J'ai surtout pas besoin de vous pour me dire quoi faire!

— Je sais pas pourquoi tu grimpes dans les rideaux! Je voulais juste que t'arrêtes de faire rire de toi dans le village. Ton beau Jules se gêne pas pour bécoter une belle grande noire qui travaille avec lui.

— Et vous croyez tout ce que le monde raconte? Moi, ça fait une maudite secousse que j'ai appris à laisser parler les envieux!

— Ben moi, je les ai vus de mes yeux vus, et pas plus tard qu'hier après-midi, à la sortie de son ouvrage!

— Comme ça, vous avez le temps de nous espionner, répondit d'un ton peiné la jeune femme. Les propos de son père confirmaient malheureusement ce dont elle se doutait depuis déjà un bon moment.

— Si tu prends ça de même, arrange-toi donc avec tes troubles! lui lança Ernest avant de raccrocher.

Diane avait beaucoup pleuré après cet appel, mais elle ne dirait jamais à son mari que son père l'avait surveillé. Elle garderait cette carte dans sa manche en attendant de prendre une décision. Elle devait avant tout considérer le fait qu'elle n'avait pas d'emploi régulier et trois enfants à la maison. Elle avait eu toute la journée pour se calmer et c'est la raison pour laquelle, à l'arrivée de Jules, elle n'avait que sondé le terrain en lui posant quelques questions, laissant sous-entendre qu'elle savait quelque chose.

La vie du couple n'était pas de tout repos. Diane ne subissait pas toute la violence que sa pauvre mère avait dû endurer, mais était-ce mieux d'être trahie de la sorte par celui qu'elle aimait tellement?

* * *

À la suite de la discussion de la veille avec son époux, qui n'était pas enthousiasmé à l'idée que son fils commence l'école en septembre, Diane avait cru bon néanmoins de maintenir son idée et d'aller s'informer directement auprès de l'école.

En se préparant, ce jour-là, elle eut l'impression qu'il s'agissait d'un instant très important et qu'elle s'apprêtait bel et bien à tourner une page de sa vie. Ce n'était pas la dernière fois qu'elle sortirait de la maison en pleine semaine. Elle avait grandement besoin d'air pour oxygéner sa tête de Potvin. Elle était tout de même la fille du vieil ours et elle avait non seulement hérité de sa petite taille et de sa forte corpulence, mais elle avait également récolté une grande part de son caractère mordant.

Diane se rendit donc directement à l'école Lionel-Groulx, où l'on offrait ces classes préparatoires à l'enseignement conventionnel. Elle souhaitait rencontrer la directrice, Germaine Lesieur, afin de s'enquérir de la pertinence d'une telle démarche.

L'établissement scolaire était niché au sommet d'une côte abrupte, sur la rue Groulx, à Sainte-Agathe-Sud, à l'arrière du légendaire restaurant Au Vieux Rouet.

Dès qu'on atteignait la porte de l'entrée, on avait instinctivement le réflexe de se retourner afin d'observer la vue imprenable qui nous était offerte sur la ville : les deux magnifiques tours-clochers de l'église érigée sur la rue Principale au cœur du centre-ville et, plus au nord, les bâtiments du Sanatorium laurentien, qui se fondaient dans un décor qu'on aurait eu envie de voir immortaliser sur le tableau d'un grand peintre.

Diane se dit alors qu'il fallait parfois sortir de sa cour pour apprécier son environnement. Aujourd'hui, elle s'émerveillait de vivre dans cette superbe région des Laurentides.

— Bonjour, Madame Lesieur. Je m'excuse de vous déranger, mais lorsque je désire savoir quelque chose, j'ai l'habitude de m'adresser directement à la tête dirigeante plutôt que d'écouter les histoires de Pierre, Jean, Jacques.

— Vous faites bien et j'accorde toujours le temps nécessaire afin de rencontrer les parents soucieux de l'éducation de leurs enfants.

— Vous comprenez, Madame Lesieur, c'est pas parce que je veux me débarrasser de mon fils que je souhaite l'inscrire à la maternelle.

— Jamais je n'aurais pensé une telle chose, Madame Labrie ! Surtout, ne soyez pas inquiète, car vous n'êtes pas la première à venir me voir à ce sujet. J'ai déjà rencontré plusieurs parents comme vous. Laissez-moi vous parler du programme éducatif.

— Vous me rassurez beaucoup. Comme je reste à la maison toute la journée, je pourrais très bien attendre une année de plus avant de l'envoyer à l'école. De toute façon, j'ai deux autres enfants chez nous. Mais Michel est très dégourdi et je suis à même de constater qu'il s'ennuie beaucoup. On dirait qu'il est maintenant prêt à faire autre chose.

— C'est tout à fait normal et vous savez qu'il sera ainsi beaucoup mieux outillé pour entreprendre sa première année. Il aura l'occasion de délaisser doucement vos jupes tout en côtoyant des jeunes de son âge. Vous êtes une femme très avisée et vous comprenez que les enfants sont comme des oiseaux; on doit un jour les laisser prendre leur envol.

— Vous avez tout à fait raison. Je suis bien contente d'avoir eu la chance de vous parler. Tout est tellement plus clair maintenant et je me sens totalement en confiance. Les classes de maternelle, ça n'existe pas depuis très longtemps, alors on doit évoluer et s'adapter aux changements !

— De toute façon, il ne sera parti que quelques heures par jour, le matin ou l'après-midi. À vous de choisir ce qui vous conviendra le mieux !

C'est ainsi que Diane avait rempli en toute confiance les documents relatifs à l'inscription. Dès l'automne prochain, Michel, son aîné, commencerait son aventure d'écolier. Il ferait ses premiers pas vers le savoir. Il aurait alors la possibilité de se faire de vrais amis qui ne seraient pas des cousins ou des voisins. Il rencontrerait des gens et apprendrait à les connaître, à les apprivoiser et parfois même à s'en méfier, mais c'était là le début d'une autre étape dans sa vie.

En revenant de sa visite à l'école, Diane était arrêtée au Royaume des jouets, sur la rue Principale, et elle avait acheté un bel autobus jaune qu'elle offrirait à Michel en arrivant à la maison. Elle lui expliquerait qu'il était maintenant assez grand pour voyager tout seul et que le premier transport vers la maternelle se ferait dans les premiers jours du mois de septembre, dès que la longue fin de semaine de la fête du Travail serait passée.

Quant à Diane, elle n'aurait pas trop de l'été pour se préparer afin de bien réagir au premier jour d'école...

* * *

En entrant à la maison, elle apprécia la présence de madame Lajeunesse, qui jouait patiemment aux cartes avec les deux petits gars pendant que Mylène, assise dans sa chaise haute, s'amusait avec des hochets et des plats de plastique. Elle s'avança directement vers Michel et lui dit qu'elle avait une grande nouvelle à lui annoncer.

— Va chercher le sac que j'ai laissé à côté de ma sacoche. Je veux que tu devines ce qui va bientôt se passer pour toi !

— Un autobus, maman, tu m'en as acheté un comme celui qui est dans la vitrine du magasin ! dit Michel, surpris de recevoir un présent alors que ce n'était ni son anniversaire ni Noël.

— Et d'après toi, qu'est-ce que ça veut dire ?

— Que j'ai été très gentil et peut-être que c'est parce que j'en dessine souvent!

— Oui, et c'est celui que tu as fait la semaine passée qui m'y a fait penser. Je remarquais tous les détails que tu avais dessinés et je me suis dit que tu étais prêt à aller à la maternelle!

— Moi et Steve, on va aller à l'école?

— Non, toi cet automne et Steve l'année prochaine.

Le jeune garçon fut très heureux de faire rouler son nouveau jouet sur le sol sous le regard attristé de son frère.

— Fais-toi z'en pas, mon beau Steve, tu en auras un plus tard toi aussi, lui dit sa mère pour le réconforter.

— Steve, viens avec moi dans le salon et on va s'amuser ensemble, lui dit Michel, qui était plutôt docile. Tu pourras jouer avec mon autobus quand je serai parti à l'école!

Diane était heureuse de voir l'harmonie entre ses enfants et, chaque fois qu'elle les faisait garder par sa voisine, ils étaient toujours aussi calmes quand elle revenait.

— T'as pas été partie longtemps, ma belle fille. Je pensais que tu en profiterais pour aller faire des emplettes.

— Vous savez, madame Lajeunesse, que j'aime pas ça ambitionner sur le pain bénit. Vous êtes assez bonne de me dépanner comme ça!

— J'ai plus d'enfants à la maison et ça me désennuie. J'ai eu beaucoup d'aide quand j'ai commencé ma famille et ça me fait plaisir de le faire pour toi aujourd'hui.

— Avez-vous le temps de prendre une tasse de café? J'ai apporté des beignes de la boulangerie Boivin. On va installer les jeunes devant la télévision dans le salon avec leur collation et on va pouvoir parler un peu.

— Ça va me faire plaisir! Laisse-moi préparer ça pendant que tu vas te déshabiller. Si t'es comme moi, tu dois aimer ça pouvoir enlever ton linge propre quand tu reviens du village.

Pendant qu'elles attendaient que l'eau bouille, les deux femmes installèrent confortablement les enfants afin qu'ils puissent regarder *Bobino*. C'était devenu une tradition familiale. Quand la mignonne Mylène entendait l'indicatif musical de l'émission, elle s'excitait et tapait des mains comme si une grande fête allait avoir lieu. Il lui arrivait également de tenter d'imiter Bobinette lorsque celle-ci éclatait de son petit rire aigu. C'était de superbes moments pour Diane, qui aimait profondément sa progéniture.

— T'as pas l'air en forme, ma belle Diane. Aurais-tu reçu de mauvaises nouvelles?

— Madame Lajeunesse, on dirait que vous parlez au diable. Chaque fois que j'ai des problèmes, on croirait que vous le devinez et, sans vous imposer, vous êtes là pour me soutenir. Je sais pas ce que je serais devenue sans vous, depuis que je reste ici, à Fatima.

— Si ça avait pas été moi, ça aurait sûrement été quelqu'un d'autre! J'ai juste un peu plus d'expérience que toi. Et puis, comme je suis veuve, j'ai tout mon temps pour réfléchir et essayer d'aider ceux que j'aime.

En prenant garde que ses fils ne l'entendent pas, Diane décida de demander conseil à sa voisine.

— Quelqu'un m'a appelée hier pour me dire que mon

mari me trompait! lâcha-t-elle d'un trait pour apaiser son esprit.

— Pour commencer, quelqu'un qui t'annonce ça par téléphone, c'est pas vraiment un ami. Puis, j'ai pour mon dire que des gens peuvent interpréter des gestes sans que ce soit vraiment ce qui s'est passé.

— Pensez-vous que je devrais en parler avec Jules?

— Moi, je crois que tu as qu'à jouer le jeu. À ta place, je m'occuperais surtout d'être bien dans ma peau. Quand tu seras en forme et au-dessus de tes affaires, s'il y a quoi que ce soit, ton mari va s'apercevoir que tu es une femme forte. Il faut éviter de t'écraser et de jouer à la victime.

— Vous savez, j'ai confiance en vous, mais j'ai tellement peur de détruire ma famille en accusant mon mari sans être certaine de son infidélité.

— Le temps, ma belle fille, laisse passer le temps. Il arrange bien souvent les choses.

— Je vais faire comme vous me dites et je vous en donnerai des nouvelles. Juste de prendre un café avec vous, et le cœur me fait déjà moins mal.

* * *

Cette dernière discussion avec sa confidente avait redonné une certaine vigueur à Diane, qui voulait s'en sortir à tout prix. Elle avait donc entrepris de légers changements dans sa routine journalière et elle en ressentait de grands bienfaits.

Très disciplinée dans ses tâches ménagères, Diane

pouvait se permettre d'effectuer des travaux de couture pour une petite clientèle. Tout de suite après le déjeuner, elle s'activait pour mettre sa maison en ordre, faisait le lavage et préparait les repas pour la journée.

Les enfants adoraient jouer dans la cour arrière, où ils s'inventaient un monde bien à eux. Quand il pleuvait, ils en profitaient pour faire du bricolage dans le salon. Il n'y avait que la petite Mylène que Diane gardait auprès d'elle, comme si elle avait encore besoin de cette proximité avec sa fille, qu'elle avait ardemment désirée.

En plus de coudre pour des particuliers, Diane avait même commencé à concevoir des vêtements pour enfants, qu'elle vendait à la boutique Au coin des petits, sur la rue Saint-Vincent, à Sainte-Agathe-des-Monts. La propriétaire de ce magasin adorait ces créations uniques. Elle se targuait d'avoir recours à une designer locale et elle n'hésitait pas à en faire étalage en vitrine.

Le fait de gagner un peu d'argent avec cette activité permettait à Diane de ne pas se sentir complètement entretenue par son époux. Avant d'avoir ses enfants, elle avait connu une longue période durant laquelle elle travaillait à l'extérieur et jouissait d'une indépendance financière. Contrairement à Pauline, sa mère, qui était complètement dominée par son mari, Diane aurait difficilement pu ne pas contribuer aux dépenses de sa maisonnée.

Elle appréciait grandement ce qui lui était octroyé au jour le jour, comparant toujours sa situation familiale aux souvenirs du dur labeur des femmes de la génération précédente. Elle remerciait la vie de l'avoir privilégiée et elle se disait que Jules s'adapterait à ce changement dans son quotidien. Maintenant qu'elle se sentait valorisée par son travail, elle serait plus patiente avec son époux. Elle souhaitait de tout cœur que tout rentre dans l'ordre dans son couple. Elle ne voulait aucunement revivre l'ambiance chaotique qui régnait chez ses parents lorsqu'elle était enfant.

Si elle pouvait la voir de là-haut, cette chère Pauline devait assurément être fière de sa fille aînée. Diane n'avait que vingt ans quand sa mère était décédée et il lui semblait qu'elle lui aurait souvent été d'un grand secours. Heureusement, elle avait pu compter sur de bonnes personnes qui l'avaient secondée, mais jamais celles-ci n'avaient pu combler le vide causé par l'absence de sa mère.

* * *

Chez les Labrie, la fin de semaine était habituellement consacrée aux activités familiales. On profitait du samedi pour exécuter les différents travaux à la maison et l'on entreprenait la semaine avec la messe du dimanche matin.

Pour le repas du midi, Diane prévoyait un menu plutôt copieux, car ses frères Yvon et Albert venaient souvent se joindre à eux. À l'occasion, Diane demandait à Adéline de lui laisser Simon après la messe en s'engageant à aller le reconduire en après-midi.

Par ailleurs, environ une fois par mois, Luc et Rose avaient la possibilité de venir à Sainte-Agathe-des-Monts pour assister à ce repas, et ils emmenaient également Pierre, s'il n'avait pas d'activité parascolaire.

Les frères et sœurs Potvin se réunissaient donc assez régulièrement et tous semblaient en ressentir un grand bonheur.

Quand tout le monde était parti, les Labrie allaient habituellement faire un tour d'auto. La jeune femme appréciait ces moments privilégiés, où elle avait l'impression d'être en vacances avec sa petite famille.

C'est lors de ces sorties dominicales qu'elle se rendait visiter sa grand-mère à l'hôpital de L'Annonciation. Jules emmenait leurs rejetons dans un parc avoisinant l'institution pendant qu'elle accordait une heure à la vieille dame qui, pendant sa tendre enfance, avait tellement été présente et attentive pour elle ainsi que pour ses frères et sa sœur.

C'était à l'époque où sa pauvre tête n'était pas sous l'emprise de farfadets et de faux génies.

L'existence de Diane n'était pas nécessairement facile, mais elle appréciait le fait que Jules soit aussi avenant avec les siens. Elle se sentait une responsabilité morale de maintenir les contacts entre les membres de sa famille, comme sa mère aurait sûrement souhaité qu'elle le fasse.

Saurait-elle toujours entretenir l'harmonie dans cette vie qui semblait vouloir prendre une autre tangente ?

* * *

Jules tentait tant bien que mal d'être un bon mari, mais il avait l'impression d'être pris dans un carcan.

Quand il avait rencontré Diane, il avait tout de suite été conquis par son sens de l'organisation et son caractère audacieux. Ils ne s'étaient fréquentés qu'une année avant de se marier et ils avaient emménagé dans un petit logis désuet, qu'elle avait rapidement transformé en un endroit charmant. Sa femme avait tous les talents : elle pouvait peindre des murs, sabler un meuble, faire la cuisine, coudre et jardiner. En plus, elle travaillait à l'extérieur.

Ils avaient beaucoup d'amis, qu'ils invitaient fréquemment à la maison, et Diane trouvait toujours le moyen de concocter de bons repas en un rien de temps. Ils participaient à toutes les activités locales, qu'il s'agisse de danses, de rafles de dindes, de carnavals, de mascarades ou de simples parties de cartes.

Au moment où ils avaient eu leurs enfants, ils avaient diminué le nombre de leurs sorties, Diane refusant de faire continuellement garder ses rejetons. Elle prétextait la fragilité de leur santé et, surtout, le fait qu'ils grandissaient tellement vite qu'elle souhaitait être là pour vivre avec eux les plus beaux instants.

Il était également question du budget familial, qu'elle avait modifié en fonction de leurs responsabilités. Il n'y avait plus qu'un seul salaire pour nourrir la maisonnée et elle voulait que ses jeunes ne manquent de rien.

Elle surveillait donc les réductions et faisait des provisions afin de n'acheter que le nécessaire à prix courant. Tout comme sa mère, elle savait apprêter les patates de tellement de façon que ses frères et sa sœur l'avaient surnommée « madame patate », en référence au fameux jouet.

Au début, la vie de père de famille avait plu à Jules, qui s'enthousiasmait de chaque instant passé auprès de son fils Michel. On aurait cru qu'il souhaitait profiter de chaque moment comme s'il n'y aurait pas eu de lendemain. Cependant, tout juste treize mois plus tard, Steve était arrivé et la charge de travail s'était alourdie considérablement. Jules avait pourtant continué à participer activement à la vie de la maisonnée, en s'occupant surtout des enfants après l'heure du souper. Peu à peu, il s'était lassé de cette routine et il avait ressenti un grand besoin de se divertir à nouveau.

En écoutant ses confrères de travail, il avait l'impression de s'être coincé dans un étau et de ne faire que l'aller-retour entre le bureau et la maison. Sous la pression de ses camarades, il avait donc commencé à aller prendre une bière avec ceux-ci le vendredi soir ; puis, il avait fréquenté l'aréna pour assister aux parties des équipes de hockey locales.

Plus les années passaient, plus Jules accumulait les sorties. À l'occasion, il demandait à Diane de l'accompagner à une soirée, mais ces escapades étaient plutôt rares comparativement à celles où son mari faisait cavalier seul.

Ce printemps-ci, il avait manifesté un engouement particulier pour le baseball majeur, maintenant que Montréal avait son équipe. Les Expos devaient inaugurer leur saison locale au parc Jarry le 14 avril 1969 et Jules tenait absolument à y assister avec un groupe de collègues.

— T'imagines-tu, Diane, ce sont pas des affaires qui

arrivent tous les jours! Depuis le temps qu'on en entend parler par le maire Drapeau, eh bien là, c'est la réalité!

— Je sais bien, mais tu es prêt à manquer une journée d'ouvrage pour aller voir une partie de baseball?

— Mon *boss* peut rien dire parce qu'il vient avec nous! Ça va faire changement de nos petites parties de balle en bas de la côte des petites Alpes. Il paraît que le stade va être plein à craquer. Je te mens pas, je suis comme un petit gars qui se prépare pour rendre visite au père Noël.

— Penses-tu que c'est bien raisonnable? Tu seras sûrement pas payé pour aller t'asseoir dans les estrades au parc Jarry!

— Non seulement on coupera pas ma journée, mais on nous a expliqué que c'est la compagnie qui assumerait le coût des billets. Le siège social de Montréal fait la même chose avec ses bons employés. Il semble qu'il y a du budget pour ça. Je serais pas mal fou de passer à côté! Mais ça, y faut pas que tu en parles à personne. Comme disait mon grand-père: «Ça reste entre toi, moi, pis la boîte à bois».

Diane était intérieurement fière que son époux puisse profiter d'une occasion comme celle-là, mais elle en était aussi un peu jalouse. Elle réalisait qu'elle-même s'adonnait à très peu d'activités. Elle était devenue la femme qui s'occupait à temps plein des enfants, pendant que son mari avait le loisir d'aller se divertir avec des amis.

Pour Jules, plus les mois s'écoulaient et plus les offres se multipliaient: des enterrements de vie de garçon, des *partys* de retraite, des anniversaires de compagnons et compagnes de travail, et les jours de paie qui se terminaient habituellement entre amis.

Le vendredi soir, Jules ne soupait maintenant plus à la maison et lorsqu'il rentrait, Diane était souvent déjà au lit ou alors elle dormait devant la télévision dans le salon. Elle se disait que l'envie de sortir constamment allait passer à Jules, mais ce dernier semblait plutôt à l'aise dans ce rôle de célibataire occasionnel.

Et puis, il y avait des filles qui s'étaient jointes à eux pour ces sorties, mais Jules était resté fidèle à son épouse. Il discutait avec celles-ci, dansait, *flirtait* un peu, mais sans plus. Il se répétait que ce n'était que des collègues ou des amies de ses copains, rien de plus.

Jules était un bel homme et il n'avait pas connu beaucoup de demoiselles avant Diane, ce qui lui faisait occasionnellement penser qu'il aurait peut-être dû en profiter un peu avant de se passer la corde au cou. Il enviait parfois ses camarades, qui se permettaient un peu de liberté avec les filles, alors que lui ne se risquait pas à aller plus loin. Il laissait bien tomber certaines barrières, mais il n'avait jamais osé faire l'amour avec une autre femme.

L'occasion fait cependant le larron…

À cause d'un surplus de travail, son patron avait fait venir de Montréal une secrétaire avec beaucoup d'expérience. Une belle Italienne aux longs cheveux noirs…

Lors du premier match des Expos en ville, Jules avait *flirté* avec cette jeune fille, qui assistait elle aussi à cette partie. Il l'avait vue au comptoir de restauration rapide alors qu'elle dégustait un hot dog inondé de moutarde.

Il n'avait pu se retenir de sourire quand il avait vu qu'elle avait le nez jauni par le condiment.

— Est-ce que je peux vous offrir mon mouchoir pour essuyer ce mignon petit nez que vous avez trempé dans la moutarde ?

— Merci ! Mais je n'ai pas de miroir, alors vous pourriez le faire pour moi ! lui avait-elle suggéré d'un ton charmeur, laissant l'occasion à Jules de toucher le contour de ses lèvres charnues qu'elle lui offrait sans pudeur.

La belle Italienne avait suffisamment d'expérience pour charmer celui qu'elle souhaitait conquérir.

Pour sa part, Jules aimait jouer avec le feu, mais il savait qu'il lui faudrait savoir s'arrêter avant de se brûler, car il avait gros à perdre.

En attendant, il ne souhaitait pas tromper son épouse, mais il ne voulait pas non plus refuser quelques petites caresses qui lui semblaient somme toute inoffensives.

Le vieil ours n'était pas dupe, il avait bien flairé l'affaire…

CHAPITRE 2

Amour complexe

(Été 1969)

Luc était inquiet pour Rose, qu'il ne voyait plus que très rarement maintenant qu'elle avait emménagé dans son propre appartement. Selon lui, ce qui avait influé sur sa décision deux ans plus tôt, c'était la certitude que son riche amant, William Thompson, la visiterait plus régulièrement dès l'instant où elle serait totalement libre et indépendante.

À la suite d'une tentative de suicide, madame Thompson, l'épouse de William, avait été internée dans un institut psychiatrique de Montréal et son état psychologique était désormais considéré comme fragile. Sans se réjouir de la situation, Rose s'était cependant créé des attentes. Elle rêvait du jour où William l'inviterait à visiter sa grande maison de Westmount...

Luc était au fait de cette idylle secrète depuis le jour où monsieur Thompson était venu le voir à son travail afin de s'enquérir de sa sœur. C'était inconcevable d'entendre ses propos selon lesquels il devait absolument entrer en contact avec Rose. La maladie de son épouse comme toile de fond n'avait qu'un faible degré de crédibilité. Sans vouloir s'immiscer dans la vie de son aînée, Luc n'était pas complètement dupe. Très vite, il avait compris que ceux-ci entretenaient des fréquentations illicites et il était inquiet pour sa sœur.

Le dimanche précédent, Luc avait participé à un dîner familial chez sa tante Fernande et sa sœur Rose y prenait part également. Il l'avait trouvée anormalement amaigrie et son teint était d'une pâleur inquiétante. Il n'avait pas eu l'occasion dernièrement de se retrouver seul avec elle afin de discuter comme ils le faisaient quand ils étaient colocataires. Il entendait bien provoquer une rencontre prochainement pour en savoir plus sur ses états d'âme. Il n'était pas du genre à se mêler des affaires des autres, mais il en allait ici de la santé de sa grande sœur et il croyait qu'elle avait besoin d'aide, mais qu'elle hésitait à faire appel à lui.

La tante Fernande avait aussi constaté que son aimable nièce n'était pas dans son assiette et elle envisageait de la garder avec elle cet après-midi-là quand tout le monde retournerait à la maison. Elle ressentait l'envie de savoir ce qui minait son moral et elle souhaitait être en mesure de lui apporter un peu de réconfort. Sachant fort bien que son frère Ernest n'avait pas été un bon père, elle endossait une certaine responsabilité familiale qui, inconsciemment, la poussait à secourir cette enfant lourdement accablée. Ayant eu elle-même une enfance difficile, Fernande voulait accompagner ses neveux et nièces, comme elle aurait aimé qu'on le fasse pour elle, au moment où elle était dans la fleur de l'âge. Personne ne méritait d'être abandonné à son sort. Si elle pouvait faire ne serait-ce qu'une toute petite différence dans la vie de ceux qu'elle aimait, elle y mettrait tout son cœur.

Rose se sentait maintenant atrocement seule, même quand elle était entourée d'une foule de gens. Elle se forçait tout de même pour assister à ces réunions familiales avec la seule intention de ne pas sombrer dans la dépression, ce qu'elle craignait.

Quand elle était chez elle, elle ne vivait plus que pour attendre un appel de William, à défaut d'une visite-surprise. Cela s'avérait être de longues périodes d'angoisse de plus en plus difficiles à supporter.

Quand William daignait lui accorder un peu de temps, Rose n'en profitait maintenant que très peu, anticipant toujours le moment de son départ et les interminables journées pendant lesquelles elle serait à nouveau dans l'attente d'un signe de sa part. Cette situation pénible durait depuis si longtemps que c'était devenu pratiquement insupportable pour Rose.

William était peu bavard en ce qui avait trait à ses habitudes de vie, mais Rose avait tout de même entendu des rumeurs selon lesquelles son chalet du lac Brûlé venait de subir une transformation complète, de la cave au grenier.

La maison de campagne avait eu droit à une cure de rajeunissement qui faisait jacasser tout l'entourage. Sur le chemin Ladouceur, cela avait été l'événement marquant de la saison. Tout un chacun y allait de son commentaire, qu'il s'agisse du livreur de la quincaillerie, du plombier ou du charpentier, sans compter les voisins, qui interprétaient chacun à leur façon ce qui se passait sur ce bout du rang. Une rénovation domiciliaire comme on en voyait rarement, réalisée avec des matériaux hors de prix, commandés directement chez des manufacturiers dont on ne soupçonnait même pas l'existence auparavant : cela avait de quoi surprendre !

Le pittoresque et coloré chauffeur de taxi, Roméo Bélec, racontait s'y être rendu précipitamment afin d'y livrer un paquet-poste recueilli au terminus d'autobus de Sainte-Agathe-des-Monts.

— C'est pas mêlant, quand on entre dans le salon, on croirait qu'on vient juste de se réveiller le lendemain d'une brosse tellement il y a de couleurs dans la tapisserie ! Ces riches-là, on dirait qu'ils sont tannés d'avoir du beau !

Si Roméo avait jeté un coup d'œil sur les magazines de décoration quand il allait boire sa liqueur au petit restaurant Chez Fournelle, il aurait été moins surpris en voyant les tissus à motifs psychédéliques pour les parures de fenêtres, ces dessins étranges de teintes variées qu'on retrouvait également sur le papier peint. Toutes ces formes excentriques et ces couleurs vives reliées à l'époque *peace and love* n'étaient pas au goût des gens ordinaires et les commentaires allaient bon train.

Roméo était assurément de ceux-là et, à titre de placoteux du village, il s'amusait à décrire, à sa façon, les scènes de son quotidien qu'il jugeait plus ou moins cocasses ou simplement insolites.

— Monsieur Thompson fait toujours des affaires autrement que les autres. C'est certain qu'il voyage beaucoup, mais il finira jamais de nous surprendre. C'est comme les grandes vedettes américaines. Imaginez-vous donc que l'hôtel Queen Elizabeth à Montréal a reçu des gens importants, expliqua-t-il : le gars des Beatles, pis sa femme, qui a un nom spécial, ça ressemble à yoyo, mais c'est pas ça ! Ils sont restés huit jours sans sortir de leur chambre et ils appelaient ça un *Bed-in*, mais d'après moi, ça doit juste être une affaire de bedaine !

C'est ainsi que Roméo raconta la récente visite du célèbre membre fondateur des Beatles, John Lennon, alors accompagné de son épouse, Yoko Ono. Ceux-ci avaient occupé pendant plus d'une semaine trois suites de l'hôtel Reine Elizabeth de Montréal, pour y faire ce qu'ils nommaient un *Bed-in for Peace*. Huit jours étendus sur un immense lit à rencontrer des journalistes et des photographes afin de promouvoir la paix dans le monde.

Si Roméo avait su que le riche monsieur Thompson faisait vivre des tourments à sa bonne amie Rose, il en aurait été fort attristé et ses blagues auraient peut-être été plus acerbes.

Rose était blessée et inquiète, et elle aurait tout donné pour retourner, ne serait-ce qu'un seul instant, dans la résidence du lac Brûlé, où elle avait connu l'amour pour la toute première fois. Mais elle devait se contenter d'écouter les propos insignifiants de ceux qui prenaient ombrage de la richesse de monsieur Thompson. Plus elle en savait à son sujet et plus elle souffrait d'être maintenue dans la solitude et l'isolement.

Ce dimanche-là, quand tous les autres visiteurs eurent finalement quitté sa maison, Fernande regagna la cuisine et prépara une tasse de thé. Elle insista pour que Rose passe un peu de temps auprès d'elle, prétextant le vide créé par le départ des invités.

— Ton oncle Léon est allé reconduire Pierre au collège et j'haïs ça me retrouver toute seule après avoir eu la maison pleine à craquer. Mais je veux pas te retenir si toutefois tu avais des projets pour la soirée.

— Non, j'ai rien d'autre à faire. De toute façon, je me sens si bien quand je suis ici avec vous. On dirait que mon cœur bat moins vite et que j'ai moins de temps pour...

Le visage de Rose s'était soudain paré d'un masque de tristesse à la pensée qu'elle devrait bientôt rentrer chez elle où, encore une fois, elle serait confrontée à la solitude maudite.

— Ça a pas l'air d'aller, ma grande, je te trouve pâle sans bon sens. Veux-tu bien me dire ce qui t'arrive?

— Pas grand-chose, ma tante. Je me suis couchée assez tard hier soir. J'ai du sommeil à rattraper.

— Et ton nouveau travail, est-ce que ça te plaît?

— C'est différent de ce que je faisais comme dame de compagnie avec madame Proulx, où je lisais des livres et faisais de longues promenades. Un poste de secrétaire aux archives, ça demande beaucoup plus, mais j'aime vraiment ça.

— C'est important d'être heureux dans la carrière qu'on a choisie!

— J'avais toujours rêvé de travailler dans un hôpital. Alors quand on m'a offert de rentrer à Cartierville après mon stage, j'ai tout de suite sauté sur l'occasion.

— Tu trouves pas ça trop difficile d'être constamment avec du monde malade ? Ça doit devenir déprimant à la longue d'entendre parler des bobos des autres...

— Vous savez, ma tante, moi, je vois pas beaucoup les patients. Je passe tout mon temps dans une salle pour classer les dossiers, les radiographies, les rapports des médecins.

— Ah... j'étais pas au courant. C'est mieux comme ça d'abord, mais tu travailles peut-être trop ?

— Non, ça va ! Par contre, si j'avais la chance, j'aimerais ça être transférée à l'urgence. Il me semble que ça doit être beaucoup plus intéressant, même si les employés qui s'affairent là se plaignent souvent de courir du matin jusqu'au soir.

— De toute façon, c'est pas en bûchant toute seule dans un bureau que tu pourras te trouver un mari, ma belle enfant. As-tu des amis au moins pour sortir les fins de semaine ?

— Y a quelques filles qui sont célibataires, mais elles ont toutes des *chums*. Je suis pas tellement à l'aise d'être la troisième roue de la charrette.

— Inquiète-toi pas, t'es encore assez jeune. Profite bien de ce temps-là parce qu'il reviendra jamais. Tu peux te fier à moi.

— Oui, ma tante, répondit Rose, angoissée et heureuse à la fois de sentir une forme de complicité s'établir avec cette femme qu'elle respectait au plus haut point.

Fernande tira profit de ce climat de confiance qui s'enracinait tranquillement afin d'aborder des propos plus intimes avec sa nièce.

— Tu sais, ma belle Rose, quand je te regarde, c'est comme si je voyais ta mère au même âge. Si tu savais comment je m'entendais bien avec elle et comme je l'aimais! C'était une personne très attachante. Dès que je l'ai connue…

Mais avant que celle-ci n'ait fini sa phrase, Rose fondit en larmes et enfouit sa tête dans le cou de Fernande comme l'aurait fait un jeune enfant pour être consolé. Entourée des bras grassouillets de sa tante, elle déversa sa peine comme on lance un appel à l'aide.

— Pleure si ça peut te faire du bien, ma grande. Je pense qu'on doit toujours vider notre petite chaudière quand elle est pleine et la tienne avait l'air d'être sur le point de déborder, dit Fernande sur un ton enjoué, tentant d'amoindrir le chagrin de sa nièce.

Rose sourit timidement, mais ne put arrêter ses yeux embués de déverser toute la douleur de son âme flétrie. Si elle parvenait au moins à tout raconter à sa tante, elle se sentirait mieux, mais elle craignait d'être mal jugée. Elle savait fort bien que sa relation avec un homme marié n'était pas acceptable, mais elle ne pouvait imaginer comment elle pourrait agir différemment. Elle préférerait certainement mourir plutôt que de perdre son amour.

— Qu'est-ce qui te fait autant de peine, ma belle Rose? Tu peux tout me dire, sans avoir peur.

— C'est rien, ma tante, je suis juste fatiguée. Ça ira mieux demain. Si j'étais fine, je me coucherais de bonne heure à soir.

Par expérience, Fernande se doutait qu'elle devrait

utiliser d'habiles stratagèmes afin de faire parler ouvertement la jeune fille, qui était à la fois timide et extrêmement fébrile.

— Raconte-moi donc, il y aurait pas un homme en dessous de ça? Tu sais que les histoires d'amour, c'est pas toujours facile. Parfois, on est aveuglée par nos sentiments et c'est là qu'on choisit sans pour autant être certaine que ce soit le bon.

— Qu'est-ce que vous voulez dire, ma tante, quand vous parlez «de pas choisir le bon»? demanda Rose, totalement surprise que sa tante aborde tout à coup un sujet aussi personnel.

Fernande soupçonnait depuis fort longtemps que sa nièce avait une liaison, car elle était mystérieuse et réellement différente de la gamine pimpante qu'elle avait connue auparavant. Un sentiment de déjà-vu l'habitait et elle croyait reconnaître l'origine d'un tel chagrin. Au risque de dévoiler ses secrets, elle se devait d'ouvrir son cœur comme un éventail pour soigner cette âme en peine.

— Tu sais, quand un garçon est pas tout à fait libre ou qu'il est pas suffisamment responsable, des fois, ça peut faire plus de mal que de bien, et de différentes façons. Moi aussi, j'ai été jeune et ton oncle a pas été le premier pour qui j'ai tourné de l'œil.

— Ma tante, voulez-vous dire que vous avez été vraiment en amour avec un autre homme que votre mari? demanda Rose, éberluée par cet aveu.

Elle réalisait soudainement que, depuis qu'elle avait entrouvert la porte à la discussion, au risque d'apparaître sous son vrai jour, elle se sentait beaucoup moins seule.

— Oui, ma belle fille. Quand j'ai quitté le lac Brûlé pour venir à Montréal, il y avait un garçon dans ma vie, mais mon père l'aimait pas. C'était le premier et je croyais fermement que ce serait mon unique amour. On devait donc se voir en cachette. Puis, du jour au lendemain, il m'a quittée. Sans me prévenir, il s'est enfui et j'ai plus jamais eu de ses nouvelles.

— Vous avez dû avoir de la peine sans bon sens. Vous avez jamais su où il était parti ?

— Non, et j'ai pas cherché à le retrouver non plus. Mais c'est pas ça le pire, ajouta Fernande, fermement décidée à révéler sans pudeur ce qu'elle avait caché pendant toutes ces années. Elle souhaitait ainsi apprivoiser peu à peu la jeune adulte visiblement démunie.

— Oui, j'en ai entendu parler ; pépère Potvin vous a jetée à la porte. Mémère en a déjà discuté quand j'étais là.

— S'il m'a renvoyée, c'est qu'il nous mettait toujours en garde, nous autres, les filles. «Arrangez-vous pas pour me revenir à maison avec un paquet, parce que ça marchera pas avec moi», qu'il nous répétait. Sais-tu ce que ça voulait dire ?

Rose était stupéfaite et avait peine à articuler ces mots, qui relevaient de l'irréel pour elle.

— Vous étiez enceinte, vous, ma tante ?

— Oui, c'est bien ça. De plus, le père de mon enfant avait pris le large sans laisser d'adresse. Je suis donc partie immédiatement chez une cousine de maman à Montréal.

— Vous deviez être découragée, compatit Rose, réalisant que sa situation n'était pas aussi pathétique qu'elle le croyait.

— J'ai été plutôt chanceuse dans ma malchance. Pas longtemps après mon arrivée, en embarquant dans les p'tits *chars*[5], j'ai rencontré ton oncle Léon. Lui, il maintient que ça a été un coup de foudre.

— Vous, est-ce que vous l'aimiez?

— Il était plutôt gentil, mais j'étais sur la défensive. J'avais déjà perdu mon premier cavalier, ça fait que j'étais pas prête à m'amouracher aussi vite, surtout que j'étais enceinte. Je me disais que jamais personne voudrait de moi. Si j'avais été malhonnête, j'aurais pu jouer le tour à Léon et ensuite lui laisser croire que c'était lui, le père.

— Qu'est-ce qui vous est arrivé, après? demanda Rose, curieuse.

— Léon m'a déclaré qu'il m'aimait et qu'il souhaitait sortir avec moi. J'ai pas voulu y raconter de mensonges et j'y ai déballé toute mon histoire. Il m'a dit qu'il m'aimait encore plus fort parce qu'il voyait que j'étais une personne vraiment sincère. On s'est mariés le mois suivant dans la sacristie de l'église de la paroisse.

— Et l'enfant, est-ce que c'est Louis, votre plus vieux?

— Non, c'était une fille, et j'ai été obligée de la donner en adoption parce qu'on aurait pas pu l'élever comme il faut dans ce temps-là. Je voulais pas qu'elle ait de la misère. J'ai donc accouché à la Miséricorde et j'ai abandonné mon bébé pour qu'elle ait la chance d'avoir

---

5 P'tits *chars*: tramway.

un avenir meilleur. C'est le plus grand regret de toute ma vie! avoua Fernande d'une voix étranglée par une émotion refoulée depuis très longtemps.

Les yeux de la tante devinrent tout à coup embués et des larmes se mirent à glisser tout doucement le long de ses joues flétries par la peine.

— Je l'ai appelée Myriam. Elle est née le 11 avril 1930. Elle a eu trente-neuf ans le printemps dernier.

— Exactement la même date que Pierre, mon petit frère! C'est sûrement pour ça que vous aimez le fêter, celui-là, surtout depuis qu'il est pensionnaire au collège à Montréal.

— Tu as tout deviné. Chaque année, à l'anniversaire de mon neveu Pierre, j'ai une bonne pensée pour la première enfant que j'ai portée et que j'ai gardée bien enracinée au plus profond de mon vieux cœur de mère.

— Mais vous avez eu quand même trois petits avec mon oncle Léon...

— C'est vrai, mais à chacune de mes grossesses, c'était un retour à la case départ. La joie de prendre mon bébé dans mes bras était ternie par la peine d'en avoir abandonné un quelques années auparavant! C'est difficile à expliquer, c'est une blessure qui, même si elle est cicatrisée, ne guérira jamais complètement.

Rose pleurait en écoutant Fernande raconter cette immense perte et elle aurait aimé pouvoir lui apporter du réconfort.

— Vous avez tellement bon cœur, ma tante!

— Oui, mais il est comme une tasse fissurée, qu'on a tenté de réparer. On en verra toujours l'entaille et elle restera, éternellement, d'une grande fragilité.

— Ça me touche que vous m'ayez confié ça et dites-vous bien que jamais je n'en parlerai à qui que ce soit. Je suis trop attachée à vous pour vouloir vous faire du mal. C'est drôle, mais il me semble que je vous aime encore plus aujourd'hui !

Rose se leva d'un coup pour aller embrasser Fernande et lui donner une caresse, comme elle aurait souhaité le faire à sa propre mère à l'instant présent.

Enhardie par la révélation de Fernande, Rose l'informa de la relation qu'elle entretenait depuis quelques années avec William, le fils du vieux monsieur Thompson. Elle n'en pouvait plus de garder le secret pour elle seule. Elle n'avait plus la capacité mentale de continuer à vivre dans l'attente d'un homme qui ne serait vraisemblablement jamais tout à fait libre de s'afficher avec elle. Elle réalisait aujourd'hui qu'il s'agissait d'un improbable amour. Cela faisait tellement longtemps que la situation perdurait, plus de neuf longues années.

Sa tante lui conseilla de mettre immédiatement un terme à cette fréquentation qui, elle le savait bien, ne la mènerait nulle part. Elle lui fit comprendre qu'il était clair que le riche monsieur Thompson l'utilisait au gré de ses besoins et qu'elle ne devait plus accepter de se laisser ainsi manipuler. Elle n'avait aucun avenir avec cet individu, qui n'était pas de son rang. Et, de plus, il était déjà engagé avec une autre femme, à qui il devait fidélité, même si elle souffrait d'une maladie mentale.

Afin de l'aider à tourner la page et de la protéger un peu de la tentation, Fernande offrit à Rose de venir s'installer avec eux, du moins pour quelque temps, histoire de se ressourcer au point de vue physique et psychologique. Fernande jugeait qu'en étant bien entourée, sa nièce vivrait mieux sa rupture et qu'elle serait aussi entre bonnes mains. Le rôle de maîtresse d'occasion était ingrat et humiliant.

Bien décidée à reprendre sa vie en main, Rose choisit rapidement d'accepter l'invitation. Elle dit à sa tante que dès le lendemain soir, après son travail, elle apporterait quelques vêtements.

— Tu prendras l'ancienne chambre de Julie. Ton oncle vient tout juste de finir de la peinturer. Pendant l'hiver, j'ai fait une nouvelle courtepointe avec des retailles de couture qu'une amie m'a données et tant qu'à faire du changement, j'ai dit à Léon que j'avais toujours rêvé d'avoir une pièce peinturée en jaune pâle.

— Mon oncle a pas l'habitude de vous refuser grand-chose ! Il vous aime assez !

— Quand j'y demande des affaires de même pendant ses vacances, il m'aime un peu moins ! Non, c'est des farces ! Des fois, un peu de changement, ça fait du bien.

Rose se sentait ragaillardie par cette soudaine sérénité qui l'enveloppait et lui redonnait l'espoir d'un avenir meilleur. Elle était convaincue qu'elle serait bien dans cette maison, car chacune des pièces était empreinte d'une douce quiétude.

Fernande était heureuse de voir sa nièce plus détendue mais elle réalisa que pour la toute première fois de sa vie, elle s'était totalement dévoilée et elle voulut faire une mise au point avec sa nièce.

— Tu sais, Rose, que c'est la première fois que je parle aussi ouvertement de cette période de ma vie, mais j'apprécierais que tu gardes ça pour toi.

— Ma tante, vous pouvez être certaine de ça! Je suis bien curieuse, mais je suis pas une bavarde.

— J'en ai jamais reparlé avec ton oncle Léon et bien entendu, mes enfants n'en savent rien non plus, alors tu peux imaginer le drame que ça pourrait créer.

— Inquiétez-vous pas, ma tante! On en parlera plus jamais. Je garde votre confidence dans mon cœur. C'est bête à dire, mais j'ai l'impression maintenant d'être moins triste et moins seule. Afin de changer le cours de la discussion, Fernande annonça à Rose l'arrivée prochaine de Georges.

— Est-ce que tu sais que ton oncle Georges va quitter Détroit pour revenir à Montréal?

— Ça, c'est une surprise! Voulez-vous bien me dire ce qui l'attire ici, lui qui a passé quasiment toute sa vie chez les Anglais?

— Il nous a expliqué que la compagnie GM a besoin de lui à l'usine de Sainte-Thérèse-Ouest. Moi, je pense qu'il souhaite se rapprocher de la famille un peu. Tu verras, en vieillissant, on ressent des affaires qui nous faisaient pas un pli sur la différence quand on était plus jeunes.

— Savez-vous à quel endroit il prévoit s'installer?

— Il semble qu'il s'achèterait un *bungalow*, comme il dit, mais il a pas donné plus de détails. Il va rester chez nous, lui aussi, en attendant de trouver quelque chose à son goût. Inquiète-toi surtout pas. Ça dérange pas que tu y sois en même temps; la maison est assez grande pour tous ceux que j'affectionne. Quand il y en a pour trois, c'est certain que le quatrième mourra pas de faim.

— Vous savez que j'aimerais ça le connaître un peu plus, mon oncle? Je l'ai déjà rencontré il y a quelques années au lac Brûlé, mais curieusement, personne en parlait dans la famille, comme si c'était un étranger. Pourtant, je le trouve tellement sympathique. En tous les cas, ça va au moins me changer les idées.

— Il sera assez content lui aussi. Je l'ai jamais raconté à personne, mais je suis très fière de lui. Il est pas tout nu dans la rue; il a gagné du bel argent en travaillant pour cette compagnie de *chars*-là. En plus, c'est pas le gars à dépenser pour des niaiseries. Je veux pas que tu penses qu'il est *cheap,* par exemple. S'il y a un homme généreux sur la terre, c'est bien ton oncle Georges. Tu peux me croire sur parole!

— Oui, vous avez raison, répondit Rose. Je sais que c'est lui qui paie pour le collège de Pierre.

— Qui t'a parlé de ça? demanda la tante Fernande qui avait pourtant gardé le silence sur tout ce qui concernait l'implication financière de son frère dans l'éducation de son neveu.

— C'est mémère, une fois, qui en a jasé à mots couverts, quand elle a commencé à se troubler. J'ai toujours pensé que c'était pour ça que c'était vous qui vous occupiez de Pierre.

— Tu aurais fait une bonne police, ma belle fille, lui répondit Fernande qui, quelque part, en avait assez de vivre dans ce monde rempli de cachotteries et de non-dits.

Apaisée par cette profonde conversation, Rose décida

de retourner chez elle tout de suite après le souper et son oncle Léon s'offrit pour aller la reconduire. Elle refusa cependant, prétextant qu'elle prendrait l'autobus et marcherait un peu pour faire passer le copieux repas qu'elle avait dégusté avec eux. Elle avait l'impression d'avoir fait un grand pas cette journée-là. Elle devait réfléchir à la tournure que prendrait sa vie, maintenant qu'elle venait de rompre mentalement avec son tout premier amour.

C'est le cœur plus léger qu'elle mit les pieds dans son logement, lieu où elle avait vécu tellement de chagrins durant les derniers mois. Elle fut cependant étonnée d'y percevoir la fumée d'un cigare. En s'avançant un peu plus dans l'appartement, elle trouva William Thompson, confortablement assis dans le meilleur fauteuil du salon, sirotant tranquillement un verre d'alcool.

Rose se faisait un devoir d'avoir du scotch Chivas à la maison pour les rares fois où son prétendant s'y présentait. C'était sa boisson préférée et, bien que ce fût hors de prix pour une fille gagnant un si misérable salaire, elle souhaitait qu'il ait la sensation d'être comme chez lui et qu'il éprouve l'envie d'y venir plus souvent. Rose n'avait alors d'autre ambition que de plaire et de séduire cet homme.

Deux ans auparavant, au moment où elle avait emménagé dans sa nouvelle demeure, elle avait donné une clé à William, en lui mentionnant qu'il pourrait ainsi la visiter en tout temps. Elle avait spécifié que sa porte lui serait à tout jamais ouverte et qu'il ne devait pas se gêner. Il ne l'avait pourtant jamais utilisée. Il s'était toujours rendu chez elle quand elle était présente et pour de très courtes périodes. Au cours de la dernière année, il était venu de moins en moins souvent, prétextant avoir beaucoup de travail. Elle ne comprenait donc pas son incursion subite de ce soir.

Enhardie par la conversation qu'elle venait d'avoir avec sa tante Fernande, Rose osa s'affirmer et entamer le processus de rupture. Elle ne devait aucunement permettre à William de la manipuler encore une fois.

— Qu'est-ce que tu fais ici? lâcha-t-elle, à la fois surprise et fâchée qu'il soit là, alors qu'elle avait finalement décidé de rompre. Pourquoi n'avait-il jamais agi de la sorte auparavant, au moment où elle ne cessait d'implorer le Ciel de lui accorder cette faveur?

— Belle façon de recevoir son amoureux! Tu étais où, ce soir? Je t'attends depuis plus d'une heure dans ton petit salon, dit-il avec une moue de mépris.

Rose fut consternée par le ton que William empruntait pour s'adresser à elle. Une intonation qui ressemblait étrangement à celle que son père employait quand il faisait des reproches injurieux à sa mère. Ce n'était pas le William distingué qu'elle avait connu au lac Brûlé. Elle réalisait tout à coup que durant les derniers mois, celui-ci avait vraiment changé d'attitude. Les quelques fois où elle l'avait vu, il lui semblait qu'il agissait différemment et cela lui fit l'effet d'une douche froide. Les paroles de tante Fernande lui revinrent en mémoire.

Ce soir, William Thompson était une créature qui lui rappelait beaucoup trop Ernest Potvin!

— William, tu vas m'excuser, mais je travaille tôt

demain matin, alors j'aimerais me reposer, lui dit-elle avec un timbre de voix teinté d'assurance.

— Tu racontes toujours que je viens pas assez souvent pour te voir et là, tu me mets quasiment à la porte, bougonna-t-il, en laissant échapper un rot alcoolisé.

Rose se sentit tout à coup mal à l'aise devant cette situation incongrue. Elle avait l'impression d'être fautive alors qu'elle était bel et bien chez elle et qu'en réalité, elle n'était nullement contrainte de rendre des comptes à qui que ce soit. Elle tenta tant bien que mal de se sortir de ce guêpier, prenant conscience de l'emprise que William avait progressivement gagnée sur elle au fil du temps.

— C'est pas ça, William, mais j'ai eu une rude journée et je dois me lever tôt demain matin. Alors essaie de comprendre !

— Si c'est de même que tu prends ça ! répliqua-t-il d'un ton méprisant.

— J'aimerais aussi que tu me remettes ma clé d'appartement. Tu l'avais jamais utilisée auparavant de toute façon. Je suis pas tellement heureuse d'avoir ce genre de surprise quand j'arrive chez moi !

Celui qui avait l'habitude de diriger du personnel depuis toujours n'aimait pas beaucoup qu'on lui dicte sa conduite. Sous l'effet de l'alcool, il fut tout à coup décontenancé par l'attitude de cette petite campagnarde désireuse de s'affirmer pour la première fois. Il en avait vu d'autres et il refusait de subir la moindre domination.

— Il y a quelqu'un d'autre, c'est certain ! Tu fais ton indépendante parce que tu t'es trouvé un homme à mettre dans ton lit ?

— Non, William, il y a personne, je te le jure. S'il te plaît, c'est pas le moment et tu sembles pas dans un état pour discuter. J'aimerais ça que tu partes tout de suite. Si tu veux, on reparlera de tout ça une prochaine fois.

Rose se disait qu'en s'en allant vivre quelques semaines chez sa tante Fernande, elle couperait définitivement les ponts avec William et que ce serait plus facile ainsi de reprendre sa vie en main. Elle trouvait cependant que la discussion s'éternisait et constatait que le climat s'envenimait dangereusement. Elle se demandait comment mettre fin à ce mauvais scénario.

William, de son côté, ne voyait pas cela du même œil. Il n'était rien de moins que frustré et il avait bien l'intention de ne pas s'être déplacé pour rien. Il s'approcha donc de Rose et tenta de l'embrasser. Elle détourna la tête en lui disant qu'il n'avait pas compris, ce qui l'insulta férocement.

Elle réalisa ainsi qu'il était dans un état d'ivresse très avancé, beaucoup plus qu'elle n'avait pu l'imaginer.

William insista alors pour serrer Rose contre lui et lui palper les seins. Elle se démenait avec fougue, soudainement gênée par ses caresses brusques, à la limite de la vulgarité. Son vis-à-vis semblait pour sa part particulièrement excité de cette résistance farouche, qu'il interprétait comme un jeu du chat et de la souris. Il en remettait donc et la malmenait, allant jusqu'à déchirer sa délicate blouse pour mordre goulûment sa poitrine. Profitant de sa forte stature, il la fit basculer brutalement sur le divan et, sans aucun scrupule, il transforma sa maîtresse en victime. Il utilisa, sans son consentement, le corps de celle-ci comme on le ferait avec un vieux morceau de chiffon.

Il releva ensuite son pantalon et ramassa son veston en constatant que Rose avait cessé de se débattre et qu'elle semblait maintenant amorphe. Il quitta les lieux en titubant, laissant négligemment tomber la clé de l'appartement sur la table d'entrée.

Longtemps après son départ, Rose, désabusée, se leva et récupéra la clé, croyant innocemment que la reprendre pourrait effacer tout le mal qu'elle lui avait causé. Elle s'effondra alors devant la porte, après avoir pris la peine de la verrouiller à double tour.

Elle pleura abondamment et n'eut qu'une seule et unique pensée: le même individu qui lui avait fait l'amour pour la toute première fois s'était permis de la violer ce soir.

— Maman, murmura-t-elle en sanglotant, pourquoi? Dis-moi pourquoi on doit tellement souffrir pour aimer, pour être aimé. Donne-moi la force de continuer ou bien fais-moi un signe et j'irai te trouver là où j'aurai plus jamais mal!

Rose se coucha dans son lit, recroquevillée comme un fœtus. La nuit s'annonçait tout aussi pitoyable que sa pauvre vie. Les joues baignées de larmes et le corps meurtri, elle sombra dans un sommeil qu'elle aurait souhaité éternel.

Malgré tout, le lendemain matin, le jour poindrait, mais Rose ne serait plus jamais la même.

On avait brisé son cœur, bien sûr, mais plus encore, on avait souillé son âme.

Elle était déjà vulnérable avant que ne survienne ce triste événement. Saurait-elle se relever et reprendre sa vie en main ou devrait-elle s'isoler plus profondément?

Rose avait toujours eu peur de devenir enceinte à la suite d'une relation avec William, mais encore plus ce soir, alors qu'il n'avait pris aucune précaution...

CHAPITRE 3

Retour au pays

(Été 1969)

Cela faisait très longtemps que Georges songeait à revenir au Canada, mais il remettait toujours son projet à plus tard quand il réalisait toute l'importance que prenait son travail dans son existence.

Dès sa jeune trentaine, il avait eu l'occasion de gravir rapidement les échelons de la prestigieuse compagnie General Motors à Détroit, dans le Michigan. Il assumait de grandes responsabilités, mais il avait un excellent sens de l'organisation. Son ouverture d'esprit et son leadership lui permettaient d'évoluer facilement au sein de son groupe d'employés.

Ce printemps-là, un haut dirigeant de l'entreprise lui avait proposé d'accepter un poste d'une grande importance à l'usine de Sainte-Thérèse-Ouest, afin d'instaurer un nouveau système de contrôle de la gestion du temps des ouvriers travaillant aux lignes de montage. Sa renommée dans le domaine administratif dépassait les frontières et ce n'était pas de gaieté de cœur que ses supérieurs de Détroit avaient accepté de s'en départir.

Ils lui témoignèrent toute leur reconnaissance pour les nombreuses années où il avait fidèlement servi l'entreprise. Ils donnaient ainsi à Georges la possibilité de terminer sa carrière dans le pays qui l'avait vu naître et ce dernier se réjouissait également de revenir s'installer auprès des siens. En vieillissant, il éprouvait plus fréquemment une étrange nostalgie et il voulait être à l'écoute de ce sentiment empreint de sagesse et de sérénité.

Il serait donc à Montréal pendant quelques semaines, le temps de se trouver une maison qui lui conviendrait parfaitement, et il retournerait ensuite à Détroit pour y planifier son déménagement prévu en juillet prochain. Il s'apprêtait ainsi à tourner une autre page de sa vie, mais cette fois-ci, avec la région de Montréal comme toile de fond.

Georges était heureux d'avoir l'occasion de se rapprocher de sa famille, et particulièrement de sa sœur Fernande. Mais ce dont il se réjouissait le plus, c'était d'enfin pouvoir côtoyer Pierre, que le destin semblait vouloir furtivement intégrer sur son chemin de solitaire. Depuis que le garçon était pensionnaire, ils avaient entretenu une correspondance assidue, raffermissant les liens qui les unissaient. Dans un futur proche, Georges souhaitait avoir l'occasion d'offrir à Pierre des moments inoubliables et il espérait également être en mesure de lui apprendre à pardonner, et surtout à oublier, afin de grandir en maturité.

Georges voulait ainsi rattraper le temps perdu et permettre à Pierre de faire une croix sur les difficultés qu'il avait vécues auprès d'Ernest, celui qui n'était son père que dans un malheureux registre paroissial. On ne pouvait ignorer si outrageusement un enfant et c'était pour cette raison qu'il envisageait de lui offrir un nouveau départ. Impossible d'annihiler les erreurs du passé; cependant, chaque période de bonheur pourrait éventuellement embellir l'avenir de cet adolescent et l'encourager à devenir un homme bon.

Dès son arrivée à Montréal, Georges s'installa chez sa sœur Fernande comme l'avait fait sa nièce Rose la semaine précédente. Il n'avait pas revu la jeune fille depuis sa dernière visite au lac Brûlé et il constata avec étonnement qu'elle avait considérablement vieilli. Cette créature dans la fleur de l'âge faisait rejaillir dans sa mémoire le doux visage de sa chère Pauline, tel qu'il l'avait vu pour la dernière fois.

Protecteur depuis toujours, Georges avait instinctivement perçu un certain malaise chez sa nièce et en avait discuté avec sa sœur.

— Fernande, avait-il dit avec son accent de Franco-Américain, tu trouves pas que la petite a l'air plutôt *sad*?

— Je me souviens des premières fois où tu m'as dit ce mot-là au téléphone. J'ai jamais eu vraiment la chance de parler anglais. Oui, tu as raison, elle est très triste, mais il y a juste le temps qui peut arranger les affaires et, bien sûr, l'amour d'une famille. C'est pour ça que je lui ai demandé de venir s'installer à la maison.

— Des problèmes de cœur, je suppose?

— Oui, mais c'est inévitable selon moi. On est tous passés par là, hein, mon petit frère? ajouta-t-elle en lui tapotant la joue comme l'aurait fait sa propre mère.

— Si on pouvait donc les empêcher de traverser ces *steps*-là !

— En même temps, on doit vivre nos expériences personnelles si on veut grandir.

Tous les deux souhaitaient éviter que la jeune fille reste seule à broyer du noir. Georges décida alors de convaincre Rose de s'impliquer activement dans sa recherche d'une résidence à Montréal ou en banlieue.

— Rose, est-ce que ça te dirait de venir visiter quelques *cottages* avec moi, samedi prochain ? Je connais plus tellement les environs et tu pourrais me servir de guide !

— Moi, mon oncle ? demanda-t-elle, étonnée par cette requête.

— Oui ! Tu sais qu'il y a parfois des mots en français dont j'ai peine à me souvenir. Ça serait pas méchant non plus d'avoir l'opinion d'une femme avant de faire mon choix définitif. Tu sembles avoir beaucoup de goût.

Rose fut surprise et enthousiaste à l'idée de passer du temps avec cet homme qu'elle admirait depuis toujours. Ses yeux si souvent tristes s'illuminèrent comme le soleil perçant les nuages.

— Ça me ferait plaisir, mon oncle, mais je connais pas grand-chose dans ce domaine-là. Au lac Brûlé, on vivait dans la vieille bicoque de pépère et depuis, je reste dans des logements pas tellement modernes. Je vais avoir de la difficulté à faire des comparaisons, dit-elle en rigolant.

— C'est plaisant de te voir rire, Rose. Tu es bien plus belle ainsi. Tu devrais le faire *more and more*. Pour ce qui est des visites de maisons, tu dois pas t'inquiéter pour ça. La vraie raison, c'est que j'ai pas le goût de me promener tout seul et ta présence me permettra de passer une bonne journée tout en parcourant les alentours de Montréal. Il y a eu énormément de nouvelles constructions depuis que je suis parti; c'est un peu comme si j'avais jamais vécu ici.

— C'est d'accord pour samedi matin, j'irai avec vous. Vous avez pas peur que les gens me prennent pour votre fille? ajouta-t-elle sans réfléchir, ce qui la fit brusquement rougir.

— J'aurais bien aimé avoir une enfant comme toi, lui répondit Georges, nullement gêné par son propos. Ton père le réalise peut-être pas, mais c'est un homme chanceux!

— Peut-être pas tant que ça... dit Rose tout bas, en marchant vers sa chambre.

L'épisode où William l'avait prise contre son gré était relativement récent et elle se sentait extrêmement coupable quand elle se le remémorait. Peut-être avait-elle couru après, lui aurait sûrement reproché son père et il aurait pu avoir raison. Une fille qui se respectait un tant soit peu n'aurait pas accepté de coucher avec un homme marié.

Rose vivait difficilement avec cela sur la conscience et elle ne pouvait avouer une telle faute à personne, pas même à sa tante Fernande. Bien sûr, William était ivre au moment où il avait posé ces gestes et, bien qu'elle ne lui pardonnât pas complètement, elle n'aurait osé en parler à quiconque, craignant de nuire à la réputation de celui-ci.

Ce soir-là, elle s'était endormie après avoir rédigé son journal. Elle réalisa alors que même à ce petit cahier, elle ne pouvait tout dévoiler, contrainte d'écrire ses joies et ses peines à mots couverts. Elle devrait faire en sorte d'occulter ces moments et de se forcer à se trouver une quelconque raison de vivre ; sinon elle se détruirait peu à peu.

Sa seule confidente était sa mère, qu'elle priait quotidiennement et à qui elle enjoignait de l'aider à traverser les heures où la solitude était la plus lourde. C'était sûrement elle qui avait mis son oncle Georges sur sa route pour apaiser son désarroi.

* * *

C'est ainsi que la jeune femme s'était liée d'amitié avec le fameux oncle des États qu'elle trouvait si élégant et distingué quand elle était petite. Il était encore beau garçon, bien que ses cheveux se fassent plus rares par endroits et grisonnants sur les côtés. Il avait un port de tête altier et s'habillait avec des vêtements raffinés en tout temps. Même son pyjama et sa robe de chambre étaient confectionnés avec soin.

Il avait décidé un jour de partir du lac Brûlé et, en peu de temps, il était devenu un individu très différent. Le fait d'avoir été dupé par son propre frère n'était pas étranger à l'énergie qu'il déployait pour gagner tous les combats. Il avait rapidement pris conscience qu'il avait les aptitudes pour prendre sa place dans la société. Rose se prit à penser qu'elle aimerait posséder un jour la noble assurance de son oncle Georges. Elle ignorait cependant toutes les années de souffrance qu'il avait dû traverser pour atteindre cette forme de quiétude.

* * *

Ce samedi matin-là, pour la première fois depuis un bon moment, Rose se réveilla avec le bonheur au fond des yeux. Elle avait de nouveau le goût de vivre. Il lui semblait que, depuis déjà trop longtemps, elle se contentait d'être l'ombre d'elle-même. Elle avait consacré quelques-unes de ses plus belles années à ce qu'elle croyait être sa destinée. Il lui fallait tourner la page et s'ouvrir à une existence paisible et sincère, et elle avait la conviction que cet oncle pouvait l'aider à renaître à la vie.

Fernande, toujours la première debout, s'affairait à préparer un déjeuner copieux comme elle le faisait tous les samedis matin. Au menu : des œufs, du bacon et des fèves au lard, le tout servi avec le délicieux pain pétri et cuit à la main la veille.

— Bonjour, ma grande ! As-tu passé une bonne nuit ?

— Oui, ma tante, répondit Rose d'un ton enjoué qui faisait plaisir à entendre. C'est magique ici, je dors comme un bébé et c'est grâce à vous deux. On a l'impression d'être en sécurité et en plus, il y a jamais un mot plus haut que l'autre.

— Pourquoi ça serait pas comme ça ? Quand on aime la vie, il faut apprendre à apprécier tout ce qu'elle nous procure au jour le jour. En fondant une famille, je savais déjà que jamais au grand jamais ma maison serait un

nid à chicanes. Et si mon bon Léon avait pensé différemment, il serait pas ton oncle aujourd'hui, je t'en
passe un papier! expliqua Fernande en riant de bon
cœur, mais en étant également convaincue des propos
qu'elle tenait.

— Vous trouvez pas ça difficile d'avoir constamment
de la visite?

— Pantoute! Tu nous imagines, tous les deux, seuls
comme des cotons, maintenant que les enfants sont
partis? Quand Julie s'est mariée et qu'elle est partie
vivre à La Présentation, j'aurais jamais pensé que dans
la même année, mon plus jeune la suivrait pour aller
travailler à la ferme de ses beaux-parents.

— Deux départs dans la même année, je comprends
que ça a dû vous affecter, mais vous êtes pas obligée de
recueillir tous ceux qui sont dans le besoin pour autant!

— Si je faisais pas ça, je m'ennuierais à mourir.

— En tout cas, je vous remercie de m'avoir invitée
chez vous!

— Ça me fait tellement plaisir d'avoir une jeune fille
avec moi dans la maison. Changement de sujet, le beau
Georges fait la grasse matinée, on dirait! C'est à croire
qu'il avait besoin de sommeil.

— Il m'impressionne vraiment, cet oncle-là, répliqua
Rose avec enthousiasme. C'est de valeur qu'on l'ait pas
connu avant.

— Vous allez le voir plus souvent, asteure qu'il restera
plus proche. Tiens, quand on parle du loup, il se montre
le museau.

— *Hi girls, how are you this morning*? s'exclama

Georges, toujours de bonne humeur dès qu'il ouvrait les yeux sur une nouvelle journée.

— Est-ce que c'est moi qui ai fait trop de bruit quand je me suis levée ? demanda Rose, gênée. J'ai échappé mon cadran en voulant le fermer, poursuivit-elle, craignant continuellement de déranger.

— Non, mais en vous écoutant parler, Fernande et toi, je pensais m'être réveillé dans un poulailler, répliqua Georges, enchanté de pouvoir se laisser aller à de petites taquineries familiales.

Léon arriva à son tour, bon dernier, en entendant ces rires empreints d'une saine énergie. Le pauvre gars n'avait qu'une vitesse et elle s'apparentait drôlement à celle d'une tortue. Tout le monde s'attabla pour profiter du déjeuner.

— Si j'étais restée à la maison aujourd'hui, j'aurais pu vous aider à faire le ménage de fin de semaine.

— Inquiète-toi pas pour ça ! Ton oncle Léon va se faire un plaisir de me donner un coup de main.

— Qu'est-ce que tu racontes là, Fernande ? Tu sais bien que j'ai pas d'aptitude pour ce genre d'ouvrage. De toute façon, je serais jamais assez vite pour pouvoir te suivre. On dirait toujours que tu as le feu au derrière !

— J'ai juste lancé ma ligne à l'eau. Si tu avais mordu, je t'aurais montré comment fonctionne la balayeuse ! ajouta Fernande pour taquiner son mari, qui détestait les travaux ménagers.

— Vous savez, ma tante, c'est quoi la différence entre un homme et un chat ?

— Non, j'ai pas d'idée.

— Il y en a pas! Ils ont tous les deux peur de l'aspirateur!

Et c'est sous le signe de la bonne humeur que commença cette journée, qui serait déterminante pour l'avenir de la jeune fille.

Rose aida Fernande à laver la vaisselle et, anxieuse, demanda à son oncle Georges à quelle heure il voulait partir.

— Dès que tu seras prête, ma belle.

— Ça prendra pas de temps, répondit celle-ci, flattée d'avoir la chance de partager ces moments avec cet homme qui lui inspirait tellement confiance.

Rose avait l'impression de sortir avec une grande personnalité et elle se devait d'être à la hauteur. Elle mit donc beaucoup de soin à se préparer et elle choisit de se vêtir confortablement, mais en veillant à ajouter une certaine touche d'élégance à sa tenue. Elle opta pour une robe cintrée de coton bleu et un petit soulier plat, et c'est ainsi qu'elle fit son entrée dans la cuisine. Un magnifique foulard soyeux retenait ses longs cheveux bruns. Georges fut stupéfait quand il la vit surgir dans la pièce. Tout en elle lui rappelait la fraîcheur de Pauline dans ce qui lui semblait être une tout autre réalité, dans un monde qui appartenait à sa jeunesse au lac Brûlé. Son cœur qu'il croyait guéri le faisait souffrir à nouveau, mais à un degré moindre, la peine ayant heureusement subi l'usure du temps.

Douce consolation, il pourrait donner à cette nièce toute l'affection possible. Il savait qu'elle n'avait pas eu une enfance facile dans la demeure de ce vieil ours d'Ernest et il compatissait à sa peine d'avoir perdu sa mère si tôt dans la vie et particulièrement dans des circonstances aussi tragiques. Il réalisait maintenant que les oncles et les tantes, tout comme les grands-parents, ont souvent un rôle primordial à jouer auprès des enfants à différentes époques de leur existence. Il entendait ne pas faillir à la tâche. Il avait une magnifique famille à aimer et cela nourrirait son cœur de célibataire endurci.

L'oncle et la nièce firent donc les deux premières visites de maisons dans la région de Ville-Saint-Laurent. Georges fut fort déçu de la vétusté des résidences disponibles dans ce coin de la ville. Il avait atteint un niveau de vie qu'il n'était pas prêt à délaisser. Sans rechercher l'opulence, il aspirait au bien-être et voulait trouver un endroit qui lui conviendrait parfaitement.

Rose réalisa qu'ils étaient à proximité de son logement et elle lui offrit candidement d'aller y prendre une pause.

Elle demeurait dans un trois et demie de la rue Cambridge, au deuxième étage d'un duplex. C'était sobre, mais de bon goût. Un salon de bonne taille, qu'on trouvait à gauche, en entrant dans l'appartement, était joliment meublé d'antiquités, mais Rose avait su y ajouter une touche de modernisme. Deux coussins aux teintes vives ornaient le divan de style victorien. Elle connaissait les beaux objets et souhaitait que la vie lui procure la possibilité d'en être entourée.

La cuisine, de petite dimension, était située à l'arrière du logis. Une toute petite table de bois avec deux panneaux qui se rabattaient et deux chaises occupaient tout l'espace. Cette pièce était abondamment éclairée par une grande fenêtre et une porte vitrée, qui s'ouvrait sur un minuscule balcon, tout juste assez vaste pour permettre à Rose d'installer un banc et d'utiliser la corde à linge.

La vue à l'arrière donnait sur la cour d'une école primaire et, chaque fois que les cloches sonnaient, Rose avait l'impression que c'était la vie qui lui rappelait que le temps passait et qu'elle devait se prendre en main une fois pour toutes.

Georges avait eu l'occasion de parler avec sa sœur durant la semaine précédente et celle-ci lui avait révélé dans quel bourbier Rose s'était enlisée au fil des années. Fernande se disait qu'ils ne seraient pas trop de deux pour aider la jeune fille à s'en sortir.

En pénétrant dans l'appartement, Georges constata qu'elle consacrait sûrement une grande partie de son salaire afin de pouvoir le conserver, ce qui n'était pas tout à fait réaliste.

— C'est très bien chez toi, Rose. Est-ce que tu crois que tu... hésita-t-il en cherchant ses mots en français, *stay here* longtemps? dit-il finalement, pour ne pas perdre le fil de ses pensées.

Georges avait habité dans une région anglophone pendant une longue période et il cherchait parfois des termes anodins dans sa langue maternelle, mais il n'était pas gêné pour autant. Il appréciait qu'on lui rafraîchisse la mémoire, en sachant fort bien que tout reviendrait à la normale très bientôt. Sa correspondance assidue avec Pierre l'avait beaucoup aidé à retrouver une grande partie de son vocabulaire en français.

— J'adore vous entendre parler avec votre petit accent,

lui dit Rose pour le flatter, mais dites-moi donc pourquoi vous me demandez si je vais rester ici longtemps?

— Depuis mon arrivée à Montréal, *I have a feeling that there is* un garçon dans tes yeux! Je les trouve tristes au lieu de joyeux. Aussi, je pense que dans ce logement, tu as *many memories* et pas toujours bons!

— Ma tante Fernande vous a parlé? répliqua-t-elle sur un ton empreint de contrariété.

— Elle en a pas eu besoin, car je l'ai senti. Il faut que tu comprennes que j'ai un peu d'expérience; *you can't hide* tous tes longs soupirs de regret, ça ment pas. Moi aussi, j'ai déjà eu de la peine.

— Je le sais. Vous avez aimé ma mère! lâcha-t-elle, embarrassée et plutôt dépitée d'avoir été ainsi percée à jour.

— *Yes*, Rose! Je l'ai beaucoup aimée et j'ai pas honte de le dire simplement!

— Et Pierre est votre fils! ajouta la jeune femme, sans aucune retenue.

— *How do you know that*? dit-il stupéfait d'avoir été ainsi démasqué. Je croyais pourtant avoir été assez discret!

Un ton de familiarité s'était installé entre eux et il semblait que leurs peines communes créaient un lien qui en ferait maintenant des alliés. Sans se le dire, ils avaient en quelque sorte scellé un pacte selon lequel ils entendaient s'entraider pour atteindre le vrai bonheur. Laisser derrière larmes et regrets afin de vivre pour de bon.

— C'est mémère, la bavarde! expliqua Rose en riant, maintenant que le stress d'avoir été découverte était passé. Au début de sa maladie, elle a fait tellement d'allusions que j'ai finalement pu deviner. Ma tante Fernande me l'a confirmé un jour.

— Si Ernest avait pris soin de Pierre comme il devait le faire, *I wouldn't have returned here*, au Canada. *But I could'nt accept...* C'est pas la faute de l'enfant, il avait pas le droit de le maltraiter ainsi.

— Et tout ce temps-là, vous saviez comment ça se passait chez nous, au lac Brûlé?

— Oui, *at least in part* et heureusement, Fernande *checkait* un peu et elle m'a immédiatement fait signe quand elle a su que Pierre s'était retrouvé à l'hôpital.

Au terme de cette discussion avec son oncle, Rose avait l'impression de ne plus être la même personne, alors que de son côté, Georges se sentait fier d'avoir pu évoquer son fils librement. Il faisait bon pouvoir se laisser aller aux confidences sans craindre le jugement des autres. Toute sa vie, il avait joué à la cachette avec ses sentiments et il voulait maintenant sortir de l'ombre.

Rose regardait cet individu qu'elle aimait beaucoup et s'interrogeait à savoir s'il avait un jour pris une femme contre son gré, comme William l'avait fait avec elle. Était-il possible que derrière tous les hommes se cache une bête qui sommeillait? Elle avait des pensées incohérentes à ce sujet et tentait de comprendre.

Elle aurait aimé pouvoir reparler à William Thompson afin qu'il lui explique ce qui l'avait mené à agir de la sorte, mais elle craignait également de se retrouver seule avec lui. Non qu'elle ait peur qu'il la maltraite à nouveau, mais il était dangereux qu'elle puisse retomber encore une fois sous son charme!

Malgré le mal qu'il lui avait fait, Rose lui cherchait des excuses, mais elle savait pertinemment qu'il était beaucoup plus sage qu'elle ait mis un terme à cette relation qui ne la menait nulle part.

Somme toute, sa journée lui avait été bénéfique et avait apaisé momentanément sa douleur. Il lui semblait maintenant qu'elle voyait une lumière au bout du tunnel.

Georges et Rose terminèrent donc leurs visites et ne revinrent chez Fernande qu'à la fin de l'après-midi. Ce fut en riant qu'ils entrèrent dans la maison.

— Déchaussez-vous ! leur cria Fernande du fond de la résidence. Je viens de finir de cirer le plancher de la cuisine et celui du passage.

— C'est bien correct, ma sœur, lui répondit Georges en faisant un clin d'œil à sa nièce. *Anyway*, on le savait. Aussitôt qu'on a pris la sortie d'autoroute pour embarquer sur le Métropolitain, ça s'est mis à sentir la *Johnson's Wax* à plein nez !

— Vous pouvez bien rire de moi, mais si mes planchers sont pas cirés rendu au samedi soir, il me semble que je file pas bien.

Tout le monde s'était assis autour de la table familiale afin de raconter le déroulement de la journée. Fernande avait hâte de connaître tous les détails des visites de son frère et de sa nièce. Ceux-ci avaient une foule d'anecdotes à narrer, mais ils gardèrent pour eux les moments les plus importants, ceux qui, assurément, en feraient des complices pour la vie.

Georges serait à jamais le protecteur de Rose et celle-ci, en retour, aimerait son oncle comme un bon père, ce que le sien n'avait jamais représenté pour elle. La solitude ne serait plus jamais leur fardeau.

* * *

Au cours des semaines qui suivirent, Georges visita à nouveau des maisons, mais cette fois-ci, sur la rive nord de Montréal, plus précisément à Sainte-Thérèse-Ouest. Il avait eu un coup de foudre pour cette petite ville de banlieue qui se développait assez rapidement en raison de sa proximité avec l'usine General Motors.

Il opta finalement pour la résidence la plus cossue d'un quartier très récent où la verdure et des aménagements aux allures modernes étaient privilégiés.

Il serait ainsi installé dans les parages de son nouveau travail et quand même près des membres de sa famille. Il pourrait encore profiter des bons repas de sa sœur Fernande et côtoyer plus régulièrement son fils Pierre.

Il se réjouissait également de pouvoir retourner plus régulièrement à Sainte-Agathe-des-Monts, où il avait vécu ses jeunes années. Il pourrait, à sa guise, visiter sa nièce Diane et sa marmaille. Il en profiterait aussi pour renouer avec des amis ou des connaissances qu'il avait perdus de vue depuis qu'il avait quitté la région.

Au-delà de tous ces plaisirs, son plus grand bonheur serait de rendre visite à sa vieille mère à l'hôpital de L'Annonciation le plus souvent possible. Même si celle-ci ne le reconnaissait pas, il voulait pouvoir toucher cette main qui l'avait si souvent cajolé quand son cœur d'enfant débordait de larmes. Comme il était reconnaissant envers cette femme de lui avoir un jour enseigné les bonnes valeurs! Il y tenait encore tant aujourd'hui. Il lui était aussi redevable d'avoir pris Pierre sous son aile alors qu'il était tout petit et sans défense. N'eussent été les soins prodigués par l'aïeule, celui-ci n'aurait pas survécu au décès de sa mère. Sans elle, il aurait vraiment été seul au monde.

Georges fêterait ses cinquante-sept ans en novembre prochain, mais il ne faisait pas son âge. Il était dans une forme splendide. Il effectuait une longue promenade tous les jours, mangeait très bien, ne fumait plus depuis plus de vingt ans et ne buvait que socialement et avec modération. Son seul vice connu était qu'il aimait bien mettre du piquant dans une activité en pariant quelques dollars. Les parties de hockey ou de baseball lui semblaient plus enlevantes s'il y avait un enjeu. S'il souhaitait vraiment se faire plaisir, il allait à Blue Bonnets, l'hippodrome de Montréal, mais il devait alors établir un montant maximum qu'il pouvait dépenser sans nuire à ses finances.

Durant les premières années de sa vie à Détroit, il avait mené une existence assez mouvementée, butinant d'une femme à l'autre et terminant souvent ses soirées dans les vapeurs de l'alcool. Il voulait oublier le passé, mais ce n'était pas la voie à suivre et il s'en était vite rendu compte. Dès qu'il recouvrait ses esprits, il était encore plus démoli qu'au moment où il avait ingurgité son premier verre la veille.

À cette époque, par un heureux hasard ou guidé par le Tout-Puissant, il demeurait à côté de la cathédrale du

Très-Saint-Sacrement, à Détroit. Cette magnifique église catholique construite dans un style gothique normand était, par sa prestance, enveloppante et rassurante pour qui prenait la peine de la fréquenter. Georges y avait repris confiance en la vie en la visitant régulièrement. Loin de sa terre natale, il trouvait en ces murs une sérénité et une chaleur qui lui permettaient de faire le plein d'énergie.

Beaucoup plus tard, dans une période de recueillement, il avait perçu le message de la divinité présente en ces lieux saints. Si la Providence lui avait ravi Pauline, elle lui avait donné en retour un enfant à aimer.

Depuis quelques années, la correspondance qu'il entretenait avec Pierre avait été régulière et empreinte de propos sincères. On pouvait côtoyer des gens et les négliger, mais on pouvait cependant être très loin d'eux et pourtant se sentir important et apprécié. C'est ce qu'il ressentait chaque fois qu'une lettre lui parvenait. Au début, c'était de courts récits d'un enfant qui s'ennuyait dans le collège qui lui avait été imposé, mais qui était reconnaissant de la chance qu'il avait d'apprendre jour après jour. Avec les années, les messages étaient plus engagés et le ton devenait limpide et attachant. Les deux hommes avaient créé un lien tangible, et Georges souhaitait l'approfondir. C'est ainsi que, pour la toute première fois, il avait envisagé un retour au Québec. Les écrits ne lui suffisaient plus; il voulait pouvoir côtoyer son fils à l'occasion. L'exilé aspirait à revenir aux sources, sa blessure ayant désormais un baume prénommé Pierre.

Depuis qu'on parlait d'union libre, Georges se disait que tout aurait probablement été plus simple s'il avait vécu son histoire d'amour aujourd'hui et non pendant ces années teintées d'hypocrisie et de mensonges. Il était, à cette époque, impensable de même songer au divorce. Aussi, même si elle en avait eu la possibilité, qui sait si Pauline n'aurait pas tout simplement repris sa liberté plutôt que de mettre fin à sa vie?

Dans les semaines qui suivirent leur discussion et la visite des maisons de Sainte-Thérèse-Ouest, l'oncle Georges utilisa la ruse pour provoquer une autre rencontre avec sa nièce en s'offrant pour la conduire à son travail.

— Je peux très bien prendre l'autobus. Vous partez plus tard que ça, d'habitude.

— Profites-en donc pendant que je suis encore ici. Dans très peu de temps, je vais *mover* dans ma nouvelle maison.

Rose accepta donc l'offre de son oncle qu'elle aimait particulièrement, et elle en profita pour s'informer des travaux qu'il faisait effectuer dans sa future résidence.

— Savez-vous quand les travaux seront terminés?

— Ça devrait plus être long. Disons que je voulais en profiter pour faire du *refreshing*, peinturer au complet et changer toutes les *carpets*.

— Surtout le tapis de votre chambre, qui était beige avec des imprimés de feuilles d'érable aux teintes de jaune, de rouge et d'orange. Ça donnait mal au cœur rien qu'à le regarder! Il y a des gens qui ont de l'argent, mais qui ont pas de goût.

— Tu me fais tellement rire, lui dit Georges, qui profitait abondamment de la présence de sa jeune nièce, comme s'il souhaitait rattraper le temps perdu.

— Ma tante Fernande m'a dit que vous étiez allé porter des pantalons chez le tailleur pour les faire agrandir, dit-elle en riant. C'est sa faute, elle qui passe son temps à nous faire de si bons desserts. Moi aussi, je devrais faire attention pour pas prendre trop de poids.

— Si ma mère était là, elle te répondrait : « T'en fais pas, ma belle fille, quand l'appétit va, tout va ! » Je crois que c'est vrai parce que tu as maintenant l'air en bonne *shape*. As-tu repensé à notre conversation de l'autre jour ?

— Oui et je me sens beaucoup mieux depuis que j'ai parlé avec vous. On dirait que parce que vous venez de loin et que vous avez du vécu, j'ai moins peur d'être jugée.

— Ça fait bien longtemps que j'ai arrêté de m'en faire avec les opinions de tout un chacun. As-tu déjà pensé quitter ton appartement qui renferme autant de souvenirs ?

— Mais pour aller où ? J'ai un emploi dans la région et c'est ce que je voulais, travailler dans un hôpital.

— La femme de mon comptable travaille à l'Hôtel-Dieu de Saint-Jérôme et ils ont besoin d'employés. Je me disais que tu serais bien *in the middle*, entre la ville et la campagne.

— C'est pas mal tentant, mais il faudrait que je me trouve un logis dans ce coin-là et avant, je dois sous-louer le mien. Je venais tout juste de renouveler mon bail.

— Si tu veux, je peux mettre une annonce sur le

tableau des employés au bureau. Et pour la *job*, si ça te tente, je t'organise un *meeting* avec la madame. Tu as déjà l'air tout excitée par ce projet.

— On dirait que vous êtes comme un magicien et que vous avez la solution à tous les problèmes.

— C'est bien souvent plus facile de régler les ennuis des autres que les nôtres. Si je peux t'aider en quoi que ce soit, je serai l'homme le plus heureux de la terre. Pendant des années, j'ai vécu loin de ma famille et j'ai aujourd'hui l'occasion de partager des moments comme celui que l'on vit présentement. *I feel like I'm blessed by the Gods*[6] !

— Vous y allez pas avec le dos de la cuillère, mon oncle !

Tout juste un mois plus tard, Rose accepta un poste avec une meilleure rémunération à l'hôpital Hôtel-Dieu de Saint-Jérôme. Avec l'aide de son oncle Georges, elle trouva dans cette municipalité un beau logement dans un duplex situé à moins de deux minutes de son nouveau travail et à moindre coût que dans la grande ville.

Tout semblait aller divinement bien. De jour en jour, Rose faisait le deuil de son premier amour et, étrangement, elle ne cultivait pas d'amertume. Elle voulait se permettre de croire en l'avenir, car sinon, elle abdiquerait et ferait comme sa mère, mais elle entendait chasser cette option de son chemin de vie.

Son oncle lui avait raconté avoir sous-loué son appartement de Ville-Saint-Laurent à une connaissance,

---

6   Je me sens béni des Dieux !

quand, en réalité, il avait dédommagé financièrement le propriétaire afin qu'il accepte de résilier son bail. C'était dans sa nature de prendre de telles décisions pour régler les soucis de ceux qu'il aimait.

Il ne regrettait pas son passé, mais souhaitait que le meilleur soit à venir. La proximité avec sa famille était stimulante et réconfortante, et il comptait bien en profiter et apporter toute l'aide nécessaire afin que ses neveux et ses nièces réussissent à élaborer des projets et aient des buts. Il en ferait son cheval de bataille. Les rejetons de son frère Ernest, père dur et égocentrique comme l'avait été le leur, avaient aujourd'hui besoin de lui. À défaut d'avoir eu des enfants à élever, pourquoi ne soutiendrait-il pas ceux et celles qui avaient souffert à cause de celui qu'on surnommait le vieil ours ?

Ce fut donc à la suite de ces réflexions que Georges prit la décision de consulter son notaire afin de modifier son testament. Après ces longues années d'exil, il était plutôt bien nanti. Il ferait en sorte que les descendants de sa belle Pauline jouissent de la bonté d'un Potvin. Une magnifique façon de leur permettre de prendre conscience qu'il y avait de l'espoir, en plus de les amener à réaliser que chaque médaille a bel et bien deux faces.

Comment Ernest réagirait-il si un jour ou l'autre il avait vent des agissements de son frère avec ses propres enfants ?

CHAPITRE 4

Un livreur pas souriant

(Août 1969)

Au lac Brûlé, la maison d'Ernest semblait beaucoup plus grande depuis que tous les enfants l'avaient désertée, à l'exception bien sûr de Simon, le plus jeune de la famille. Adéline, sa seconde épouse, y tenait lieu de servante et le couple faisait maintenant chambre à part.

Ernest avait pris soin d'ignorer ouvertement Adéline après qu'elle eut avoué aux policiers avoir reçu la visite d'Euclide, son garçon, auquel elle avait donné les quelques dollars qu'elle possédait. Il avait été outré de savoir qu'elle cachait de l'argent. Il disait qu'elle avait trahi sa confiance et qu'il doutait maintenant de sa droiture et de sa sincérité.

Finalement, Ernest n'avait fait que profiter de la situation conflictuelle pour mettre un terme à cette intimité qui le désintéressait totalement. Après avoir été marié avec Pauline, une femme intelligente et d'une grande beauté, il n'avait plus le goût de partager sa couche avec Adéline, qui n'avait pas tellement d'attraits pour l'exciter.

Ce qui l'avait le plus émoustillé, dans les débuts de sa relation avec la veuve Gagnon, c'était la possibilité de s'approprier ses biens en échange d'un contrat de mariage. Il s'était donc enrichi d'une maison et d'un superbe lot d'une acre donnant un accès au lac Brûlé, ce qu'il avait toujours convoité.

Pour Adéline, cette vie était terrible, mais elle ne pouvait pas faire marche arrière. Elle avait tellement souhaité se marier qu'elle avait choisi elle-même sa prison. Elle ne visitait que très rarement ses enfants qui, eux, n'étaient pas les bienvenus chez leur beau-père. Ne lui restait que Simon, avec qui elle avait tout de même réussi à établir quelques liens, malgré le fait qu'il soit endoctriné par son paternel. Elle persévérait et continuait de le gâter, convaincue d'avoir décelé dans son regard une parcelle de sensibilité.

C'est toutefois en allant travailler durant la journée qu'Adéline se ressourçait, en emmagasinant tous les gestes de bonté et les marques d'appréciation manifestés à son égard, si minimes fussent-ils. Elle se créait ainsi une réserve dans laquelle elle puisait ensuite, lorsque la vie lui semblerait plus ardue. Même si elle rapportait son maigre salaire à son mari, elle avait au moins le loisir de rencontrer des gens, de discuter avec eux et de recevoir leurs remerciements pour les tâches qu'elle accomplissait au jour le jour.

Sa période préférée était celle où monsieur Thompson était à la campagne. Il avait recommencé à passer plus de temps dans son chalet et elle aimait bien entretenir sa jolie maison et lui préparer de bons repas. En fait,

Adéline était bien partout, à l'exception de chez elle, où elle n'était que l'ombre d'elle-même.

Ernest n'avait d'ambition que pour Simon, son jeune fils, qui demeurait sa raison de vivre. Il voulait lui apprendre tout ce qu'il savait et, à force de cohabiter dans une proximité de la sorte, il en était pratiquement venu à lui inculquer sa façon de penser; un vrai lavage de cerveau.

Simon marchait comme son père et se mouchait comme lui. Il utilisait également la même tonalité de réplique, surtout avec les femmes. Ce qui n'était qu'un jeu pour lui était devenu avec le temps un mode de vie. Cela n'avait de sens que pour eux, car c'était déplaisant pour les autres de voir le vieil ours se dupliquer de la sorte.

Ernest abandonna le poste saisonnier qu'il occupait à la station de ski. Il avait saisi l'occasion de conduire le camion de Baptiste Simoneau, qui faisait office de coursier au village. Ce dernier avait été victime d'un grave accident de la route et il avait embauché Ernest pour le remplacer de façon temporaire. La situation avait cependant rapidement changé, le vieux monsieur Simoneau n'étant plus en mesure de reprendre ce qu'il appelait communément sa *run*[7]. Après quelques mois, Ernest entreprit même d'élargir son territoire et son secteur d'activité.

Il allait maintenant aussi loin qu'à Laval et Montréal, afin d'y quérir des pièces d'automobile pour les garages

---

7 *Run*: circuit de clients pour un fournisseur.

de la région. Il transportait également différents colis légers dont les autres marchands de Sainte-Agathe-des-Monts et des villages environnants avaient besoin. Il s'y rendait habituellement les lundis et vendredis, mais dernièrement, il devait parfois faire un aller-retour au milieu de la semaine. Ce service de livraison était très apprécié des commerçants. Ainsi, ceux-ci n'étaient pas obligés de retarder une commande ou de se déplacer en ville, comme on le disait en parlant de la métropole, car conduire une voiture dans la circulation dense n'était pas donné à tout le monde.

On reprochait cependant à Ernest de ne pas avoir le sourire facile, voire d'être antipathique. Si les commerçants de Sainte-Agathe-des-Monts et des environs connaissaient bien le vieil ours, il demeurait un étranger pour les gens des différents endroits où il allait chercher des colis. Il n'était pas rare que les marchands reçoivent des plaintes de leurs fournisseurs, mais on n'avait pas le choix : personne d'autre n'abattait ce genre de besogne dans la région. Ernest avait donc, pour le moment, le gros bout du bâton.

Pour définir ses itinéraires routiers, Ernest utilisait un petit livre rouge, le *Lovell's – Montreal Street Guide*, qui indiquait toutes les rues de Montréal et les rues transversales avec les numéros de portes. Très utile, cet outil de référence lui aurait coûté cinquante cents à l'achat, mais il avait préféré quémander celui de Roméo Bélec, le chauffeur de taxi du village et l'ami de ses enfants les plus âgés. C'était un emprunt à long terme, qu'Ernest n'entendait pas rendre, pouvant très bien prétendre l'avoir perdu en cours de route ou même soutenir l'avoir rendu à son propriétaire.

Les voyages du vieil ours prenaient parfois beaucoup plus de temps qu'ils n'auraient dû, mais la persévérance et l'orgueil faisaient en sorte qu'il atteignait constamment son but. Il parait tous les coups en partant toujours de très bonne heure le matin.

S'il s'engageait sur l'autoroute des Laurentides assez tôt, soit entre 6 h 30 et 8 h 30, le coût à défrayer aux postes de péage était de dix cents. Aux heures normales, il était de vingt-cinq cents. En tout autre temps, il utilisait la route 11, qu'on appelait la vieille route. Il en était de même s'il revenait à l'heure de pointe le soir, entre 16 h 30 et 18 h 30. S'il croyait arriver au poste de péage trop tôt pour profiter du tarif des travailleurs, Ernest ralentissait suffisamment à l'approche de la guérite pour s'assurer de ne jamais défrayer le coût le plus élevé. Il se faisait souvent klaxonner par d'autres conducteurs pressés, qui perdaient alors un temps précieux.

Il y avait déjà bientôt quatre ans qu'Ernest avait implanté ce nouveau secteur d'activité. Avec les années, il avait équipé son camion d'une boîte fermée lui permettant d'utiliser son propre véhicule pour faire les courses. Ainsi, il ne donnait plus de redevances à monsieur Simoneau, désormais dépossédé de son maigre revenu.

Le travail qu'Ernest effectuait auprès des touristes avait considérablement diminué et, outre monsieur Thompson, à qui il accordait la priorité, il avait dû se trouver un gagne-pain plus constant. Il remarquait avec inquiétude que le coût de la vie augmentait très rapidement et il voulait s'assurer que son fils Simon ne manque de rien.

Quand Simon n'allait pas à l'école, Ernest l'emmenait faire ses tournées avec lui. Comme le jeune n'était pas très grand, il l'assoyait sur un épais annuaire téléphonique à ses côtés, afin qu'il soit en mesure de voir la route. L'enfant était docile avec son père, qu'il craignait tout autant qu'il aimait. Ernest n'hésitait pas à lui promettre d'effectuer un détour pour lui faire déguster un bon jus chez Julep, ce restaurant en forme d'orange géante, situé sur le boulevard Décarie, à Montréal. Simon pouvait alors patienter des heures dans le camion sans se plaindre ni demander quoi que ce soit, attendant de voir enfin apparaître cet agrume énorme au bord de la route. Même s'il grandissait, il aimait conserver la première impression qu'il avait eue quand il avait constaté que des gens habitaient dans cet immense fruit et qu'on y servait des boissons si succulentes. Il souhaitait pouvoir emmagasiner ces instants magiques dans ses rêves d'enfant afin de laisser le moins d'espace possible aux moments difficiles.

Les autres jours de la semaine, ou entre les livraisons, Ernest effectuait différents travaux manuels pour des voisins. Il était reconnu pour faire du bon travail, être ponctuel et demander moins que les gars du village. Il avait ainsi toujours une liste de petites tâches à accomplir quelque part, qu'il notait sur le calendrier à l'entrée du garage.

Il commandait les matériaux en grande quantité, de façon à ne pas en manquer, car il ne voulait pas retourner au village pour une boîte de clous ou quelques morceaux de bois. Il conservait par ailleurs pour lui-même tout ce dont il n'avait pas eu besoin. Son but n'était pas de les faire créditer à son client, mais plutôt de les utiliser chez lui afin de redonner peu à peu meilleure allure à la maison familiale, à un coût minime. Ces bourgeois qui retournaient régulièrement à Montréal ne pouvaient pas réellement contrôler ces achats, et ils avaient tendance à faire confiance à ces gens de la campagne qui travaillaient pour eux depuis des générations. Pour se dédouaner, Ernest se disait que ce n'était pas illégal, car de toute façon, il en faisait toujours plus que ce qu'on lui demandait, du moins à son avis.

Au cours des trois dernières années, il avait ainsi ramassé assez de paquets de bardeaux d'asphalte pour refaire le toit de sa maison. Dès que l'automne serait bien présent et que les touristes seraient repartis dans la métropole, il pourrait tapisser sa couverture des matériaux neufs sans que cela lui coûte le moindre sou. Il en était de même pour le bois de ses deux galeries, qu'il envisageait de remplacer avant l'arrivée de la saison froide.

Ernest économisait sur tout et il s'en trouvait fort aise. Il n'aurait pas voulu d'une maison moderne comme celle que Diane et Jules avaient achetée à Fatima. Il n'avait pas d'hypothèque sur le dos, comme il le disait si bien, et il était l'unique propriétaire de son logement, ce dont il était très fier.

Il travaillait maintenant dans un but légitime, soit celui d'installer Simon dans sa demeure quand il serait devenu un adulte responsable. Il l'encouragerait alors à se prendre une femme pour s'occuper de sa famille et lui assurer une descendance.

Ernest verrait à ce moment-là à déménager dans une petite bicoque, probablement celle qu'il avait subtilement soustraite à Adéline en échange des épousailles. Il serait ainsi à proximité de son jeune fils afin de le regarder évoluer et marcher fièrement sur ses traces.

* * *

Bien que Simon n'ait que dix ans, Ernest voulait que son fils l'aide dans certaines tâches. Ce matin-là, le temps était gris et il souhaitait en profiter pour nettoyer les alentours de sa cabane à sucre, qui était laissée à l'abandon.

— Simon, tu vas prendre un vieux *tire* en arrière du garage, pis tu vas le mettre dans le *trailer* avec un gallon de gaz, une hache pis des *cutter*. Moi j'vas aller affiler ma *chainsaw* pendant ce temps-là.

— Ernest, implora Adéline, fais attention au petit si tu travailles avec la scie. Un accident, c'est ben vite arrivé !

— Y a dix ans, le jeune, pis c'est pas un deux de pique ! En plus de ça, j'me mêle pas de tes chaudrons, ça fait qu'occupe-toi pas de mon ouvrage !

Simon n'aimait pas lorsque son père s'adressait ainsi à sa belle-mère, mais il ne voulait pas non plus qu'elle le traite comme un petit enfant. Il savait que son père couperait des branches et qu'il profiterait probablement du temps pluvieux pour brûler des détritus qui traînaient autour de la vieille bâtisse. Il adorait s'adonner à ces tâches avec lui, car c'était comme s'il lui accordait de l'importance.

Ernest avait déjà enseigné à Simon comment allumer un bon brasier et il réussissait particulièrement bien.

— Comme on a eu de la pluie la nuit passée, la terre est mouillée. Tu vas pouvoir commencer à faire ton feu pendant que j'vas effardocher[8] autour de la cabane. Si j'ai un peu de temps cet automne, il faudrait ben que j'la renippe[9] un peu avant l'hiver.

— On vient plus souvent icitte depuis que mémère est à l'hôpital. J'aimais ça quand on faisait du sirop.

— Oui, mais c'est de l'ouvrage sans bon sens, pis depuis que tes frères sont partis travailler en dehors, j'suis tout seul pour faire toute la *job*.

— Moi, je peux aider un peu quand même, dit Simon, déçu de se sentir tout à coup mis à part.

— Je le sais, mais t'es pas mal jeune pour faire de la grosse ouvrage de même! Donne-toi encore deux ou trois ans pis regarde-moi travailler pour apprendre. De toute façon, c'est toi qui vas être mon bâton de vieillesse.

— C'est quoi ça, un bâton de vieillesse?

— Ça veut dire que c'est toi qui vas être à côté de moi quand j'vas être vieux pis magané par les années.

— Comme ça, j'vas pouvoir couper des arbres avec la *chainsaw* ben vite, pis j'vas chauffer le tracteur pis le *truck*?

— Batinse, commence par te laisser sécher le nombril pis on verra après!

---

8   Effardocher: arracher les broussailles.
9   Renipper: réparer, remettre à neuf.

— Si on demandait à Yvon pis à Albert de venir nous aider un samedi, ça se ferait peut-être plus vite?

— Tu vas apprendre, mon jeune, qu'Ernest Potvin, c'est pas un quémandeux! Si t'es indépendant dans la vie, tu iras loin et tu devras rien à personne.

Ernest se rendit donc à l'arrière de la bâtisse, pendant que Simon prépara l'emplacement pour son feu, là où son père le lui avait indiqué. Il déposa le pneu usagé au sol et mit au centre de vieux journaux qu'il avait auparavant froissés en petites boules. Il imbiba le tout d'essence et le couvrit ensuite de pièces de bois qu'il avait pris la peine de couper en éclisses avec la hache, qu'il maniait fort maladroitement. Quand tout fut bien en place, il craqua une allumette et enflamma un petit coin de papier. Immédiatement, les langues de feu apparurent à l'intérieur du morceau de caoutchouc, qui ne demandait qu'à s'embraser rapidement. Il transporta alors des déchets de construction que son père avait entassés près de la cabane et il les déposa sur le lit de flammes qui étaient déjà très vives. Il était particulièrement content de voir la grosse fumée noire que le pneu brûlé produisait en se consumant.

Simon aimait ce genre de travail, où il avait le sentiment d'être utile et même d'avoir une certaine responsabilité. Maintenant seul à la maison avec deux adultes qui ne s'entendaient plus, il avait l'impression d'être un chien dans un jeu de quilles. Il désirait tour à tour plaire à l'un et à l'autre, mais il se retrouvait souvent pris entre l'arbre et l'écorce.

Ernest était heureux loin de la maison et seul avec

son rejeton, qui l'écoutait et semblait vouloir apprendre. Il espérait tout lui enseigner afin d'en faire un homme indépendant, mais il ne souhaitait pas qu'il marche dans tous les sentiers qu'il avait parcourus. Il analysait parfois ses réalisations et se reprochait certains gestes posés, en particulier envers sa belle Pauline, qu'il avait conduite au bord du gouffre.

Il était trop tard pour ruminer des regrets, mais il aurait dû être en mesure de jauger son caractère bouillant et intempestif. Il aurait ainsi pu prévenir de grandes batailles et, surtout, de grosses pertes.

* * *

Ernest n'avait que très peu de nouvelles de ses autres enfants, qui le délaissaient peu à peu. Il blâmait sévèrement sa fille aînée Diane, qui semblait vouloir prendre le contrôle de la famille en recevant régulièrement Rose, Luc, Albert et Yvon pour les repas dominicaux.

Il avait même entendu dire que son damné frère, Georges, était aussi le bienvenu dans ces réunions familiales. Il lui faudrait peut-être voir à mettre un terme à ces intrusions au sein de son propre clan.

À l'occasion, Ernest se rendait dîner chez sa sœur Fernande, quand il allait faire des courses à Montréal. Celle-ci était toujours heureuse de lui ouvrir sa porte et elle ne lui faisait pas de reproches.

Il avait un grand respect pour celle qui avait pris soin de lui quand il était petit. Il se rappelait très bien qu'elle l'avait consolé au moment où il faisait des cauchemars et qu'elle l'aidait souvent dans ses devoirs. Elle avait trois ans de plus que lui et, avant qu'il n'atteigne l'adolescence, elle avait joué un grand rôle dans son éducation, secondant habilement sa mère, qui était plutôt débordée par les tâches ménagères.

Il était maintenant privé de ces visites depuis que Georges était en ville, ne souhaitant le rencontrer sous aucun prétexte.

Pourquoi ce frère était-il revenu brouiller son existence? Le vieil ours ne voulait pas qu'il prenne racine et vienne lui faire ombrage. Pourrait-il trouver un moyen de le faire fuir à nouveau?

CHAPITRE 5

La loi, c'est la loi

(Septembre 1969)

Yvon Potvin avait reçu un appel de Roger Campeau, le chef de police de la Ville de Sainte-Agathe-des-Monts, lui demandant s'il souhaitait toujours devenir constable pour la municipalité. Bien sûr, on lui avait bien spécifié qu'il serait en probation pendant une certaine période, mais cela ne l'inquiétait pas outre mesure. Il savait qu'il avait les capacités pour accomplir ce travail. Son rêve allait enfin se réaliser.

Il se voyait déjà portant fièrement son uniforme et circulant dans les rues de la ville pour y faire respecter la loi et l'ordre. C'en était fini pour lui d'avoir les mains salies par la graisse et l'huile. L'odeur d'essence omniprésente dans sa vie depuis quelque temps serait maintenant agréablement remplacée par celle de sa lotion après-rasage Old Spice. Cette bouteille blanche au goulot allongé finement, sur laquelle on pouvait apercevoir un superbe voilier bleu et de belles lettres stylées de couleur rouge, contenait une merveilleuse concoction aux arômes floraux et épicés. Yvon adorait la fragrance, mais il avait tendance à trop en appliquer, ce qui faisait en sorte qu'on se tournait abondamment sur son passage. Dans sa grande naïveté, il croyait que c'était son apparence physique qui justifiait ces regards. En attendant, ses compagnons de travail qui n'utilisaient des lotions qu'en de rares occasions se moquaient de lui à son insu.

Quelques années plus tôt, faute d'avoir un autre boulot et ne voulant pas retourner chez son vieil ours de père au lac Brûlé, Yvon avait été pompiste et homme de service pendant quelques années au garage Léo Lortie, à l'intersection des rues Principale et Saint-Vincent, dans le centre-ville de Sainte-Agathe-des-Monts. C'était le cœur de la ville, là où une grande partie des commerces étaient installés, et il y avait un achalandage important.

Il savait pertinemment qu'il n'occuperait pas ce poste très longtemps, puisqu'il détestait faire le beau pour répondre à la clientèle. On lui reprochait constamment son humeur en dents de scie, si bien qu'on préférait le faire besogner dans le fond du garage et minimiser ses contacts avec les clients. Son caractère était une question d'hérédité paternelle et il ne parvenait pas à s'en corriger. Sa sœur Diane lui faisait souvent des remontrances à ce sujet, mais bien qu'il ait une belle relation avec celle-ci, il ne s'amendait pas pour autant.

Plus tard, quand on avait demandé à monsieur Lortie des références concernant son employé, il avait été d'une admirable franchise. Il avait dit que c'était un garçon de bonne famille, qu'il était ponctuel, qu'il travaillait bien, mais qu'il était d'un tempérament changeant comme la météo. Monsieur Lortie ne voulait pas nuire à Yvon, mais il ne pouvait tout de même pas raconter que c'était un boute-en-train, alors qu'il ressemblait beaucoup plus à un vieux bougon.

Yvon avait donc obtenu le poste de policier qu'il avait tant convoité et qu'on lui avait octroyé en grande partie en raison de sa forte corpulence. À l'âge de dix-huit ans, il mesurait déjà cinq pieds et dix pouces et pesait plus de deux cent quarante livres. Au village, on le surnommait «le *beu* à Potvin», ce qui chagrinait beaucoup Diane, qui trouvait ce surnom avilissant.

Lors de son embauche, le chef de police avait remis à Yvon les plus grands pantalons d'uniforme qu'il avait en réserve. Comme ceux-ci étaient encore trop petits, on avait dû en prendre deux paires pour lui en coudre une. On demanda donc à madame Leroux, la couturière demeurant sur la rue Saint-Bruno, si elle pouvait effectuer les travaux requis dans un court laps de temps, ce qu'elle accepta d'emblée. À la place d'une tunique, la jeune recrue porterait un large manteau d'hiver ayant appartenu à un ancien employé, également de forte taille. On devait y aller avec les moyens du bord.

On ne commandait des uniformes sur mesure que lorsqu'on était certain que le garçon à l'essai resterait en poste. Il n'était pas rare que les jeunes recrues ne travaillent qu'une petite semaine et qu'on les retourne ensuite chez eux pour mille et une raisons. On en avait connu un qui avait peur du sang, un autre qui bégayait tellement qu'il avait lui-même abdiqué, un grand six pieds qui s'était tiré une balle dans le pied, par mégarde, et celui qui avait eu le plus d'audace avait été surpris au lit avec la femme du chef de police. Ce dernier avait signé sa lettre de démission d'une façon libre et volontaire, prétextant avoir le goût de voir du pays, et il était parti dans l'Ouest canadien.

Pour sa part, monsieur Caron, le cordonnier sourd-muet, s'était occupé de rallonger suffisamment la *ceinture de Sam Brown*[10] dans laquelle Yvon pourrait fièrement ranger son revolver Smith & Wesson de calibre .38. Ainsi attifé, il pourrait commencer à circuler dans les rues de la ville, investi des pouvoirs nécessaires pour faire respecter la loi.

Quand on lui avait remis son *badge* d'agent de police, on aurait pu croire qu'Yvon Potvin avait grandi instantanément de quelques pouces. Son supérieur lui avait rappelé qu'il devrait s'en servir avec discernement et qu'il devrait prendre le temps de réfléchir avant d'agir. Or Yvon n'en avait fait qu'à sa tête en se comportant comme le canard qui se moque bien de l'eau qui déferle sur ses plumes. Le chef en avait rencontré bien d'autres comme lui et il ne s'en formalisa pas. Il le rattraperait bien un jour dans le détour.

Dès sa première semaine d'ouvrage, Yvon distribua plus de contraventions que tous ses coéquipiers réunis. Il avait le crayon alerte et s'en donnait à cœur joie. Ceux qui n'appréciaient pas son humeur quand il travaillait au garage n'étaient pas plus enthousiastes de le voir occuper cette nouvelle fonction.

---

10 Ceinture de Sam Brown : ceinture large, habituellement en cuir, utilisée par les membres des forces policières et qui permet de transporter différents équipements.

Il dépassa les bornes après seulement un mois quand, dans le cadre de sa patrouille journalière, il intercepta Gisèle Lirette, une fillette de sept ans, au moment où elle circulait sur sa rutilante bicyclette rouge, avec des rubans multicolores au bout des poignées. Son père venait tout juste de lui offrir ce présent pour son anniversaire.

— Bonjour, ma p'tite Lirette. Savais-tu que t'as pas de licence sur ton bicycle? Ça fait que t'as pas le droit de te promener sur la rue.

L'enfant, intimidée, sembla hésiter entre le recours aux larmes ou à la parole. Elle parvint toutefois à lui répondre d'une faible voix:

— Monsieur Potvin, c'est mon père qui vient de me l'acheter! C'est la première fois que je roule avec.

— Je vais malheureusement être obligé de l'apporter au poste de police. Tu auras juste à dire à ton papa que tu as besoin d'une licence, et après, on pourra te le redonner.

Et, sans égard pour la peine qu'il causait à la petite, le nouveau policier s'empara du vélo et le déposa dans le coffre arrière de la voiture de service. Il remit ensuite un avis d'infraction écrit à la fillette, sur lequel il inscrivit le nom de son père, qu'il connaissait très bien, et qui, de surcroît, demeurait à un coin de rue de l'endroit où il avait intercepté la jeune contrevenante. Celui-ci aurait donc quarante-huit heures pour se présenter au poste afin de se conformer au règlement municipal, en déboursant la somme de deux dollars pour l'enregistrement de la bicyclette et l'émission d'un permis. Yvon continua sa journée comme si de rien n'était. Il avait le cœur dur et ressentait une certaine jouissance à l'idée d'avoir le pouvoir de faire régner la loi dans une ville qui semblait maintenant lui appartenir quelque peu.

Vers la fin de l'après-midi, un individu costaud et en habit de travail arriva comme une tempête au poste et demanda à rencontrer le chef de police et personne d'autre. C'est le visage rougi par la colère et avec un timbre de voix furieux qu'il s'adressa au grand manitou du service d'ordre de la municipalité.

— Veux-tu bien me dire, Campeau, qui c'est le pauvre innocent que vous avez engagé dernièrement?

— Calme-toi, Lirette, répondit pacifiquement le chef de police, connaissant bien le caractère bouillant de l'homme avec qui il jouait aux cartes régulièrement les fins de semaine dans le local des pompiers.

— Ça prend rien qu'un imbécile et un sans-cœur pour enlever son bicycle à une enfant de sept ans. C'est pas le plus intelligent du village et c'est certainement pas lui qui a inventé les boutons à quatre trous!

— Veux-tu bien me dire de quoi tu parles, Lirette?

Lirette entreprit de raconter dans les moindres détails ce que le nouvel employé avait fait comme bêtise. Son ton était teinté de fureur et ponctué de termes blas-phématoires. Monsieur Campeau ne s'en formalisa pas, étant lui-même choqué par l'attitude de sa recrue, d'autant plus qu'il avait causé de la peine à une enfant, ce qu'il jugeait inconcevable.

La plainte n'étant pas la première formulée contre Yvon depuis son embauche récente, le chef décida de battre le fer tandis qu'il était encore chaud. Il le fit donc demander afin qu'il se présente au poste immédiatement, sachant que la rencontre avec le père de la petite contrevenante pourrait s'avérer plutôt ardente et peut-être déterminante pour la suite de sa carrière. Quand il arriva, Yvon fut surpris d'apercevoir le bonhomme demeurant près de chez lui. Il surnommait ainsi ouvertement tous les gens qu'il considérait comme vieux, même s'ils avaient tout au plus une quarantaine d'années.

— Bonjour, Monsieur Lirette. Je suppose que vous êtes venu chercher le bicycle de votre fille ? lui dit Yvon avec ironie, nullement impressionné par son air sombre et renfrogné.

— Toi, mon p'tit crisse, c'est pas parce que tu as un uniforme sur le dos que tu vas me rire en pleine face ! Si t'as pas appris à vivre avec ton vieux au lac Brûlé, moi, je peux te le montrer assez vite !

Le chef de police n'avait pas du tout le goût d'intervenir immédiatement. Il voulait que sa nouvelle recrue ait à subir les répercussions directes de son geste irréfléchi. Quand on lance des roches, on doit s'attendre à en recevoir en retour.

Yvon maintint sa position, bomba le torse et ne fut pas du tout intimidé. Il faisait son petit coq devant son patron afin de démontrer sa force de caractère.

— Vous savez, Monsieur Lirette, que la loi, c'est pour tout le monde, même pour les amis du chef, prononça-t-il, croyant ainsi faire une bonne blague.

Sans attendre, le plaignant empoigna le jeune blanc-bec et le souleva de terre par le nœud de sa cravate. Il le secoua comme on le ferait avec une vieille vadrouille empoussiérée. Il lui dit alors :

— T'es pas un homme quand, pour jouer à la police, tu fais brailler un enfant. Enlever le cadeau d'une petite fille le jour de sa fête, ça prend juste un sans-cœur, et un gros colon comme toi pour faire ça!

Bien qu'il fût dans l'obligation d'intervenir en séparant les belligérants, le chef Campeau était presque content que son ami Lirette ait brassé un peu la cage de celui qui lui causait tant de soucis depuis qu'il l'avait engagé. Cela devait cependant cesser et il le ferait bien entendre aux deux hommes.

— C'est assez, les gars! Disons que tout le monde a compris et on va essayer de réparer les pots cassés.

D'un ton autoritaire et tranchant, Campeau prit une décision visant à mettre un terme à cette situation.

— Lirette, tu peux t'en retourner chez vous! Le constable Potvin rapportera la bicyclette à ta fille aujourd'hui. Étant donné que c'est le jour de sa fête, on lui donnera sa licence pour cette année.

— Merci, Roger. J'espère que tu réussiras à dresser ton nouveau poulain pour la course. Tu sais que ça prend pas juste des bras pour faire cette *job*-là. Si on peut avoir la tête avec, c'est un plus.

Dès que monsieur Lirette eut quitté le bureau, le supérieur d'Yvon lui fit doucement, mais avec grande conviction, la recommandation suivante:

— Je pense que tu as compris qu'il faut réfléchir avant de poser un geste, surtout quand on représente l'autorité. Notre travail, c'est pas d'écœurer les gens, mais de les protéger. Dans notre métier, il y a des affaires plus importantes à faire que ça!

— Monsieur Campeau, c'est pas…

— Je veux plus entendre un mot là-dessus ! Maintenant, tu vas prendre une licence et essaie de choisir un beau numéro pour faire plaisir à la petite Lirette. Tu la poseras ensuite sur le bicycle et après, tu te rendras chez elle. Force-toi pour faire ça assez vite pendant qu'il fait clair. On le sait pas, la fillette pourrait avoir envie de faire un autre tour le jour de sa fête et elle a peut-être pas de lumière pour circuler le soir. J'ai peur que tu sois assez zélé pour lui enlever son cadeau une deuxième fois dans la même journée !

Yvon sortit du bureau la rage au cœur. Il entendait bien ne plus se laisser intimider de la sorte. Il n'aimait pas recevoir des ordres et il pensait déjà à se venger pour avoir été ainsi humilié.

Le bonhomme Lirette n'avait qu'à bien se tenir, car il l'aurait à l'œil. Il ne permettrait à personne de se mettre en travers de sa route. Son paternel l'avait dominé durant toute son enfance et c'était la raison pour laquelle il avait quitté très tôt la maison familiale pour s'installer au village.

Il souhaitait devenir quelqu'un et ne plus dépendre de qui que ce soit. Il s'imaginait déjà vivre dans l'opulence. Il lui fallait avant tout tirer une leçon de ce qui s'était passé ce jour-là.

Inconsciemment, il s'était vengé aujourd'hui de ne pas avoir eu la chance de posséder une belle bicyclette rouge quand il avait eu l'âge de la petite Gisèle, alors que Simon en avait eu une très jeune. L'injustice dont il avait été victime l'avait sûrement guidé dans ces gestes posés aujourd'hui et, plutôt que d'être gagnant, il s'était fait humilier publiquement.

À l'avenir, il agirait plus subtilement, comme il avait souvent vu faire son père. Il n'était pas le « fils d'un vieil ours » pour rien...

CHAPITRE 6

Déjà dix ans

(Mai 1970)

Albert avait un tempérament d'une grande bonté. Il n'était pas rare qu'il s'oublie pour rendre la vie des autres plus facile. Quand il se retrouvait seul dans sa chambre, l'amertume le visitait pourtant, et alors il repensait à sa jeunesse, qui avait été d'une lourdeur affligeante.

Comme ses frères et sœurs, il avait bien sûr profité de l'immense générosité de ses grands-parents paternels, mais il conservait au fond du cœur une rage difficile à contenir.

Il en voulait à son père, qu'il estimait responsable du départ de sa douce maman, et il se considérait comme lâche de ne pas avoir été capable de le dénoncer au moment où il l'avait vu la frapper si violemment. La blessure à son avant-bras lui avait fait perdre une énorme quantité de sang et les conséquences du geste posé ce jour-là par son père avaient été très graves. Ernest avait par la même occasion anéanti le goût de vivre de son épouse.

Albert n'en avait parlé qu'au docteur Lavallée, qui

était tenu au secret professionnel, puis il avait été obligé d'enfouir ce malheureux souvenir au fond de sa mémoire, n'osant le dévoiler.

La nuit venait cependant lui rappeler ces douloureux moments sous la forme de songes, où il revoyait la scène dans son entièreté. Sa pauvre mère avec qui il prenait plaisir à laver les vitres à l'automne. Il entendait encore son rire, tout juste avant que son père, l'animal, fasse son apparition et lève la main sur elle, provoquant ainsi sa chute et sa blessure à l'avant-bras. Il la voyait par terre alors qu'on attendait l'arrivée du médecin. Comme il se sentait impuissant et comme il en voulait à son paternel !

Dans tous ses rêves, il lui semblait respirer l'odeur fétide du sang qu'il avait nettoyé sur le prélart de la cuisine après le départ de sa mère pour l'hôpital. Mais Albert avait promis à sa maman de ne rien dire.

Après la mort de celle-ci, il avait choisi de continuer de garder le silence, en pensant aux plus jeunes enfants qui avaient besoin d'un parent pour prendre soin d'eux, mais il n'avait pu faire taire sa soif de vengeance.

Lorsqu'il rêvait de la sorte, il se réveillait fortement troublé et, avec le temps, la culpabilité qu'il nourrissait était de plus en plus difficile à supporter. Il y aurait bientôt dix ans que sa mère était décédée et il souhaitait maintenant se libérer l'esprit afin de vivre enfin sa vie.

Au cours des derniers mois, il avait beaucoup prié sa bonne maman en lui demandant de l'éclairer.

Une nuit, alors qu'il ne parvenait pas à trouver le sommeil, il s'était levé et avait regardé par la fenêtre.

Le ciel était rempli d'étoiles et Albert voulut croire que sa mère était là, derrière ce rideau scintillant. Il en ressentit un réel bien-être et, au moment où il se mit au lit, il s'endormit profondément, comme si sa mère était venue le border pour une dernière fois.

À son réveil, il s'était levé avec la ferme intention d'aller rencontrer son curé en confession.

* * *

— Pardonnez-moi, mon Dieu, parce que j'ai péché, dit-il, après avoir répété longuement ces mots qu'il n'avait pas récités depuis de nombreuses années.

— Parlez, mon enfant. Je vous écoute.

— Je m'accuse de haïr mon propre père! avoua Albert sans préambule.

— C'est très grave, ce que vous me déclarez là, mon garçon! Auriez-vous oublié le quatrième commandement de Dieu?

— Non, je le connais: père et mère, tu honoreras!

— C'est bien cela. Or pour en arriver à détester quelqu'un, c'est parce qu'il vous est sûrement arrivé quelque chose de grave!

Monsieur le curé avait bel et bien reconnu Albert, qu'il ne voyait plus depuis très longtemps en confession, et il percevait aisément le désarroi de celui-ci. S'il avait tenu à venir le rencontrer, c'était qu'il avait réellement besoin d'aide et l'homme d'Église souhaitait trouver les bons mots pour le réconforter.

— Il y a un peu plus de dix ans, j'ai été témoin de

la violence de mon père envers ma pauvre mère et j'ai jamais pu raconter ce qu'il lui avait fait.

— Comme vous n'êtes pas encore marié, dit le confesseur, qui n'aurait pas dû faire savoir à son pénitent qu'il l'avait reconnu, vous n'êtes pas au fait de ce qui se passe au sein d'un couple. Il y avait peut-être un peu de colère qui s'était accumulée entre eux et, par mégarde, votre paternel aurait pu vivre un égarement momentané qui aurait expliqué son geste.

— Non, Monsieur le curé, c'était pas la première fois. Et si ça avait pas été du docteur Lavallée, maman serait morte au bout de son sang!

— Mon fils, vous devez admettre que votre mère est décédée des suites d'un arrêt cardiaque. C'est du moins ce qui est déclaré dans nos registres et ce qu'on doit véhiculer comme information dans la communauté. Je ne crois pas que vous souhaitiez ressasser ce sujet, qui pourrait entacher à tout jamais la réputation de votre bonne famille.

— J'étais pas venu me confesser depuis bientôt dix ans et je pense que je reviendrai jamais. Vous interprétez les affaires comme vous le voulez, vous autres, les prêtres. Le cœur de ma mère s'est arrêté le jour où mon père l'a frappée sauvagement. Elle est ensuite décédée parce qu'elle en pouvait plus de vivre avec un vieil ours. Et vous, vous réfléchissez seulement à ce que les gens vont dire ou imaginer!

Monsieur le curé était bien au fait qu'Ernest Potvin n'était pas un ange, mais en entendant le jeune Albert raconter ce qui l'étouffait depuis si longtemps, il avait maintenant la certitude que Pauline avait bel et bien attenté à ses jours. Que Dieu ait son âme, songea-t-il en faisant son signe de la croix doucement, sachant très bien qu'on aurait pu lui refuser d'être inhumée dans le cimetière si ces faits avaient été confirmés auparavant. Heureusement qu'il était tenu au secret de la confession ; alors jamais il n'en ferait mention à qui que ce soit.

— Albert, dit lentement l'homme d'Église. Excuse-moi, mais je ne voulais pas te blesser. Si ta bonne maman est partie au Ciel, c'était justement pour se libérer de la méchanceté des créatures terrestres. Elle est dorénavant en paix et une chose est certaine, c'est qu'elle aimerait bien que tu tournes maintenant la page et que tu acceptes son choix.

— Oui, mais lui, il paiera jamais pour le mal qu'il lui a fait ? Simon était un jeune bébé quand sa mère est morte, croyez-vous que c'est normal ? Et nous autres, on avait encore besoin d'elle !

Albert parlait avec une voix tremblotante et il avait peine à contenir ses larmes. Il était recroquevillé sur l'agenouilloir de bois qui transperçait ses maigres genoux, et il fixait chaque petit trou du grillage qui le séparait de son confesseur. L'odeur ambiante d'encens incrustée dans toutes les particules du minuscule isoloir où il était enfermé depuis ce qui lui semblait une éternité lui faisait ressentir un malaise indéfinissable. Il était cependant fier d'être enfin parvenu à exprimer à quelqu'un ce qui lui pesait tant sur la conscience et depuis aussi longtemps.

L'homme d'Église connaissait tous les enfants de la

famille Potvin et il admettait que cet événement avait créé un grand bouleversement autour d'eux. Il était au fait que Diane, l'aînée, était le pilier sur lequel sa sœur et ses frères pouvaient s'appuyer en cas de besoin et il devait recourir à sa sagesse pour calmer l'âme meurtrie de son jeune paroissien.

— Tu sais qu'un jour ou l'autre, on doit répondre de nos actes devant Dieu et c'est Lui qui jugera ton père. En attendant, pourquoi ne poserais-tu pas un geste pour rendre hommage à ta mère, que tu aimes tant ?

— Comment voulez-vous que je fasse ça ? Je prie tous les soirs et je lui demande de me pardonner d'être aussi rancunier. Et aujourd'hui, je reviens à la confesse après plus de dix ans. Vous trouvez pas que j'en fais assez ?

— Non, Albert ! Tu peux faire beaucoup en exprimant ta foi en Jésus-Christ notre Seigneur et notre Dieu. Dans un peu plus de deux semaines, ce sera l'anniversaire du décès de ta chère maman. Et si tu allais au presbytère et que tu payais pour faire dire une messe pour le repos de son âme ? Tu pourrais de cette façon réunir tous tes frères et sœurs, et je suis certain que ta mère interpréterait cela comme un cadeau de voir les siens rassemblés dans la maison du Bon Dieu.

— Est-ce que je suis obligé d'inviter mon père ?

— Je ne peux pas répondre à cela. Quand tu seras sorti du confessionnal, rends-toi sur la tombe de ta maman et pose-lui toi-même la question. Elle illuminera ta pensée et te guidera.

* * *

Adéline rapportait toujours le feuillet paroissial quand elle allait à l'église et, durant la semaine, elle le lisait attentivement. Elle ne le faisait pas pendant la messe, car elle préférait profiter de ce moment pour observer les gens assis autour d'elle. L'habillement de ceux-ci l'intéressait, mais elle aimait particulièrement scruter leur comportement, afin de déceler s'il y avait des conflits au sein de certains ménages, si un membre d'une famille n'assistait pas à la cérémonie ou si de nouveaux couples semblaient se former. Elle s'en faisait un passe-temps, qui occupait ensuite son esprit durant quelques jours.

Depuis qu'elle avait épousé Ernest Potvin, elle ne sortait que très peu au village et elle s'ennuyait de pouvoir jaser avec des gens qu'elle avait côtoyés pendant plusieurs années. Son mari n'aimait pas tellement les rencontres sur le parvis de l'église. Elle devait donc se contenter d'un sourire gentil ou d'un léger signe de tête que l'une ou l'autre de ses anciennes connaissances lui faisaient. C'était très différent du temps où elle était veuve, alors qu'elle se pointait la première au lieu de culte et qu'elle quittait l'endroit la dernière, pour être certaine d'avoir parlé avec tout le monde.

C'était une belle journée du mois de mai et Adéline attendait qu'Ernest arrive pour lui servir son repas, qui était prêt depuis déjà un moment. Elle faisait tout ce qui était possible pour éviter de provoquer des discussions acerbes. Les conversations du couple étaient très pauvres, se limitant aux banalités, mais ce midi, elle avait une question à lui poser et elle craignait sa réponse. Elle ne pouvait cependant garder sous silence ce qu'elle venait de découvrir.

— Ernest, j'ai lu le feuillet paroissial que j'avais rapporté dimanche matin.

— Pis après, y as-tu quelqu'un qui est mort et on l'aurait pas su? jeta-t-il sur un ton mi-figue mi-raisin. T'es au courant que j'suis pas un *mangeux* de balustre[11] !

— Mosanic que j'haïs ça quand tu me réponds de même! C'est pas parce que tu viens plus à la messe souvent que tu dois ignorer ce qui te concerne directement.

— Batinse, veux-tu dire qu'ils parlent de moi dans le feuillet paroissial?

— C'est quasiment ça. Samedi prochain, la cérémonie de cinq heures est pour ta femme Pauline.

— Montre-moi ça!

Ernest arracha le document des mains d'Adéline et chercha la mention qu'il ne parvenait pas à voir tellement il était contrarié. Adéline, qui tenait à l'apaiser, s'approcha de lui et pointa l'inscription de son index crochu par l'arthrite:

«Pauline Potvin (10ᵉ ann.) de la part d'Albert Potvin et de ses frères et sœurs.»

Ernest était rouge de colère en constatant que le dixième anniversaire du décès de sa première femme serait souligné non pas par lui, mais bien par son fils et ses autres enfants.

— Y a ben du front tout le tour de la tête pour faire

---

11 *Mangeux* de balustre: personne pieuse ou trop dévote.

une affaire de même ! Pour qui y se prend, Albert ?

— Ben voyons, Ernest, c'est un beau geste de sa part. Tu devrais pas réagir comme ça !

— Y doit y avoir quelqu'un en arrière de ça ! C'est pas Albert qui a pensé à ça tout seul. Je redoute que ce soit Diane ou même Fernande. Celles-là, on dirait qu'elles cherchent rien qu'à mettre le trouble dans ma famille !

Puis, Ernest avait quitté la maison sans terminer son repas pendant qu'Adéline se demandait ce qui allait maintenant se passer. Qu'est-ce qu'elle devrait faire, samedi prochain ? Ernest et Simon assisteraient-ils à la messe anniversaire ? Devrait-elle les accompagner à l'église ou devrait-elle tout simplement rester toute seule au lac Brûlé ?

Une chose cependant était certaine, la semaine à venir ne serait pas de tout repos…

* * *

Diane était très fière de l'initiative de son frère Albert et elle lui avait dit qu'elle recevrait toute la famille à souper après la cérémonie.

Elle avait téléphoné à sa tante Fernande, à Montréal, et elle l'avait invitée en tout premier lieu. Elle lui avait demandé de transmettre le message à Luc, Rose et Pierre. Elle éviterait ainsi de devoir faire des appels interurbains, préférant utiliser ces quelques piastres économisées pour prendre plus souvent des nouvelles des siens. Elle avait ensuite parlé à Yvon et lui avait suggéré d'aller chercher son frère Simon pour l'occasion.

Tout le monde avait confirmé sa présence et Diane avait mis les bouchées doubles pour préparer le repas avant d'assister à la messe. Elle n'avait pas invité son père, qui ne venait jamais chez elle de toute façon. Depuis qu'elle s'était acheté une maison à Fatima, refusant de louer celle qu'il avait au lac Brûlé, il avait toujours décliné ses invitations. Il racontait malicieusement qu'elle jouait à la grosse madame et qu'elle dénigrait les gens du lac Brûlé, ce qui était totalement faux. Elle préférait simplement élever ses enfants au village, où tout était à proximité.

Luc avait proposé à sa sœur Rose de faire le voyage avec lui. Ils partiraient plus tôt et il la conduirait chez son amie Annette Labelle afin qu'elles puissent profiter de quelques heures pour discuter de ce qui se déroulait dans les Laurentides. Elles avaient fait leurs études ensemble, et, bien que Rose ait quitté Sainte-Agathe-des-Monts depuis déjà un bon moment, les deux filles avaient toujours gardé un contact très étroit.

De son côté, Luc passerait du temps avec son beau-frère, Jules, qu'il appréciait particulièrement. Il possédait depuis quelques années sa propre voiture et il aimait bien discuter avec celui-ci, qui s'y connaissait bien dans le domaine automobile.

Malheureusement, Léon était contraint de travailler ce samedi-là, mais Georges s'était gentiment offert pour aller conduire Fernande et Pierre chez Diane.

— T'es pas obligé de faire ça pour nous autres, Georges. Je pourrais demander à Luc de faire un détour pour venir nous chercher, Pierre et moi.

— C'est un plaisir pour moi de faire ça! Il faudrait cependant que vous soyez prêts assez tôt, car j'aurais une petite course à faire en me rendant dans le Nord.

— Aucun problème, tu nous laisseras chez Diane. J'espère au moins que tu souperas avec nous. Diane serait tellement contente!

— Je crois pas, c'est une rencontre familiale et je me sentirais de trop.

— En tout cas, fais comme tu l'entends. Pierre et moi, on t'attendra demain matin. Viens donc déjeuner avec nous, si le cœur t'en dit. On partira ensuite quand tu le voudras.

* * *

Il y a dix ans, au moment où il avait appris le décès de sa sœur, Léopold avait été complètement déchiré. Vivant seul dans la maison familiale depuis la mort de son père, il n'avait pas beaucoup de contacts avec la famille. Il n'y avait que le jeune Pierre qui lui rendait visite à l'occasion. Il aimait profondément ce petit garçon, qui ressemblait en tout point à sa sœur.

— Bonjour, mon oncle. Maman a fini de faire ses confitures et elle m'a dit que votre nom était écrit en dessous de ce pot-là!

— Il me semble que mon nom est là… Comme sur la tarte que tu m'as apportée la dernière fois, pis les betteraves, pis le sucre à la crème. Tu me dis toujours la même affaire!

— Moi, je répète juste ce que maman me dit! Elle

aimerait ça, avoir le temps de venir elle-même, mais vous savez qu'elle est ben occupée.

— Oui, je le sais, mais des fois, je la croise quand je fais une marche au bord du lac. Au moins, on peut jaser un peu et ça me fait toujours plaisir. Tu sais, quand on est juste deux dans une famille et que les parents sont partis, ça fait pas des gros *partys*!

Même s'il était petit, Pierre savait que son oncle n'avait jamais été invité dans les soupers familiaux. Lorsque sa mère avait le malheur de nommer son frère, Ernest avait toujours une remarque désobligeante à formuler à son égard.

— Un gars qui élève des cochons, t'invites pas ça dans ta maison. Y pue à cent milles à la ronde!

— Tu pourrais au moins être poli avec ma famille, c'est le seul parent qui me reste!

— C'est ben de valeur, mais tu choisis pas ta famille. Léopold, c'est pas un si mauvais gars, mais c'est pas non plus la tête à Papineau!

Pauline faisait donc en sorte d'éviter de mentionner son nom, mais en revanche et à l'insu d'Ernest, elle lui envoyait des petites douceurs avec la complicité de son jeune fils.

L'annonce du décès de Pauline avait donc été dramatique pour son frère, qui ne pouvait partager sa peine avec qui que ce soit. S'il en avait eu le courage, il aurait posé un geste pour partir en même temps qu'elle, mais il n'était pas suffisamment fort.

Il s'était rendu au salon funéraire une seule fois et il s'était agenouillé sur le prie-Dieu pour observer attentivement tous les détails de la figure de celle qui demeurerait toujours sa petite sœur. Il voulait enregistrer dans sa mémoire chaque parcelle de sa jolie figure. Un front étroit et dégagé, un nez mignon comme tout et une petite bouche qu'il imaginait tout sourire. Il ne pouvait voir la prunelle de ses yeux, mais il s'en souvenait très bien, pour l'avoir souvent observée quand elle lui parlait de ses enfants, qu'elle adorait.

Il n'avait pas voulu critiquer le misérable cercueil qu'Ernest Potvin avait acheté, probablement en le marchandant au maximum. Il souhaitait garder toute son énergie pour terminer cette visite sans faire d'esclandre. Ce n'était pas son genre et il savait que sa sœur n'aurait pas approuvé une telle conduite. Un jour viendrait où le vieil ours recevrait la monnaie de sa pièce et à ce moment-là, il s'en réjouirait.

Léopold ne s'était pas présenté aux funérailles de sa sœur, la peine lui enchaînant les pieds. Il était resté chez lui à pleurer amèrement. Il n'aurait pu accepter de voir le couvercle du cercueil se fermer et emprisonner Pauline à tout jamais. Il préférait croire que pour l'éternité, elle dormait dans le plus beau salon chez J.H. Vanier et Fils.

Il la savait maintenant libre. Il pleurerait jusqu'à ce qu'il ait tari son cœur de larmes et ensuite, il existerait en attendant d'aller rejoindre sa famille.

Les années avaient passé et Léopold avait vu péricliter le nombre de bêtes dans sa porcherie. Sa clientèle rétrécissait considérablement, avec les marchés d'alimentation qui agrandissaient leur surface et transigeaient avec des compagnies majeures. Bien qu'il ait hérité de la terre familiale, il avait peine à joindre les deux bouts.

Il ne sortait que très peu, mais se faisait cependant un devoir d'assister à la messe à l'église de Fatima tous les dimanches. Il arrivait toujours une vingtaine de minutes avant le début de la cérémonie et il s'asseyait dans le dernier banc, du côté gauche. Il avait alors le temps de lire le feuillet paroissial du début à la fin et c'est dans celui-ci qu'il découvrait si des gens qu'il connaissait étaient décédés ou encore si on célébrerait prochainement des baptêmes ou des mariages.

Ce dimanche-là, il avait eu un choc quand il avait constaté qu'une messe anniversaire serait bientôt donnée pour souligner l'anniversaire du décès de sa petite sœur. Comme dans un étau, sa poitrine semblait s'être serrée jusqu'à ne plus lui permettre de respirer. Dix ans déjà qu'elle était partie pour un monde meilleur !

Durant la semaine suivante, Diane l'avait appelé pour l'inviter.

— Mon oncle Léopold, on aimerait ça que vous veniez souper avec nous après la messe pour maman.

— Je te remercie, ma belle fille, mais ça sera pas possible. J'ai pas mal d'ouvrage ces temps-ci. Mais t'es ben fine d'avoir pensé à moi.

— On vous a pas souvent demandé de vous joindre à nous, car je sais que vous souhaitez pas rencontrer papa. Je peux vous assurer qu'il sera pas là !

— Non merci. J'irai pas à la messe anniversaire non plus, mais sois ben certaine que je vais dire mon chapelet pour elle. C'est beau, ce que vous faites là pour souligner sa mémoire. Je sais que vous autres aussi, vous avez eu ben de la peine, mais moi, j'ai pas votre courage pour *facer*[12] toute ça.

* * *

C'était une matinée particulièrement agréable. La température oscillait aux alentours de soixante-douze degrés Fahrenheit et le ciel n'était obscurci que par quelques nuages...

Georges était tourmenté par cet anniversaire, et il tenait absolument à assister à la cérémonie pour Pauline, mais bien en retrait, dans le dernier banc du jubé. Ainsi, personne ne saurait qu'il était là.

Il conduisit donc Fernande et Pierre à la résidence de Diane et il se rendit directement chez le fleuriste situé en face de l'église.

Il acheta symboliquement douze roses rouges et une blanche. Il voulait, à sa façon, souligner les dix années d'absence de Pauline sur la terre. Il en avait également prévu deux, représentant leur amour. La treizième fleur était d'un blanc immaculé et c'était pour leur fils, Pierre, celui qu'elle lui avait confié de là-haut et qu'il s'engageait à chérir pour deux jusqu'à la fin de ses jours.

Il était quatre heures quarante de l'après-midi et tout le monde devait maintenant être assis dans l'église. Il pouvait dès lors aller, sans crainte, prier sur la tombe de son amante. Il voulait lui offrir ce bouquet et lui expliquer ce qu'il signifiait. Il avait également besoin

---

12 *Facer* : faire face à (anglicisme).

de lui confier tout le bonheur qu'il avait à côtoyer leur fils, qui était un enfant extraordinaire.

Il n'hésita pas à s'agenouiller humblement afin de se recueillir. Même s'il arrivait à l'église en retard, cela lui importait peu. Ce moment leur appartenait et il le savourerait. Il était convaincu que son Dieu comprendrait son geste. De toute façon, quand on est au cimetière, n'est-on pas déjà sur le terrain du lieu de culte?

— Pauline, ma belle Pauline. Il y a dix ans aujourd'hui, tu nous as laissés pour aller vivre ailleurs, dans un monde meilleur. Si c'était possible, je quitterais tout pour suivre la route qui me conduirait jusqu'à toi. Je t'aime encore autant qu'à l'époque où on s'est connus et même, je me demande si je ne t'aime pas davantage. Longtemps je me suis dit qu'au lieu de partir du lac Brûlé pour me rendre à Montréal, j'aurais dû m'enfuir avec toi. Nous aurions été pauvres au début, mais notre amour était suffisamment fort pour nous permettre de traverser toutes les épreuves. À la place, je t'ai abandonnée aux mains d'un *bad boy* qui t'a blessée jour après jour jusqu'à ce que tu sois trop fatiguée et que tu poses le geste fatal. Je t'en veux pas ou plutôt je t'en veux plus. Je comprends aujourd'hui que tu pouvais plus subir la malice des hommes. Tu m'as offert le plus beau cadeau en me confiant notre fils Pierre. Je m'engage à continuer la route à ses côtés et je serai là également pour chacun de tes enfants que j'adore. Ils viennent de toi alors, comment ne pas les aimer?

Le temps semblait ne plus exister et Georges s'enivrait de l'odeur de l'herbe fraîche du printemps, qu'une douce brise déployait tout autour de lui. Il était concentré sur les émotions qu'il avait éprouvées lors de sa dernière rencontre avec celle qui s'était approprié une partie importante de son cœur et il n'entendit pas les pas de l'homme qui s'approchait derrière lui.

— T'as vraiment du front tout le tour de la tête, Georges Potvin ! T'aurais pas pu rester aux États jusqu'à la fin de tes jours ?

Ernest avançait vers lui, les yeux hagards, et il semblait prêt à tout pour se venger de son éternel rival. Georges se leva doucement, avec l'intention de parler calmement avec celui-ci, mais c'était sans compter la fureur dont le vieil ours était habité.

Sans autre préambule, Ernest frappa violemment Georges au visage avec son poing, alors que celui-ci n'était pas encore debout, ce qui le fit basculer vers l'arrière. Georges se releva difficilement, mais il ne voulait pas taper sur son frère. Il le retenait fermement en empoignant le tissu de son blouson à carreaux, pendant que l'autre se démenait comme un diable dans l'eau bénite. Soudain, la manche de sa veste se déchira d'un coup, ce qui amplifia la colère du vieil ours.

— Mon batinse d'écœurant, tu viendras pas mettre ton nez dans nos affaires icitte ! Retourne en ville avec ton bâtard !

— *Listen,* Ernest, essaie de te raisonner un peu…

Mais avant même que Georges n'ait fini sa phrase, Ernest avait poussé son frère avec ses deux mains directement dans l'estomac. Celui-ci perdit l'équilibre, tomba et se cogna la tête sur la pierre tombale. Ernest, qui avait consommé de l'alcool afin d'avoir le courage de rencontrer les siens, ne semblait pas réaliser qu'il avait blessé Georges. Croyant qu'il était tout simplement recroquevillé comme un misérable peureux, il lui assena quelques violents coups de pied dans les côtes en l'invectivant de plus belle.

— Batinse, t'es pas un homme quand tu peux même pas faire face à ton frère qui est plus jeune! Envoye, lève-toi pis regarde-moi dans les yeux, maudit pissou[13]!

Mais Georges avait perdu connaissance depuis qu'il s'était frappé la tête sur le coin du monument de granit.

Ernest reprit peu à peu ses esprits et constata que le corps de Georges était inerte. Il ne lui avait pourtant donné qu'un seul coup de poing. Il le secoua un peu du bout de ses vieilles bottines.

— Georges, arrête de niaiser! Réveille-toi pis va-t'en chez vous. Georges Potvin, réponds-moi quand j'te parle!

Or celui-ci ne bougeait plus. Il respirait, mais il était inconscient. Bien sûr, Ernest voulait se venger de son frère, mais pas le tuer.

Le vieil ours s'empressa de retourner à son camion et se dirigea vers sa maison du lac Brûlé en ruminant son inquiétude. Il repensa à la fatidique journée où il avait frappé Pauline et qu'elle s'était coupée si profondément à l'avant-bras. Tout ce sang qui avait coulé sur le prélart de la cuisine!

Il ne voulait pas être là quand on trouverait son

---

13 Pissou: peureux.

frère couché dans le cimetière. Qu'allait-il maintenant se passer?

Encore une fois, il venait de se mettre les pieds dans les plats!

* * *

La cérémonie à la mémoire de Pauline s'était déroulée dans un calme troublant. Tous les enfants s'étaient assis ensemble, comme s'ils avaient souhaité offrir à leur maman un tableau parfait. Ils y étaient tous et Diane avait même amené ses enfants, en leur expliquant que c'était une messe d'anniversaire pour leur grand-maman Pauline, qui était partie rejoindre le petit Jésus. Les jeunes n'étaient pas habitués à fréquenter l'église avec leurs parents, mais c'était une journée spéciale et leur mère leur avait spécifié qu'ils ne devaient que chuchoter dans la maison du Bon Dieu.

— Maman, demanda Steve en parlant dans l'oreille de Diane, sur un ton qu'il croyait bas, mais que tout le monde pouvait comprendre alentour.

— Chut, garçon. Je t'ai averti qu'on devait pas parler, sauf pour des choses importantes!

— Mais c'est très important! Tu as dit que c'était un anniversaire et il y a pas de gâteau pour grand-maman.

— Tu as raison, mon chéri, répondit Diane avec tendresse. Je vous l'ai expliqué, cette semaine, que mamie Pauline était rendue au ciel avec le petit Jésus. On peut plus la voir.

— Non, mais nous autres on est ici pour la fêter et

on aime ça, du gâteau. On l'aurait mangé à sa place!

Les gens autour se sentirent obligés de rire de la naïveté de l'enfant, qui s'était préparé à venir à un anniversaire.

La cérémonie était commencée depuis déjà un bon moment quand on entendit une porte s'ouvrir du côté du presbytère. Tout le monde se tourna et vit Georges entrer lentement. Il semblait avoir de la difficulté à se déplacer et l'on put discerner qu'un côté de sa figure était gravement tuméfié.

Il s'installa dans un des premiers bancs disponibles, n'ayant pas suffisamment d'énergie pour se rendre au jubé comme il l'avait prévu. Il tenta de se faire discret, mais Fernande se doutait bien qu'il était arrivé quelque chose de grave.

En faisant le détour par l'arrière de l'église, elle rejoignit son frère, qui n'avait vraiment pas fière allure.

— Qu'est-ce qui s'est passé, Georges?

— Rien, Fernande, j'ai eu un petit accident.

— C'est Ernest qui t'a fait ça? Tu dois me le dire!

— Chut… écoute la messe. Je suis venu ici pour Pauline!

Georges s'appuya sur l'épaule de sa sœur afin de la rassurer et de lui faire comprendre qu'elle devait se taire. Le mal était fait et il s'en remettrait. Il avait déjà souffert plus qu'aujourd'hui lorsqu'il avait quitté le pays et il avait pourtant survécu!

Il souleva doucement la tête et regarda son fils Pierre, qui l'observait avec une grande tristesse. Il voulut le rassurer et il lui fit un sourire qui en disait long.

Après la messe, il irait souper avec toute sa famille chez Diane. Il ne craignait plus de créer de la bisbille. Il s'assumerait et ferait ce dont il avait réellement envie. C'en était fini de l'exil et de la réclusion pour lui! Il considérait avoir déjà purgé sa peine.

Un jour ou l'autre, Ernest déposerait les armes et il le laisserait en paix. Georges ne faisait de mal à personne et son frère serait le seul à payer pour les erreurs qu'il avait commises dans le passé...

CHAPITRE 7

Pensionnaire, au jour le jour

(Printemps-été 1970)

Depuis un peu plus de cinq ans, la vie de Pierre avait pris une nouvelle direction. Il vivait maintenant en permanence comme pensionnaire dans un collège de Montréal. La première année avait été particulièrement difficile pour le jeune, convaincu que la Providence l'avait choisi pour expier tous les péchés du monde. Comme il se sentait loin de chez lui, ici, dans cette grande ville, où il lui semblait que tout n'était que briques, asphalte et froideur! Pourquoi avait-il été obligé de quitter la campagne pour se libérer des sévices du vieil ours? N'aurait-il pas pu être adopté par une famille qui serait installée au sein des majestueuses montagnes de sa tendre enfance au lieu d'être expatrié dans un faubourg à l'allure d'une fourmilière?

Dès que sa tante Fernande l'avait inscrit à cet endroit, il avait accepté son sort avec enthousiasme, car il n'en pouvait plus de vivre dans l'univers de l'époux de sa mère, cet homme à propos duquel plus jamais il ne formulerait un mot s'apparentant à la paternité. Bien que très jeune, il avait une maturité impressionnante et ainsi, au fil des années, il avait compris que si Dieu le Père était un être si bon et si charitable qu'on le disait, jamais il n'aurait permis qu'un homme fasse souffrir un enfant sous prétexte qu'il était chétif ou tout simplement différent.

Pierre avait aimé sa mère plus qu'un enfant raisonnable ne devait le faire. Un lien indescriptible les unissait et sa santé fragile lui avait permis de profiter très souvent de la chaleur de ses caresses. Elle était sa fée, la plus magnifique des femmes et la meilleure des mamans. La perdre s'était avéré pénible et parfois, il se reconnaissait même une part de responsabilité quant à son départ si brutal. Pour toutes ces raisons, il désirait réussir sa vie à tout prix afin que, de là-haut, elle soit fière de lui.

Quand il avait quitté la lointaine contrée du lac Brûlé, Pierre n'avait apporté qu'une toute petite valise, dans laquelle il avait déposé quelques vêtements, un missel, un chapelet que sa grand-mère lui avait donné et le mouchoir blanc que sa mère avait dans les mains au moment de sa mort. Il avait inopinément aperçu son père, au moment où celui-ci jetait l'objet dans une poubelle du garage, avant qu'on ne transporte le corps de Pauline en ambulance et d'instinct, il l'avait récupéré dans les débris. Il le conservait depuis, bien caché au fond de son tiroir de bureau. Il n'était pas rare qu'il l'empoigne et le serre contre son cœur, dans la poche de sa veste de pyjama, afin d'amenuiser momentanément la lourdeur de sa peine.

Pierre faisait souvent un rêve où il entrevoyait sa

mère, vêtue d'une longue robe soyeuse d'une teinte bleutée, et scintillante comme une étoile. Elle souriait et lui tendait gracieusement la main. Dès qu'il arrivait tout près, il ne subsistait plus d'elle que son parfum, son enveloppe charnelle s'étant évaporée. Que signifiait ce songe empreint de douceur, si ce n'était qu'une mère était toujours là comme un ange gardien ?

Cela lui faisait l'effet d'un baume au cœur momentané, mais ravivait la tristesse de ne plus rester à la même adresse.

Avec le temps, il s'était cependant créé un monde bien à lui et il était parvenu à s'accommoder de ce style de vie monotone et prévisible, après avoir traversé des périodes difficiles. Il parlait peu, mais bien, était obéissant, possédait un bon caractère, aimait rendre service et ne demandait jamais rien en retour.

Couché dans un petit lit de fer inconfortable dans un interminable dortoir aux commodités rudimentaires, il songeait qu'encore une fois, une nuit à n'en plus finir s'amorçait, mais il était maintenant vigilant. D'instinct, il continuait à garder l'œil ouvert afin de protéger son corps juvénile des abus de ces corbeaux à longues pattes. Il faisait en sorte de toujours être attentif, pour éviter que le frère Pamphile ne pose son regard sur lui avec un intérêt malsain. Bien avant celui-ci, des confrères avaient abusé de leur autorité pour lui soutirer des caresses ou le souiller par des attouchements impudiques qui entachaient, par la même occasion, sa conscience et son âme. Dès lors, une maturité précoce s'était installée chez Pierre, qui se jurait que peu importe ce qu'il adviendrait, ce nouveau porteur de soutane n'obtiendrait rien de sa part, du moins tant qu'il aurait la force requise pour l'en empêcher.

Fallait-il avoir l'esprit tordu pour se vêtir ainsi ou n'était-ce qu'une coutume? se demandait-il. En tout cas, Pierre se disait que le long déguisement foncé des religieux n'était qu'une enveloppe permettant à leur sexe hypocrite de s'activer au gré de leurs pensées malsaines. Un étrange rictus se dessina sur sa mince face alors qu'il songea à la dernière agression, survenue il y avait de cela plusieurs mois. Il était subitement tombé dans une léthargie profonde quand il avait senti l'odeur du péché s'approcher de sa couche, si bien qu'on avait dû le conduire à l'infirmerie, redoutant une syncope ou une autre maladie grave. Son teint anormalement pâle et son rythme cardiaque accéléré avaient mené à craindre le pire pour lui. On avait alors constaté qu'il avait eu une perte de connaissance subite et l'on avait cru bon de communiquer avec sa tutrice, la tante Fernande. Celle-ci s'était rendue immédiatement à son chevet et, sans hésitation, elle avait demandé à son mari de contacter Georges pour l'informer de la situation. Dès que cela lui avait été possible, le père biologique était venu à Montréal pour visiter son protégé, lequel reprenait lentement des forces. Quand il avait été rassuré sur l'état de santé de Pierre, Georges avait exigé formellement de rencontrer le directeur du collège, dans le seul but de faire la lumière sur cet événement.

Georges avait beaucoup de prestance et il imposait le respect. Le frère Ubald avait en conséquence saisi que

Pierre devait profiter de plus de privilèges, eu égard à sa constitution fragile. Une généreuse donation au collège, octroyée par Georges à l'insu de Fernande, fit en sorte que le jeune pensionnaire put bénéficier de certains avantages en ce qui avait trait à la nourriture et aux sorties. On lui servait donc trois repas de viande rouge par semaine et il n'était plus de corvée comme les confrères de son âge.

À l'internat, la solitude était la seule compagne de Pierre et il en profitait pour faire des confidences à sa mère en prières. Si la religion était omniprésente dans chacune de ses journées, c'est le recueillement dans ces lieux saints qui lui permettait de nourrir sa spiritualité. Le soir venu, cela ne l'empêchait cependant pas de laisser son cœur déverser ses larmes. En s'abandonnant de la sorte, il parvenait ensuite à trouver le sommeil.

Il avait parfois l'impression d'être déjà très vieux et d'avoir suffisamment enduré de cruauté humaine.

À son arrivée en pension, il avait rencontré un jeune garçon qui avait approximativement le même âge que lui, mais qui était atteint d'une grave infirmité aux membres inférieurs. Victime de la poliomyélite, il avait une déficience musculaire l'obligeant à porter des chaussures orthopédiques inesthétiques et à se déplacer avec des béquilles. Introverti de nature, le jeune ne se mêlait que très peu aux autres élèves et ne souhaitait pas non plus que ceux-ci tentent de l'aborder.

Sans vouloir l'accaparer ou créer à tout prix des liens avec lui, Pierre avait entrepris dès le début des classes de transporter ses livres scolaires de son dortoir jusqu'à la salle de cours et de les lui rapporter à la fin de la journée. Sans demander quoi que ce soit en retour, il feignait d'ignorer les sarcasmes de ses compagnons de classe, qui se moquaient de ce geste de solidarité. Il était habitué depuis très longtemps à son statut de vilain petit canard.

Un soir, le jeune handicapé s'enquit abruptement de la raison pour laquelle Pierre faisait tout cela malgré les railleries mordantes des autres élèves.

— T'es pas tanné de charrier mes livres comme ça, tous les jours?

— Qu'est-ce que tu ferais si je le faisais pas, alors que tes deux bras sont déjà occupés avec tes béquilles?

— Je me débrouillerais! lui répondit spontanément le garçon d'un ton sec.

— Aimerais-tu mieux que je te laisse t'arranger tout seul? Moi ça me dérange pas de te rendre service, mais je voudrais pas t'importuner!

Après un moment de réflexion, le jeune homme handicapé abdiqua et se rendit à l'évidence.

— Moi, ça fait bien mon affaire et c'est certain que ça me donne un bon coup de main. Mais je constate que les autres t'achalent à cause de moi et t'es pas obligé d'endurer ça.

— Occupe-toi pas de ça! Toi et moi, on doit rien à personne. On a juste à les laisser parler.

La solidarité avait perduré ainsi entre les deux garçons, qui ne devinrent jamais des amis, mais qui se liguèrent, sans dire un mot, contre tous ceux qui les asticotaient bêtement.

Entre ses cours, Pierre pouvait aller marcher à l'extérieur pendant une heure, quand la température le permettait. C'est lors de ces sorties qu'il en profitait pour écrire à l'oncle Georges qui, fidèlement, s'empressait de répondre à chacune de ses missives.

Chaque lettre reçue était un cadeau du ciel pour Pierre. Il rangeait chacune d'elles dans une vieille boîte de chocolat Laura Secord. Il les classait selon les dates d'arrivée et, sans le savoir, Georges en faisait tout autant de son côté, en déposant les enveloppes dans un ancien coffret de cigares.

Quand Georges lui avait appris qu'il revenait au Québec, Pierre avait eu peine à le croire. Au début, il avait été déçu, craignant de perdre son correspondant s'il demeurait à proximité, mais il avait été vite rassuré.

Surprise, à la dernière journée d'école du mois de juin 1969, c'est l'oncle Georges en personne qui s'était présenté pour quérir Pierre au collège, alors qu'il attendait sa tante Fernande. Étonné et heureux à la fois, le jeune homme voulait croire qu'il pouvait encore avoir foi en l'avenir. Georges se réjouissait de la tournure que sa vie semblait prendre. Après ces longues années d'isolement, il percevait désormais l'odeur agréable du bonheur. Les rapprochements avec le fils qu'on lui avait un jour volé embellissaient chaque minute de ce qu'il considérait comme sa toute nouvelle existence, son second départ.

* * *

Étant donné qu'il devait déménager au début du mois de juillet et qu'il aurait beaucoup de travaux d'aménagement à faire, Georges avait demandé à Pierre s'il accepterait de venir l'aider pour exécuter ces tâches, qui s'échelonneraient de toute évidence sur quelques semaines. À 17 ans, quoique pas tellement costaud, Pierre pourrait sûrement l'aider, mais c'était davantage l'occasion de partager de nombreux bons moments avec lui qui lui avait fait imaginer ce scénario divertissant. C'est ainsi qu'il lui proposa de l'accompagner à Détroit afin de finaliser son transfert; ce serait beaucoup plus rapide à deux et surtout beaucoup plus intéressant.

Ces quelques jours se déroulèrent sans anicroche. Pierre ne parlait que très peu, encore intimidé par ce membre de la parenté prospère et généreux à la fois, qui le côtoyait et le traitait avec autant de bienveillance. Il avait eu beaucoup plus de facilité à s'exprimer dans une correspondance que dans un face-à-face.

La ville de Détroit subjugua totalement Pierre, qui n'avait rien vu de plus que l'agglomération de Montréal ou plutôt des environs du collège et de la résidence de sa tante Fernande. Georges lui avait expliqué que, depuis les années 1950, la population blanche de cette ville américaine avait considérablement diminué, les noirs pauvres du Sud y ayant émigré massivement. En juillet 1967, dans la partie est de la ville, de terribles émeutes avaient eu lieu, tuant quarante-trois personnes, en blessant quatre cent soixante-sept et détruisant pas moins de deux mille immeubles.

Il s'agissait là de la plus sanglante et de la plus

dévastatrice manifestation de violence de l'histoire des États-Unis. Georges expliqua à Pierre qu'à cette époque, il se souvenait très bien que les gens de race blanche envisageaient sérieusement de quitter cette région, craignant grandement les Afro-Américains, devenus omniprésents.

Bien qu'il ait une totale confiance en son oncle, Pierre ne se sentait pas très à l'aise dans ce milieu cosmopolite. Il souhaitait revenir le plus tôt possible au Canada, où tout lui paraissait beaucoup plus simple et surtout moins risqué.

Lors de ce court séjour, Georges s'était fait un devoir d'aller saluer les chers amis qu'il avait côtoyés durant ces longues années en terre étrangère et ainsi leur présenter son neveu dont il était si fier. Pierre avait fait bonne impression et ceux-ci s'étaient réjouis de le rencontrer, même si le jeune homme ne parlait pas beaucoup l'anglais.

La veille du déménagement, tôt le matin, Georges avait emmené Pierre assister à la messe à la cathédrale du Très-Saint-Sacrement. Il voulait symboliquement rendre grâce au Seigneur de lui avoir permis de vivre des instants aussi précieux avec l'enfant que la destinée lui permettait de côtoyer. Il sut à ce moment-là que plus jamais il ne partirait au loin. Son exil était terminé et il entrevoyait maintenant l'avenir positivement. Il était temps pour lui de rentrer au bercail.

Pour sa part, Pierre ressentait pour la première fois de sa courte vie certaines émotions indescriptibles. Il se croyait parfois au milieu d'un magnifique rêve. Après ces longues années de solitude, chaque minute recelait aujourd'hui ses moments de félicité. S'il avait été réticent au début de leurs correspondances assidues, au fil de ses écrits, il avait accepté de se laisser aller un peu plus librement dans les propos échangés avec son oncle, ce qui lui avait permis de réaliser combien ils partageaient des affinités.

De retour à la maison, Georges et Pierre écoulèrent les jours doucement sous le signe de la complicité. Les deux hommes vivaient le moment présent et n'abordaient que très rarement ce qu'avait pu être la vie en dehors de ce nouveau quartier de Sainte-Thérèse-Ouest.

Ils passaient de longues heures à besogner à l'extérieur lorsque le temps était clément et à l'intérieur, quand dame nature faisait des siennes. Après l'une de ces journées fastidieuses, ils s'étaient attablés devant un souper digne d'une famille québécoise. Madame Laframboise, la généreuse voisine, leur avait préparé une épaisse et onctueuse soupe aux légumes, suivie d'un succulent pâté chinois et, pour couronner le tout, un énorme gâteau au chocolat. Elle s'était tout de suite prise d'affection pour Georges, cet homme distingué et si différent des autres selon ses dires. Même son époux, Omer, lui en avait fait la remarque. Le raffinement de son langage et le respect que Georges inspirait faisaient que l'on était fier de l'avoir dans son entourage et que l'on voulait le traiter avec tous les égards.

Ce soir-là, le couple trouvait que les deux hommes avaient tellement travaillé qu'ils n'auraient sûrement pas le cœur à se préparer un bon repas chaud. Il leur avait donc apporté tout ce qu'il leur fallait pour concocter un petit festin familial. Georges et Pierre profitèrent avec plaisir de ce geste amical, ce qui créa une ambiance propice à la discussion. Tout de suite après le dessert, une fois assis au salon, Georges entreprit de discourir librement, s'interrogeant depuis déjà un moment sur ce que son neveu pouvait bien ressentir à son égard.

— As-tu aimé ta journée, garçon, même si je t'ai fait gagner ta croûte plutôt durement ?

— Oh oui, mon oncle ! Le temps passe toujours trop vite quand je suis avec vous. J'aurais jamais pensé que je pouvais faire de l'ouvrage de même ! C'est vrai qu'avant, personne me laissait jamais faire quoi que ce soit. À la maison, je pouvais jamais toucher à rien dans le garage, mais en revanche, j'ai appris à faire des desserts avec maman et mémère. C'est même moi qui étais responsable de faire les trous de beignes !

— Bravo, on a un point en commun. Quand j'étais jeune, c'est moi qui usais le dé à coudre. Je suppose que tu as aussi eu la chance de faire des tapis nattés. Je me souviens que ta mémère me faisait toujours tirer sa grosse aiguille avec une paire de pinces en me disant que c'était moi le plus fort.

— Eh bien oui, on a vraiment eu les mêmes apprentissages.

La discussion continua ainsi, ponctuée de propos légers et réconfortants, de réminiscences empreintes de moments gais que chacun des hommes souhaitait partager avec l'autre. Ils avaient ainsi l'impression de récupérer des instants qui leur avaient été subtilisés.

— Ça me fait plaisir de t'entendre me raconter toutes ces histoires. J'ai hésité avant de te demander de venir passer l'été chez moi, car j'avais peur que tu trouves le temps long.

— Jamais de la vie! s'exclama aussitôt Pierre. Si je le pouvais, c'est ici que je resterais pour toute la vie.

— Crois-moi, j'aimerais bien pouvoir t'accorder ce privilège moi aussi, mais il te faut terminer tes études. Et puis, qu'est-ce que ton père dirait, lui qui me porte déjà pas dans son cœur? En passant, lui as-tu téléphoné dernièrement pour l'avertir que tu étais chez moi cet été?

— Non! Et pis de toute façon, je pense pas que ça le regarde ou même que ça l'intéresse vraiment. Vous savez, il m'a jamais mallé une seule lettre depuis que je suis pensionnaire à Montréal. Au début, je lui envoyais du courrier une fois par semaine, mais quand j'ai réalisé qu'il me répondait jamais, j'ai compris qu'il était sûrement bien content que je sois parti de la maison.

— Il a jamais vraiment aimé écrire de toute façon, mais je cherche pas à le défendre pour autant. Es-tu retourné quelques fois au lac Brûlé depuis que tu vis à Montréal?

— Non. Quand on monte dans le Nord, ma tante Fernande et mon oncle Léon m'emmènent visiter mémère à l'hôpital de L'Annonciation et souvent, on s'arrête chez Diane en revenant. Je peux compter sur mes doigts les fois où on s'est rendus à la maison et c'était surtout pour voir Simon, mon petit frère.

— Ton père était-il au moins content de te voir?

demanda Georges, subitement curieux, voire jaloux du lien officiel qui unissait ces deux êtres.

Pierre soupira longuement avant de formuler sa réponse.

— À deux reprises, il m'a donné la main, une main moite et froide comme la mort. Par la suite, il m'ignorait la plupart du temps et j'en faisais tout autant. C'est bizarre, mais je dois vous avouer que ça me fait plus rien. Vous savez, parfois, je me sentais même étranger dans cette maison-là. Je le déteste, laissa-t-il tomber pour enfin être franc avec son bienfaiteur.

— Voyons, Pierre, c'est ton père malgré tout, lui répondit Georges du tac au tac, fortement ému par les propos du jeune garçon chez qui il devinait tellement de rancœur.

— Non, mon oncle. Je vais vous révéler quelque chose que j'aurais jamais cru pouvoir dire à quelqu'un un jour. Quand ma mère est morte, j'ai décidé d'enterrer mon père en même temps, mais pas dans le même trou. Je considère qu'il est le seul responsable du geste qu'elle a posé.

— Qu'est-ce que tu me racontes là, Pierre ?

— Pendant que maman était sur les planches[14] chez Vanier, un matin, j'ai pris le portrait d'Ernest Potvin qui était sur le bureau dans sa chambre et je l'ai déchiré en mille morceaux. Chaque fois que je coupais le papier avec mes mains, j'avais l'impression de la venger. En réalité, il l'a assassinée un peu chaque jour jusqu'à ce

---

14 Être sur les planches : être exposé dans un salon funéraire.

qu'elle s'inflige le coup fatal. J'ai ensuite été jeter tous les morceaux dans la bécosse en arrière de la cabane à sucre. À partir de ce jour-là, mon père était bel et bien mort et il reposait là où il méritait de passer la fin de ses jours.

Pierre s'arrêta de parler. Il avait maintenant l'air calme et serein d'avoir enfin pu se raconter à quelqu'un d'attentif à ses propos. Son oncle Georges ne semblait pas le juger et c'était très important pour lui. Sur un ton teinté de tristesse, il continua sa confession, les souvenirs remontant lentement à la surface après qu'il eut tout tenté pour les occulter définitivement.

— J'étais désormais orphelin et, si ça avait pas été de mémère Potvin, de mes frères et de mes sœurs que j'adorais, je serais allé me jeter au fond du lac Brûlé. Je me serais attaché une grosse roche à la taille pour être certain de rester là. Mais j'avais eu tellement de peine quand maman était morte que j'aurais pas été capable de faire vivre une pareille douleur à ceux que j'aimais.

Georges était sidéré par les propos matures et profonds de son fils, alors qu'il ne pouvait lui révéler toute la vérité. Tout ce qu'il pouvait faire, c'était de s'occuper de son bien-être et de tenter d'apprivoiser doucement le pauvre enfant blessé.

Sans réfléchir plus longtemps, il se lança et lui fit la proposition suivante :

— Dis-moi, garçon, qu'est-ce que tu penserais de pas retourner comme pensionnaire à l'automne ?

Pierre, détendu quelques minutes plus tôt, sembla soudainement se raidir en entendant cette offre. Il essaya de ne pas afficher son profond désarroi, mais il se devait d'être très franc avec son oncle.

— Je serais déçu d'abandonner l'école, mais je suis assez vieux pour travailler. Je suis au courant que c'est vous qui payez mon internat. Ma tante Fernande a été honnête avec moi quand je lui ai demandé ce qu'il en était. Vous en avez suffisamment fait pour moi et je comprends que ça implique une grosse somme d'argent.

— Tu as mal saisi, mon garçon. Je voudrais pas que tu laisses tes études pour tout l'or du monde ! Mais si tu venais vivre avec moi et que tu t'inscrivais au Collège Lionel-Groulx, à Sainte-Thérèse, ça me plairait de rentrer à la maison et de savoir qu'il y a quelqu'un avec qui je vais partager mes repas. Tu trouves pas qu'ici, c'est une bien grande cabane pour moi tout seul ? demanda Georges, avec un sourire de plaisir anticipé à l'idée de réaliser une si magnifique folie.

Pierre resta silencieux pendant ce qui lui parut une éternité. Toutes ces interrogations qui l'assaillaient depuis qu'il était pensionnaire lui revenaient en mémoire. Pourquoi le frère de son père était-il si gentil avec lui ? Devait-il se méfier ou plutôt accepter ce que la vie lui donnait ? Il n'avait personne d'autre à qui se confier, mais il redoutait ce bonheur gratuit et craignait d'être blessé encore s'il baissait sa garde.

Avec toute la sérénité acquise durant ses longs moments de recueillement au pensionnat, Pierre adressa donc en pensée une requête à sa mère, qui, de là-haut, pouvait à coup sûr le guider. Et avant qu'il ait terminé sa réflexion, Georges, qui s'était absenté quelques minutes, revint avec une enveloppe sur laquelle Pierre put reconnaître l'écriture soignée de Pauline. Était-il possible qu'elle lui ait répondu si rapidement? Il avait la berlue; la magie semblait lui coller à la peau.

— C'est quoi ça? demanda-t-il d'un ton dramatique, en désignant le document que son oncle tenait dans sa main. Il voulait à tout prix mettre un terme à cet état second qui lui paraissait très pénible.

— Une lettre écrite par ta mère.

Pierre, habituellement soumis, était maintenant prêt à se rebeller. Sa défunte maman ne pouvait lui écrire, on tentait assurément de le tromper. Georges perçut son désarroi et s'empressa de le rassurer, en haussant la voix pour capter son attention et le sortir de sa torpeur.

— *Don't worry*, Pierre. Tout comme tu l'as fait avec moi au cours des dernières années, Pauline et moi avons correspondu pendant quelque temps. Je travaillais à Montréal dans ce temps-là; mais t'as pas à t'inquiéter, c'était bien avant qu'elle ne rencontre ton père.

L'adolescent resta tout de même muet; qu'allait-il apprendre qu'il ne sache déjà?

De son côté, Georges, contrairement à ce qu'il avait prévu, était maintenant prêt à tout dévoiler, si cela pouvait soulager ce petit être qu'il aimait profondément et qui, selon lui, avait assez souffert de la méchanceté des hommes et d'un en particulier.

— Je pensais pas t'avouer cela aujourd'hui, mais tu es suffisamment mature pour comprendre et te faire ta propre opinion. J'ai été le premier amoureux de Pauline, ta mère, et c'est juste plus tard qu'elle a rencontré Ernest, alors que moi, j'étais parti travailler à Montréal pour gagner l'argent nécessaire afin de pouvoir la demander en mariage.

Pierre ne pouvait croire que sa maman avait eu le choix et qu'elle avait délibérément opté pour une vie remplie d'autant de vicissitudes. Il resta suspendu aux lèvres de son oncle, avide de connaître la suite et incapable d'émettre le moindre commentaire.

— C'est une longue et triste histoire, et je pense que tu es suffisamment mûr pour peser le pour et le contre. À vouloir protéger tout le monde, on crée souvent des malentendus plus gros que nécessaire.

Georges entreprit alors un troublant récit de son idylle avec la belle Pauline, sur les berges du lac Brûlé, à l'été mille neuf cent trente-sept. Au fin fond de ses yeux, on comprenait qu'à travers chaque mot, il revivait intensément les plus délicieux moments de sa vie. Il avait pris la décision de révéler toute la vérité sur son unique amour et on aurait pu croire qu'il en ressentait un grand bien-être. Quand il avait entendu Pierre raconter de quelle façon il avait disposé de la photo de son frère Ernest, il s'était dit qu'il avait perdu assez d'années à fuir le bonheur. Il était maintenant prêt à se battre contre vents et marées pour rétablir autant que possible la situation. Cet enfant avait souffert tout autant que lui et ils devaient dès maintenant mettre en commun leurs avoirs, afin de vivre d'heureux moments avec ceux qui les entouraient.

Georges ne cherchait pas réellement à se venger d'Ernest, mais il était temps que justice soit faite. Toutes ses longues litanies de prières n'auraient donc pas été récitées en vain.

De son côté, Pierre ne voulait conserver de ses jeunes années que le doux souvenir de sa mère. Cela constituait la plus belle époque de sa vie. Il avait ainsi occulté tous les sévices et mauvais traitements physiques et mentaux subis au cours de cette période.

C'est pourquoi il avait l'impression de renaître aujourd'hui et il se permettait d'y croire. Après de longues heures de discussion, les deux hommes firent un pacte selon lequel ils seraient discrets à propos de leurs liens, non par gêne, mais plutôt pour se protéger mutuellement. Ils savaient que plus rien ni personne ne viendrait les séparer.

L'amour avait finalement gagné, mais après que les hommes eurent à panser beaucoup de blessures. C'était le début d'une nouvelle vie pour eux et ils entendaient bien pouvoir en profiter abondamment.

À quel moment le vieil ours apprendrait-il que la vérité avait éclaté et comment réagirait-il?

CHAPITRE 8

Quand la vie s'éveille

(Printemps 1970)

Dans la vie de tous les jours, Albert avait l'impression que les heures filaient comme l'eau d'une rivière. Il avait toujours été docile et conciliant, mais son existence était assez morose. Il demeurait chez sa logeuse, madame Dupuis, dont la vieille mère était décédée des suites d'une pneumonie au cours de l'hiver précédent.

Albert occupait maintenant un poste de commis à la comptabilité chez J.L. Brissette, où il se plaisait bien. Il excellait dans le domaine des chiffres, qu'il alignait dans ses cahiers avec méthode et minutie. Ses supérieurs lui accordaient une grande confiance. Dans l'entreprise, on avait depuis longtemps oublié l'incident du vol perpétré par Euclide Gagnon, le fils de sa belle-mère, qu'il avait recommandé, de bonne foi, à ses patrons, sans connaître ses antécédents de mauvais garçon.

Depuis le printemps, il avait cependant l'impression que la chance semblait tourner en sa faveur, ou, à tout le moins, qu'elle désirait lui faire un délicieux clin d'œil.

En effet, la semaine dernière, un client, monsieur

Charette, s'était présenté au bureau afin d'acquitter son compte et, tout en parlant, il avait offert à Albert de lui vendre sa voiture. Ce qui de prime abord ressemblait à une petite blague entre les deux hommes s'avéra finalement une proposition sérieuse. Les conditions étant alléchantes, Albert accepta de faire le premier achat important de sa vie d'adulte.

C'est donc ce soir-là, à la fin de sa journée de travail, que l'homme avait convenu de venir le chercher pour se rendre chez le concessionnaire Fabien Mercure, à Sainte-Agathe-Sud, où l'on terminerait la transaction. Monsieur Charette prendrait ainsi possession de sa nouvelle Oldsmobile Delta bleue, commandée depuis déjà plusieurs semaines, et en profiterait pour transférer la propriété de sa Chevrolet Impala 1964 rouge au jeune Albert Potvin.

Voilà une étape importante dans la vie du garçon que l'acquisition de son premier véhicule et Albert avait travaillé très fort pour atteindre son but.

Sa journée de travail lui avait semblé interminable. Comme un enfant qui se préparait pour une fête, il avait eu peine à se concentrer. Il se faisait taquiner par ses confrères, qui, pour quelques-uns, l'enviaient secrètement, alors que la plupart se réjouissaient de son bonheur. On n'en parlait pas ouvertement, mais plusieurs trouvaient qu'il faisait généralement pitié à voir. Pourquoi fallait-il qu'un homme aussi généreux et sincère soit tellement différent des autres ? Sans être infirme, Albert était manifestement disproportionné physiquement. On aurait dit que sa tête était trop grosse pour son petit corps, qui avait cessé de croître quand il avait tout juste treize ans. Avec ses grands yeux bruns et ses cheveux raides, il faisait se retourner les gens sur son passage, qui affichaient une moue de commisération.

Inutile de mentionner qu'il n'avait pas de succès auprès des filles. Il était un bon ami, et tout juste. Il occupait donc ses loisirs à lire, à pêcher et à aller au cinéma. Quand sa sœur Diane avait besoin de lui pour les travaux domestiques, il se faisait un plaisir de lui rendre service. Madame Dupuis l'employait également pour l'entretien de sa vaste résidence ; il avait tout récemment repeint toute la cuisine et le salon de la maison de chambres. Jamais il n'acceptait que celle-ci paie le moindre sou, mais en retour, elle faisait le lavage de ses vêtements, les reprisait et les repassait, sans compter qu'elle lui concoctait régulièrement des repas dignes d'un roi.

— Albert, réveille-toi ! Il est cinq heures et cinq et ton *lift* t'attend dans le *parking*, lui dit son collègue de bureau, qui l'avait surpris à rêvasser alors que ce n'était pourtant pas dans ses habitudes.

— Oui, oui, j'arrive. Je sais pas où donner de la tête aujourd'hui. Il me semble que j'avance dans rien et par-dessus le marché, je trouve le moyen d'être en retard !

— C'est pas grave. Monsieur Charette cherche à faire les yeux doux à la nouvelle secrétaire pendant ce temps-là. Si tu y laisses trop de temps, il peut t'enlever tes chances avec celle-là.

— Arrête donc de m'étriver ! Tu sais bien que Nicole, c'est pas une fille comme ça.

— Peut-être pas, comme tu dis, mais t'as pas remarqué comment elle s'occupe de toi ? Es-tu aveugle ou bien t'es juste niaiseux ?

Albert refusa de répondre à ces interrogations factices et se dépêcha d'aller retrouver monsieur Charette dans le stationnement. À sa grande surprise, Nicole était assise à l'arrière de la voiture et semblait vouloir faire partie du voyage.

— Embarque, mon Potvin, le vendeur nous attend pour finaliser les contrats et faire les transferts. J'ai offert à mademoiselle Nicole d'y donner un *lift* pour se rendre chez elle. J'espère que ça te dérange pas trop ?

— Ben non, c'est de vos affaires. De toute façon, c'est pas encore mon *char*, tant que les papiers sont pas signés, répliqua Albert en rigolant.

En prenant place dans la voiture, il se demanda s'il pourrait réellement avoir été remarqué par cette jeune fille. Avec sa taille avoisinant celle des nains de jardin, il s'était toujours dit qu'aucune femme ne voudrait de lui, les grands noirs aux longues jambes ayant la cote. Et si son collègue disait vrai ? Albert devait tout de même admettre que le sourire coquin de la demoiselle semblait porteur d'un message attrayant à décoder.

Le vieux chauffeur fit un détour par le village, dans le but de déposer la jeune secrétaire au domicile de ses parents, sur la rue Saint-Henri. Au moment de descendre de la voiture, celle-ci se pencha à la portière d'Albert et lui dit gentiment :

— Je suis bien contente pour toi, Albert. Ça va te faire un beau *char*. Et maintenant que tu connais mon adresse, si tu passais devant chez nous un bon matin, ça me ferait ben plaisir d'avoir un *lift*, lança-t-elle en riant, avant de se diriger d'un pas léger vers sa résidence.

— Ouais, tu pognes, mon jeune! J'aimerais ça avoir ton âge.

— Arrêtez-vous donc! Vous le savez, c'est une nouvelle employée qui vient juste de commencer au bureau.

— Ça empêche pas que c'est toi qu'elle attendait à soir, dans la cour de chez Brissette.

Albert ne tint pas compte de cette remarque, trop excité de se rendre chez le concessionnaire pour enfin avoir une voiture bien à lui. Il en avait rêvé depuis si longtemps! Comme il était néophyte dans le domaine, au garage, il écouta et observa toutes les étapes qui le menèrent à la signature de son tout premier contrat. Il ne posa aucune question, intimidé par le vendeur et l'acheteur, qui se connaissaient et riaient comme larrons en foire. Il avait hâte de se retrouver tout seul au volant de son automobile afin de savourer pleinement cet instant.

Il se dirigea donc directement chez sa sœur Diane, avec qui il souhaitait partager sa joie en premier. Elle sortit de la maison pour constater la surprise qu'Albert lui réservait.

— Comme tu vois, Diane, j'ai suffisamment économisé pour m'acheter une voiture en très bon état. J'ai suivi tes conseils, mais je te dirais qu'aujourd'hui, mon compte d'épargne a pris une méchante claque!

— Félicitations, mon frère, tu as fait une bien belle acquisition. Je suis très fière de toi! On croirait que c'est une auto neuve tellement elle est propre !

— Je viendrai te faire faire un tour en fin de semaine, mais pour l'instant, je suis déjà en retard pour le souper. J'aurais dû prévenir madame Dupuis et annuler mon repas plutôt que de la laisser m'attendre.

— Elle t'aime assez, ta logeuse, qu'elle va pas te disputer. De toute façon, tu as une bonne raison.

Albert arriva donc à la pension avec un peu de retard et il constata que madame Dupuis était sur la galerie et attendait son retour.

— Je m'excuse, Madame Dupuis, mais je me suis attardé un peu chez ma sœur Diane.

— Fais-toi z'en pas, la température est tellement belle que j'en ai profité pour prendre l'air. Rentrons maintenant, le souper est prêt.

Pendant le repas, la bonne dame félicita son protégé et ne se gêna pas pour le complimenter, en lui faisant remarquer que c'était parce qu'il avait bien su gérer son portefeuille qu'il pouvait aujourd'hui se payer un tel luxe. Elle trouvait qu'il était particulièrement raisonnable pour son âge.

— C'est plaisant d'avoir des pensionnaires comme toi, mais je te dis que ça court pas les rues !

— Vous êtes trop gentille, Madame Dupuis. Vous êtes une femme d'affaires comme il y en a pas beaucoup dans Sainte-Agathe. Si votre maison était plus près de Montréal, vous feriez beaucoup plus d'argent. Ils en discutaient justement aujourd'hui à la radio. Ils auront besoin d'un grand nombre de places de logement quand les Jeux olympiques vont avoir lieu, en 1976. Mais c'est tellement loin ça! Je me demande pourquoi ils en parlent déjà.

— J'aurais beaucoup trop peur de laisser dormir plein de monde de différentes nationalités dans la même maison que moi! En tout cas, on dira ce qu'on voudra, mais le maire Drapeau, c'est pas un deux de pique: d'abord le métro de Montréal, et après, l'Expo 67. Mais c'était pas encore assez pour lui: il désirait aussi les Jeux olympiques!

— Comme dirait mon patron quand y parle de lui, Drapeau, c'est un gars qui a pas froid aux yeux et qui est ambitieux. Ce que je trouve difficile à avaler par contre, c'est qu'il a promis de faire ça sans qu'il y ait de déficit.

— Tu as bien raison, moi aussi, je reste sceptique. Je pense que tu gères mieux tes affaires que lui. Tu as attendu d'avoir de l'argent pour t'acheter un *char* et tu en as choisi un de seconde main au lieu de t'endetter.

Enorgueilli par autant d'éloges dans la même journée, Albert poussa l'audace jusqu'à offrir à madame Dupuis de l'emmener faire un tour tout de suite après le souper, ce qu'elle accepta avec grand enthousiasme.

Il prit donc instinctivement la route en direction du lac Brûlé, où il n'était pas retourné depuis très longtemps. Il espérait vivement que son paternel le voie passer dans une si belle voiture et en compagnie d'une dame.

Le hasard fit en sorte qu'à l'approche de la résidence de son père, Albert vît celui-ci qui marchait le long du chemin. Il transportait deux vieilles chaises qui avaient sûrement besoin d'être réparées. Il les avait probablement trouvées en bordure de la route, alors qu'un voisin s'en était débarrassé. Ernest était de moins en moins sélectif et récupérait tout ce qu'il trouvait. Il revendait ensuite son butin à un magasin d'antiquités dans la région de Prévost ou il allait à l'encan de Lachute pour écouler ses trouvailles.

Albert fit donc exprès de circuler lentement, sans pour autant s'arrêter. Au moment de dépasser son père, il tourna la tête pour démontrer clairement qu'il souhaitait l'ignorer. Il voulait qu'Ernest se pose des questions et qu'il rumine un peu.

— Ça te tente pas d'arrêter une petite minute chez ton père pour lui montrer ton nouveau *char*? lui demanda madame Dupuis.

— Non, j'avais juste le goût de venir faire un tour par ici pour l'essayer. Trouvez-vous qu'il roule bien? répondit-il habilement pour détourner la conversation.

— Ben oui! On est tellement à l'aise qu'on se croirait assis dans le salon, fit-elle remarquer, dandinant son gros fessier sur la banquette avant. Ton monsieur Charette est vraiment un homme très particulier. As-tu vu? Tous les sièges étaient protégés par des couvertures de laine. Il a sûrement dû prendre soin de la mécanique de la même manière. Tu as fait une bonne affaire, j'en suis certaine.

— Vous savez, c'est un vieux garçon et j'imagine que son *char*, c'est toute sa vie. Ça serait peut-être un beau parti pour vous, lança-t-il, pensant tout simplement faire une blague.

Cette allusion à peine voilée à son statut de célibataire éteignit l'ardeur qui brillait dans les yeux de la dame, par ailleurs tellement ravie de se promener ainsi avec ce jeune homme qu'elle aimait en secret depuis plusieurs années. Si la différence d'âge entre eux n'avait pas été si grande, elle aurait sûrement tenté sa chance, mais elle craignait de se voir remettre à sa place, voire d'être humiliée.

— Tu sais, Albert, quand une femme a passé la quarantaine, elle intéresse plus personne.

— Dites pas ça, Madame Dupuis ! Si vous avez pas eu de prétendant, c'est parce que vous avez tout le temps pris soin de votre mère plutôt que de vous occuper de vous.

Albert regrettait d'avoir fait une telle allusion et tentait par ces propos de se rattraper. Il craignait d'avoir blessé celle qu'il respectait et estimait tant.

— Tu es trop gentil avec moi, mais tu sais, il suffit pas d'être instruite pour plaire aux hommes. Ce qu'ils veulent le plus des femmes, c'est du *sex-appeal*, comme ils disent. Et avec ma forte corpulence, je pense pas être très attirante !

— Vous êtes trop sévère envers vous-même. C'est juste parce que vous avez pas encore rencontré le bon.

Albert ne tenait pas à poursuivre la conversation et il avait hâte d'être de retour à la maison pour que cesse ce dialogue dont la tournure devenait à la fois délicate et gênante. Il esquiva alors habilement ce sujet pour parler à nouveau de son achat du jour et, dès qu'il arriva à la pension, il se dirigea vers sa chambre en prétextant avoir des tâches à compléter pour le bureau.

Il laissa donc madame Dupuis en plan dans le salon, sans préciser le fond de sa pensée. Celle-ci, attristée par la tournure des événements, se rendit dans la salle à manger pour ramasser la vaisselle du souper et dès maintenant se préparer pour le lendemain matin, comme elle le faisait tous les soirs, telle une automate.

Depuis des années, comme sa mère le faisait avant elle, elle couvrait la table de cuisine d'une nappe modeste, réservant les broderies pour les fins de semaine ou les occasions spéciales. Elle y disposait les assiettes, les tasses, les ustensiles ainsi que les aliments qui serviraient au prochain repas. Elle pliait ensuite la moitié du tissu sur la nourriture, pour éviter que des mouches, d'autres insectes ou de la poussière s'y déposent. Le matin venu, il ne restait qu'à découvrir le tout pour prendre le déjeuner constitué simplement de café, de rôties et de gruau, durant les jours de semaine. Les repas copieux étaient réservés aux fins de semaine et aux jours de fête.

Elle expliquait ces gestes de préparation quotidienne aux pensionnaires curieux en mentionnant qu'ainsi, elle gagnait du temps et que, surtout, le beurre était toujours mou à souhait.

Dès que ce rituel fut terminé, elle s'enferma dans sa chambre à coucher, où elle pleura sur son sort pour la énième fois.

Allongé sur son lit, Albert se concentra alors sur les dernières paroles d'Agnès, comme il la nommait secrètement dans son esprit aventureux et rêveur. C'est que madame Dupuis, qu'il côtoyait depuis plusieurs années, devenait la belle Agnès quand il pensait à elle dans ses moments d'intimité.

Depuis le décès de la vieille mère de sa logeuse, Albert était l'unique pensionnaire permanent et il lui était arrivé très souvent d'être seul dans la maison avec elle. N'eût été la gêne ou l'embarras, il serait probablement allé frapper à la porte de sa chambre pour lui demander de meubler sa solitude profonde, mais il craignait d'être rejeté et peut-être même renvoyé, alors qu'il avait tellement besoin d'amour charnel.

Comme il aurait adoré pouvoir appuyer sa tête sur ses gros seins, qui semblaient parfois prêts à déborder de cet immense soutien-gorge ! À maintes reprises, il avait remarqué cette pièce de lingerie sur la corde à linge et il avait eu l'envie de se l'approprier pour en faire un objet fétiche. Il y avait également les fesses bien rondes d'Agnès qui l'excitaient follement. Il imaginait sans mal son pénis plaqué au bas de ses reins et, dès lors, il avait une érection qu'il aurait bien voulu partager avec celle qui l'avait excité sans le savoir.

La différence d'âge lui importait peu et il se serait bien vu aux côtés d'Agnès au quotidien, mais c'était sans compter son physique disgracieux de petit homme. La dernière fois qu'il s'était pesé, il avait malheureusement constaté qu'il ne faisait que cent vingt-cinq livres. Sa logeuse était pour sa part grande et grosse, comme le disaient les gens du village. On le jugerait certainement et, par-dessus tout, qu'allait-elle penser de lui ?

On frappa soudain à la porte de sa chambre.

— Albert, est-ce que je te dérange ? demanda madame Dupuis.

Qu'est-ce qui se passait pour que madame Dupuis

vienne cogner chez lui à dix heures le soir?

— Non, Madame Dupuis, qu'est-ce qu'il y a?

Albert s'empressa de revêtir son bas de pyjama avant de lui ouvrir. Il fut stupéfait de voir sa logeuse vêtue d'une magnifique jaquette rose à l'allure soyeuse comme une douce caresse. Ses longs cheveux habituellement relevés en toque sur sa nuque avaient été joliment brossés et tombaient maintenant sur ses épaules recouvertes d'un tissu transparent. Elle le regarda avec des yeux langoureux et insistants, comme il les avait imaginés dans ses scénarios nocturnes.

— Je me sentais bien seule dans mes appartements et je me demandais si tu accepterais de me faire une toute petite place auprès de toi.

Et Albert, maladroit, ne put faire autrement que de s'avancer pour prendre les seins pulpeux qu'il avait tant convoités, alors qu'Agnès l'entoura avidement de ses bras dodus. Sans aucun préambule, elle s'étendit sur le lit d'Albert, qui s'empressa de se dévêtir, afin de lui démontrer que, malgré sa taille délicate, il possédait des attributs dignes d'un grand homme.

Alors qu'il était encore puceau, Albert passa une nuit chaude et agréable, son corps lové contre celui de cette dame pour qui l'amour n'avait pour seule limite que la décence. Il avait peine à se rassasier de sa peau douce et de ses rondeurs envoûtantes.

Au réveil, la proximité des deux êtres devint cependant gênante pour Albert, comme s'il craignait d'être découvert dans cette situation incongrue. Il s'empressa donc de se vêtir pour aller au travail. Il se sentait tout à coup mal à l'aise, tiraillé entre le contentement et le malaise, la satisfaction et le dérangement.

Il quitta la maison sans manger, en prétextant avoir un rendez-vous avec le vendeur de sa voiture et il se dirigea vers le restaurant Chez Betty, avec l'intention d'y déjeuner.

Il n'était cependant pas au bout de ses peines, puisqu'il y rencontra Nicole, la secrétaire, qui était en train de savourer lentement son café, assise seule à une table.

— Quelle belle surprise, Albert! On te voit pas ici d'habitude.

— Non, généralement, ma place, c'est chez Lafantaisie, ou bien je grignote une *toast* à la pension avant de partir.

— Moi, je déjeune ici tous les jours, car ma mère se lève assez tard et mon père s'en va au travail beaucoup plus tôt que moi.

— Tu viens toujours toute seule?

— Oui! Qui sait, peut-être bien qu'à partir de ce matin, ça pourrait changer?

Mais qu'est-ce qui pouvait bien se passer ce printemps? Les femmes étaient-elles toutes en chaleur? Albert avait envie de rire, lui qui avait été dépucelé tout juste quelques heures auparavant. Il se faisait maintenant draguer ouvertement par une consœur de travail. C'est donc à l'heure pile qu'il arriva au bureau avec, à ses côtés, la chère Nicole, qui s'était invitée pour une balade dans sa nouvelle voiture. Ragaillardi par sa nuit de plaisirs sensuels, il osa même lui faire une proposition.

— Maintenant que j'ai un *char*, si tu le veux bien, je peux te prendre en passant le matin et te ramener le soir, sauf si je dois faire de l'*overtime*.

— Ça va me faire plaisir et comme ça, on pourra sûrement se connaître un peu mieux. Il faudrait pas que tu m'oublies, par exemple. Sinon, j'arriverais en retard.

— Comment je pourrais oublier une fille comme toi?

Que se passait-il avec Albert, pour qu'il agisse de la sorte?

En moins de vingt-quatre heures, sa vie semblait lui offrir un itinéraire inusité et surtout très intéressant. Il avait découvert que la sexualité à deux était plus enivrante que lorsqu'on est seul et il envisageait même de séduire la nouvelle secrétaire de son patron.

Le petit homme voyait grand. Il n'entendait pas abandonner Agnès avant de savoir si Nicole était sérieuse. Madame Agnès avait sûrement beaucoup d'expérience et il en avait besoin pour faire ses preuves auprès de sa prochaine conquête.

En attendant, il devrait être prudent s'il voulait profiter des faveurs des deux femmes en même temps, se dit-il en arborant un magnifique sourire.

Comment madame Dupuis réagirait-elle si elle découvrait qu'elle n'avait pas tout à fait l'exclusivité?

CHAPITRE 9

L'ourson délicat

(Printemps 1970)

En ce samedi soir, Ernest ne s'était pas attardé à la table très longtemps. Il avait trouvé le moyen de sortir de ses gonds très tôt au début du repas et, comme à l'habitude, il était allé se réfugier dans son garage. Il était peu probable qu'on le revoie avant que les étoiles aient pris place dans le firmament.

Bien sûr, Adéline se sentait responsable de son attitude, car elle avait malencontreusement fait coller la soupe aux pois et elle avait oublié le beurre dans le réfrigérateur, alors qu'elle savait très bien que cela exaspérait Ernest au plus haut point.

— T'as pas de milieu, la bonne femme! Quand le beurre y est pas dur comme de la roche, tu peux être certain qu'y est mou comme de la *marde*. Tu passes ta journée dans la maison, batinse! T'as juste ça à faire, penser à sortir les affaires pour le souper! On dirait que t'as pas de tête sur les épaules!

— Je te comprends bien, Ernest, mais aujourd'hui, j'étais inquiète sans bon sens. Le petit de ma fille est malade et ils ont été obligés de l'emmener à l'hôpital.

— Quand bien même tu passerais ton temps au téléphone, ça guérira pas l'enfant!

— Ma fille voulait juste me rassurer en me disant que ça allait mieux. Je fais quand même pas exprès pour faire des bêtises!

Adéline tentait encore une fois de se disculper en souhaitant que, pour une fois, le vieil ours accepte de s'assagir et qu'il passe l'éponge, mais c'était comme espérer une percée de soleil pendant un orage violent.

— Si tu te mêlais de tes affaires à la place de *mémérer* au téléphone pour des riens, la soupe aux pois aurait pas *jammé*[15] au fond du chaudron, pis le souper aurait pu être mangeable. Des fois, je me demande si je ferais pas mieux d'aller au restaurant du village au lieu d'avaler tes maudites gibelottes!

Et c'est sur cette réplique acerbe qu'il avait encore une fois claqué la porte pour se réfugier dans son garage, son antre de tyran.

Bien qu'elle soit habituée à ces sautes d'humeur constantes, Adéline n'en était pas moins attristée et exaspérée de l'attitude despotique de l'homme qu'elle avait un jour épousé, croyant avoir le bonheur de partager de beaux moments au cours de la deuxième partie de sa vie.

Simon, qui aurait bientôt onze ans, aimait beaucoup son père, mais il était mal à l'aise de le voir traiter ainsi la femme qui s'occupait de lui au jour le jour et qu'il

---

15 *Jammé* : collé.

nommait affectueusement « la belle-mère ».

— Faites-vous z'en pas, la belle-mère, demain papa s'en souviendra plus. C'est pas la première fois qu'il vous fait une crise de même. Vous devriez être habituée à son mauvais caractère, depuis le temps.

— Je sais bien, Simon, mais je commence à être moins patiente avec les années. À force de frapper sur la tête du clou, il finit toujours par *crochir*. Ça doit ressembler à ça, vieillir. *Bâdre*-toi pas de ça, c'est pas des problèmes pour un jeune homme comme toi. On pourrait se changer les idées au lieu de ruminer des affaires de même. Quand ton père va rentrer, il sera peut-être d'humeur plus égale.

— Je sais qu'il aimerait ça, des fois, que je passe du temps avec lui dans le garage, mais j'ai pas le goût, et surtout pas quand il est comme ça.

— Je te comprends, il faut que tu choisisses tes journées. Avec les années, je l'ai étudié, mon mari. Je peux te dire qu'il ressemble pas mal à la température ; des fois, y fait beau, mais à soir, c'était de l'orage. Je fais des farces, mais si tu voulais, il pourrait t'apprendre à travailler le bois. Il m'en a déjà parlé dans les premières années de notre mariage. Il a beaucoup de projets pour toi. Tu sais que c'est payant de connaître mille et un métiers pour un homme ? Tu manquerais jamais d'ouvrage. Tout le monde est parti d'*icitte* et c'est clair que c'est toi qui vas prendre la relève quand ton père sera trop vieux…

— J'haïs ça travailler comme lui et toujours être sale. Vous savez bien qu'il serait pas content que je vous raconte des affaires comme ça, mais c'est quand même ça que je pense. À part de ça, je suis pas bon là-dedans et il me répète tout le temps que j'ai les mains pleines de pouces. Pourquoi est-ce qu'il me demande de faire comme lui quand mes frères et mes sœurs ont fait ce qu'ils ont voulu, eux autres?

— T'as ben le droit, mon garçon. Mais ce serait mieux que tu lui en parles pas tout de suite. Tu verras, dans l'temps comme dans l'temps, quelle sorte de *job* tu aimerais faire. T'es encore trop jeune pour te tracasser avec ça. Tu peux toujours changer d'idée. En attendant, mange ton dessert et dépêche-toi, sinon on va rater notre beau programme!

— Vous retombez vite sur vos pattes, la belle-mère! Il y a quelques minutes, papa vous engueulait comme du poisson pourri et là vous vous préparez à regarder la T.V.

— Faut s'arranger pour passer au travers, mon gars. Dans la vie, on a pas le choix. Quand t'auras fini, allume la télévision à Télé-Métropole. Ma grande m'a dit qu'il y avait quelque chose de spécial à soir à l'émission *Jeunesse d'aujourd'hui* et je voudrais pas manquer ça pour tout l'or du monde!

— Oui, je suis au courant, ils en ont parlé toute la semaine à l'école. J'ai hâte de voir ça. D'habitude, c'est plus un programme pour les filles, mais là, d'après moi, même les gars vont avoir le goût de le regarder, juste pour savoir si c'est bien vrai, toutes ces histoires-là.

— Peux-tu garder un secret, Simon?

— C'est sûr que oui. Envoyez, dites-moi-le avant que ça commence. Y faudrait pas manquer le début!

Bien qu'ils soient tous les deux seuls dans la maison, Adéline s'approcha candidement de Simon et lui chuchota doucement ce qu'elle avait du mal à taire plus longtemps :

— Si la soupe aux pois a brûlé, c'est parce que Madeleine m'avait appelée pour me faire penser d'écouter *Jeunesse d'aujourd'hui* à soir. Le petit est pas malade pantoute ; y pète le feu ! Si ton père apprenait ça, je suis convaincue qu'y me frotterait les oreilles, dit-elle en tiraillant un peu son gentil complice, afin de le faire sourire et de dédramatiser encore une fois une saute d'humeur de son époux.

Adéline utilisait le mensonge pour amoindrir les fureurs de son mari et elle jaugeait également le jeune Simon en qui elle souhaitait pouvoir placer toute sa confiance. Ils ne seraient pas trop de deux pour tempérer le caractère bouillant de l'homme malcommode.

*   *   *

Ernest était retourné au garage avec l'idée de compter encore une fois son pécule. Bien installé à sa vieille table de travail, il notait toutes ses rentrées d'argent dans un cahier souillé et élimé aux coins, qu'il appelait fièrement son *ledger*[16]. Qu'il s'agisse des livraisons pour les différents commerçants, des ventes de meubles ou de pièces usagées ou de menus ouvrages à effectuer chez des touristes ou des voisins, il consignait méticuleusement

---

16 *Ledger* : livre de comptabilité, grand livre.

chaque sou gagné et c'était habituellement le samedi soir qu'il faisait sa tenue de livres. Il pouvait dire, au dollar près, à quel montant s'élevait sa fortune.

Il déposait hebdomadairement une partie de ce qu'il empochait dans un compte à la Banque Provinciale, située sur la rue Principale à Sainte-Agathe. Il donnait à Adéline le strict nécessaire pour payer l'épicerie et il gardait, à de rares exceptions près, quelques centaines de dollars en espèces dans son portefeuille. Cet argent lui servait à acquérir des articles au rabais, qu'il pouvait revendre parfois le double du prix déboursé. Depuis qu'il faisait des livraisons pour les commerçants, il se rendait régulièrement dans différents magasins ou manufactures de Montréal, où il faisait souvent de bonnes affaires en achetant des produits en liquidation et en les payant en argent comptant. Il s'était ainsi procuré des récepteurs radio portatifs, des réveille-matins, des lampes de poche, des cartes à jouer, des bottines de travail et même des combinaisons d'hiver, tout ce qu'il savait pouvoir revendre rapidement. Il écoulait ainsi le tout à prix fort aux touristes qu'il rencontrait ou à des ouvriers qu'il accostait, dès que ceux-ci quittaient la taverne du village ou s'apprêtaient à y entrer. Il réalisait de cette façon des profits importants et, comme il n'était pas du genre à faire des dépenses exorbitantes, il augmentait aisément sa cagnotte jour après jour.

Le reste de ses gains était entassé dans son vieux coffre-fort, habilement dissimulé derrière des caisses de bois remplies de ferraille. Personne n'en connaissait l'existence, à part le bonhomme qui le lui avait vendu, il y avait de cela quelques années. Celui-ci était décédé, emportant probablement avec lui le souvenir de cette transaction. Ernest envisageait d'en informer un jour son fils Simon, en lui dévoilant par la même occasion la combinaison secrète du coffre-fort, mais il devait attendre que celui-ci soit assez mature pour ne pas révéler à qui que ce soit la présence d'un bien aussi précieux dans une si misérable baraque.

Ce soir-là, Ernest ne parvenait pas à mettre la main sur son bordereau de dépôt, qu'il conservait habituellement dans un étui de plastique brun avec une longue fermeture éclair clairement identifié avec le logo de la succursale bancaire. Un objet auquel il accordait une importance capitale et qu'il manipulait toujours avec le plus grand soin. Après avoir scruté son bureau et l'intérieur de son camion, il ne lui restait plus qu'une option, soit de retourner à l'intérieur de sa résidence afin de vérifier s'il l'avait, par mégarde, laissé dans la poche du vieil imperméable doublé qu'il portait tous les printemps.

C'est à contrecœur qu'il rentra dans la maison, sachant fort bien que peu de temps auparavant, il avait fait une sortie sous le signe de la colère.

— Adéline? cria-t-il autoritairement. As-tu vu mon *coat* d'ouvrage? Je pense que j'ai oublié des papiers dedans et j'en aurais besoin.

Chose inhabituelle, Adéline ne lui répondit pas. La vaisselle n'était pas complètement ramassée et la nappe était encore sur la table. Il s'avança alors vers le salon pour constater que son épouse semblait totalement hypnotisée, les yeux rivés sur l'écran de télévision. Par surcroît, Simon, assis tout près d'elle sur le divan, était dans le même état d'éblouissement.

Pour la toute première fois, on diffusait un mariage en direct, celui de la chanteuse Chantal Pary avec le beau André Sylvain. L'événement se déroulait à l'émission *Jeunesse d'aujourd'hui* et c'était le père Paul-Émile Legault qui présidait la cérémonie. Les yeux d'Adéline étaient noyés de larmes d'envie et Simon admirait la superbe femme dans sa magnifique robe blanche ; un pur moment de bonheur qui faisait du bien au cœur attendri de l'enfant.

Ernest fut abasourdi de constater qu'Adéline était tout bonnement assise à scruter une stupide boîte à images, alors qu'elle n'avait pas encore terminé son travail dans la cuisine. Il se trouva doublement outré à l'idée qu'elle ne l'avait même pas entendu entrer dans la maison, lui qui craignait les voleurs comme la peste.

— *Qu'ossé* qui se passe icitte dedans ? vociféra-t-il d'une voix imitant un coup de tonnerre épouvantable.

Adéline sursauta, mais en apercevant son époux dans l'embrasure de la porte, elle ne put s'empêcher de décrire avec grand enthousiasme ce qui l'ensorcelait à ce point.

— Regarde, Ernest, c'est un mosanic de beau mariage et c'est en direct à la télévision ! Ça s'est jamais vu ! répliqua Adéline, toujours convaincue qu'il pouvait exister un soupçon de bonté au fin fond de cet homme acariâtre.

— Toi, tu crois ça dur comme fer, comme si ça pouvait être vrai. Ça prend pas la tête à Papineau pour comprendre que c'est arrangé avec le gars des vues.

— Ben non, c'est beau en *vinyenne*[17] ! Tu devrais…

— Laisse faire, les « tu devrais ». J'aurais ben dû rester veuf et m'occuper tout seul de mes affaires plutôt que de m'embarrasser d'une vieille pas d'allure comme toi ! T'es juste bonne pour décrotter les maisons des voisins ! Tu peux ben avoir un gars qui est en prison ! Mais je te donnerai pas la chance de faire une tapette avec le mien ; je t'en passe un papier !

— Ernest, tu vas trop loin ! répliqua vigoureusement Adéline, incapable de contenir sa colère. Quelques instants auparavant, elle savourait ce conte de fées diffusé partout au Québec, voulant croire qu'il était possible d'être heureux, mais la réalité venait tout juste de la rattraper.

— J'ai eu pitié de toi quand je t'ai mariée, mais j'aurais dû te laisser dans ta soue. Et si encore t'étais bonne pour la couchette, ajouta furieusement Ernest.

Puis, d'un geste rageur, il donna un violent coup de pied dans le téléviseur, qui bascula légèrement sur le mur et s'éteignit sur-le-champ.

Simon s'était réfugié dans sa chambre dès les premiers cris et il avait enfoui sa tête sous son oreiller afin d'étouffer les méchancetés que son paternel déversait d'un ton orageux. Il avait développé ce réflexe alors qu'il était tout petit et que les battements de son cœur s'intensifiaient anormalement quand son père se fâchait. Ce malheureux coussin de plumes le

---

17 *Vinyenne* : expression québécoise.

sécurisait momentanément et, pour être certain de ne rien entendre, il récitait ses prières en boucle, souvent jusqu'à s'endormir.

Selon Simon, Adéline ne méritait pas de subir cela, elle chez qui on ne pouvait trouver une once de malice. Il aimait son paternel plus que tout, mais depuis que la maturité s'installait, il le redoutait tout autant, se souvenant des propos de ses frères aînés sur sa lourde responsabilité dans la mort de leur mère. Quand le ton montait, il craignait toujours le pire.

En grandissant, Simon réalisait bien qu'il n'avait pas les mêmes idées que son père et il savait qu'il ne pourrait jamais vraiment lui ressembler, car il n'avait pas la carapace aussi robuste. Quand il était plus jeune, il lui semblait facile de jouer le jeu du vieil ours, mais avec le temps, il avait beau essayer d'être plus coriace, l'effort lui tordait les tripes et il n'était pas bien dans sa peau. À l'école, il avait bien tenté de faire le dur comme Ernest le lui avait enseigné et conseillé, mais personne ne le prenait au sérieux et il ne parvenait plus maintenant qu'à se faire ridiculiser. Les plus grands l'appelaient «bébé ours» et grognaient devant lui comme l'aurait fait un chat inoffensif.

Le long dressage qu'Ernest avait fait avec son fils n'avait finalement pas réussi. Avec les années, il était à même de constater que Simon pouvait avoir sa démarche, être capricieux comme lui, mais qu'il avait tout au fond du cœur la douceur de sa bienheureuse Pauline. Il lui faudrait l'endurcir afin d'éviter qu'à l'âge adulte, une femme ne vienne le mener par le bout du nez. C'était l'homme qui devait être le maître chez lui et il avait fait en sorte que ce soir, Adéline en prenne bonne note.

Adéline sanglotait comme un enfant dans la cuisine. Ne restait plus à Ernest qu'à retourner dans son garage, maintenant qu'il avait trouvé son bordereau de dépôt dans son vieux manteau, récupéré sur le poteau d'escalier à l'entrée de la maison. C'est tout ce dont il avait besoin pour compléter sa soirée du samedi.

Simon souleva son oreiller comme une tortue sort la tête de sa carapace et il constata qu'il n'y avait plus de bruit dans la pièce. Probablement que son père était maintenant à l'extérieur, puisque c'était calme, mais il craignait tout de même de rencontrer celui-ci et de devoir l'affronter.

L'amertume prenait toute la place quand il pensait à sa vie. Il était triste de n'avoir pas connu sa maman, qui, selon ses frères et sœurs, était si formidable. Comme il aurait aimé avoir une personne à qui confier ses peines, une présence féminine qui lui aurait dit des mots comme en disent celles-ci à leurs enfants ! On se moquait de lui à l'école en répétant qu'il ressemblait à Cendrillon et n'avait qu'une méchante belle-mère. Il enviait ses compagnons qui avaient une famille normale, alors qu'il vivait isolé au lac Brûlé, la demeure ayant été désertée par tous les autres membres de son clan.

Il ne voyait que très rarement ses sœurs et frères, avec lesquels il était plutôt gêné. Il aurait bien aimé être comme eux et il se disait que si le Bon Dieu était « infiniment bon et infiniment aimable » comme on le récitait dans nos prières, il ne devrait pas accepter qu'une femme puisse mourir avant d'avoir élevé chacun de ses enfants.

C'était injuste pour lui et également pour Adéline, qui se devait de chérir et soigner le petit de quelqu'un d'autre.

Il souhaitait parfois avoir le courage de s'enfuir au loin, comme l'avait fait cet oncle des États-Unis dont on avait toujours parlé en des termes abstraits. À quel âge pourrait-il partir sans que son père le fasse rechercher par les autorités?

Ce soir-là, Simon s'endormit en rêvant qu'il préparait un léger baluchon, qu'il porterait fièrement sur l'épaule lorsqu'il quitterait son nid à l'aube. Il monterait dans la montagne derrière la maison de son grand-père jusqu'au puits, où il ferait une petite pause. Il en profiterait pour remplir sa gourde d'eau fraîche avant de se rendre à la vieille grange où l'on entassait auparavant la réserve de foin. Au-delà de ce sentier, c'était l'inconnu. Il devrait s'inventer un itinéraire où la route serait pavée de moments heureux, sans cris ni haine.

Le courage que Simon avait démontré au moment où il avait sombré dans ce monde imaginaire avait de grandes chances de fondre au cours de la nuit, mais cet épisode de quiétude aura soigné provisoirement son petit cœur meurtri par la méchanceté de son paternel.

Lui en voudrait-il un jour de ces crises animales ou apprendrait-il lui aussi à mordre sans raison?

CHAPITRE 10

La chute et l'envol

(Octobre 1970)

L a journée avait été longue pour Fernande, qui avait entrepris son grand ménage d'automne. Année après année, elle se faisait un devoir d'astiquer chaque pièce de la maison de fond en comble. Elle commençait par nettoyer et trier les vêtements dans les garde-robes des chambres à coucher, pour ensuite laver les murs, les plafonds, les rideaux et les couvre-lits. Chaque bibelot et chaque cadre était essuyé soigneusement avant de reprendre le même espace qu'il occupait préalablement. Fernande n'avait pas de talent en ce qui avait trait à la décoration intérieure, mais elle avait en contrepartie le souci de l'ordre et de la propreté.

Dès qu'un endroit était nettoyé à sa satisfaction, elle en fermait la porte pour éviter que la poussière n'y pénètre avant qu'elle ait terminé de faire reluire tous les appartements de la maison. Par la suite, elle attaquait une autre pièce et elle finissait toujours par le salon, l'immense passage et la cuisine. Aussitôt que Fernande commençait à vider les nombreuses armoires, Léon disparaissait pour ne revenir qu'aux heures de repas. Il détestait au plus haut point cette période de grand ménage, où tout était sens dessus dessous. Habitué à vivre dans un environnement ordonné, il devenait boudeur et grognon quand sa femme entreprenait de tout remuer afin de laver et de remettre en place chaque morceau de vaisselle et chaque boîte de conserve. Il trouvait que c'était pour le moins exagéré, puisque tout au long de l'année, elle entretenait minutieusement chaque pouce carré de leur logement. Elle agissait comme au temps où l'on attendait monsieur le curé pour sa visite de paroisse.

Ce jour-là, Fernande en était rendue à replacer les pièces de vaisselle qu'elle utilisait le moins souvent dans les armoires les plus hautes. Alors qu'elle était montée dans l'escabeau, elle avait perdu pied et avait malencontreusement chuté, se cognant contre le coin de la table de cuisine. Elle avait continué de travailler pendant quelque temps, mais avait dû par la suite se résoudre à s'arrêter, la douleur devenant trop lancinante.

À l'arrivée de Léon, en fin de journée, elle était étendue sur le divan du salon, où elle disait relaxer un peu avant le souper, ce qui inquiéta sérieusement son mari. Elle avait pourtant bien préparé le repas, mais ce qu'il ne savait pas, c'est qu'elle avait dû avaler plusieurs cachets de 217 pour calmer les nombreux tiraillements qu'elle ressentait dans le dos.

— Qu'est-ce qui se passe, ma femme ? Tu t'es pas regardée dans le miroir, t'as le visage tout contrefait !

— C'est rien, j'ai juste manqué le pied en descendant

de l'escabeau. J'ai un peu mal dans le bas des reins. Ça ira mieux demain matin. Viens souper, tout est sur le poêle et j'espère que tu as faim !

Fernande tentait de détourner la conversation en rassurant son époux, toujours très vigilant quand il s'agissait de la santé de sa douce moitié. Elle avait une bonne constitution, mais en vieillissant, elle était plus douillette lorsqu'elle souffrait, que ce soit d'une simple migraine ou à cause de ses articulations, qui refusaient parfois de fléchir avec aisance, surtout durant ces périodes de gros travaux ménagers.

Elle se leva donc de peine et de misère et entreprit de servir son repas à Léon, mais n'y parvint que très difficilement. Ne tolérant plus la douleur, elle lui dit finalement qu'elle devait aller s'étendre de nouveau, car dès qu'elle commençait à marcher, le mal revenait de façon plus soutenue. Soucieux, le mari s'empressa de l'aider à se rendre dans sa chambre et lui demanda :

— Aimerais-tu ça qu'on aille à l'hôpital ? On sait pas, t'as peut-être quelque chose de cassé.

— Ben non, fais-toi z'en pas. Je viens de prendre des pilules et y ont pas encore fait effet. Si ça va pas mieux demain matin, on verra. C'est pas le temps d'aller se promener en ville. Tu sais comment ça me fait peur, tous ces gars en uniforme avec leurs fusils pis les camions de l'armée !

— Je le sais, t'as quasiment perdu connaissance la semaine passée quand t'as vu un char d'assaut à la télévision ! Imagine-toi si on l'avait croisé sur la rue Lajeunesse, t'aurais ben fait une crise de cœur !

Au début du mois, Fernande et Léon avaient écouté tout ce qui avait eu trait à l'enlèvement du diplomate britannique James Richard Cross par une cellule armée du Front de libération du Québec (FLQ). S'en était suivi la lecture d'un manifeste sur les ondes de Radio-Canada par Gaétan Montreuil qui, par son ton grave, avait fait trembler Fernande, qui se demandait pourquoi la région de Montréal était devenue aussi dangereuse.

— Je te dis, Léon, que si ça continue, on va vendre notre maison en ville et on va retourner dans le Nord !

— Ça va se régler, ma femme, fais-toi z'en pas, tentait de la rassurer Léon, qui n'était pourtant pas l'homme le plus brave.

Quelques jours après la diffusion de ce manifeste, le ministre du Travail du Québec, Pierre Laporte, avait également été kidnappé, ce qui avait ajouté à l'effet de panique dans la population. Que se passait-il donc pour qu'on en arrive là ?

Les négociations entre les différents paliers gouvernementaux firent en sorte que Robert Bourassa, le premier ministre du Québec, avait demandé au premier ministre du Canada, Pierre Elliott Trudeau, de décréter la mise en place de la *Loi sur les mesures de guerre*. Dès lors, la Sûreté du Québec avait procédé à plusieurs centaines d'arrestations, dont entre autres celles de la chanteuse Pauline Julien, du journaliste Gérald Godin et du poète originaire de Sainte-Agathe-des-Monts Gaston Miron.

Les citoyens étaient inquiets, d'autant plus que tout juste sept jours après son enlèvement, le ministre avait été découvert mort dans le coffre arrière d'un véhicule.

On avait l'impression de vivre un mauvais rêve et la crainte était palpable au sein de la communauté en général.

Depuis le début de tous ces malheureux événements, Fernande et Léon avaient réduit le nombre de leurs sorties, particulièrement lorsque la nuit était venue. Elle resterait donc à la maison et elle était convaincue qu'avec un peu de repos, elle pourrait reprendre ses activités. Elle était fort résistante, mais avec les années, elle réalisait qu'il lui fallait un peu plus de temps pour récupérer entre deux malaises.

— Couche-toi, lui dit gentiment Léon. Si tu veux, je reviendrai te frotter plus tard. D'habitude, le liniment Minard[18], ça te fait du bien.

Une fois que sa femme fut étendue dans son lit et qu'elle sembla se reposer, Léon retourna à la table pour finir son repas, lui qui mangeait si lentement. Il entreprit ensuite de ramasser la vaisselle du souper et de nettoyer un tant soit peu le comptoir de cuisine. Il n'était pas familier avec les différentes tâches à accomplir dans une maison. Il savait cependant que si Fernande se levait, elle insisterait pour le faire, qu'elle soit souffrante ou non. Il se devait donc pour le moment d'effectuer lui-même ces menus travaux, qu'il abhorrait toutefois.

Léon vénérait sa femme plus que tout. Il l'aimait avec une ferveur quasi maladive et il devint triste à la pensée qu'elle pourrait un jour le quitter. Dans ses prières du

---

18 Liniment Minard : médicament liquide utilisé pour soulager les douleurs arthritiques et musculaires.

soir, il demandait constamment à la bonne Sainte Vierge de leur permettre de vivre longtemps ensemble, quitte à venir les chercher tous les deux en même temps. À défaut de pouvoir être certain de cela, il demandait à la grande dame le privilège de le choisir en premier, sachant pertinemment que Fernande pourrait mieux s'en sortir que lui.

Il était nostalgique en ressassant ces pensées tristes et c'est la sonnerie du téléphone qui l'extirpa tout à coup de sa rêverie.

— Allo.

— Est-ce que je pourrais parler à madame Léon Demers ?

— Malheureusement, elle est couchée. Est-ce que je peux vous aider ? Je suis son mari.

— Je suis la garde Létourneau, de l'hôpital de L'Annonciation. C'est à propos de sa mère, madame Potvin.

— Oui, qu'est-ce qui se passe ; rien de grave, j'espère ?

— Eh bien, c'est un peu délicat. Cet après-midi, elle a fait une chute en voulant sortir de son lit. Elle s'est fracturé une hanche et une épaule. Elle est dans un bien mauvais état et on craint qu'à son âge, ça puisse l'emporter. On aimerait donc que les membres de la famille soient avec elle le plus tôt possible.

— Ah ben là, pour une nouvelle ! Et ma femme qui est sur le dos !

Léon, en plus d'être d'une grande lenteur dans ses mouvements, n'était pas plus rapide pour la prise de décision. C'était toujours Fernande qui tranchait sur tout et il y trouvait son compte. Cette fois, il devait toutefois statuer dans un très court délai.

— En tout cas, faites-vous z'en pas. Je vais trouver quelqu'un qui se rendra à l'hôpital le plus vite possible.

— Merci, Monsieur Demers.

Dès que Léon eut raccroché le combiné, il se retourna et vit Fernande, debout, dans le cadre de porte de la chambre, qui attendait anxieuse qu'il l'informe de la teneur de l'appel. Elle s'était levée avec énormément de difficulté. Comme d'habitude, telle une magicienne, elle semblait déjà avoir deviné de quoi il s'agissait.

Il lui raconta alors ce qu'il venait d'apprendre en prenant soin de ne pas la perturber davantage, mais elle insista tout de même pour se rendre au chevet de sa mère.

— T'es pas assez en forme pour monter à L'Annonciation, Fernande ; je préfère appeler Georges. Avec lui, t'auras pas besoin de t'inquiéter ; c'est certain qu'il s'occupera de mémère comme tu l'aurais fait toi-même !

Fernande pleurait à chaudes larmes et elle espérait ainsi convaincre Léon qu'il devait absolument accéder à sa demande. Elle avait depuis toujours été en première ligne de toutes les batailles familiales et en contrôle de la situation, et elle acceptait difficilement que le destin lui fasse un pied de nez de la sorte.

— T'es pas raisonnable, Fernande !

— C'est ma mère ! C'est moi la plus vieille de la *gang*. S'il fallait qu'elle parte sans que je sois là, je pense que je m'en voudrais pour le restant de mes jours !

Habituellement, Léon laissait sa femme décider et il ne souhaitait pas non plus qu'elle lui reproche ce choix si quoi que ce soit de fâcheux arrivait à la vieille dame. Il essaya alors de l'aider à se vêtir, mais il n'y parvint pas, la douleur s'accentuant à chaque mouvement. Fernande avait peine à se tenir sur ses jambes. C'est donc en pleurant qu'elle dut se résoudre à retourner s'étendre dans son lit. Avec son chapelet entre les mains, elle implora le frère André, en qui elle avait une confiance absolue, de protéger sa pauvre mère de la souffrance.

Léon s'occupa de joindre Georges, lequel s'empressa de le rassurer, indiquant qu'il se rendrait immédiatement à L'Annonciation. Il demanda cependant à son beau-frère d'appeler Diane à Sainte-Agathe, afin de lui transmettre la nouvelle. Il s'arrêterait chez elle en passant, convaincu qu'elle accepterait de l'accompagner, elle qui était toujours disponible quand il s'agissait du bien-être de l'un des siens.

* * *

— Madame Potvin, bougez pas, vous allez vous faire mal.

— Maman, maman, venez me chercher, implorait la vieille dame, qui se lamentait dans son délire. Elle se démenait énergiquement, sans égard pour les blessures qu'elle s'était infligées au début de la journée. En état de crise, elle semblait ne pas ressentir la douleur et elle tentait constamment de se lever, ce qui était complètement impossible dans son état.

Les infirmières n'eurent d'autre choix que d'utiliser des sangles de contention et de lui administrer un fort calmant. Il y avait maintenant plus de cinq ans que madame Potvin était confinée dans cet établissement, où elle attendait la fin de ses jours, mais on ne voulait en aucun cas lui faire subir des souffrances au-delà de ce qu'elle pouvait endurer.

Au milieu de la soirée, Georges arriva à l'hôpital de L'Annonciation en compagnie de Diane et de Pierre. Ces derniers se rendirent immédiatement au chevet de leur grand-mère, pendant que Georges tentait d'obtenir des informations reliées à l'état de santé de celle-ci.

On lui raconta qu'elle se plaignait beaucoup quand elle dormait, et qu'elle était très agitée dès qu'elle se réveillait. On craignait que son cœur ne puisse supporter toute cette douleur et il n'était pas question que l'on envisage une intervention chirurgicale. La vieille dame était maintenant condamnée à finir ses jours clouée sur un lit d'hôpital.

Quand Georges arriva dans la chambre de sa mère, il trouva Diane en larmes et Pierre qui la consolait et tentait tant bien que mal de la raisonner.

— Pleure pas, ma sœur, sinon je vais me mettre à brailler et mon oncle Georges serait pas trop fier de moi, lui murmura Pierre avec un léger sourire. Il cherchait à tout prix à dédramatiser la situation, mais son rang dans la famille ne l'avait pas habitué à jouer les anges protecteurs.

— Dire qu'il y a à peine deux semaines, on était ici avec ma tante Fernande et mon oncle Léon pour souligner les quatre-vingt-neuf ans de mémère! dit Diane. Elle avait l'air tellement bien!

— Tu sais, répliqua gentiment Georges, afin de préparer les jeunes au pire, maman a pas eu la vie facile et peut-être que c'est le moment pour elle de partir *for a better world* où elle souffrira plus. Je pense que ça me fait plus de mal de la regarder comme ça. Au moment où elle a perdu la raison, c'est un peu comme si, jour après jour, une partie d'elle-même nous avait quittés. Quand une femme peut plus reconnaître les enfants qu'elle a mis au monde, soignés et dorlotés pendant autant d'années, elle est déjà, à mon avis, en route vers d'autres cieux. *Be calm and strong, because* elle serait réellement triste de vous voir si malheureux.

— C'est vrai ce que vous dites, mon oncle, mais c'était comme notre deuxième mère. Et si moi je braille comme une madeleine, c'est un peu en pensant à Pierre, qui a quasiment été élevé chez elle. Je sais qu'il l'aime peut-être plus que nous tous.

Pierre avait peine à retenir les larmes qui s'échappaient de ses beaux yeux bleus.

— Si vous voulez, les enfants, étant donné que mémère a reçu un calmant et qu'elle dort profondément, on pourrait en profiter pour aller prendre une bouchée à L'Étoile de Labelle. C'est un restaurant ouvert jour et nuit sur la grande rue et c'est pas mal bon. C'est important de manger parce qu'après, quand on reviendra la voir, je serais pas surpris qu'on doive attendre jusqu'au matin pour rencontrer le docteur. Je demanderai qu'on la transfère dans un hôpital de Montréal ou bien à

Saint-Jérôme. On serait donc plus proches pour aller passer du temps à son chevet. Ce serait plus facile pour tout le monde et elle aurait ainsi plus de visite.

— On pourrait croire que vous avez toujours une solution pour chaque problème, lui lança Diane, réconfortée de savoir que sa grand-mère serait bientôt plus près des siens.

— Je te l'ai déjà dit, Diane ; mon oncle Georges, y pourrait remplacer le maire Drapeau quand il prendra sa retraite ! répliqua Pierre avec un petit sourire en coin. Maintenant qu'il avait finalement séché ses pleurs, il s'amusait à taquiner celui qu'il aimait tant.

— *That's enough*, les enfants, arrêtez de me vanter, sinon je vais m'enfler la tête. En attendant, je mangerais bien un bon club sandwich. Qu'est-ce que vous en pensez ?

Au-delà de la maladie de sa mère, Georges se trouvait fort privilégié de vivre ces instants avec les siens. Après toutes ces années de solitude et d'éloignement, il appréciait chaque moment passé auprès d'eux et surtout, chaque minute vécue aux côtés du fils qu'il venait de retrouver. Après le repas, la famille se réunit à nouveau autour de la vieille dame dont l'état s'était détérioré rapidement durant leur brève absence. L'infirmière était passée encore une fois pour lui administrer des médicaments, mais on avait prévenu Georges qu'elle n'avait que peu de chances de remonter la pente. Sa respiration semblait fort difficile et des gouttes de sueur perlaient sur son front.

Depuis leur retour à l'hôpital, ils s'étaient relayés

auprès de la malade, craignant qu'elle trépasse isolée dans cette chambre exiguë et terne, loin des siens et de son coin de pays.

Pierre se demandait quelle était la raison pour laquelle le Créateur laissait tous ces gens dans des édifices étagés et sans âme, où plus jamais ils ne reprendraient le fil de leur vie. Il attendait impatiemment le moment où il serait seul au chevet de sa grand-maman, celle qui avait occupé une place toute particulière dans son cœur au cours de sa jeunesse. Il avait prévu lui dire aujourd'hui qu'il savait maintenant : il connaissait le secret qu'elle avait gardé si longtemps enfoui au fond de son cœur. Il fut donc pressé d'aller relever sa sœur Diane quand son tour fut venu et il entreprit dès lors de profiter de chaque minute que la vie lui accordait avec son aïeule.

— Mémère, je veux pas vous réveiller, mais j'ai besoin de vous parler avant qu'il soit trop tard. Je sais que j'ai toujours été votre préféré et c'est correct comme ça. Ça prend quelqu'un pour gagner aux cartes ; eh bien cette fois-là, croyez-moi, j'ai remporté le gros lot. Quand j'étais tout petit et que j'arrivais chez vous en pleurant, vous étiez là pour me serrer dans vos bras et vous m'avez jamais posé trop de questions sur la raison de mes larmes. Je pense que vous saviez sans le dire ce que votre fils Ernest me faisait subir et vous vouliez mettre un peu de baume sur mes blessures. Avec le temps, j'ai compris que c'était pas lui qui m'infligeait tous ces coups, mais bien son orgueil de mâle. Il pouvait pas me regarder sans que le dégoût se lise dans ses yeux. Un soir, j'avais peut-être quatre ou cinq ans, il est venu dans ma chambre et il a déposé un oreiller sur ma figure; il l'a maintenu ainsi pendant ce qui m'a paru une éternité. Dans ma tête, il y avait seulement une sombre brume, mais par la suite, j'ai repris connaissance, croyant avoir rêvé. J'ai alors regardé par la fenêtre et, voyant que c'était toujours la nuit, je suis descendu et je suis sorti de la maison par la porte de la cuisine. J'ai ensuite couru chez vous et c'est sur la galerie, du côté de la corde à linge, que je me suis installé jusqu'au matin. Je me suis même abrié avec une catalogne que vous aviez oubliée dehors. Je me sentais en sécurité parce que vous étiez là, tout près. Dès que le jour s'est levé, je suis retourné à la maison et je suis monté dans ma chambre afin d'éviter que ma mère se fasse chicaner à cause de moi. À ce moment-là, je pouvais pas comprendre, mais maintenant, je peux vous assurer que je lui ai tout pardonné. Mon père a été l'artisan de son propre malheur et il est peut-être plus en peine que nous tous.

Soudain, la main de la vieille dame remua, comme si elle cherchait à reprendre contact avec ce petit enfant devenu un homme. Pierre fut ému et s'approcha tout doucement de son aïeule, tout à fait conscient que c'était la dernière fois qu'il aurait l'occasion de partager un moment d'intimité profonde avec elle.

— Mémère, est-ce que vous m'entendez?

Mais elle ne put lui parler, son souffle étant trop court et sa faiblesse trop grande.

— Mémère, vous savez que je suis heureux aujourd'hui comme quand j'étais avec vous dans la cuisine, à coudre des tapis nattés ou à faire des trous de beignes. Depuis la fin des classes, je vis avec mon vrai père, Georges, l'homme le plus généreux que je connaisse, tout comme vous l'étiez, vous, la bonne maman qui l'a élevé. Vous avez réussi! On est ensemble maintenant, à nouveau réunis, et c'est pour toujours. Vous pouvez aller retrouver pépère, il vous attend depuis longtemps.

Pierre approcha son visage de celui de sa grand-mère, comme lorsqu'il avait besoin d'être consolé, et ses larmes tombèrent doucement sur la peau vieillie. Il l'embrassa délicatement, comme s'il voulait lui donner un billet pour un sublime voyage et, sous cette tendre caresse, l'aïeule s'endormit à tout jamais avec la satisfaction d'avoir sauvé la vie de son petit Pierre; cet enfant né de l'amour profond entre deux êtres destinés à se chérir éternellement, mais sûrement pas ici-bas.

* * *

C'est Adéline qui avait reçu l'appel de Fernande, ce matin-là, et elle avait durement encaissé la nouvelle du décès de la vieille dame. Sa bonne amie et complice était maintenant partie dans un monde où elle serait désormais en paix et où toutes ses pensées redeviendraient parfaitement limpides. Plus jamais elle ne vivrait de peine ou de crainte là-haut, aux côtés de son Édouard.

Après qu'elle eut repris ses esprits, Adéline se dit qu'elle devait informer son mari, qui était sûrement dans le garage. Elle ne voulait pas attendre qu'il rentre pour le dîner, de crainte que quelqu'un arrive du village et arrête lui offrir ses condoléances.

Elle n'était cependant pas la bienvenue dans le repaire du vieil ours, mais elle s'arrangerait pour qu'il l'entende venir en toussant et en se raclant la gorge.

— Ernest, es-tu alentour? cria-t-elle à plusieurs reprises, mais sans obtenir de réponse.

— Ernest, j'ai reçu un téléphone important de ta sœur Fernande, ajouta-t-elle pour donner de la crédibilité à ses paroles.

— C'est à propos de ta mère, jeta-t-elle, alors qu'elle n'était plus qu'à deux pas de l'entrée.

Ernest bondit de sa chaise pour se précipiter à sa rencontre.

— *Qu'ossé* qu'a l'a, ma mère? dit-il abruptement, alors qu'Adéline poussait lentement sur la grosse porte de bois.

— C'est Fernande qui vient de téléphoner de Montréal. Elle a eu un appel hier soir comme quoi ta mère était tombée et qu'elle s'était cassé la hanche pis l'épaule. Fernande a pas pu y aller, parce qu'elle a fait une chute elle aussi. Imagine-toi donc, la mère et la fille qui se blessent la même journée! Là, Fernande est clouée au lit.

— C'est correct, j'vas monter à l'hôpital pour m'occuper de maman si Fernande peut pas y aller, dit-il d'un ton empreint de sincérité. J'y dois quand même ça, la pauvre vieille. A doit souffrir sans bon sens.

Adéline se trouvait dans une bien mauvaise posture. Elle avait voulu mettre des gants blancs pour annoncer la nouvelle à son homme et voilà qu'elle devait lui donner l'équivalent d'une gifle.

— T'auras pas besoin d'y aller, Ernest, parce que malheureusement elle a pas passé au travers.

— Ma mère est morte toute seule comme un chien à
L'Annonciation! Fernande était pas capable de me téléphoner hier soir? dit-il en sortant son vieux mouchoir
grisâtre chiffonné dans la poche arrière de son pantalon
pour s'essuyer le nez, mais surtout pour éponger les
larmes qui inondaient ses yeux.

— Elle était pas toute seule, avoua à regret la pauvre
Adéline, qui craignait les foudres de son mari.

— Encore le bon Léon qui s'est offert! Je te dis que
lui, on peut pas y enlever un cheveu de sur la tête!
C'est quasiment le meilleur gars sur la terre, ajouta-t-il,
rasséréné par cette pensée.

— C'est pas Léon qui est allé, parce qu'il devait rester
avec sa femme malade. C'est ton frère Georges avec
Pierre pis….

Mais avant qu'elle n'eût terminé sa phrase, Ernest
avait pris le gros cendrier noir qui se trouvait sur son
bureau et il l'avait lancé de toutes ses forces sur le mur,
faisant voler les mégots de cigarettes et la cendre partout
dans la pièce.

Adéline s'était immédiatement enfuie vers la maison,
craignant que le vieil ours ne s'en prenne à elle. Elle
n'était malheureusement que la porteuse de mauvaise
nouvelle et elle se culpabilisait de n'avoir su comment
l'annoncer sans provoquer de drame.

Y avait-il une bonne manière de dire à un fils qu'il
était orphelin, et plus encore, que son frère qu'il détestait viscéralement avait été présent auprès de sa mère
mourante, et pas lui?

Il fallait également avertir Simon que sa grand-mère

était décédée. Si Adéline le faisait elle-même, Ernest lui en tiendrait peut-être rigueur, alors que si elle ne le faisait pas, le jeune garçon risquait de l'apprendre brutalement. Elle était à nouveau confrontée à un cruel dilemme.

* * *

Fernande n'avait donc malheureusement pas pu être là pour assister au départ de sa mère qu'elle aimait tant. Elle pleurerait longtemps cette absence, qui ferait remonter à la surface son plus grand regret, celui d'avoir abandonné sa fille Myriam.

Elle prit dès lors la décision de découvrir ce qui minait de plus en plus son esprit. De là-haut, sa mère pourrait sûrement l'éclairer.

Elle devait maintenant savoir: c'était pour elle une question de survie...

CHAPITRE 11

Le noyau familial

(Juin 1971)

Depuis que Rose travaillait à Saint-Jérôme, elle profitait habituellement de ses journées de congé pour aller visiter sa tante Fernande ou pour se rendre chez sa sœur Diane à Sainte-Agathe-des-Monts. Elle n'avait cependant jamais remis les pieds au domicile de son père, au lac Brûlé, les souvenirs y étant trop douloureux.

Lors du décès de sa grand-mère, elle avait été horriblement gênée de voir celui-ci arriver au salon funéraire affublé d'un horrible habit gris élimé jusqu'à la fibre, les cheveux sales et la barbe longue, pareil à un clochard. Elle était outrée de constater qu'il se laissait tellement aller, surtout depuis qu'il s'était remarié.

Elle aurait souhaité que l'on ne puisse savoir qui il était, mais dans un si petit village, il fallait prendre en compte la curiosité des commères et le fait que tout le monde connaissait tout le monde. Heureusement, Ernest n'était resté que quelques minutes, se limitant à une courte visite auprès de la vieille dame embaumée, comme s'il voulait simplement s'assurer qu'elle était bel et bien morte. Il craignait probablement les foudres de Dieu, qu'il blasphémait allègrement, mais qu'il redoutait tout autant. Il n'avait fait que passer, comme un spectre sorti d'un cauchemar, sans même daigner saluer ses propres enfants. Ceux-ci s'étaient aussi abstenus de le rejoindre, la rancune ayant créé au fil des ans un énorme fossé entre eux.

Adéline, pour sa part, était restée plus longtemps avec Simon, et elle avait excusé son mari en prétextant qu'il devait absolument se rendre à Montréal pour son travail. En bonne épouse, elle l'avait toujours couvert, alors qu'Ernest, de son côté, semblait multiplier les bêtises depuis qu'il avait appris à mettre un pied devant l'autre.

Le jour des funérailles, il s'était tout de même présenté à l'église, mais sans plus. On ne l'avait pas vu au cimetière et il n'avait pas même daigné ramener sa femme et son fils à la maison. Il se disait qu'il y avait suffisamment de gens sur les lieux pour s'occuper de ce «détail».

La mort n'avait pour lui aucune signification, excepté en ce qui avait trait à la sienne. Il était égocentrique jusqu'à l'os et ne démontrait aucune sympathie envers son prochain. La vie se chargerait bien de lui faire entendre raison, mais en attendant, il avait profondément blessé plusieurs personnes, et les séquelles étaient nombreuses et bien ancrées au creux des âmes meurtries par sa faute.

Rose voyait Simon de plus en plus souvent chez sa sœur Diane. Cette dernière allait le chercher le dimanche pour qu'il assiste au rituel du repas familial. À son arrivée à Sainte-Agathe-des-Monts, il était fréquemment taciturne et impatient, mais fort heureusement, son état d'esprit se transformait au contact des siens.

En cette belle journée de fin de semaine du printemps 1971, toute la famille était réunie pour souligner les quarante ans de Jules Labrie, le mari de Diane. Celle-ci avait bon espoir que l'harmonie était revenue au sein de son couple et elle souhaitait qu'une telle réunion fasse en sorte qu'il se rapproche encore plus d'elle. Il était évident que toute la famille appréciait Jules et cela faisait l'unanimité qu'il représentait pour chacun d'eux beaucoup plus qu'un beau-frère. Maintes fois, il avait hébergé des membres du clan Potvin, sans égard aux coûts que cette magnanimité engendrait, et ce, sans jamais se plaindre du manque d'intimité que cela occasionnait pour son couple. Il était généreux et serviable, et tous aspiraient à le remercier cette journée-là.

Par la même occasion, Diane avait prévu souligner l'anniversaire de Simon, qui aurait lieu dans la dernière semaine du mois de juin. Elle en avait discuté avec ses frères et sa sœur, et ceux-ci s'étaient cotisés pour lui offrir un cadeau qui lui ferait réellement plaisir. Il s'agissait d'un tourne-disque portatif de marque Phillips sur lequel il pourrait faire jouer des 45 et des 33 tours.

L'oncle Georges, pour sa part, avait tenu à participer à la fête et il avait donné de l'argent à Diane afin qu'elle achète des disques pour Simon. Elle lui en avait dégoté quelques-uns, et était particulièrement fière d'avoir trouvé le tout premier microsillon d'un jeune chanteur québécois dont tout le monde parlait à la radio et à la télévision.

Il s'agissait d'un prodige du nom de René Simard, un garçon qui avait tout juste neuf ans. Il était originaire de l'Île-d'Orléans et il avait été remarqué l'an dernier, alors qu'il avait participé à une émission télévisée, *Les découvertes de Jen Roger*. Il avait une voix qui charmait les gens et son premier disque, *L'oiseau*, battit tous les records de vente. Il avait une allure angélique, avec ses cheveux joliment taillés qui encadraient son visage souriant empreint de douceur. Les grands comme les plus jeunes fredonnaient cet air qu'ils entendaient souvent à la radio.

Diane se disait qu'un peu de musique dans la maison du lac Brûlé apaiserait peut-être les foudres de son vieux père. À tout le moins, elle distrairait son frérot, qui en avait grandement besoin.

Luc, Rose et Pierre s'étaient rendus à Sainte-Agathe-des-Monts avec l'oncle Georges à bord de sa luxueuse Cadillac Eldorado de l'année. Celui-ci ne gardait jamais une voiture très longtemps, passant constamment des commandes pour des modèles originaux et à la fine pointe de la technologie. C'était la seule folie qu'il se permettait et il avait largement les moyens de le faire.

Pierre et Luc étaient toujours très fiers d'arriver à Sainte-Agathe-des-Monts avec celui qui était maintenant reconnu comme un homme d'affaires important.

— Restez à dîner avec nous autres, mon oncle, avait offert Diane, toujours aussi accueillante. Quand j'épluche mes patates, j'en rajoute chaque fois trois ou quatre au cas où on aurait un invité-surprise.

— Ça me plairait bien, ma belle enfant, mais ce midi,

je suis attendu chez des amis à Ivry.

Georges avait renoué dernièrement avec d'anciennes connaissances du collège et il avait prévu profiter de ce voyage pour aller les visiter. Maintenant qu'il était revenu de son exil, il voulait jouir de la vie.

— Avez-vous dit un ami ou une amie? le taquina gentiment Rose, avec un large sourire. Depuis qu'elle avait cohabité avec lui chez la tante Fernande, elle avait développé à son égard une certaine familiarité, s'apparentant parfois à une franche complicité.

— Toi, la belette, t'es bien mieux de te tenir tranquille. Sinon, tu pourrais être obligée de retourner à Saint-Jérôme sur le pouce à soir, répliqua-t-il avec espièglerie.

— Faites-vous z'en pas, les filles, riposta Pierre, enhardi par les propos de sa sœur. Mon oncle Georges a pas besoin de venir dans le Nord pour se trouver une jolie petite femme. Si vous saviez comment il fait tourner les têtes à Sainte-Thérèse; elles ont toutes l'air de girouettes dans les grands vents.

— Bon, c'est assez, les jeunes, je me sauve avant que ça tourne au vinaigre. Je repasse vous chercher vers quatre heures. En attendant, Jules, je te souhaite une bien belle fête et tâche de prendre une bière à ma santé.

La famille Potvin se retrouva ainsi réunie dans la petite cuisine de la maison de Fatima, où il régnait une ambiance de quiétude qu'ils n'avaient pas eu souvent l'occasion de vivre ensemble. Yvon et Albert étaient accompagnés, alors que Luc et Rose étaient seuls et jouaient avec les enfants de Diane. Tout le monde s'amusait et, dès que Diane eut fini de dresser la table, ils se pressèrent afin de s'asseoir à la place qu'ils avaient l'habitude d'occuper. Tous semblaient affamés et la nourriture était toujours abondante et surtout délicieuse chez leur grande sœur, comme elle l'était auparavant quand leur défunte mère cuisinait pour eux.

Bien évidemment, les gars parlèrent du hockey, car la saison venait de se terminer le 18 mai dernier. Les Canadiens de Montréal avaient remporté leur troisième Coupe Stanley en quatre saisons, en battant les Black Hawks de Chicago. Malgré tout, c'était surtout l'annonce de la retraite de Jean Béliveau qui occupait en grande partie la discussion.

— Je te dis que ça va faire tout un trou chez les Canadiens! Le Gros Bill avait pas trop de misère à trouver le fond du *goal*. Il sera pas facile à remplacer! affirma Yvon qui adorait ce sport.

— Surtout que c'était le capitaine de l'équipe depuis une dizaine d'années, ajouta Albert, qui suivait l'actualité sportive, mais moins assidûment.

— Il y en a toujours qui partent, mais ça fait de la place pour la relève. Avez-vous entendu parler de Sam Pollock qui aurait décroché tout un poisson en première ronde du repêchage amateur? Le fameux Guy Lafleur, qui jouait pour les Remparts? C'est toute une tempête, ce gars-là. J'ai quasiment hâte que l'été passe pour que le hockey recommence! dit Jules.

Celui-ci ne manquait jamais une partie télévisée et il n'était pas rare qu'il écoute à la radio les parties qui avaient lieu dans l'ouest du pays, et qui étaient diffusées en fin de soirée à cause du décalage horaire. Il avait parfois l'occasion d'aller assister à une rencontre avec le propriétaire du garage Shell qui avait des billets de saison et avec qui il était devenu un bon copain au fil des années.

Pour leur part, les femmes parlaient entre elles de l'arrivée des beaux jours d'été et elles planifiaient déjà l'organisation d'un pique-nique à la plage Major, un dimanche où on annoncerait une température adéquate. Elles avaient tenté l'expérience l'année précédente et tout le monde s'était bien amusé, alors on voulait en faire une tradition.

Le menu du dîner avait été choisi pour plaire particulièrement à Simon, qui n'était pas toujours avec eux et que Diane souhaitait gâter. Elle avait donc préparé un potage aux carottes en entrée et, pour le repas principal, elle avait prévu un poulet gueuleton.

C'était une recette relativement simple à exécuter. Diane déposait ses morceaux de viande dans une grande casserole et elle arrosait le tout d'un mélange de cassonade, de ketchup rouge et d'une enveloppe de soupe à l'oignon avec une demi-tasse d'eau. Elle laissait le poulet cuire lentement, pendant qu'elle préparait des patates frites et des petites fèves vertes qu'elle servirait en accompagnement. Elle n'avait plus ensuite qu'à s'occuper de ranger sa maison en attendant la minuterie qui lui annoncerait que tout était prêt. C'était simple, mais généreux et surtout pas trop onéreux pour Diane, qui préférait multiplier les rencontres plutôt que de servir des plats fastueux ou trop compliqués.

Quand arriva la fin du repas, Diane s'approcha en

fredonnant une chanson d'anniversaire et en présentant un magnifique gâteau de la boulangerie Charbonneau : un dessert au chocolat avec des souhaits écrits en bleu sur le dessus pour Simon et Jules.

Simon fut très surpris de cette célébration, alors que son anniversaire n'aurait lieu que plus tard dans le mois.

— Bonne fête, Simon, bonne fête, Simon, bonne fête, bonne fête, bonne fête, Simon, chanta en chœur toute la famille.

— Souffle les chandelles maintenant, mais prends le temps de faire un vœu avant et dis-le pas à personne, lui dicta Diane.

Simon souffla sur les nombreuses bougies, qui s'éteignirent d'un coup, sans remarquer que Rose était tout près de lui et qu'elle avait également expiré très fort pour s'assurer que le souhait de son petit frère serait exaucé.

On alluma à nouveau les chandelles afin que Jules tente lui aussi d'éteindre les bougies d'un souffle et puisse faire un vœu. Lui n'aurait besoin de l'aide de personne, c'était certain.

— Si tu te dépêches pas de souffler, le beau-frère, c'est assez pour que le feu prenne ! En tout cas, si tu as encore assez de souffle, taquina Luc, habituellement peu loquace, mais qui ne put s'empêcher de lancer une boutade.

— Laissez faire, les jeunes. J'ai suffisamment fait mes preuves, répliqua Jules en montrant fièrement la grosse bedaine de sa femme, enceinte d'un quatrième enfant. Vous pouvez pas en dire autant, vous autres !

— Il faudrait au moins que tu nous accordes un peu de temps, lui répondit Yvon du tac au tac. J'attendais justement ce dîner icitte pour vous apprendre toute une nouvelle. Johanne et moi, on a décidé de se marier l'automne prochain, au mois d'octobre.

— Comme ça, t'as enfin eu le courage de faire la grande demande à ta belle coiffeuse? répliqua Jules. Je trouvais que Johanne était pas mal patiente, mais en même temps, je sais pas si elle fait une bonne affaire en acceptant ton offre. C'est vrai que des hommes de mon calibre, il y en a plus beaucoup sur le marché. La nouvelle génération de gars est plus paresseuse!

Tout un chacun mettait son grain de sel pour narguer Yvon, sans pour autant vouloir déplaire à sa future épouse, qui semblait gênée d'être le centre de l'attention.

Rose, de son côté, riait jaune, à mi-chemin entre la joie et le désarroi. Elle n'avait pas prévu cette sortie d'Yvon. Elle se voyait tout de même dans l'obligation de révéler les décisions qu'elle avait prises au cours des dernières semaines, afin de contrer les vicissitudes de son existence.

— Eh bien, puisque nous en sommes aux surprises... débuta-t-elle d'un ton qui semblait manquer d'audace...

— Est-ce que tu te prépares à nous annoncer ton mariage, Rose? taquina innocemment son frère Luc, qui était assez familier avec sa sœur. À ce que je sache, tu sors pas avec personne à Saint-Jérôme, à moins que tu aies mis le grappin sur un beau docteur dernièrement et qu'on soit pas encore au courant!

Sans rancœur ni animosité envers Luc, Rose se trouva cependant forcée de dévoiler ses intentions, prévoyant que son choix étonnerait et blesserait les siens.

— C'est non et c'est oui à la fois, mon petit frère. Tu as bien raison ; ce genre de cérémonie, c'est assurément pas pour moi. Je vais plutôt entrer en communauté pour faire mon noviciat auprès des Recluses Missionnaires de Saint-Jérôme, dit-elle d'un seul trait, pour éviter que des sanglots ne viennent teinter le timbre de sa voix.

La nouvelle de Rose eut effectivement l'effet d'une douche froide. Plus personne n'osait maintenant parler. Même le soleil donna l'impression subite de s'être réfugié sous un nuage, laissant la cuisine assombrie par cette déclaration déconcertante.

Après une minute qui sembla durer une éternité, Diane, dont les yeux roulaient dans l'eau, se vit dans l'obligation de rompre ce silence en prenant la parole, d'un ton empreint d'une grande douceur.

— Rose, est-ce que tu es bien certaine que c'est ça que tu veux faire ?

— Oui, c'est bien décidé. J'ai l'impression depuis trop longtemps de simplement exister. Je souhaite faire quelque chose de ma vie, quelque chose d'utile. Au fond de moi, j'ai toujours su que je pouvais pas faire comme tout le monde. Inconsciemment, j'aspirais à quelque chose de différent et d'unique. Maintenant, j'ai trouvé ma voie.

— Mais qu'est-ce qui t'a fait changer autant que ça, ma pauvre sœur ? Il me semble que t'étais pas si dévote que ça, dans le temps où on était tous à la maison. T'étais pas la première à rentrer dans la cuisine pour dire le chapelet quand maman nous criait de venir le réciter après le souper, répliqua brutalement son frère Yvon.

Ce dernier n'avait pu se retenir de lancer à sa sœur ces mots, d'un ton rageur et autoritaire; des paroles n'ayant pour but que de masquer sa peine profonde.

— C'est peut-être que j'avais pas rencontré les bonnes personnes ou que j'avais pas assez vécu pour comprendre le vrai sens des sermons que j'entendais à l'église dans ce temps-là.

— Eh bien! Moi j'ai assez vu notre mère prier que je suis pas retourné à la messe depuis que je suis parti de la maison, reprit Yvon, qui ne décolérait pas.

Diane décida de mettre un terme à cette discussion devant ses enfants, désireuse de les préserver de la méchanceté véhiculée par les adultes. Elle haussa quelque peu le ton afin de regagner le contrôle de la situation.

— C'est assez, là, on parle pas contre la religion, sinon on sera pas chanceux dans la vie. Si notre mère était ici aujourd'hui, elle vous dirait la même chose. Rose, je respecte ton choix et j'espère que tu y as bien pensé, mais je souhaite du fond de mon cœur que tu nous donnes des nouvelles souvent. On voudrait pas te perdre comme c'est arrivé dans d'autres familles.

— Fais-toi z'en pas, ma grande sœur. Tu sauras toujours ce qui se passe pour moi. De toute façon, c'est ici, maintenant, le siège social des Potvin! lança Rose d'un ton mi-figue, mi-raisin, cherchant un moyen de taire le fait qu'elle ne pourrait pas communiquer aisément avec les siens, la communauté qu'elle s'apprêtait à rejoindre en étant une de réclusion.

La fête de Jules et de Simon se termina sur un fond de

mélancolie. De son côté, Yvon était à la fois furieux que Rose ait pris une telle décision, et fortement contrarié que l'annonce de son mariage ait ainsi été reléguée au second plan. Il quitta précipitamment la maison de Diane avec sa promise. Rien n'était simple dans cette famille, pas même les événements heureux.

Avant que l'oncle Georges ne revînt, Diane avait pris quelques minutes pour amener sa sœur cadette dans une chambre, afin d'avoir avec elle un court moment d'intimité, consciente que, pour les prochaines années, ils seraient probablement très rares.

— Rose ! Je sais que je me répète, mais es-tu bien certaine de ton choix ?

Diane lui ouvrit affectueusement les bras, afin de se sentir tout près de celle qu'elle considérait comme sa jumelle, puisqu'elles n'avaient que neuf mois de différence.

— Oui, Diane, fais-toi z'en pas. Les autres ont pas besoin de moi ; ils ont une grande sœur merveilleuse !

— Tu es très utile toi aussi. As-tu déjà oublié que c'est toi qui t'es occupée d'eux quand maman est partie ?

— C'est bien peu à côté de la stabilité que tu représentes pour tout le monde. Et puis maintenant, Pierre est bien avec l'oncle Georges et la tante Fernande en prend soin comme si c'était son fils. Pour ce qui est d'Albert, il semble pas malheureux et ça a l'air sérieux avec sa blonde. Yvon se mariera et je suis certaine qu'il s'arrangera pour que sa nouvelle femme le traite aux petits oignons comme tu l'as toujours fait.

— Mais Luc, qu'est-ce que tu penses qu'il va faire ? Des fois, je le trouve trop tranquille et même renfermé.

— Fais-toi z'en pas pour lui. C'est un solitaire et il veut personne dans ses chaudrons. À mon avis, si on avait pas été aussi pauvres, ça aurait pu faire un bon curé. Il est tellement particulier que ça lui prendrait une femme taillée sur mesure pour lui.

— En tout cas, je souhaite que tu prennes soin de toi et surtout, que l'on reste toujours en contact. Je vais prier pour toi. Au moment où tu nous as appris ça, tout à l'heure, c'est comme si on m'avait scié les deux jambes. Tu es plus que ma petite sœur, on est juste deux filles dans la famille. J'ai besoin de toi, même si je te vois pas souvent. Quand je sais que tu es bien, j'ai l'impression de bien aller aussi.

— Moi aussi, je t'aime, mais comme je vous l'ai dit, j'ai envie de faire quelque chose de ma vie, de me sentir utile. Peux-tu me faire confiance ?

— Oui, je te respecte assez pour ça. Vis pour toi, mais demande à notre bonne maman de veiller sur toi jour et nuit.

La discussion entre les deux sœurs se termina par une accolade sincère. L'arrivée d'un des enfants y mit fin et elles retournèrent au salon pour saluer ceux qui se préparaient à rentrer chez eux.

Diane n'avait jamais envisagé que sa cadette puisse prendre une telle décision. Elle n'avait pas pensé demander à Rose si elle comptait aller voir son père avant son entrée officielle chez les religieuses. Et si elle le faisait, comment celui-ci réagirait-il ?

* * *

Rose savait très bien quelle avait été la goutte qui avait fait déborder le vase. L'automne dernier, quand mémère Potvin avait été exposée au salon funéraire J.H. Vanier et Fils, elle avait été là tous les jours et pendant toutes les heures de veille. Elle parlait à chaque visiteur et prenait le temps de dire à tous combien la famille appréciait leur présence auprès d'eux dans ces moments difficiles.

La deuxième journée, en fin de soirée, elle s'absenta quelques minutes pour aller aux toilettes. À son retour, elle eut soudain l'impression qu'un courant d'air froid avait pénétré dans la pièce, un violent frisson lui traversant l'échine. Elle s'avança lentement vers le salon où était exposée sa grand-mère et elle vit celui qui était responsable de son état d'intense fébrilité.

William Thompson était là, vêtu d'un long paletot de gabardine noir. Son épaisse chevelure poivre et sel, ses traits gracieux et son regard vif lui donnaient une allure artistique. Il était accompagné par une dame anglophone d'une quarantaine d'années, très élégante, mais pas nécessairement belle.

Il présentait ses condoléances à chaque membre de la famille, en ayant un mot particulier pour chacun d'eux. Rose l'observait attentivement, se demandant si elle ne devrait pas faire demi-tour. Alors qu'elle était immobilisée depuis un moment qui lui sembla une éternité, William délaissa temporairement sa compagne, qui resta derrière lui, et il se dirigea vers elle d'un pas assuré.

— Rose, je voudrais t'offrir mes plus sincères condoléances. Je sais que tu étais très proche de ta grand-maman. C'était une femme exceptionnelle que j'aimais beaucoup également.

— Merci, Monsieur Thompson, dit-elle sur un ton solennel, qui ne laissait aucune place à la discussion. Elle souhaitait ainsi maintenir la distance que le temps avait mise entre eux.

Il avait cependant tenu fermement la main de Rose pendant plusieurs secondes, espérant ainsi lui faire comprendre combien il regrettait que leur amour soit impossible.

À partir de ce soir-là, Rose avait réalisé qu'elle ne pourrait jamais plus s'attacher à un autre homme. William Thompson avait été l'amour de sa vie, le seul et unique. S'il s'était montré violent avec elle lors de leur dernière rencontre, c'était à cause de l'alcool qu'il avait bu. Elle savait pertinemment qu'il n'avait pas de malice et que jamais il n'aurait voulu lui faire de mal.

Ne lui restait plus maintenant qu'à prier pour guérir son cœur blessé et purifier son âme...

* * *

Ernest avait été grandement déçu quand Simon lui avait annoncé que Rose avait décidé de prendre le voile.

Il savait que cette enfant-là pouvait faire mieux dans la vie. Quand elle était revenue vivre à la maison après le décès de sa femme, il l'avait beaucoup appréciée et il l'avait même un peu mieux découverte, maintenant qu'elle était devenue une adulte. Il trouvait qu'elle lui ressemblait beaucoup, avec sa détermination et son fort caractère. Il aurait préféré qu'elle soit un garçon...

Il était content que son fils lui ait appris la nouvelle, mais en même temps, il n'aimait pas qu'il assiste trop fréquemment à ces repas familiaux, où il risquait selon lui de prendre de mauvaises habitudes.

Depuis le dernier dîner auquel Simon avait assisté chez Diane, Ernest avait un peu les nerfs à fleur de peau. Il tentait bien de se calmer pour ne pas faire d'esclandre, mais il commençait à en avoir assez d'entendre son fils essayer d'imiter la petite voix nasillarde qui répétait: «Mais l'oiseau, l'oiseau s'est envolé, et moi jamais je ne le trouverai»!

— Si j'pogne ma carabine, j'te dis que m'a y faire la passe, à son oiseau..., avait-il grogné.

La patience avait ses limites et celle d'Ernest était beaucoup moins aiguisée que celle des gens ordinaires...

CHAPITRE 12

Trop, c'est comme pas assez

(Juin 1971)

A près avoir fait un petit tour de voiture dans le village avec sa belle Nicole, Albert l'avait ensuite reconduite chez elle. Il voulait réintégrer sa pension assez tôt pour faire une sieste avant le souper. C'était une journée remplie d'émotions et il avait encaissé durement la nouvelle concernant le départ prochain de Rose. Une accalmie au sein de la famille aurait pourtant été la bienvenue.

Au bureau, cela avait été plutôt ardu récemment et il avait dû travailler de longues heures au cours de la dernière semaine. Étrangement, il avait beaucoup de difficultés à équilibrer son registre des dépenses. Ce qui habituellement était si simple pour lui semblait vouloir se compliquer. Il avait beau reprendre chacune des colonnes et les additionner, il ne parvenait jamais au même montant.

Depuis qu'il sortait avec Nicole, il était un peu plus distrait au travail. Elle lui permettait de vivre d'agréables soirées romantiques, ils faisaient de multiples projets d'avenir, mais ils veillaient surtout très tard.

De plus, lorsque Albert revenait à la pension, il n'était pas rare que sa logeuse vienne à son tour le visiter durant la nuit et il avait peine à lui dire qu'il aimerait qu'elle cesse cette pratique, car il appréhendait sa réaction. Ce qu'il avait été tellement heureux de découvrir avec elle l'an dernier s'était prolongé et il n'avait su y mettre un terme. Depuis plusieurs mois, c'était même devenu incommodant pour lui. Il était conscient que madame Dupuis avait maintenant des attentes envers lui, et il craignait de nuire à sa relation avec Nicole si celle-ci apprenait son double jeu.

Sa capacité de concentration au travail était donc affectée par sa vie amoureuse et sociale. Il savait qu'il lui faudrait changer d'attitude et revenir à un comportement exemplaire.

Quand il se présenta ce soir-là dans la salle à manger, il constata que la table avait été dressée comme c'était le cas lors de grandes occasions. Nappe de dentelle blanche brodée de minuscules fleurs roses, candélabre en bronze argenté de style Louis XVI, vaisselle de porcelaine anglaise, verrerie de cristal mousseline gravée de camées et coutellerie fine. Une mise en scène parfaite pour un souper en tête-à-tête.

Quand sa logeuse pénétra dans la pièce, Albert crut vraiment avoir la berlue. Agnès Dupuis était accoutrée d'une longue robe noire à volants, avec un décolleté plongeant à la limite de la décence. Ses rondeurs semblaient amplifiées dans ce tissu de jersey qui moulait chacun de ses bourrelets. Elle avait de plus maquillé outrageusement son gros visage, comme l'aurait fait une actrice de bas étage, terminant le travail avec un rouge à lèvres d'une teinte éclatante.

Albert avait l'impression de faire face à une mangeuse d'hommes et il était clair qu'elle l'avait inscrit au menu. Son aventure avec la dame allait maintenant beaucoup trop loin et il lui faudrait lui révéler son intention d'abandonner ces pratiques.

Avec une voix langoureuse et douce, Agnès s'approcha de lui et lui susurra ces mots :

— Monsieur Léveillé et monsieur Thibault viendront pas souper. Ils sont partis faire une livraison ; ils vont revenir seulement en fin de semaine. On a la maison juste pour nous deux.

Albert fut surpris et mal à l'aise à la fois. Il sentait l'haleine fétide de la logeuse qui cajolait sa joue et fut pris d'un haut-le-cœur. La promiscuité avec madame Dupuis pendant les repas n'était pas chose commune quand d'autres pensionnaires étaient présents, et ils ne faisaient jamais mention de leurs ébats nocturnes en dehors de la chambre à coucher. L'attitude qu'elle affichait ce soir lui était totalement étrangère. Il chercha donc une manière rapide et convaincante de mettre un terme à toute cette comédie.

— Si j'avais su ça, vous auriez pas été obligée de faire à souper, lança-t-il maladroitement en se distançant de la chasseresse. Vous auriez pu prendre congé pour une fois.

— C'est pas nécessaire que tu me dises «vous» quand on est juste tous les deux à la maison, Albert. C'est moi qui étais contente de pouvoir te préparer un bon repas.

Juste toi et moi, il me semble que ça va être plaisant. Tu penses pas ?

Albert remarqua qu'elle avait pris la peine de faire jouer une cassette du chanteur de charme Dean Martin. De la musique comme on en diffusait abondamment dans les clubs sombres en fin de soirée.

— Je t'ai versé un verre de rye avec de l'eau. C'est avec ça que mon père trinquait et c'était un fin connaisseur.

— Merci, Agnès, mais vous le savez, j'aime pas beaucoup l'alcool. Je veux pas me coucher tard à soir parce que j'ai beaucoup d'ouvrage cette semaine.

Mais madame Dupuis n'était pas encline à lui laisser le contrôle de quoi que ce soit. Son plan semblait bien établi, tout comme ses gestes paraissaient prémédités.

— Tu vas voir comme c'est bon. Je te l'ai pas fait fort. Quand je peux pas m'endormir le soir, c'est ça que je sirote, et ça me relaxe à tout coup.

— Non merci, Agnès, je prends jamais de boisson forte.

Elle insista, déterminée à jouer le grand jeu afin d'appâter sa proie tant convoitée.

— Je te sers une petite Molson, d'abord. Il est pas question que je festoie toute seule !

— C'est correct pour une bière, mais après c'est tout. Je vous le répète, je veux pas me coucher trop tard.

— Il est rien que six heures, Albert. On prend jamais de temps pour nous !

— Justement, Madame Agnès ; j'avais quelque chose à vous dire à propos de ça. Ça peut plus continuer, nous deux.

— Comment ça? s'exclama aussitôt Agnès, qui avait l'impression d'avoir reçu une douche froide. Qu'est-ce qui s'est passé depuis la nuit de mercredi dernier pour que tu me parles comme ça?

— C'est pas de votre faute, mais je me suis fait une petite amie et ça serait pas honnête si je vous avertissais pas.

— C'est ça, je suis pas assez bien pour toi! Je suppose que l'autre est plus jeune que moi et plus belle! Tu as trouvé mieux et tu me jettes comme une vieille paire de pantoufles?

— Prenez pas ça de même. Je vous aime bien, mais on aurait pas dû se rendre aussi loin. Vous êtes une dame et je suis encore rien qu'un ti-cul qui travaille comme commis de bureau. Je suis pas de votre classe. Vous allez rencontrer un homme de votre rang qui vous conviendra beaucoup mieux, j'en suis certain.

Agnès ne l'entendait cependant pas de cette oreille et elle le lui fit savoir assez rapidement. Outrée, elle lança de toutes ses forces son verre de rye sur le mur de la salle à manger, sans égard aux dommages qu'elle pouvait causer aux biens dont elle prenait habituellement grand soin. Elle vociféra des insultes à Albert en le pointant du doigt et en le traitant de tous les noms.

— T'as abusé de moi, tu t'es servi de moi et maintenant, tu m'abandonnes! T'en as pas fini avec moi, Albert Potvin, je vais me venger!

Tout en hurlant, elle lançait par terre des bibelots auxquels elle tenait particulièrement et qui avaient appartenu à sa mère. Elle était aveuglée par la rage et ne cherchait qu'à détruire tout ce qui lui tombait sous la main, alors qu'Albert essayait de la raisonner en prenant soin de rester suffisamment loin d'elle pour qu'elle ne parvienne pas à l'atteindre.

Agnès fit alors volte-face et sortit de la salle à manger pour se diriger vers l'escalier situé près du portique d'entrée. Elle monta à l'étage, propulsée par la colère, et pénétra dans la chambre qu'Albert louait, suivie de celui-ci, qui se demandait comment il pourrait lui faire entendre raison. Elle était fatiguée d'avoir gravi les marches à cette vitesse et elle avait maintenant les yeux si ronds qu'ils semblaient prêts à sortir de leurs orbites.

Dans un second souffle, elle se mit en frais de retirer tous les vêtements de la garde-robe et de vider les tiroirs du bureau. Chaque geste était posé avec férocité et détermination. Après avoir jeté le tout par terre au pied du lit, elle fit une courte pause, mais elle n'était pas encore satisfaite. Elle ouvrit donc la fenêtre de la chambre et largua tout l'attirail sur la pelouse, à la vue des passants.

Albert avait essayé de la calmer, mais elle ne l'écoutait pas. Il avait bien essayé de s'interposer quand elle avait foncé vers la fenêtre, mais elle l'avait rapidement épinglé par son chandail et elle l'avait secoué violemment. Albert avait l'air d'une pauvre mouche qui tentait vainement de s'agripper à la queue d'un cheval. Il n'était vraiment pas de taille devant cette ogresse. Il s'efforça tout de même de lui faire entendre raison, mais elle criait de plus belle. Finalement, elle le repoussa si fortement qu'il trébucha dans les escaliers et se retrouva sur le palier avec une vive douleur au pied gauche.

Les voisins, ayant entendu tout ce vacarme, avaient

aussitôt appelé la police, qui arriva peu de temps après, pour découvrir Albert étendu de tout son long au bas des marches. Il avait des marques de coups au visage et il tentait de se relever de peine et de misère.

— Qu'est-ce qui se passe ici, Albert? s'enquit l'agent qui le connaissait bien.

— C'est madame Dupuis qui veut me mettre dehors parce qu'elle est en crise. Je me demande ce qui lui a pris pour agir de même; je pense qu'elle a trop bu.

Albert se crut obligé de mentir, la honte lui dictant de ne pas révéler aux policiers qu'il avait une aventure avec une dame d'au moins deux fois son âge. Sa réputation et son avenir étaient en jeu. Dans une petite ville comme Sainte-Agathe-des-Monts, tout se savait assez rapidement.

Pendant que l'un des agents montait pour voir madame Dupuis, Albert essayait de se tenir sur son pied, mais la douleur était trop intense. L'autre constable de la sûreté municipale tenta alors de l'aider, mais il constata que la blessure semblait plus grave qu'il ne l'avait cru et qu'Albert nécessiterait des soins.

— Albert, viens t'asseoir dans la voiture en attendant qu'on parle avec ta logeuse. Après, on ira te reconduire à l'hôpital, parce que je pense que tu t'es cassé le pied. Ça enfle à vue d'œil!

— Oui, vous avez probablement raison. J'ai dans l'idée que madame Dupuis est en train de perdre la tête. Elle a fouillé dans ma chambre et a jeté tout mon linge dehors, par la fenêtre! Elle est vraiment pas dans son état normal!

Albert éprouvait le besoin de semer le doute, car il ne savait pas ce que madame Dupuis raconterait aux policiers après son départ. Il l'entendait encore hurler à l'étage pendant que le représentant des forces de l'ordre essayait de la calmer.

Après plusieurs minutes de discussion entre les deux agents et la dame, ceux-ci décidèrent d'emmener Albert à l'hôpital avant de le conduire au poste pour finaliser le dossier.

— On restera avec toi en attendant que tu aies vu le docteur et après, on se rendra au bureau pour prendre ta déclaration des faits.

— À quoi ça va servir, puisque je vous ai déjà raconté tout ce que je savais?

— C'est pas tout à fait clair, mon garçon. Madame Dupuis a porté plainte contre toi. Elle dit que tu lui as volé de l'argent et que c'est la raison pour laquelle elle était en train de fouiller ta chambre. Elle nous a reparlé de la fois où tu étais avec Euclide Gagnon, celui qui lui avait dérobé des bijoux. Ça fait qu'on est obligés de faire notre ouvrage.

— Elle raconte des menteries, rien que des maudites menteries! J'ai jamais pris une vieille cenne noire à personne! Je peux vous le jurer sur la tête de ma défunte mère! La bonne femme Dupuis perd la boule et dit n'importe quoi!

Albert fut reconduit à l'hôpital, où on lui diagnostiqua une fracture de la cheville. Il ressortit de l'urgence quelques heures plus tard avec un plâtre et des béquilles. Le policier avait accepté de l'emmener chez sa sœur

Diane pour qu'il y passe la nuit, à la condition expresse qu'il s'engage à se présenter au poste de police dès le lendemain après-midi afin de rencontrer l'enquêteur.

* * *

Albert était gêné d'affronter son aînée, celle qui, pour lui, personnifiait la mère, la sagesse et la guide, reléguant au second plan l'aspect fraternel de leur relation. Il lui était impensable de lui raconter la vérité et il n'avait pas non plus le goût de lui expliquer comment il avait découvert la sexualité avec madame Dupuis.

Encore une fois, c'est Jules qui demanda subtilement à son épouse de le laisser seul avec son beau-frère. Puis Albert accepta de dévoiler ce qu'il aurait voulu à tout jamais enfouir au fond de sa mémoire.

— Mon cher Albert, j'aurais jamais cru que tu puisses faire ça! le nargua Jules en souriant. «Méfiez-vous de l'eau qui dort», que mon père disait. Et il avait tout à fait raison! ajouta-t-il, ne pouvant se retenir de rire aux larmes.

— Moque-toi pas de moi, Jules, je suis dans la *marde* jusqu'au cou! La bonne femme a porté plainte contre moi et en plus, elle raconte que je l'ai volée. Je te jure que j'y ai jamais pris une maudite cenne noire!

— T'aurais pu en choisir une de ton âge, par exemple, mais elle aurait pas eu autant d'expérience!

Albert était épuisé de toutes ces plaisanteries et, s'il avait été en mesure de claquer la porte et de s'en aller, il l'aurait fait.

— Compte-toi chanceux, mon jeune, mentionna Jules. Pense juste que ça aurait pu être ton frère Yvon qui aurait répondu à cet appel-là s'il avait travaillé à soir. L'imagines-tu arriver chez madame Dupuis et découvrir le pot aux roses ? dit-il en souhaitant dédramatiser la situation. Inquiète-toi pas outre mesure, je suis convaincu que la bonne femme veut pas perdre sa réputation non plus, mais elle a pas le droit de te traiter de bandit pour autant. À moins que tu lui aies ôté quelque chose d'aussi précieux que sa virginité…, ajouta Jules, qui ne trouvait pas la situation si alarmante.

— Ah… ah… ah… En tout cas, c'est pas moi qui ai été le premier, je t'en passe un papier ! Elle peut bien se faire une gloire d'être toujours assise dans le premier banc de l'église tous les dimanches et se dépêcher pour être la première à communier. Je suis pas blanc comme neige, mais je pense qu'il y a pas juste les mains qu'elle devrait se frotter à l'eau bénite pour se purifier !

— Arrête de t'en faire pour le moment ; couche-toi et dors. Il est assez tard. Je vais m'arranger pour calmer ta sœur sans entrer dans les détails et on discutera de tout ça demain après le déjeuner.

— Merci, Jules. Il me semble que si on avait eu un père aussi compréhensif que toi, toutes ces affaires-là nous seraient pas arrivées. Il nous a jamais rien expliqué de la vie. Ça fait qu'on a écouté parler Pierre, Jean, Jacques et on s'est fait une idée.

Jules communiqua le lendemain matin avec l'enquêteur, une de ses connaissances. Dernièrement, il avait justement eu l'occasion de lui transmettre des informations confidentielles sur des abonnés de Bell dans un dossier de fraude. Le policier lui en devait une et c'était le temps de lui remettre la monnaie de sa pièce. Jules expliqua alors le contexte, sachant fort bien que le professionnalisme de cet homme de loi lui enjoignait de garder pour lui ce qu'il jugeait bon de l'être. Dès la fin de la matinée, madame Dupuis avait retiré sa plainte, bien au fait que sa réputation risquait d'être entachée si la vérité était dévoilée au grand jour.

CHAPITRE 13

Solitude maudite

(Juin 1971)

En déménageant à Saint-Jérôme pour son nouveau travail, Rose croyait que sa vie serait totalement différente, mais cela n'avait pas été le cas. Elle vivait encore de longues périodes au cours desquelles la morosité revenait s'installer dans son quotidien.

Elle se culpabilisait fortement, regrettant d'avoir agi comme elle l'avait fait. Si elle avait été plus réservée et qu'elle n'avait pas permis à William de faire intrusion dans sa vie, rien de tout cela ne serait arrivé. Elle se disait donc qu'elle était en partie responsable de son propre malheur. À d'autres instants, elle pensait différemment et elle songeait au fait qu'elle avait échoué en ne parvenant pas à se faire aimer suffisamment par William Thompson. Quand elle ressassait tous les moments de passion vécus à ses côtés, elle se disait qu'elle aurait pu en faire plus et lui permettre de la choisir en exclusivité.

Elle avait déjà rêvé du jour où elle deviendrait madame Thompson et elle s'imaginait alors, se pavanant fièrement à son bras, sans craindre le jugement des autres.

Qui sait? N'eussent été ses origines modestes, Rose aurait pu accéder plus facilement au statut de femme légitime, mais William l'avait rapidement reléguée au second plan, soit celui de maîtresse d'occasion. Quand elle songeait à cela, elle se sentait salie par les caresses qu'il lui avait accordées, entachée jusqu'au plus profond de ses entrailles. Pour le riche homme d'affaires, il n'avait probablement jamais été question de sentiments, mais purement de sexe, et elle avait l'impression d'avoir été utilisée, souillée et jetée.

Malgré tout, elle éprouvait encore de l'affection pour William, son ex-cavalier, son impossible amour. Quelle ambiguïté que de désirer, d'avoir, de regretter et de haïr!

En mars dernier, elle était allée consulter un médecin afin de soulager de violentes douleurs qu'elle ressentait au bas du ventre. On lui avait diagnostiqué une masse à l'utérus et elle avait dû subir assez rapidement une hystérectomie, ce que l'on appelait communément «la grande opération». Plus question pour elle de penser à fonder une famille maintenant. Elle se disait qu'elle avait été punie pour la vie qu'elle avait menée. C'était peut-être la pénitence pour un péché aussi grave que l'adultère de ne pas connaître les joies de l'enfantement.

Rose avait été opérée le mardi 25 mai 1971 et, le matin de l'intervention, elle avait eu une pensée pour sa mère, qui était décédée à quelques jours près onze ans plus tôt. Elle avait une grande confiance en elle et savait qu'elle lui indiquerait le chemin à emprunter.

Tout au long de sa convalescence, coincée à l'hôpital pendant plus d'une semaine, elle avait eu l'occasion de réfléchir et elle souhaitait trouver la voie à suivre pour être heureuse.

C'est à ce moment qu'elle avait rencontré une jolie religieuse, portant une longue mante et une capeline gris foncé. Comme attirée par celle-ci, Rose lui avait souri en souhaitant inconsciemment recevoir un signe en retour. La générosité et la grandeur d'âme de la jeune femme firent en sorte que celle-ci se dirigea vers la convalescente pour s'enquérir de sa santé.

Son bien-être physique étant relégué au second plan pour l'instant, Rose insisterait pour mentionner que la guérison allait bon train, afin de plaisanter et d'entretenir une conversation avec celle qui semblait destinée à lui ouvrir la voie.

Les deux filles avaient sensiblement le même âge. La religieuse de l'ordre des Recluses Missionnaires portait le nom de Marie-Jeanne en l'honneur de Jeanne Le Ber, qui avait inspiré la fondation de cette communauté.

— Ma sœur, dites-moi pas que vous êtes venue me visiter ! lança Rose en souriant, elle qui s'ennuyait beaucoup depuis son hospitalisation, même si sa sœur Diane, son frère Luc et son oncle Georges se relayaient afin qu'elle ne vive pas trop de soirées de solitude.

— Non, malheureusement, mais je crois cependant que le Seigneur est celui qui a conduit mes pas vers toi. Je suis ici pour accompagner une collègue très souffrante que nous voulons soutenir dans sa maladie, et ce, jusqu'à la toute fin. Nous alternons nos présences à ses côtés de jour comme de nuit, afin de la guider sereinement vers sa prochaine demeure. Tu me regardes d'un drôle d'air ; qu'est-ce qui t'intrigue ?

— J'ai jamais vu un costume de religieuse comme le vôtre. De quelle congrégation êtes-vous ?

— Des Recluses Missionnaires et nous avons un monastère tout près d'ici, à Lafontaine. Tu n'en as jamais entendu parler ?

— Je vis dans la région de Saint-Jérôme depuis peu de temps. Auparavant, je travaillais à Montréal, mais je suis originaire du lac Brûlé, dans les Laurentides. Je devrais plutôt vous dire de Sainte-Agathe-des-Monts, car c'est plus connu que mon rang de campagne.

— Oh, je sais où se trouve le lac Brûlé. Pour ma part, je viens de Mont-Laurier, mais j'avais de la famille à Sainte-Lucie et j'y suis allée à quelques reprises quand j'étais enfant.

— Mon Dieu, que le monde est petit ! Mais vous êtes si jeune pour être déjà religieuse.

— Quand on reçoit l'appel de Dieu, il n'est jamais question d'âge. Lorsque je t'ai vue, j'ai cru apercevoir de la tristesse au fond de tes yeux. Y aurait-il quelque chose que je pourrais faire pour toi ?

— Non, ma sœur. Je m'ennuie tout simplement et il me semble que je sers à rien dans la vie. Du matin au soir, c'est du pareil au même.

— Je sais, j'ai déjà eu la même impression, jusqu'à ce que j'accepte de me prendre en main et de donner une direction différente à mon existence.

— Qu'est-ce que vous voulez dire ?

— Je souhaitais secourir, protéger et aimer les gens démunis et dans le besoin. C'est dans l'adoration eucharistique et la prière pratiquée dans l'isolement, le silence et la sérénité que j'ai enfin compris. Chaque jour est pour moi un havre de paix et, bien que nous soyons habituellement en réclusion, je profite de mes visites en milieu hospitalier pour transmettre aux âmes troublées que je croise le réconfort nécessaire à leur guérison, tant physique que mentale.

— Vous avez vraiment le tour de parler, ma sœur, dit Rose qui se sentait maintenant beaucoup plus sereine.

Les deux filles firent donc davantage connaissance en discutant de la vie et surtout de la spiritualité. Rose, moins dévote depuis le décès de sa mère, semblait trouver des réponses à son manque de foi, elle qui se croyait depuis longtemps responsable de ses malheurs. Dieu aurait-il décidé de lui donner la chance de se repentir?

Sœur Marie-Jeanne avait revu Rose le lendemain et elle l'avait invitée à venir la visiter au monastère de Lafontaine. Lors de cette rencontre, on lui avait offert l'occasion de faire une courte retraite afin de s'imprégner de la chaleur réconfortante de la prière dans un lieu saint.

Tout en étant consciente que sa famille n'approuverait pas d'emblée sa décision, Rose avait tout de même fait le choix de devenir postulante au sein de cette congrégation. Ce serait pour elle l'occasion de savoir si sa vie pouvait à nouveau avoir un sens. Elle ne voulait en aucun cas être influencée par qui que ce soit. Sa mère était à son avis l'instigatrice de sa rencontre avec sœur Marie-Jeanne et elle aspirait à lui rendre grâce jour après jour par la prière et la dévotion.

Lors du repas d'anniversaire de Jules, Rose avait exprimé aux siens le projet qu'elle nourrissait pour les semaines à venir, soit d'entrer en réclusion à Lafontaine. Bien que la nouvelle n'ait pas été reçue avec grand enthousiasme, elle se dit qu'elle n'avait plus rien à attendre de cette vie, qui semblait la bouder ou vouloir la maltraiter. Devrait-elle payer jour après jour pour avoir transgressé les lois de la religion catholique?

* * *

Luc avait été très peiné de voir sa sœur prendre le voile. C'était comme si un nouveau deuil venait assombrir sa destinée. Il se croyait né sous une mauvaise étoile; son rang dans la famille avait fait en sorte qu'on ne lui avait jamais accordé tellement d'attention. Puisqu'il était le plus vieux des garçons, son père l'avait mis au travail dès son jeune âge. S'il avait été le seul fils dans le clan Potvin, il aurait été l'héritier et la coqueluche du paternel, mais ce n'était pas comme cela qu'on l'entendait chez eux. Depuis plusieurs générations, c'était au dernier que les biens étaient légués. Tous les autres enfants se trouvaient confinés à un niveau inférieur. On les aimait moins ou mal, c'était ainsi: une injustice était causée dès qu'une nouvelle naissance avait lieu.

Très tôt dans la vie, Luc avait compris qu'il devrait quitter la maison pour mener sa propre barque et c'est en lui laissant miroiter le soutien financier qu'il apporterait à son père qu'il avait pu lui faire entendre raison. Ce dernier avait finalement accepté qu'il parte pour la ville.

Luc n'avait pas pensé qu'au loin, il serait tout aussi solitaire. Bien sûr, il y avait la tante Fernande et l'oncle Georges, mais il était plutôt timide et ne voulait pas s'imposer. Dans le monde du travail, c'était également difficile pour lui, car il ne se mêlait pas facilement à ses collègues. C'est la raison pour laquelle il avait demandé à Rose de venir habiter avec lui un temps, mais il n'avait pas prévu qu'elle vivrait une telle aventure avec William Thompson et qu'il ne pourrait être là que pour la consoler.

Il se devait maintenant de prendre sa vie en main, car il avait eu trente ans en février. Aussi, s'il ne voulait pas terminer ses jours seul, il lui fallait mettre sa gêne de côté. Son oncle Georges lui avait dit de garder les yeux grands ouverts et qu'ainsi, il découvrirait une jeune personne adorable qui, selon lui, ne demanderait qu'à l'accompagner pour une agréable sortie. Cela ne l'engagerait à rien d'autre qu'à jouer son propre rôle : être lui-même, un homme bien, honnête et prêt à se lier d'amitié avec une fille dans la même situation que lui.

C'est ainsi qu'un jour, Luc remarqua une employée de la caisse populaire qui le servait depuis déjà plusieurs mois. On aurait pu croire qu'elle était toujours moins occupée quand il se présentait à la succursale. Était-ce le destin ou le simple fait du hasard ? De toute façon, peu importe le délai d'attente, il avait une nette tendance à faire la queue au guichet d'Huguette Belleau, ce qui aurait dû lui sonner une cloche. S'agissait-il d'une question d'habitude ou d'une attirance physique inconsciente ?

— Bonjour, Mademoiselle Belleau. On est jeudi et je viens pour changer ma paye comme d'habitude.

— Bonjour, Monsieur Potvin. J'en ai juste pour une petite minute. Je dois remplir un formulaire pour mon supérieur.

— Prenez tout votre temps, lui répondit Luc, avec une certaine méfiance. Agissait-elle de la même façon avec tous les clients ou, comme son oncle souhaitait le lui faire réaliser, ne la laissait-il pas indifférente ? Pourquoi ne l'avait-il pas remarquée avant ?

— Ça a pas été trop long, j'espère, Monsieur Potvin ?

— Non pas du tout. Il faut être patient quand on a la chance d'attendre une si jolie demoiselle !

Luc s'aperçut que la jeune fille rougissait, alors qu'il en faisait tout autant. C'est assez intimidant, songea-t-il, mais aussi bien battre le fer pendant qu'il était chaud.

— Est-ce que vous êtes libre demain soir ?

— Oui, Monsieur Potvin ; mais un homme gentil comme vous a pas déjà une copine ?

— Eh bien non ! C'est pour ça que je me disais que si vous aviez pas de *chum* vous non plus, on pourrait aller voir un film au cinéma ou bien prendre un petit *lunch* au North Gate.

Semaine après semaine, elle avait attendu sa visite à la caisse, espérant toujours qu'il lui témoigne un peu d'intérêt. Enfin, le timide Luc Potvin lui avait demandé si elle accepterait de sortir avec lui ! Elle ne lirait plus jamais ses photoromans de la même façon, maintenant qu'un garçon l'avait remarquée.

Deux êtres esseulés s'étaient désormais rencontrés et

l'avenir était prometteur. Ils semblaient bien disposés à partager leur route et à faire un bout de chemin ensemble.

Par ailleurs, dans les Laurentides, une âme blessée par l'amour avait choisi de s'isoler dans la prière et l'adoration de son Dieu au détriment de la vie de famille qu'elle avait pourtant tant souhaitée.

La destinée de chaque personne était ainsi faite de moments tristes et d'autres plus exaltants. Pendant les premiers, on ne semblait pas vouloir croire qu'il y aurait à nouveau de la joie dans notre cœur et, durant les autres, on ne pouvait soupçonner qu'un jour, on laisserait encore couler des larmes de nos yeux si brillants.

Comment Rose réagirait-elle au fait d'être enfermée entre ces murs de pierres avec, pour tout loisir, la prière et le recueillement ?

Qu'est-ce que William dirait s'il savait que Rose avait fait ce choix à cause de lui ? Se sentirait-il coupable de l'avoir poussée à bout ou serait-il heureux d'être enfin libéré ?

CHAPITRE 14

Dans de beaux draps

(Octobre 1971)

Quand le téléphone sonnait à cinq heures du matin, ce n'était généralement pas de bon augure, mais lorsque l'on travaillait comme agent de la paix, cela faisait partie des aléas du métier. C'était la raison pour laquelle il y avait un appareil sur la table de chevet d'Yvon et, comme il était encore un jeune policier fringant, il répondait dès la première sonnerie, comme s'il ne dormait plus maintenant que d'une seule oreille, l'autre demeurant en poste vingt-quatre heures par jour.

Il fut cependant surpris d'entendre la voix du lieutenant Barbeau, responsable des enquêtes, alors qu'à l'habitude, c'était le commis de bureau qui faisait ce genre d'appels. Il devait s'agir d'un incident majeur pour qu'un officier communique avec lui directement de si bon matin. Celui-ci lui intima l'ordre de se présenter au poste immédiatement. Naturellement réticent face aux directives des gouvernants et tout de même curieux, Yvon tenta de savoir ce qui se passait exactement avant de se rendre sur les lieux, mais il fut rabroué assez rapidement.

— Arrête d'argumenter, Potvin! Si c'est moi qui prends la peine de t'appeler à cette heure-là, c'est pas pour t'inviter à jouer aux cartes. Enlève ton pyjama et mets ton uniforme; les gars sont en route pour aller te chercher.

Le ton employé par le supérieur ne laissait aucune place à la discussion et Yvon obtempéra à la demande. Il avait beau être impertinent à l'occasion, il connaissait tout de même les limites à ne pas franchir et ne voulait aucunement froisser son patron. En regardant par la fenêtre du salon, il constata que le véhicule de patrouille était déjà garé devant chez lui et qu'on l'attendait.

Il était habituel pour les policiers d'aller chercher leurs camarades à leur domicile, ce qui évitait que des agents circulent en uniforme dans les rues alors qu'ils n'étaient pas encore en devoir. C'était également une tradition établie au fil des ans de façon tacite pour tout le personnel du service de police.

À son arrivée au poste, Yvon constata que l'enquêteur se trouvait en compagnie d'un confrère de la Sûreté du Québec, un dénommé Juteau, qu'il connaissait très bien. Étrangement, celui-ci affichait une mine sombre et ne semblait pas enclin à la plaisanterie. L'atmosphère était particulièrement lourde, suscitant un sentiment d'insécurité chez le jeune policier.

— Yvon, lui dit le lieutenant d'un ton austère et solennel, si tu veux bien nous suivre dans mon bureau, on aurait besoin de te parler.

Les trois hommes se dirigèrent donc au sous-sol du poste, là où il y avait différents locaux, en plus des cellules, de la salle de bertillonnage et de celle réservée aux pratiques de tir. L'officier entra en premier dans une petite pièce plus longue que large, dans laquelle trônait un gros pupitre de bois, et où on trouvait également un vieux classeur de métal gris et trois chaises. Sombrement éclairé par un néon usé et une lampe, l'endroit n'était pas très convivial.

— Assis-toi, Potvin. On va essayer de faire ça vite. J'aimerais bien mieux être couché que d'être ici cette nuit! dit le patron sur un ton autoritaire.

— Oui, mais ça pouvait pas attendre un peu plus tard? articula Yvon avec un rire forcé, cherchant à dénouer cet imbroglio qui lui enlevait pour le moment tous ses moyens.

— Non, il faut battre le fer pendant qu'il est chaud. Te souviens-tu d'avoir arrêté un dénommé Ghislain Lafleur hier soir, vers six heures?

— Ça se peut, ça doit être écrit sur les radiologues[19]. Quelle sorte de véhicule il conduisait?

— Un gros Pontiac Bonneville vert. Si t'es pas trop endormi, tu pourras probablement t'en rappeler, lui lança l'agent de la Sûreté du Québec d'un ton arrogant.

— C'est quoi cette histoire-là? Dites-moi donc ce que vous voulez savoir. Vous m'avez sûrement pas réveillé à cette heure-là pour me parler d'un *char* qui avait un *muffler* percé!

— Fais pas ton fin-fin, Potvin. Pour l'instant, c'est

---

19 Radiologue: nom donné au rapport de toutes les activités qui ont eu lieu au cours d'un quart de travail dans un service de police.

moi qui pose les questions et toi, tu te contentes de répondre. Commence par nous remettre ton *badge* et ton arme de service avant qu'on aille plus loin, intervint le lieutenant avec une intonation tranchante ne laissant aucune place à la négociation.

— Qu'est-ce que j'ai fait de si grave pour qu'on m'enlève mon *gun*?

Yvon était complètement désorienté. Il se demandait s'il ne s'agissait pas d'un terrible cauchemar dont il se moquerait à son réveil. Il prit son revolver d'une main tremblotante et le tendit avec regret à l'enquêteur du service. Celui-ci s'empressa de le purger de ses munitions et l'inséra ensuite dans une grande enveloppe brune sur laquelle le nom d'Yvon était inscrit en grosses lettres. Il y mit également l'insigne portant le numéro onze, attribué au jeune policier lors de son embauche. Toute l'action se déroulait très lentement, sous le regard attentif de l'agent de la Sûreté du Québec qu'Yvon n'avait jamais vu aussi sérieux, lui qui était reconnu pour être un sacré boute-en-train.

L'agent Juteau retira de sa mallette des formulaires de déclaration et une copie du rapport journalier de la veille. Il sortit également différents papiers d'apparence formelle aux yeux de la jeune recrue. Il déposa le tout devant Yvon et s'apprêta à discuter avec lui.

— Je dois te dire que le lieutenant Barbeau, ici présent, t'a convoqué à notre demande.

Yvon était blanc comme un drap. Il se sentait épié de tous les côtés. Bien sûr, il n'était pas parfait, mais qu'avait-il bien pu faire pour que des dirigeants s'en prennent ainsi à lui? Il avait beau essayer de penser, d'analyser la situation, il ne comprenait rien. Il se remémora alors son premier patron, Alfred Latreille, le laitier, qui l'avait congédié parce qu'il lui avait volé quelques cents dans son camion. Jamais plus, par la suite, Yvon n'avait pris le moindre sou noir à qui que ce soit, car il avait vraiment eu sa leçon. Monsieur Latreille s'était engagé à ne jamais parler de cela à quiconque, pourvu qu'Yvon lui rembourse l'argent vilement dérobé et lui promette de ne plus recommencer. Il lui avait ensuite dit qu'en dépit de son pardon, il ne pourrait plus lui faire totalement confiance. Il préférait lui permettre de tenter sa chance auprès d'un autre employeur.

Yvon était par la suite allé travailler au garage Lortie, où tout s'était déroulé normalement. Il ne se considérait pas comme un voleur; jamais il n'aurait pensé que quelques cents subtilisés pourraient avoir de telles répercussions sur sa vie. Il ignorait que le vieux Latreille comptait tous les matins la menue monnaie qu'il laissait dans un petit pot entre les deux sièges de son véhicule jusqu'au jour où il avait innocemment raflé quinze cents pour se payer une bouteille de Coke. Tout au plus une erreur de jeunesse selon lui.

Et voilà que cette nuit, il se retrouvait encore une fois dans l'embarras. Que pouvait-il donc avoir fait comme bévue lors de son interpellation de la veille? Il se sentait pris au piège comme un malheureux rat dans une cave de service. Il devait maintenant assurer sa propre défense.

— Pouvez-vous enfin m'expliquer pourquoi vous

m'avez convoqué à cette heure ? J'ai l'impression d'être traité comme un criminel !

— C'est bien ça, Yvon. On fonctionne de la même façon avec un policier aux mains longues qu'avec un bandit de grand chemin.

— Me prenez-vous pour un voleur ? s'insurgea Yvon, outré d'être ainsi faussement accusé.

— Raconte-nous donc les vraies affaires, Potvin. Ça va nous permettre de sauver pas mal de temps, riposta candidement l'enquêteur Barbeau.

— Qu'est-ce que vous voulez savoir ? J'ai rien fait de mal, moi ! Arrêtez de jouer aux devinettes et dites-moi ce qui se passe !

— Fais pas ton jars, Potvin, le chat sort toujours du sac. Explique-nous juste comment ça s'est déroulé exactement quand tu as intercepté le Pontiac Bonneville, hier soir.

— Attendez que je me rappelle, répondit Yvon, surpris par la tournure des événements.

Il tenta de se calmer et d'adopter un ton pondéré afin de ne pas aggraver son cas et il se reprit en parlant d'un ton neutre, en tenant compte de l'aspect délicat de la situation.

— C'était après le souper et je me préparais à aller chercher mon *partner* chez lui. J'ai arrêté cette voiture-là sur la route 117, aux lumières de la rue Préfontaine. Son *muffler* faisait un bruit d'enfer et j'y ai donné un avis de 48 heures. C'est pas plus compliqué que ça.

— Maintenant, continue et dis-nous ce qu'il y avait sur le siège arrière de son auto.

— Je le sais pas, je vous le jure! J'ai pas fouillé son *char* juste pour un 48 heures!

— Mais il appert, selon les dossiers que nous avons, que tu as vérifié son permis de conduire et tout son dossier, insista le lieutenant, soucieux de démontrer toute son autorité.

— Vous devriez être au courant, c'est tout inscrit sur vos rapports. Si le commis a bien fait son ouvrage, ça devrait être écrit sur le radiologue, rétorqua Yvon pour se défendre, bien qu'il se sentît affreusement mal à l'aise dans cet uniforme qui l'étouffait maintenant, comme un étau qui se resserre tout doucement.

L'enquêteur sortit de sa mallette un document portant l'en-tête de la Sûreté du Québec et entreprit d'en faire une lecture lente et accusatrice.

— Hier soir, on a reçu un message en provenance de représentants de la police de Sainte-Thérèse. Ils disaient avoir intercepté un véhicule de marque Pontiac Bonneville un peu plus tôt et, lors de ce contrôle, l'individu avait tenté de soudoyer l'agent qui l'avait arrêté. Après quelques vérifications, il s'est avéré que la voiture venait tout juste d'être déclarée volée et qu'elle aurait servi à commettre un crime en début de journée dans les Laurentides. Au moment de son interrogatoire, le suspect a mentionné avoir eu un avis de 48 heures aux environs de 18 heures à Sainte-Agathe. Il a même spécifié qu'il s'était bien entendu avec le gars portant le matricule 11 sur son képi.

— Oui, pis après? Je vous l'ai dit que je l'avais arrêté. Qu'est-ce qui marche pas avec ça?

— C'est toi qui devrais répondre à ça, Potvin. Parlenous donc du *satchel*[20] bleu dans ce *char*-là.

— C'est quoi cette histoire-là? J'ai jamais vu de *satchel* dans le *char*. Où avez-vous pris ça?

— Celui dans lequel il y avait cinq mille dollars. Ça te sonne peut-être une cloche maintenant?

Cette révélation frappa Yvon comme un coup de massue. Il croyait rêver, n'ayant aucun souvenir de quoi que ce soit de particulier concernant cette intervention. Par contre, il se remémorait très bien le garçon en question, qui n'était pas arrogant pour deux sous. Il était même très sympathique. Comment aurait-il pu soupçonner qu'il aurait pu avoir une valise contenant une telle somme d'argent?

— J'ai jamais vu ce sac bleu de ma vie. J'ai peut-être pas fouillé la voiture, mais quand on fait une interception de routine, on déshabille pas le *char* au complet!

— On va arrêter de niaiser, intervint son lieutenant. Quand je me lève à cette heure-là, d'habitude, j'entends pas à rire. Le gars dont je te parle a fait un *hold-up* à la caisse populaire de Saint-Jovite dans le milieu de l'après-midi. Il nous a raconté que tu lui avais posé des questions sur ce sac. Il nous a ensuite affirmé qu'il t'avait donné deux cents dollars pour que tu le laisses partir et que tu fasses comme si de rien n'était.

Yvon avait les larmes aux yeux. Il se sentait piégé. En l'espace de quelques instants, il vit sa vie défiler

---

20 *Satchel*: petit sac de forme rectangulaire utilisé pour transporter des livres ou de menus articles.

devant lui et il se demanda comment il allait réussir à se sortir de ce guêpier. Bien qu'il eût un méchant caractère, il savait fort bien qu'au fond de lui, il n'était pas un mauvais garçon. Les malheureux sous volés à monsieur Latreille quelques années auparavant étaient une erreur de jeunesse et il l'avait chèrement payée en perdant son emploi.

— C'est un sacré menteur, ragea-t-il, refusant de baisser les bras. Vous allez pas croire un bandit quand moi, je vous dis la vérité! Je peux vous le jurer sur la tête de ma mère que j'ai rien fait de mal!

— Engage-toi pas trop vite, Potvin; prends le temps de bien réfléchir. Je te remets une copie de déclaration à remplir, tu sais comment ça fonctionne. Quand tu seras prêt, commence à écrire ta version, mais fais bien attention de pas nous laisser poireauter. On peut te donner un coup de main, mais essaye pas de nous en passer une!

Sur ce, les deux policiers quittèrent le bureau d'interrogatoire en abandonnant Yvon, seul devant une longue feuille jaune lignée sur laquelle il devait raconter les faits tels qu'ils s'étaient produits. Il était anéanti et se voyait contraint d'invoquer sa bonne mère afin qu'elle lui apporte toute l'aide nécessaire, lui qui d'habitude n'avait pas la prière facile. Il savait pertinemment qu'il s'agissait de sa parole contre celle du voleur, mais comment réussirait-il à rallier l'enquêteur à sa cause, lui qui avait si souvent l'habitude de répliquer pour formuler une critique ou porter un jugement sur les personnes et sur les événements?

Cela faisait sûrement plus d'une heure qu'il moisissait dans ce bureau, et personne n'était venu lui parler de nouveau. Il n'avait rien écrit sur son formulaire de déclaration, si ce n'est son nom. Il semblait ne plus être en mesure de rédiger quoi que ce soit, sa tête étant passablement embrouillée de pensées toutes plus sombres les unes que les autres. Les minutes s'écoulaient, mais il n'arrivait pas à mettre un terme à ce mauvais rêve. Les idées lui faisaient défaut et il craignait de dire ou de noter le moindre détail qui pourrait lui nuire, bien qu'il se sache totalement innocent.

Il avait chaud et il transpirait abondamment, alors qu'en règle générale, dans le sous-sol du poste de police, il régnait une fraîcheur désagréable. Il n'avait rien bu depuis qu'il était ici et il avait réellement soif. Pourquoi le lieutenant et l'enquêteur Juteau l'avaient-ils abandonné ainsi sans lui donner de nouvelles ? Bien qu'il ne soit pas enfermé dans une cellule, il hésitait à sortir du bureau, se sentant comme un enfant laissé en pénitence. De toute sa vie, il n'avait jamais été aussi mal dans sa peau, à part le jour où il avait appris la mort de sa mère. Il priait en silence, en faisant mille et une promesses au Dieu qu'il avait coutume de négliger. Il espérait fortement qu'il soit quand même à l'écoute ce matin.

Tout ce qu'il y avait d'autre sur le bureau, c'était l'édition du *Journal de Montréal* de la veille, qui faisait grand état de la manifestation du Front commun FTQ-CSN-CEQ qui avait eu lieu à la suite du lock-out des employés de *La Presse* décrété par la compagnie Power Corporation. Le bilan était d'un mort et plus de deux cents blessés, dont trois atteints plutôt grièvement. Un événement qui aurait habituellement suscité l'intérêt d'Yvon, mais ce matin, il n'en avait rien à cirer. Il imaginait que sa vie pouvait être complètement gâchée si personne ne venait le sortir de ce malheureux bourbier. Qu'est-ce que Johanne, sa fiancée, penserait de lui, maintenant qu'il était soupçonné d'avoir posé un tel geste ? Peut-être garderait-elle un doute sur sa probité et qu'elle refuserait alors de l'épouser ? Il était pourtant si près du but et son château de cartes risquait tout à coup de s'effondrer.

Il était maintenant près de six heures du matin. Yvon n'en pouvait plus ; il avait le souffle court et un mal de tête lancinant lui faisait craindre qu'elle éclate en mille morceaux. Il aurait eu le goût de crier ou de pleurer, mais les sons et les idées étaient entremêlés. Désespéré, il sortit du bureau, bien décidé à affronter ceux qui le traitaient de la sorte.

Il craquerait sûrement s'il demeurait dans ce cagibi une minute de plus. Penaud, il monta les marches le dos courbé et le pas lourd. Il souhaitait que ses collègues l'entendent arriver, préférant ne pas les offusquer ou les surprendre dans leurs conversations. Il était conscient d'agir sans avoir obtenu l'autorisation de son supérieur, qui l'avait confronté plus tôt.

— Salut, Potvin ! Qu'est-ce que tu fais encore ici ? lui demanda tout bonnement un des constables qui était allé le chercher chez lui un peu plus tôt.

Yvon ne savait que répondre. Il regarda le lieutenant Barbeau et l'enquêteur de la Sûreté du Québec, tous les deux accoudés au comptoir, dégustant cafés et beignes.

Le répartiteur prit la parole afin de mettre un terme à la situation, qui, selon lui, avait suffisamment duré.

— Comme ça, mon Potvin, tu as décidé de te passer la corde au cou dans une couple de semaines ! Fais-toi z'en pas. Les gars ont juste voulu savoir si tu avais les nerfs assez solides pour endurer une femme pour le reste de tes jours !

— Potvin, t'es pas aux *Insolences d'une caméra*, mais on s'est amusés quand même ! Tu iras pas à Bordeaux cinq ans pour complicité, mais tu t'embarques pour une crisse *d'escousse* à te faire *runner* par le bout du nez par ta belle brunette, lui dit le lieutenant, heureux d'avoir si bien réussi l'initiation de cette recrue ainsi que son enterrement de vie de garçon.

Tout le monde se mit à rire et à asticoter Yvon, qui avait de la difficulté à comprendre ce qui venait de se passer. Il riait, mais le cœur n'y était pas vraiment. Il avait eu tellement peur durant la dernière heure qu'il avait maintenant l'impression d'avoir été sauvé d'un tragique naufrage.

— Vous êtes des beaux écœurants, répliqua-t-il pour ne pas perdre la face. Même s'il avait haussé le ton, on pouvait aisément déceler dans sa voix la faiblesse et la honte de l'homme blessé dans son orgueil.

— Envoye, Potvin, viens déjeuner au restaurant avec nous autres ! On te paye le *lunch* ; tu mérites ça pour nous avoir fait rire de même. Si tu t'étais vu la binette quand tu nous as donné ton *badge* pis ton *gun*. Un vrai gars qui se prépare pour aller sur la chaise électrique !

— Vous l'emporterez pas au paradis ; rentrez-vous bien ça dans la tête ! Un Potvin, ça a la mémoire longue !

C'est ainsi qu'on avait remis la monnaie de sa pièce à celui qui était si souvent l'instigateur de ces cérémonies où, dans le but de ramasser de l'argent pour le futur marié, on sollicitait ses amis en leur promettant qu'à une date bien précise, on enterrerait sa vie de garçon.

Habituellement, on attendait un vendredi ou un samedi soir et, en ayant recours à un subterfuge quelconque, on capturait le copain, puis on l'attachait solidement à un poteau dans la ville, bien en vue. Par la suite, on le maculait tour à tour de sirop d'érable, de beurre d'arachides, de plumes d'oreillers, d'huile de moteur et de tout autre produit que l'on savait collant et salissant, pendant que les passants s'attroupaient pour assister au spectacle. On ne se gênait pas pour casser plusieurs œufs sur la tête du garçon. Lorsque sa promise arrivait sur les lieux, c'est bien souvent en pleurant et en invectivant les bourreaux d'un soir qu'elle allait essuyer les yeux de son amoureux pour le réconforter et lui démontrer son appui. On clôturait l'événement par une veillée bien arrosée, où l'on donnait une bourse au couple, ce qui faisait habituellement oublier rapidement les précédents châtiments.

Les policiers avaient donc décidé de faire une tout autre version de mise en boîte pour leur collègue. C'est ainsi qu'ils avaient élaboré cette comédie avec l'aide de leurs compagnons de la Sûreté du Québec. Ils avaient ensuite festoyé toute la journée en faisant le tour des endroits licenciés de la place pour terminer le tout dans le sous-sol de la maison d'un confrère, François

Labrecque, celui que l'on surnommait amicalement par ses initiales, FL. Labrecque avait un bar bien garni et il se targuait de bien traiter les gens qu'il appréciait.

Ce soir-là, Yvon s'était couché passablement éméché par l'alcool et secoué par les fortes émotions. Il se devait de tirer une leçon de tout cela. Il était habituellement fringant et plein d'ambition, mais il utilisait peut-être son pouvoir à outrance, ce qui un jour ou l'autre devrait arrêter.

Qu'aurait-il réellement fait s'il avait reçu une offre telle que celle de l'histoire inventée par ses coéquipiers ? Il ne voulait même pas y penser. Il avait cru sa vie terminée ce matin-là, et maintenant, au moment d'aller au lit, il n'hésita pas et remercia sa mère. Il lui demanda de le guider dans le droit chemin, afin qu'il devienne un homme dont elle serait fière, et ce, malgré son très mauvais caractère.

Yvon serait-il pour autant un policier exemplaire ou son tempérament fougueux le mettrait-il un jour ou l'autre dans l'embarras ?

CHAPITRE 15

Routine et longueur de temps

(Décembre 1971 à avril 1972)

Depuis quelque temps, Diane avait de la difficulté à dormir. Au moment de se mettre au lit, elle tombait de sommeil, mais aussitôt qu'elle fermait les yeux, il lui devenait carrément impossible de sombrer dans les bras de Morphée. Mille et une histoires trottaient dans sa tête et elle avait beau dire son chapelet pour tenter de calmer «la folle du logis», rien n'y faisait. Dès qu'un nouveau «Notre Père» s'amorçait, elle divaguait tout doucement et retournait loin dans ses pensées, là où débutaient ses chimères. Le matin venu, elle était lasse et avait de la difficulté à vaquer à ses occupations. Pour la première fois de sa vie, elle avait l'impression de manquer d'entrain, d'être en panne d'énergie. En certaines occasions, il lui était même arrivé de ne plus trouver de raison de continuer à vivre.

Tout pour elle n'était que routine et monotonie; les enfants qui se levaient très tôt et qu'elle devait préparer pour l'école, le ménage à faire et à refaire, le lavage, le repassage et les repas qui se multipliaient à un rythme effarant et pour lesquels elle était souvent en pénurie d'imagination. La vie de famille lui pesait et la solitude l'oppressait de plus en plus. Elle n'avait l'impression d'être bien qu'en de très rares moments. Dans sa tête, tout était sens dessus dessous, qu'il s'agisse du travail, de son couple, de la marmaille et même de ses convictions religieuses, ce qui, dans son cas, n'était pas banal. Elle tentait désespérément d'éclaircir ses pensées, mais elle n'y parvenait pas, s'enlisant de plus en plus chaque nuit blanche.

Durant la dernière année, son frère Yvon avait quitté le logement qu'il occupait au sous-sol de leur maison. Johanne, sa conjointe, avait été catégorique, voire sarcastique : elle ne voulait pas demeurer dans un logis aussi petit et sombre, et encore moins en dessous de chez « la belle-sœur ». Les nouveaux mariés avaient donc loué un appartement plus grand, situé dans le centre du village, afin que Johanne soit plus près du salon de coiffure où elle travaillait.

Même si son époux et elle n'avaient pas d'argent de côté, la jeune mariée avait ensuite insisté pour qu'ils s'achètent un ameublement complet, finançant le tout auprès de la compagnie I.A.C. Finance. Tout se déroulait beaucoup trop rapidement au goût de Diane, qui savait qu'Yvon n'était pas particulièrement économe. Elle craignait qu'il ne s'endettât outre mesure. Lorsqu'elle avait tenté de lui parler, son frère lui avait laissé entendre qu'elle ne devrait pas se mêler de ses affaires de couple. Elle avait l'impression d'avoir perdu le contact privilégié qu'elle avait avec Yvon, qu'elle avait tant couvé quand il était petit, comme elle le faisait aujourd'hui avec ses propres enfants.

Les quelques centaines de dollars que Diane avait mis de côté pour Yvon, au fil des ans, avaient été engloutis dans le voyage de noces que les tourtereaux avaient fait au Motel Le Montagnais, à Chicoutimi. C'est Johanne qui avait insisté pour se rendre à cet endroit, argumentant qu'il y avait une piscine intérieure. On avait appris par la suite que sa patronne y était allée lors de ses dernières vacances et qu'elle en avait abondamment parlé au salon de coiffure. Johanne souhaitait vivement faire partie de la classe moyenne supérieure. Après tout, elle avait épousé un policier, rien de moins, alors que le mari de la propriétaire du commerce où elle travaillait n'était qu'un simple commis-comptable dans une petite entreprise de la ville.

Si elle avait entendu ce que les gens du village pensaient d'Yvon depuis qu'il avait pris du service dans Sainte-Agathe-des-Monts, elle aurait sûrement descendu de quelques échelons.

Diane se sentait désarmée devant sa nouvelle belle-sœur, qui semblait avoir envoûté son frangin et cela l'inquiétait énormément.

Dans un autre ordre d'idées, sa cadette, Rose, était entrée au service des Recluses Missionnaires et cette décision l'attristait profondément. Fallait-il qu'elle ait été durement blessée par la vie pour se résoudre à s'isoler dans la prière! Avait-elle, Diane, une responsabilité vis-à-vis de ce brusque choix? Aurait-elle pu intervenir auprès de Rose et détecter son mal de vivre? Elle comprenait que l'amour ne pouvait être l'apanage de tous, étant elle-même en grand questionnement, mais de là à abdiquer et à s'enfermer à l'intérieur de murs de ciment afin de contempler et adorer un homme mort sur une croix il y a plus de deux mille ans, il y avait une marge! Diane craignait de laisser Rose ainsi aux mains des religieuses endoctrinées, moralistes et aveuglées par leur foi en Dieu.

Que de soucis pour Diane, qui se sentait en partie responsable de ses frères et de sa sœur depuis la mort de sa mère! Elle avait tenté de les guider et de les consoler quand ils en avaient besoin, alors qu'aucun d'eux n'aurait pensé se rendre chez leur père, pour obtenir un avis ou le moindre soutien moral. Ils avaient tous quitté la maison le plus tôt possible et ne respectaient le nom de leur paternel que pour ne pas contrevenir aux commandements de l'Église.

Diane ruminait tous ces tracas pour occulter son véritable tourment, celui d'avoir accouché, le 1er décembre dernier, d'un bébé à sept mois de grossesse. Ce petit être qu'elle avait senti grandir en elle jour après jour. Celui dont elle avait préparé l'arrivée avec soin, abandonnant sa pièce de couture pour la transformer en une magnifique chambre d'enfant.

— T'aurais pu installer la couchette dans la chambre de Mylène, lui avait dit Jules qui ne vivait pas cette grossesse avec le même enthousiasme que pour ses autres enfants. Il voyait son fardeau financier s'alourdir et il n'avait pas vraiment le goût de recommencer à se lever la nuit pour un bébé, alors que Mylène venait à peine de sortir de cette phase.

— T'as pas pensé qu'un bébé qui braille toutes les nuits, ça pourrait réveiller Mylène?

— Mais avec le moulin à coudre que t'as mis dans un coin du salon, ça sera pas facile d'écouter la télévision!

— Pour le peu de temps que tu passes à la maison, je pense que tu manqueras pas trop d'émissions. Quand le bébé sera plus vieux, je vais le déménager dans la chambre avec la petite et je vais refaire ma salle de couture.

— T'es ben comme ton père, quand tu décides quelque chose...

Les discussions entre eux se terminaient souvent sur une note de mépris. Il ne semblait plus y avoir suffisamment d'amour pour nourrir leur couple.

Diane avait entrepris d'installer de nouveaux rideaux dans la petite chambre prévue pour le bébé et madame Lajeunesse était venue lui donner un coup de main.

— C'est pas bon pour toi de monter dans l'escabeau avec ta grosse bedaine, lui avait dit sa voisine, qui savait de quoi elle parlait.

— Je suis pas malade, avait rétorqué Diane, je suis juste enceinte d'une belle petite fille.

— Comment tu peux savoir que ça va être une fille?

— C'est madame Adéline qui me l'a dit quand je l'ai vue à l'église. Elle m'a expliqué que mes hanches avaient beaucoup élargi, alors que pour porter un garçon, il faut que le ventre soit haut et particulièrement pointu. C'est plutôt rare qu'elle se trompe selon sa fille Madeleine.

— En tout cas, j'ai pas pris de chance et je t'ai tricoté des petites pattes blanches. Ça peut aller pour les deux sexes.

— Vous arrêterez donc jamais! répliqua Diane, qui sentit tout à coup qu'elle mouillait sa petite culotte.

Après s'être rendue à la toilette, elle avait constaté qu'elle avait des pertes sanguines. Elle ignorait encore qu'une tragédie se préparait et qu'une grande souffrance s'apprêtait à l'habiter pendant de longues années. Des douleurs intenses annonciatrices d'une délivrance avaient rapidement pris une tournure dramatique. L'enfant tant désirée n'avait survécu que quelques heures, laissant derrière elle une maman déchirée par ce départ. La petite n'avait pas eu la chance d'ouvrir suffisamment les yeux pour admirer celle qui lui avait donné la vie. Elle était repartie au pays des anges avant même d'avoir séjourné au sein de sa famille. L'unique réconfort de Diane avait été qu'un employé de l'hôpital avait accepté d'ondoyer l'enfant sous le nom de Pauline, s'assurant que sa mère pourrait l'abriter sous son aile dans l'au-delà. Elle voulait croire que là, au moins, tout n'était que bonheur, joie et plénitude.

La vie semblait déterminée à lui infliger des blessures toujours plus grandes et elle s'écroulait un peu plus jour après jour.

De son côté, Jules travaillait très souvent le soir et il rentrait de plus en plus tard. Elle le trouvait différent avec elle et c'était semblable avec les enfants. Elle n'avait pas eu l'audace de lui poser des questions, de crainte de devoir assumer ses réponses.

Jules était d'un tempérament taciturne, mais depuis quelques mois, elle le sentait réservé. Elle aurait même osé dire qu'il était devenu secret et mystérieux.

À peine une semaine avant le souper de Noël offert par la compagnie, il lui avait mentionné la date et le lieu de la réception. Elle avait eu tout au plus quelques jours pour aller s'acheter une nouvelle tenue pour assister à cette soirée. Comme elle avait pris beaucoup de poids lors de sa dernière grossesse, elle n'avait plus rien à porter.

C'est donc la veille de l'événement que Diane se rendit à Saint-Jovite, à la boutique Chez Françoise, le seul endroit où elle pouvait se dénicher des vêtements de grande taille dans les Laurentides. Elle y avait finalement trouvé une robe qui lui seyait relativement bien, quoiqu'elle ne l'avantageait pas vraiment. Elle était beaucoup trop longue pour elle, qui avait les jambes courtes. Elle devrait alors prendre le temps de la raccourcir et elle porterait un soulier à talon haut afin d'amincir un tant soit peu sa lourde silhouette.

Elle avait ensuite pris soin d'aller chez la coiffeuse le samedi matin et elle s'était appliquée pour se maquiller afin de cacher ses traits tirés. Malgré tout cela, elle ne se sentait pas bien dans sa peau.

Elle était profondément déprimée et maussade ; les moments de quiétude étaient de plus en plus rares. À tout juste trente-deux ans, elle avait l'impression d'être vieille et démodée. La proximité des femmes dans la fleur de l'âge qui travaillaient pour la compagnie Bell Canada la rendait jalouse et envieuse. Pourquoi son existence avait-elle pris un virage si triste ? Elle qui avait adoré sa vie de jeune fille se voyait maintenant reléguée aux oubliettes. Elle avait l'horripilante conviction que son conjoint n'avait d'yeux que pour ces demoiselles bien roulées, qui n'hésitaient pas à exhiber leurs atours, et elle savait que lors de ce souper, le regard de celui-ci serait ardemment sollicité.

Il y avait une employée en particulier qui suscitait intensément sa jalousie. Celle-là même qui avait assisté à la partie de baseball où Jules s'était tant amusé : la belle Reina Toscanini. Cette secrétaire de Montréal venait périodiquement travailler dans la région depuis les deux dernières années. Elle n'était pas beaucoup plus jeune qu'elle, quelques années tout au plus. Diane lui trouvait cependant une allure de libertine, de dragueuse ; elle la redoutait ou plutôt elle constatait l'attrait qu'elle pouvait exercer sur les hommes et particulièrement sur son mari.

Il était vrai que cette Reina avait une façon bien à elle de déambuler dans ses petits souliers de ballerine, en faisant bouger son corps comme un serpent le ferait au son d'une flûte enchantée. Souvent vêtue d'une longue jupe gitane et d'une tunique de coton indien, elle marchait sans gêne, alors qu'on pouvait très bien distinguer le bout de ses mamelons au travers de sa mince blouse. Les hommes se rinçaient l'œil à volonté et en parlaient entre eux, mais Jules n'était pas de ce genre. Il observait discrètement Reina, mais Diane le croyait tout aussi excité que ses comparses.

Pendant cette soirée de festivités, contrairement aux années passées, Jules avait insisté pour danser. Il aurait pourtant dû savoir qu'elle ne se sentait pas à l'aise dans sa nouvelle robe et dans ses souliers neufs. Il lui semblait qu'elle ne pouvait plus bouger comme avant ou que ses mouvements étaient maladroits. Prétextant avoir mal aux pieds, Diane s'était donc cantonnée à sa table, laissant son mari s'amuser allègrement. C'était Noël après tout!

Elle avait l'impression de ne plus être à sa place dans cet environnement de gens qui travaillaient à l'extérieur, alors qu'elle demeurait à la maison depuis si longtemps et qu'elle n'avait pour seule compagne que sa malheureuse machine à coudre et les quelques clients qui venaient porter ou chercher leurs vêtements.

Elle n'avait aucun sujet de discussion autre que de parler de ses enfants, de la cuisine ou du ménage. Cela ne semblait intéresser personne, du moins le pensait-elle.

Pour la première fois de sa vie, Diane se croyait en danger. Une audacieuse rivale s'était immiscée sur son territoire et elle n'était pas de taille pour lui mener la guerre. Elle se voyait diminuée par les années et les grossesses, qui l'avaient flétrie. Comme une plante a besoin d'eau, elle avait un urgent désir de se sentir à nouveau aimée par Jules. Mais on ne peut quémander l'amour, au risque d'essuyer un refus et d'être blessé à tout jamais.

Au retour de cette soirée, Jules ouvrit la porte de la maison et salua la gardienne qui avait enfilé son manteau dès qu'elle avait aperçu la voiture des parents arriver dans l'entrée. Il se dirigea directement vers la salle de bain avant de se rendre dans sa chambre à coucher.

Pour sa part, Diane prit le temps de demander à l'adolescente comment s'était déroulée la soirée. Elle la paya en lui versant un peu plus qu'elle n'aurait été obligée de le faire et elle la remercia pour son bon travail. La jeune fille demeurait à quelques maisons de là, et Diane n'eut donc pas à sortir pour aller la reconduire, ce qu'elle apprécia grandement.

Elle fit ensuite la tournée des chambres pour embrasser ses trois enfants et s'assurer qu'ils étaient bien abriés, et elle se dépêcha pour aller rejoindre Jules avant qu'il ne s'endorme.

Celui-ci était déjà couché et il avait les yeux fermés, même s'il ne faisait que sommeiller, ce qu'elle aurait juré. Il agissait ainsi quand il ne souhaitait pas converser et c'était de plus en plus courant ces derniers temps.

Diane ne tenait pas à s'assoupir tout de suite et elle espérait vraiment être en mesure de discuter avec son conjoint ce soir, pendant que ses émotions étaient à fleur de peau. «Mieux valait battre le fer pendant qu'il était chaud», répétait souvent sa grand-mère.

— Jules, dit-elle suffisamment fort pour le tirer de sa torpeur, as-tu apprécié ton souper? Il me semble que t'as pas beaucoup mangé.

— C'était correct, répliqua-t-il simplement, sans donner l'impression de vouloir alimenter une discussion à cette heure tardive.

— As-tu vu la femme de monsieur Laverdure? On dirait qu'elle est malade. Elle a les yeux enfoncés dans la tête et je trouve qu'elle a les nerfs du cou joliment tendus.

— Ça se peut, j'ai pas vraiment remarqué! rétorqua-t-il froidement, en lui tournant le dos et en remontant la couverture sous son menton.

Diane n'était pas prête à abandonner tout de suite. Elle enchaîna donc avec un autre commentaire banal sur la soirée qu'ils venaient de passer en espérant que son mari décide de s'asseoir dans le lit pour lui répondre.

— Quand on est sortis, madame Lirette cherchait son manteau de fourrure. Elle avait peur que quelqu'un l'ait pris par inadvertance. Pourtant, ses initiales sont brodées sur la doublure, alors ce serait difficile de pas le retrouver, insista-t-elle, déterminée à procurer à son mari une chance de participer à cette conversation.

Mais Jules restait de marbre et n'aspirait qu'à s'assoupir paisiblement, surtout que l'alcool ingurgité ce soir le mettait dans un état de grande lassitude. Sa tête tournait abondamment depuis qu'il était au lit. Diane, pour sa part, était sobre et elle s'entêtait vainement à discuter, rechignant à s'endormir avec le cœur aussi lourd. Alors que Jules tombait de sommeil, sa femme était éveillée pour deux.

Son silence obstiné et son absence de réponse furent la goutte qui fit déborder le vase! Diane avait été trop longtemps ignorée ces derniers temps pour laisser passer sa chance de s'exprimer!

— Dis-moi-le franchement si tu veux que je me taise plutôt que de me répondre juste par signes ou de me cogner des clous dans la face! J'ai l'impression de faire un monologue, comme Yvon Deschamps!

Diane n'avait pas parlé, mais bien hurlé. Elle n'en pouvait plus du mutisme de Jules, qui l'horripilait, mais par-dessus tout l'insécurisait. Toutes les émotions qu'elle vivait ces derniers temps refaisaient surface et se bousculaient dans sa tête. Elle souhaitait qu'il soit franc et lui avoue qu'il ne l'aimait plus ou qu'il y en avait une autre, mais qu'il cesse de la faire languir.

— Bâtard, Diane, tu trouves pas qu'il est assez tard ? Les enfants vont se lever demain matin et j'ai des travaux à faire dans le *bachelor* si on veut pouvoir le louer. Dors et on parlera de ça après le déjeuner !

Mais avant que Jules n'ait terminé sa phrase, Diane lui avait tourné le dos, frustrée de se voir ainsi rabrouée. Jules n'avait pas l'habitude de lui lancer de gros mots et ce soir, c'était comme s'il l'avait giflée quand il avait dit « bâtard » d'une voix empreinte de colère. Le corps secoué de larmes, elle s'était finalement endormie, le nez enfoui dans son oreiller, qu'elle avait aussi utilisé pour étouffer ses sanglots. Elle s'était par la suite réveillée au milieu de la nuit pour ne fermer l'œil qu'au moment où le jour s'était levé, épuisée d'avoir autant pleuré sur sa pauvre existence.

* * *

Tôt le lendemain, Jules était descendu dans le petit appartement au sous-sol afin d'y effectuer des travaux de peinture, après avoir fait déjeuner les enfants, auxquels il avait demandé de laisser leur mère se reposer, en leur expliquant qu'elle était très fatiguée et qu'elle s'était couchée tard la veille.

Il avait lui aussi souffert de la fausse couche de son épouse, mais il n'avait pas été attristé trop longtemps. Il s'était dit que, finalement, c'était peut-être mieux ainsi, puisqu'ils avaient déjà trois enfants en bas âge. Après tout, il était le seul à assurer la subsistance de la famille. Il s'était ensuite quelque peu étourdi dans le travail et la vie avait fait en sorte qu'il s'était confié à une collègue, avec qui il avait tissé des liens plus étroits. Pourquoi était-il si facile de parler avec sa belle Italienne, alors qu'avec sa propre épouse, toute discussion tournait au vinaigre la plupart du temps ?

* * *

Ni Jules ni Diane n'étaient revenus sur cette soirée qui aurait dû être festive pour le couple. La vie de famille avait repris son cours, Jules s'absentant de plus en plus longtemps de la maison.

Diane, pour sa part, continuait de souffrir d'insomnie.

* * *

Les enfants de Jules et Diane étaient bien élevés. Ils ne se rendaient jamais dans la chambre de leurs parents sans un motif sérieux. Leur mère leur avait d'ailleurs expliqué qu'il était impoli de pénétrer dans une pièce sans avoir auparavant frappé à la porte et avoir été invité à y entrer.

Un dimanche matin, au tout début du mois de février, la mignonne Mylène se leva très tôt et, comme d'habitude, elle se dirigea vers le salon afin de jouer avec ses poupées. Elle fut surprise d'y trouver sa maman endormie sur le long divan.

D'instinct, elle se glissa contre elle, moulant son corps au sien dans l'espace minuscule qu'il y restait. Au contact de ce petit être rempli d'innocence, Diane l'entoura instinctivement de son bras sans toutefois revenir du pays des songes. Mylène, apaisée par ce geste d'amour, s'assoupit profondément afin de profiter de chaque minute de cette exclusivité affective.

C'est ainsi que Jules les trouva un peu plus tard. Il crut que la petite avait fait un cauchemar et que sa femme avait dû la consoler, mais jamais il n'aurait pensé que c'était la gamine qui avait été là pour soulager la grande douleur de la mère.

Il entreprit donc de préparer le déjeuner pour toute la famille, comme il se plaisait à le faire quand il était en congé. Les bruits ambiants tirèrent toute la maisonnée du sommeil et les enfants s'installèrent à la table en jacassant, pendant que Diane se rendit à la salle de bain pour faire sa toilette.

Elle avait été profondément émue de se réveiller ce matin-là avec ce petit ange à ses côtés, après cette longue nuit où elle avait tellement pleuré. Elle avait instantanément pensé que cela faisait déjà plusieurs mois qu'elle n'avait pas eu de nouvelles de sa sœur Rose. Jamais elle n'avait songé que la réclusion était totale et qu'elle ne la reverrait peut-être plus jamais.

Rose avait eu trente-deux ans en janvier dernier et probablement que personne ne lui avait offert des vœux ni ne lui avait fait le moindre câlin, pensa Diane. Elle pestait maintenant contre ce Dieu qui semblait vouloir lui ravir tous ceux qu'elle aimait le plus. Si elle avait pu, elle aurait été fière de pouvoir se rendre au monastère des Recluses Missionnaires afin de tambouriner à leur porte d'entrée jusqu'à ce qu'on lui permette de voir sa sœur, mais elle savait pertinemment que c'était impossible. De plus, Rose serait probablement triste si elle apprenait que son aînée avait agi de la sorte.

— Bonjour, maman, dirent les enfants tous en chœur, comme s'ils avaient senti qu'elle avait vraiment besoin d'amour aujourd'hui.

— Bonjour, les mousses! Papa est en train de vous faire un bon déjeuner?

— Oui, répondit la petite Mylène. Il nous fait des crêpes aux œufs!

Diane et Jules se regardèrent avec un léger sourire. La naïveté de la petite avait su créer une mince étincelle de bonheur entre eux.

— Vous êtes vraiment chanceux! J'espère qu'il en restera pour moi, répliqua Diane pour amuser les siens.

— Ce sont les jeunes qui ont demandé des crêpes. Alors c'est possible qu'il en reste plus quand ton tour arrivera!

— Moi, dit Steve, d'un ton très sérieux, je suis prêt à partager mon assiette avec maman.

— Inquiétez-vous pas, les rassura Jules, qui ne souhaitait pas que ceux-ci aient l'impression qu'ils manquaient de quoi que ce soit. J'en ai fait pour les fins et pour les fous!

Diane s'installa à la table avec ses rejetons et elle profita de ce déjeuner en famille pour apaiser sa peine.

La vie avait plus d'un tour dans son sac et ce matin,

elle avait trouvé le moyen de faire en sorte qu'en pleine tourmente, on puisse tout de même l'apprécier.

* * *

Rose ne dormait que très peu, le bruit de ses sanglots l'empêchant de sombrer dans le sommeil. Elle tentait désespérément de s'acclimater à cette vie monacale, mais son cœur refusait de s'isoler complètement de sa famille.

Elle pensait à ce matin du mois de janvier dernier, alors qu'elle se préparait pour se rendre à la chapelle. Elle avait entendu deux légers coups à sa porte, qu'elle avait entrouverte lentement pour y découvrir sœur Marie-Jeanne, celle-là même qu'elle avait rencontrée à l'Hôtel-Dieu de Saint-Jérôme et qui lui avait fait connaître ce monastère.

Celle-ci n'avait pas le droit de lui parler, mais elle lui avait remis une carte de souhaits qu'elle lui avait dessinée et sur laquelle on pouvait voir un gâteau d'anniversaire surmonté d'une dizaine de chandelles avec des petits cœurs qui faisaient office de flammes. À l'intérieur, elle avait écrit: «Une rose transplantée dans un jardin étranger a parfois besoin d'une marque d'amitié pour continuer de grandir!» et tous les points de sa phrase avaient été remplacés par de minuscules cœurs.

Marie-Jeanne était immédiatement repartie vers la chapelle après avoir offert son plus beau sourire à sa consœur. Elle priait le Ciel de lui apporter la paix de l'âme nécessaire à la poursuite de son noviciat.

En refermant la porte de sa cellule, Rose eut les yeux immédiatement inondés de larmes.

— Merci, maman, pour ce beau cadeau, avait-elle dit en regardant au ciel. Je sais bien que c'est toi qui as guidé la main de sœur Marie-Jeanne pour fabriquer cette carte. Je me souviens très bien du jour où tu m'as appris à dessiner des cœurs et je t'avais vue, une fois, remplacer les points sur les « i » par ces tout petits signes d'amour.

Rose avait apprécié cette heureuse coïncidence, mais cela avait aussi ravivé son ennui. Sa mère lui avait été enlevée bien avant qu'elle ne soit prête à l'accepter.

* * *

Au début du mois de février, Diane et Jules avaient loué le petit appartement au sous-sol à un gentil couple venu d'Abitibi. Le garçon était policier à la Sûreté du Québec et il avait rencontré Yvon, le frère de Diane, au moment de sa recherche de logement. La propreté des lieux et la proximité de son emploi lui avaient plu, et il avait signé un bail pour les deux prochaines années.

Le jeune homme s'appelait Claude Tremblay et il était originaire du Lac-Saint-Jean. Dès son embauche au sein de l'organisation, il avait été affecté au détachement de Rouyn-Noranda, où il avait travaillé pendant trois ans. Il avait ensuite demandé un transfert dans le district de Québec ou de Montréal, et on lui avait accordé un poste de patrouilleur à Sainte-Agathe-des-Monts.

Diane était rassurée de savoir que ce serait un policier

qui demeurerait dans sa maison. Elle craignait toujours de louer cet appartement à des étrangers, mais avec des références comme celles de Claude Tremblay, elle avait l'esprit tranquille.

Quand elle avait rencontré la compagne de l'agent Tremblay, elle l'avait tout de suite trouvée sympathique. Tout juste âgée de dix-neuf ans, celle-ci avait quitté les siens pour suivre son amoureux à Sainte-Agathe, bien que ses parents n'aient pas été enchantés de sa décision. Mais elle était majeure et vaccinée, comme elle l'avait répété à Diane. Elle voulait vivre sa vie et surtout profiter de l'occasion de se rapprocher des grands centres.

— Ta mère doit avoir eu bien de la peine de te voir partir, lui avait dit Diane, en imaginant comment elle aurait réagi en pareille situation.

— Elle était plus déçue de perdre sa servante que sa fille, répondit Marie-Anne Allaire, avec une moue de dérision.

— Est-ce que ça fait longtemps que tu fréquentes ton copain ?

— Oui, on s'est rencontrés dans une épluchette de blé d'Inde à l'automne.

— Ce sont plutôt de courtes fréquentations, répliqua Diane d'un ton protecteur et maternel à la fois.

— Avec tous les méchants moineaux qu'on trouve par chez nous, j'étais pas pour laisser passer un bon parti comme celui-là ! Ça aurait pu être long avant que je puisse mettre le grappin sur un autre célibataire.

Ainsi donc, même si on prônait l'émancipation de la femme, il y en avait encore qui s'amourachaient d'un garçon pour partir de leur coin de pays quand l'appel de la liberté se faisait sentir. Diane repensait à sa rencontre avec Jules et se disait qu'elle aussi, à l'époque, était bien heureuse qu'il lui ait proposé le mariage. Elle avait dès lors pu quitter sans regret la maison de son vieil ours de père. Lorsque sa mère avait mis fin à ses jours, elle s'était cependant reproché de l'avoir ainsi abandonnée. Si elle avait été là, aurait-elle pu modifier le cours de sa destinée?

Or Diane savait pertinemment qu'elle n'aurait pu protéger Pauline des toquades de son époux. Tôt ou tard, elle en aurait eu assez et aurait tout de même décidé de prendre sa vie en main. Tout bien réfléchi, le choix que sa mère avait fait était cruel, mais tellement libérateur, admit-elle.

À bien y penser, elle n'avait aucune raison de juger Marie-Anne, même si elle la trouvait un peu rebelle. Elle ne connaissait rien du genre d'existence qu'elle avait menée auprès des siens. Au lieu de lui chercher noise, elle essaierait de s'en faire une alliée. Qui sait si la jeune femme ne pourrait pas lui insuffler un peu de sa fraîcheur et de son ardeur?

Au plus profond d'elle-même, Diane voulait y croire et elle eut tout à coup l'impression de sentir une étincelle d'espoir illuminer son cœur meurtri. Une simple pensée positive venait de réchauffer momentanément son âme.

Pendant les journées suivantes, elle se sentit beaucoup plus sereine et un soir, en admirant la pleine lune, elle prit une décision importante: elle redeviendrait la femme qu'elle était avant d'être une mère de famille. Son deuil allait se terminer et elle implorait son petit ange d'enfant de lui donner le courage de reprendre sa vie en main. À partir de maintenant, elle serait une nouvelle personne, heureuse et bien dans sa peau.

Quand Jules se réveilla, ce samedi-là, il constata que Diane était déjà debout. Il s'interrogea même à savoir si elle n'avait pas été malade durant la nuit et qu'il ne s'en serait pas aperçu. Il était rentré un peu tard et elle dormait à son arrivée. Diane avait l'habitude, depuis qu'ils avaient des enfants, de faire la grasse matinée la fin de semaine, alors que Jules, un vrai lève-tôt, s'occupait de leur préparer leur déjeuner. Cela se déroulait toujours ainsi depuis plusieurs années. Pourquoi ce serait différent aujourd'hui? se demanda-t-il, quelque peu inquiet.

En arrivant dans la cuisine, il constata que Diane avait déjà dressé la table et qu'elle était en train de faire cuire des œufs, du bacon et des petites patates rissolées. De plus, une brassée de lavage était en marche. Elle s'était habillée sobrement, mais avec une touche de bon goût, elle qui passait dernièrement toutes les matinées en jaquette.

— Bien dormi, Jules? lui demanda sa femme tout bonnement, comme s'il s'agissait d'une routine pour elle de préparer le repas du matin.

— Oui! Et toi?

— Super bien!

— Est-ce que tu sors à matin pour être d'aussi bonne heure sur le piton? s'informa-t-il avec un fond d'inquiétude.

— Je souhaite juste faire manger les enfants parce que je vais magasiner avec Marie-Anne après le déjeuner. Elle m'a dit qu'elle aimerait avoir des rideaux pour sa chambre et je pourrai l'aider à choisir son tissu.

— Tu avais dit que tu voulais plus coudre pour tout un chacun? Tu chialais et tu argumentais que ça te tombait sur les nerfs d'avoir toujours du monde à la maison pour les essayages. Tu as même arrêté de faire des travaux de couture pour la petite boutique au village, en prétextant que t'avais plus assez de temps. Il faudrait que tu te branches un moment donné!

— Il y a juste les fous qui changent pas d'idée! Maintenant que les deux garçons sont à l'école, je tourne en rond dans ma cage. C'est beau de faire du ménage, mais quand tu ramasses la poussière avant qu'a tombe sur les meubles, je pense que tu as un méchant problème! C'est décidé, je reprends le travail.

— Et qu'est-ce que tu comptes faire de Mylène, qui a pas encore l'âge pour la maternelle? s'informa Jules, sur la défensive, en constatant l'assurance dont faisait preuve son épouse.

— Justement. Marie-Anne m'a proposé de la garder quand j'en aurai besoin. Je pourrai aussi demander à notre voisine, madame Lajeunesse, de me donner un coup de main. Ça va la désennuyer et moi, ça me donnera plus de temps.

— Il faudra que tu la dédommages si elle s'occupe de la petite.

— C'est certain que je veux la payer, mais on en a pas encore discuté. Tant que je m'affairerai à la maison, ça sera pas un problème. Si j'ai de l'ouvrage en dehors, ça me prendra une bonne d'enfant, comme les gens riches et célèbres, dit-elle en riant du grand désarroi de son époux.

— C'est quoi, cette idée, d'aller travailler à l'extérieur ? Tu m'en as jamais parlé avant !

— J'ai bien essayé de t'en glisser un mot, mais tu m'écoutais pas. Tu arrives du bureau à cinq heures et tu repars à six. Ça fait pas beaucoup de temps pour discuter. J'ai eu beau t'attendre le soir, mais t'es pas plus jasant quand tu rentres. Ces temps-ci, en mettant les pieds dans la maison, tu t'assois confortablement devant la télévision pour suivre les Jeux olympiques. C'est pour ça que j'ai décidé de plus t'achaler avec ça. Si tu préfères regarder ce qui se passe à Sapporo, au Japon, plutôt que de parler avec moi, je dois respecter ton choix. C'est tellement important dans une vie, les compétitions sportives et les soirées avec tes amis !

— Veux-tu bien me dire quelle mouche t'a piquée ?

— Celle de la liberté d'expression ! J'ai réalisé qu'avec le temps, je m'enlisais dans la même routine que ma pauvre mère avait connue. Plutôt que de faire comme elle, je suis décidée à me prendre en main et à ressusciter la fille que j'étais avant de devenir une maman. À mon avis, je peux concilier les deux et tout le monde en sera juste plus heureux.

— As-tu besoin d'argent ? Je peux t'en donner plus si c'est ça le problème.

— Ce sont pas des piastres que je veux, c'est tout simplement de vivre et de pas juste exister ! Pour le moment, est-ce que tu peux garder les enfants jusqu'à midi ou bien tu avais quelque chose de prévu?

— Non, ça va, mais j'aimerais ça qu'on en parle encore.

— Je suis bien d'accord pour qu'on en discute, mais j'attendrai que ça vienne de toi, parce que chaque fois que j'ai essayé d'entreprendre une conversation dans les derniers mois, tu avais toujours quelque chose de plus important à faire.

— Mais t'es déchaînée, ma foi du bon Dieu! rétorqua Jules en haussant le ton. Il y a sûrement quelqu'un qui t'a monté la tête pour que tu parles de même!

— Non, j'ai seulement eu besoin de plusieurs heures d'insomnie pour savoir que je devais opérer un grand changement dans ma vie. Les jours, les nuits, les semaines et les mois passaient sans que j'en retire quoi que ce soit en contentement. Alors j'ai décidé que j'étais la seule responsable de mon malheur. Si le capitaine laisse son bateau aller à la dérive, il peut pas critiquer l'officier du navire voisin.

— Tu parles en parabole maintenant? répliqua Jules complètement déconcerté par sa femme, qu'il ne reconnaissait plus.

— Ce matin, je te confie les mousses pendant que je me rends au large, répondit Diane en riant.

Elle se dirigea ensuite d'un pas décidé vers sa chambre afin de se faire belle pour entreprendre une nouvelle étape de sa vie. Elle était responsable de son propre bonheur et elle ferait les démarches nécessaires à sa réalisation.

Jules devrait s'adapter à cette transition et il redoutait Diane, qui avait un caractère fort comme son père.

De son côté, Diane avait des projets qui l'enthousiasmaient et qu'elle était prête à mettre de l'avant...

CHAPITRE 16

Le temps des bleuets

(Été 1972)

Jour après jour, Adéline se levait et vaquait à ses nombreuses occupations sans égard aux propos mesquins ni aux critiques d'Ernest. C'est l'instinct de survie qui l'avait guidée vers cette attitude amorphe et maussade, mais elle vieillissait de jour en jour comme une plante que l'on néglige de soigner. À compter du moment où elle avait été transplantée dans cette maison, elle n'avait en aucun temps réussi à refleurir, se contentant de garder un feuillage qui, malheureusement, ne pouvait faire autrement que de ternir au fil des jours.

Heureusement, Simon était là pour lui insuffler l'énergie nécessaire à la poursuite de son quotidien morose. Elle avait développé une certaine complicité avec le jeune homme, qui avait deux personnalités bien distinctes. En présence de son père, il s'exprimait comme celui-ci et sur le même ton, mais, dans ces moments-là, il évitait de la regarder, comme s'il souhaitait qu'elle ne s'en aperçoive pas. Dès qu'Ernest quittait les lieux, il redevenait le gentil garçon avec lequel elle avait tant de plaisir à parler de l'ancien temps. Ils devaient cependant garder pour eux ces précieux instants, de crainte de faire rugir le vieil ours, toujours prêt à attaquer pour défendre ce qu'il disait être son bien et l'avenir de son fils bien-aimé.

Ce matin-là, Ernest avait dû partir de bonne heure pour aller faire des livraisons à Montréal et il avait cessé d'emmener Simon depuis déjà longtemps. Il était en quelque sorte rassuré de savoir que son jeune demeurait autour du garage et il était également convaincu qu'ainsi, sa femme ne recevrait pas de visite impromptue. Le souvenir d'Euclide, le fils maudit d'Adéline, venu emprunter de l'argent à celle-ci plusieurs années plus tôt, lui était resté sur le cœur, et il ne se gênait pas pour ramener régulièrement le sujet sur le tapis. Inévitablement, Adéline faisait une crise de larmes et il claquait la porte de la maison, non sans avoir hurlé au préalable qu'elle avait mis au monde un mécréant, une vipère, un scélérat. Ernest n'avait aucun scrupule à blesser, attrister ou détruire autrui.

L'absence du père pendant une seule journée représentait pour Adéline et Simon l'équivalent d'une semaine de vacances. Chaque fois, ils se faisaient une joie de vivre ces quelques heures dans la quiétude et la liberté.

— Qu'est-ce que tu aurais le goût de faire aujourd'hui, Simon ?

— J'avais pensé vous aider à laver les planchers pendant que papa est parti en ville.

Sans vouloir médire de son paternel, Simon était bien au fait que celui-ci serait très fâché s'il le trouvait à quatre pattes en train de récurer les prélarts de la cuisine. Ernest répétait que c'était là de l'ouvrage de femme. Adéline avait de plus en plus de difficulté avec ses pauvres jambes couvertes de varices et, au lieu de se contenter de la regarder souffrir, Simon essayait de lui faciliter la tâche dès que l'occasion se présentait et qu'il savait que son père n'en aurait pas conscience.

— Les planchers sont pas si sales que ça, mon grand. Y'é pas question que je devienne aussi propre que la vieille Latour, qui frotte son prélart au *Old Dutch* pis qui gratte les coins avec son p'tit couteau à patates. Non, à la place, j'avais pensé qu'on pourrait aller aux bleuets.

— J'aimerais ça, mais vous aurez pas trop mal aux jambes pour marcher dans le bois et pour vous accroupir pour ramasser les *beluets*? comme dirait notre cher Victor.

— Inquiète-*toi* pas pour moi! Je souffre le martyre quand je fais rien. C'est aussi ben que je m'active pour pouvoir ensuite me plaindre, ça sera moins enrageant. Si tu veux, je finis de laver ma vaisselle et on part. Il me semble que j'ai le goût de faire une fugue avec un petit vlimeux comme *toi*.

— C'est vous qui décidez aujourd'hui, je vais vous suivre comme une tache.

Et voilà nos deux comparses, enthousiastes à l'idée de tout simplement se promener dans les champs afin de cueillir les fruits sauvages qui serviraient à faire de succulents desserts.

Quand Adéline arriva sur le pas de la porte, Simon ne put s'empêcher de rire aux éclats en remarquant son étrange accoutrement. Elle avait gardé sa robe de coton imprimé dans les teintes de brun et de jaune, mais elle avait également mis en dessous un vieux pantalon noir en jersey et elle avait complété le tout avec des bottes de pluie. Un foulard aux couleurs vives autour de la tête et elle était parée pour entreprendre l'expédition prévue.

— Moque-toi pas de moi, mon petit mosanic! On s'en va pas aux noces après tout. J'ai peur des couleuvres pis des autres bibittes des champs! Comme ça, y pourront jamais me rejoindre les parties intimes!

— Une chose est sûre, c'est que les corneilles nous tourneront pas autour des oreilles non plus. Je pense même que vous pourriez éloigner les orignaux, les chevreuils pis les rats musqués de la manière que vous êtes habillée.

Adéline et Simon se dirigèrent d'un pas lent et le cœur heureux vers les terres immenses remplies de fleurs et de graminées. Ces longues herbes vertes bercées par le vent caressaient les pétales, où le bleu, le jaune et le rose se confondaient avec le ciel, que les nuages semblaient avoir fui pour quelques heures.

Simon vivait des moments intenses avec celle qu'il aurait aimé pouvoir appeler grand-maman. Il avait eu une mère qui l'avait quitté trop tôt et il ne voulait en aucun cas la remplacer, se disant que cela ne se faisait pas. Il croyait cependant que l'on pouvait avoir plus d'une grand-mère et que c'était plutôt le rôle qu'Adéline jouait avec lui depuis qu'elle avait marié son père. Une grand-maman devait de préférence être vieille, mais pas trop, et avoir la peau douce comme son timbre de voix. Ce serait à elle qu'il aurait le goût de faire des confidences quand il grandirait dans cette vie où tout semblait parfois si compliqué.

— T'es bien songeur, mon petit homme. J'ai l'impression que t'es à des milles d'ici.

— Vous allez rire de moi si je vous raconte ce qui me trotte dans la tête ces temps-ci!

— Tu peux toujours essayer. J'ai pour mon dire que si on vaut pas une risée, on vaut pas grand-chose.

— J'ai jamais aimé ça vous appeler la belle-mère, comme mon père me le demande. Voudriez-vous que je vous appelle mémère?

Adéline s'arrêta de marcher subitement, comme si on lui avait mis des chaînes aux pieds. L'émotion l'étreignit profondément et elle ne put faire autrement que de serrer l'enfant dans ses vieux bras flétris. Quand elle reprit un peu ses esprits, elle s'agenouilla sur ses talons le temps que son cœur reprenne un rythme plus modéré. Simon sembla vraiment s'inquiéter de la voir ainsi agitée. Avait-il bien fait de formuler une telle demande?

— Simon! Tu pouvais pas me faire un plus beau compliment, moi qui te considère comme mon propre fils! Je sais que tu as eu une maman et je peux pas la remplacer. Mais, dis-toi bien que si tu voulais m'appeler mémé ou mémère, ça me ferait le plus grand des bonheurs!

— Mais qu'est-ce que vos enfants penseraient s'ils m'entendaient vous appeler comme ça?

— Inquiète-toi pas pour eux autres. Ils sont des adultes et se mêleront pas de ça. C'est différent pour Ernest; on devra faire attention quand il sera là. J'ai pas besoin de t'expliquer plus en détail, tu le connais tout autant que moi. Il m'accuserait de t'avoir monté la tête et me ferait la vie dure.

— Ça pourrait être notre secret ; pour moi, c'est pas un péché de faire des cachotteries quand c'est pour le bien de tout le monde. En tout cas, moi, je vais plus à la confesse pour raconter n'importe quoi. Je me dis que Celui qui est en haut est vraiment au courant de ce que je fais et c'est à Lui que je devrai rendre des comptes un jour.

— Tu raisonnes pas mal vieux pour un garçon de treize ans. C'est vrai que tu es quasiment toujours avec des adultes.

— J'écoute les gens et quand je trouve que ça a du bon sens, j'essaie de m'en souvenir. Pour moi, c'est aussi bon que d'aller à l'école.

— En tout cas, en me levant à matin, je pensais jamais vivre autant de bonheur dans ma journée ! En vieillissant, on est plus habitué aux désagréments qu'aux joies.

— Si j'avais su que je vous ferais plaisir autant que ça, je vous l'aurais demandé avant !

— La dernière fois où j'ai été heureuse, c'est encore toi qui étais le responsable.

— Ben voyons donc ! Qu'est-ce que j'ai fait pour vous à part rentrer du bois ou faire un peu de ménage quand papa est pas là ?

— C'est quand tu m'as rapporté le gentil chaton que tu avais découvert abandonné en dessous de la galerie de la maison de monsieur Thompson. Tu sais que depuis ce temps-là, il ronronne à ma porte tous les jours un peu avant le dîner, en se doutant bien que je lui donnerai quelque chose à manger.

— Je vous soupçonne de sucrer son bol de crème.

— Qu'est-ce que tu aurais fait à ma place? Il était tellement petit et délicat que je voulais le remplumer et, pour adoucir ses jours, j'ai rien trouvé de mieux à faire. Viens pas me dire que c'était pas une bonne idée! lança-t-elle, en ébouriffant les cheveux du garçon avec sa main rugueuse.

— C'était une bonne idée, mais la moins bonne, c'était peut-être de l'appeler Galerie, à cause de la place où je l'avais trouvé. C'est pas tellement original comme nom de chat!

— Moi ça m'a fait rire. Ma fille a fait la même chose au village quand elle a ramassé le sien.

— Elle l'a appelé Galerie elle aussi? Vous vous êtes pas forcée, comme ça!

— J'ai jamais dit ça, fiston! Madeleine lui a donné le nom de Coin de rue!

Simon s'était mis à rire joyeusement. Comme il faisait bon entendre le jeune s'amuser à propos du nom d'un simple chaton. La vie était merveilleuse quand on pouvait profiter de chaque petit moment de plaisir.

— Maintenant, reprit Simon, ce serait plutôt important de commencer à chercher des bleuets si vous avez toujours envie de faire le pouding que vous m'avez promis pour le souper.

C'est ainsi que, côte à côte, la vieille dame, vêtue comme la «chienne à Jacques», et le jeune adolescent en quête d'amour filial ramassèrent de beaux fruits qui seraient dégustés tant qu'il y en aurait dans les champs. Adéline adorait cette activité et elle pouvait se permettre d'aller faire des cueillettes deux ou trois fois par jour tant c'était près de la maison. Elle s'approvisionnait afin de faire des conserves pour la prochaine saison froide. Elle aimait également avoir des petits présents à offrir à ses enfants et c'était tout ce qu'elle pouvait leur donner sans qu'Ernest en ait conscience. Elle n'avait qu'à économiser le sucre dans les confitures et à ramasser tous les pots en verre qu'elle pouvait, et alors il n'y voyait rien. Du moins, elle le souhaitait fortement.

À se promener de cette façon dans la nature sans devoir se soucier de l'heure ou des minutes qui s'écoulaient, le temps semblait suspendu. Adéline et Simon parlaient peu, mais se jetaient à l'occasion des regards de complicité.

Quand les tines[21] furent remplies à ras bord, ils décidèrent de rentrer, la faim commençant à tenailler les entrailles du jeune garçon.

— Avez-vous des restants de fricassée, mémé?

Simon était tout heureux de pouvoir nommer ainsi sa nouvelle grand-mère d'adoption.

— Oui, mon grand. J'ai aussi du bon pain frais. Je sais que tu es défoncé, mais ça me prendra pas beaucoup de temps pour faire le dîner. On va même se préparer un bol de bleuets avec de la cassonade pis de la crème pour le dessert. Il faut en profiter au maximum pendant que c'est la saison.

---

21 Tines: récipients ouverts servant au transport de la nourriture.

En arrivant dans la cour, ils furent tous les deux surpris de voir le camion d'Ernest stationné devant le garage, lui qui ne devait revenir qu'en toute fin d'après-midi.

Adéline ressentit tout à coup un serrement dans la poitrine. Elle se demandait depuis combien de temps il était de retour ; et le dîner qui n'était pas prêt ! Tous les éléments étaient réunis pour qu'il y ait de la discorde. Elle appréhendait déjà les injures, les cris et peut-être même les coups.

En entrant dans la maison, Adéline aperçut Ernest assis dans la berceuse, le visage dur et le regard méprisant.

Simon monta immédiatement dans sa chambre, sachant fort bien qu'il ferait bientôt tempête. La dernière fois que son père avait crié, il s'était mis à saigner du nez et cela avait duré assez longtemps. Il désirait à tout prix éviter d'être là, mais il aurait tout de même voulu protéger sa vieille complice. Il garderait cependant l'oreille bien tendue, en laissant sa porte de chambre ouverte. Si cela devenait nécessaire, il resterait étendu sur le plancher, en haut de l'escalier, d'où il pourrait voir ce qui se passerait. Il était plus grand, maintenant, et il ne se réfugiait plus sous son oreiller en cas d'orage domestique. Il se sentait responsable de sa belle-mère, qui vivait des moments très difficiles auprès de son père, mais il n'avait pas encore la couenne assez dure pour le confronter.

— T'es bien revenu de bonne heure, Ernest ! As-tu eu des problèmes avec ton camion ? lui demanda Adéline pour entamer une conversation qui, elle s'en doutait, n'aurait rien d'une rigolade.

— C'est pas de tes maudites affaires ! Comment ça se fait que t'as laissé la porte débarrée pis que tu sois partie dans le bois ?

— On était pas loin ! On est allés chercher des bleuets. Je sais combien tu aimes le pouding et ça dure pas longtemps, la période des petits fruits dans le champ.

— Tous les prétextes sont bons. As-tu pensé qu'on aurait pu venir nous voler ? Personne est au courant de l'endroit où se cache ton bandit de fils depuis qu'il est sorti de prison. Ton cher Euclide, un vaurien pis un menteur ! ajouta-t-il, toujours dans le but d'écraser et de blesser la pauvre dame.

— Arrête de déterrer les morts. C'est une vieille histoire, ça.

— Ah ben batinse, depuis quand tu vas me faire taire dans ma maison ? hurla-t-il.

Adéline se rendit immédiatement dans sa chambre afin de clore la conversation et d'éviter que les esprits ne s'échauffent plus qu'ils ne l'étaient déjà. Elle entreprit d'enlever son accoutrement de vêtements bigarrés et farfelus qui avait tellement amusé Simon un peu plus tôt, puis elle retourna dans la cuisine. Elle y retrouva Ernest, qui avait volontairement renversé tous les bleuets sur le linoléum, et qui s'amusait à les écraser de ses grosses bottines noircies par les années de labeur.

— Ernest ! lui cria-t-elle. À quoi tu penses ? Es-tu après virer fou, ma foi du Bon Dieu ? Ça va tacher le plancher sans bon sens !

— Le temps que tu passeras à quatre pattes pour laver le prélart, tu galoperas pas dans le bois avec mon fils!

Et il sortit en claquant la porte, laissant Adéline en larmes. Encore une fois, il avait su lui faire mal, mais d'une autre façon. Elle n'était vraiment pas au bout de ses peines.

Simon, qui avait tout entendu, n'en revenait pas. Il descendit dans la cuisine et s'apprêtait à aider la pauvre vieille à ramasser tout le gâchis causé par son père quand ce dernier entra en trombe dans la maison.

— Simon, arrive, tu vas venir avec moi, j'ai besoin de quelqu'un pour *starter* mon *truck*. Y a une femme icitte pour s'occuper du ménage!

Ernest attira son fils à l'extérieur de la résidence et lui remit les clés de son véhicule afin qu'il puisse le faire démarrer, ce qu'il ne lui avait jamais demandé avant ce jour.

— Tu donneras deux coups de pédale et après, tu vireras la clé. Quand le moteur va tourner, tu pourras peser comme il faut sur le gaz pour le rincer. Je te dirai quand tu pourras arrêter.

— Y a pas de danger que je l'étouffe au moins?

— Ben non, c'est pas comme si y était frette le matin. J'arrive juste du village et y est encore ben chaud, expliqua-t-il, semblable à quelqu'un qui aurait tout bonnement décidé d'enseigner à son adolescent une technique de démarrage.

Simon était partagé: à la fois heureux que son père lui laisse cette occasion d'utiliser son camion et triste de savoir Adéline dans la maison à frotter le plancher.

Quand finalement Ernest lui demanda de couper le contact, Simon le rejoignit à l'arrière du véhicule, au moment même où Adéline venait chercher des linges sur la corde.

Ernest retira du système d'échappement un long tuyau qui était relié à une vieille boîte de carton, et il le lança sur le bord de la galerie.

Il ouvrit ensuite ce contenant sous les yeux inquiets de la vieille dame et du garçon, lesquels appréhendaient le pire. D'un geste frondeur et vicieux, le vieil ours sortit de la caisse le petit chat gris inerte, asphyxié par le monoxyde de carbone.

D'emblée, Adéline perdit connaissance et s'écroula par terre, alors qu'Ernest s'écria d'une voix sûre :

— Ça y est, mon fils, tu as tué ton premier chat ! Maintenant, t'es un homme, un vrai !

Et il partit d'un long rire gras et malsain, dévoilant sans gêne ses dents cariées et ses gencives atrophiées. L'écume blanche au coin de ses lèvres reflétait toute la décadence du vieil ours.

Simon, dont les yeux étaient embués par des larmes de rage, se précipita auprès de sa pauvre mémé. Dès qu'elle eut repris ses esprits, il la raccompagna dans la tanière maudite.

Il regrettait d'être le descendant de la bête qui lui avait aujourd'hui mis une arme dans les mains.

La terreur avait atteint son paroxysme au lac Brûlé. De grincheux à violent, Ernest était devenu complètement malade. Plus rien n'avait de valeur pour le vieil ours si ce n'était l'argent qu'il entassait dans son coffre-fort.

Peu lui importait : la vie, la mort, l'amour ou la haine. Il était dans un état second plus près de la folie que de la méchanceté.

Il faudrait un jour que tout cela cesse avant que la situation n'aille trop loin, si ce n'était déjà fait. Après avoir frappé Pauline et l'avoir poussée à bout, Ernest avait violemment détruit le téléviseur. Cette fois-ci, il venait de tuer un petit animal innocent. Qu'est-ce qu'il pouvait maintenir faire de plus méchant ?

Pour l'instant, Simon était terriblement blessé. Chercherait-il à se venger ou son caractère s'endurcirait-il comme celui de son père ?

CHAPITRE 17

Le passé toujours présent

(Mars 1973)

L es études de Pierre se déroulaient dans le calme et la sérénité. Il fréquentait cette année l'École des Hautes études commerciales, avec le but bien précis de devenir comptable au sein d'une firme bien établie. Il sentait toute la loyauté de Georges envers la compagnie General Motors et il souhaitait avoir l'occasion un jour de respecter lui aussi un employeur qui lui aurait donné sa première chance.

Il accompagnait parfois Georges à son travail et il prisait l'ambiance de ces grandes pièces avec leurs calculatrices, leurs classeurs, leurs dactylos et leurs mille et un dossiers qui circulaient d'un poste à l'autre. Tout cela correspondait à ce qu'il envisageait comme carrière. Mais ce qu'il souhaitait par-dessus tout, c'était que son père soit fier de lui.

Il se disait que sa réussite serait également une récompense pour sa tante Fernande, qui s'était si bien occupée de son éducation depuis qu'elle était venue le chercher au lac Brûlé pour le conduire au pensionnat. Elle l'avait en quelque sorte arraché à la déchéance physique et morale qu'il vivait et il lui en serait indéfiniment redevable. Il pensa alors qu'il lui faudrait aller la visiter très bientôt, car il l'avait plutôt délaissée dernièrement.

S'il avait connu les états d'âme de sa tante, ces temps-ci, il aurait probablement été triste et lui aurait fait signe plus rapidement. Mais il avait sa nouvelle vie avec son père, à laquelle il goûtait pleinement, ses études qu'il adorait et quelques amis qui meublaient bien ses rares moments de loisir. Il remettait donc toujours à plus tard ces sorties familiales.

Depuis plusieurs mois, Fernande s'était isolée du reste du monde, ne recevant ses enfants que le dimanche soir et se défilant même, à l'occasion, plus ou moins habilement, pour éviter certains de ces soupers hebdo-madaires. Son mari se demandait ce qui la tourmentait de la sorte et il était très inquiet. Elle avait bien eu une période de déprime lorsque sa mère était morte, trois ans plus tôt, mais elle avait ensuite remonté la pente.

Fernande souffrait effectivement pour une autre raison plus importante, qu'elle refusait de partager avec qui que ce soit.

Léon, habituellement taciturne, se surprenait à trouver que la vie s'éteignait peu à peu dans la maison. C'était sa femme qui était sa plus grande source de lumière, et ce, depuis le premier jour de leur rencontre. Ces temps derniers, elle ne semblait plus avoir la force d'attiser la joie de vivre nécessaire à leur bonheur.

Ce matin-là, il s'était levé à l'aurore avec la ferme intention d'emmener sa femme chez le médecin. Il devait la sortir de sa torpeur, sinon il craignait de la perdre et il savait fort bien qu'il ne pourrait lui survivre. Elle avait encore passé une partie de la nuit à déambuler entre la cuisine et le salon, comme elle le faisait déjà depuis quelques semaines.

Il lui semblait qu'elle avait fondu tellement elle avait maigri. Jour après jour, elle s'enlisait, se renfermant sur elle-même, comme une huître. Tous les matins, elle visitait l'église de sa paroisse pendant de longs moments et elle en revenait toujours plus morose.

— Léon! Comment ça se fait que t'es pas encore parti travailler? dit-elle d'un ton surpris, en trouvant celui-ci à la maison à son retour de la messe.

— J'ai décidé de rester pour te faire à déjeuner, ma petite femme chérie. Tu t'attendais pas à ça, hein?

— J'ai pas tellement faim. Mais t'es pas raisonnable, qu'est-ce qui t'arrive? As-tu perdu ton emploi? Il manquerait plus rien que ça!

— Inquiète-toi pas. J'ai juste pris un congé. J'ai parlé à mon *boss* hier et je lui ai demandé si c'était possible de m'absenter pour quelques jours.

— On est rien qu'au mois d'avril! D'habitude, tes vacances sont beaucoup plus tard dans l'été! La chaleur est même pas arrivée encore, on gèle à mourir!

— On dirait que t'as pas le goût de m'avoir dans les pattes, répliqua Léon en essayant en vain de la faire rire.

— Tu me caches sûrement quelque chose. Arrête de m'inquiéter et dis-moi la vérité.

— La seule raison, c'est que ça m'énerve de te voir de même. Tu as tellement perdu de poids qu'il faut que tu passes deux fois pour faire de l'ombre. Le monde va penser que je te nourris pas.

— Arrête, Léon, t'es même pas drôle. Je suis juste fatiguée. Ça doit encore être à cause de mon retour d'âge[22].

— Je le sais que je suis pas le plus comique, mais c'est aussi vrai que ça me tourmente énormément. J'aimerais ça qu'on appelle le docteur et que tu viennes le voir avec moi.

— Je suis pas malade, j'ai juste les bleus! répliqua-t-elle, fâchée que Léon tente de s'immiscer dans sa détresse.

— Je pense que c'est plus que ça. Je te connais assez pour savoir que c'est pas normal. Tu tournes en rond comme un ours en cage et le pire, c'est que tu passes tes nuits debout et que tu manges pas aux repas.

— J'ai l'impression de pas être utile à personne! C'est vrai que je viraille dans la maison. Regarde, mon moulin à coudre est ouvert depuis plus d'un mois et mon raccommodage est pas encore fini.

— C'est pas grave s'il y a des morceaux de linge qui sont décousus ou qu'il manque des boutons sur une ou deux chemises, c'est ta santé qui est la plus importante. C'est correct si tu veux pas qu'on aille visiter le docteur aujourd'hui, mais on sort de la maison au moins.

Léon était bien décidé à ne pas laisser sa femme prendre le contrôle cette fois-ci. Il savait qu'elle n'en avait pas la force de toute façon.

Fernande était inquiète de la tournure des événements. Elle se sentait soudainement piégée. Elle avait

---

22 Retour d'âge : ménopause.

l'habitude depuis quelques semaines d'errer du matin jusqu'au soir dans la maison et de ne s'absenter que pour se rendre faire ses dévotions. Elle n'avait surtout pas le goût qu'on tente de pénétrer dans sa bulle, qui risquait alors d'éclater.

— Je suis pas peignée et j'ai du repassage à faire, fit-elle remarquer, cherchant encore une fois à se dérober.

— Ça peut attendre, insista Léon, sur un ton qu'il n'avait pas l'habitude d'employer. Habille-toi, je t'emmène déjeuner au restaurant Sainte-Rose. Tu as aimé ça, cette place-là, quand on y est allés avec Georges. Après, on pourrait faire un petit tour d'auto; on est pas sortis de la maison depuis une éternité !

Sa femme n'en pouvait plus et elle éclata tout à coup en sanglots, se réfugiant immédiatement dans la salle de bain pour apaiser sa peine. Léon demeura pantois dans la cuisine. Il ne savait plus quoi faire, lui qui avait toujours suivi Fernande les yeux fermés. Il se sentait obligé de prendre position, car il la voyait dépérir depuis déjà trop longtemps. Cependant, il n'était pas familier avec ce genre de malaise et il se demandait s'il se conduisait correctement. En quarante-quatre ans de vie de couple, jamais il n'avait vécu une situation si complexe.

Est-ce que c'était vraiment la ménopause de Fernande ou une maladie grave qui la faisait agir ainsi? Il l'ignorait, mais comptait bien être là pour elle. Il avait rencontré son patron la veille, durant l'après-midi, pour lui faire part du fait qu'il aurait besoin d'un long congé. Il avait même demandé si c'était possible de prendre sa retraite plus tôt pour laisser sa place aux plus jeunes.

Il en avait assez de toute façon de se lever à l'aurore et de faire ce sempiternel trajet d'autobus jour après jour. C'était une routine qu'il aimerait cesser et le contexte familial était probablement le meilleur signe que la vie lui envoyait. Il voulait être avec sa femme, surtout en ce moment, où elle semblait tellement démunie.

Fernande sortit de la salle de bain quelques minutes plus tard, les yeux rougis par les larmes et Léon constata alors combien elle était vulnérable. Il promit de tout faire pour clarifier la situation.

Il choisit la manière forte, soit celle de s'affirmer, pour la toute première fois de sa vie, en prenant un ton plus autoritaire.

— C'est pas toi qui décides, ma chérie. Ou bien on se rend déjeuner au restaurant ou j'appelle le docteur. Je te laisse une demi-heure pour te *greyer*[23], pas une minute de plus. Tu m'as dirigé pendant plus de quarante ans ; là, c'est à mon tour ! termina-t-il quand même avec le sourire.

— C'est correct. Je vais me préparer, mais promets-moi qu'on reviendra pas trop tard. Je suis en retard dans mon ouvrage sans bon sens.

Pendant que Fernande se rendait dans sa chambre pour s'habiller, Léon téléphona à son neveu Luc pour l'avertir qu'il ne pourrait le rencontrer comme prévu ce jour-là après le travail, mais qu'il le rappellerait dans quelques jours. La santé de sa femme était prioritaire.

— À qui tu parlais ? lui demanda son épouse, anormalement suspicieuse ce matin.

---

23 Se *greyer* : s'habiller, se vêtir, se préparer à sortir.

— À Luc. Il aimerait que j'aille magasiner des autos usagées avec lui. Depuis qu'il a commencé à fréquenter les filles, on dirait qu'il veut se mettre à dépenser une couple de piastres, lui qui a toujours été serre-la-cenne. Mais ça presse pas, on peut bien faire ça la semaine prochaine.

— Pourquoi tu irais pas magasiner avec Luc au lieu de sortir avec moi à matin ? À quelle heure tu devais le rencontrer ? interrogea-t-elle, habituée tout de même à contrôler les allées et venues de son époux.

— Tu gagneras pas pour le moment, ma belle brune. Aujourd'hui, c'est à toi que je veux faire plaisir et à personne d'autre. Je t'emmène déjeuner dehors et c'est non négociable. J'aurai tout le temps de m'occuper des affaires de Luc un peu plus tard.

Les vieux amoureux quittèrent leur résidence en plein milieu de la semaine, ce qu'ils n'avaient pas fait souvent durant leur vie à deux. Ils se rendirent au restaurant Sainte-Rose et choisirent une banquette située près d'une vitrine, où la luminosité semblait les avoir interpellés. La consultation du menu fut plutôt rapide et ils optèrent pour un classique : deux œufs avec bacon et fèves au lard.

— Mademoiselle, apportez-nous donc deux verres de jus d'oranges fraîchement pressées.

— Oui, Monsieur.

— Qu'est-ce qui te prend, Léon, de dépenser de l'argent pour un jus d'orange dans un restaurant quand t'en bois presque jamais à la maison ? Tu sais qu'ils vendent ça un prix de fou !

— J'en ai le goût ce matin et ça va être très bon pour toi !

— T'aurais gagné à la loterie que tu serais pas plus bizarre, ajouta-t-elle sur un ton résigné.

Le repas se déroula dans une ambiance empreinte de quiétude et Fernande sirota paisiblement son café comme elle ne le faisait que très rarement à la maison, ayant toujours des travaux à accomplir. L'atmosphère se prêta alors aux confidences et Fernande ressentit un tel bien-être qu'elle se demanda si le temps n'était pas venu de dire à son complice de vie la raison de son constant mal de vivre. Depuis qu'elle s'était confiée à Rose, quelques années plus tôt, il lui semblait qu'elle avait rouvert une plaie et la douleur se faisait de plus en plus persistante.

Depuis plusieurs mois, l'anxiété assaillait Fernande quand elle s'y attendait le moins. Elle faisait des cauchemars terribles et se réveillait tout en sueurs. Elle avait des idées noires et seule la prière la réconfortait, mais pour des durées de plus en plus courtes. Elle avait cru pouvoir se sortir de cette léthargie sans l'aide de qui que ce soit, mais elle se devait d'admettre qu'elle ne pouvait poursuivre sa route avec un pareil poids sur les épaules.

— Léon, il faut que je te dise quelque chose, mais je veux que tu m'écoutes jusqu'au bout.

— Vas-y, ma belle.

— Tous les ans, quand je vois le mois d'avril arriver, tu as dû remarquer que ça file pas fort.

Léon fut surpris, mais fier qu'elle acceptât de lui

parler. Jamais auparavant il n'avait réalisé qu'il y avait une période précise dans l'année au cours de laquelle son épouse était accablée de la sorte. Cela lui paraissait tout à fait insolite, mais en aucun cas il ne se serait permis de mettre en doute les propos de Fernande.

— L'hiver est rude et depuis que les enfants sont partis de la maison, je comprends que tu t'ennuies. Quand tu t'occupais de Pierre ou même de ton frère Georges, tu semblais te sentir beaucoup mieux. C'est vrai que tu vas pas trop bien cette année et ça m'inquiète terriblement.

— C'est pas juste cette année, j'y pense depuis longtemps. Léon, je veux absolument retrouver ma fille que j'ai abandonnée en 1930, lâcha-t-elle d'un trait, de crainte de ne pouvoir terminer sa phrase.

Léon encaissa durement le coup, lui qui croyait pourtant ne jamais devoir reparler de cette période de leur vie. Ils n'en avaient jamais fait mention auparavant, alors pourquoi est-ce qu'aujourd'hui le triste événement refaisait-il soudain surface ?

— Qu'est-ce que tu me racontes là, après plus de quarante ans ?

— Bientôt quarante-trois ans, Léon, affirma-t-elle avec des trémolos dans la voix. Myriam aura quarante-trois ans le 11 avril, et je suis plus capable de vivre avec ça sur la conscience. Je te l'ai jamais dit, je t'ai jamais achalé avec ça, mais à chacune des fêtes de ma fille, je me rendais à l'église et je me confessais d'avoir donné mon enfant à la crèche. Aujourd'hui, c'est pas assez, j'ai besoin d'aller plus loin. Quand bien même elle serait jamais au courant que c'est moi sa mère. Ce qui me tracasse, c'est de savoir la vie qu'elle a eue depuis que je l'ai abandonnée.

— Mais tu devrais réaliser que c'est impossible. Elle a eu des parents, cette fille-là. Oublie ça, Fernande ! C'est rien que du passé, tenta-t-il désespérément de la convaincre.

Mais Fernande se sentit blessée et elle monta alors le ton, n'acceptant pas que Léon se permette de dénigrer ses états d'âme.

— Du passé ? Non, Monsieur ! C'est la première enfant que j'ai mise au monde pis je l'ai laissée à la crèche. Toi, tu peux pas comprendre, t'en as jamais porté des petits. Tu peux pas savoir ce que j'ai vécu. Chaque fois qu'un autre bébé grandissait dans mes entrailles, j'avais le cœur tordu par les regrets. J'ai pleuré des nuits de temps, en implorant le Bon Dieu de me pardonner.

Et sans attendre la réplique de son époux, elle se leva en furie et quitta le restaurant. Elle s'engouffra dans la voiture et laissa couler ses larmes, espérant pouvoir tarir sa peine une fois pour toutes.

Léon paya la facture, gêné par l'attitude de sa femme et abasourdi par les révélations qu'elle venait de lui faire. Jamais, depuis toutes ces années de mariage, il n'avait été question de cette enfant illégitime. Il croyait bien qu'elle avait occulté cette période de sa vie, puisqu'elle avait maintenant trois enfants dont elle se disait tellement fière. Pourquoi s'acharnait-elle ainsi au lieu de vivre simplement ? Elle aurait dû réaliser qu'ils avaient tout pour être heureux.

En arrivant dans la voiture, Léon essaya de consoler

Fernande et de la raisonner, mais elle ne voulut rien écouter et lui demanda tout bonnement de la ramener à la maison. Il savait très bien qu'il ne pourrait plus lui faire comprendre quoi que ce soit et qu'il était mieux qu'il obéisse à sa requête.

Dès qu'elle mit les pieds dans la petite résidence de la rue Foucher, Fernande s'enferma dans sa chambre, laissant bien entendre à Léon qu'elle avait un grand besoin de solitude et qu'il aurait été préférable qu'il se rende au travail ce matin-là au lieu de venir troubler son âme encore plus qu'elle ne l'était auparavant.

Léon n'en revenait tout simplement pas! Autant de bouleversements en tout juste quelques heures, pour lui, un homme si tranquille et routinier. Il sortit pour aller marcher et réfléchir avant de tenter une autre approche. Il n'en pouvait plus de son impuissance face à la douleur de sa femme.

Depuis qu'il était adulte, sa vie avait somme toute été assez calme, si ce n'était l'épisode où il avait rencontré Fernande et qu'elle lui avait dit attendre un enfant. Pour rien au monde, il n'aurait voulu la perdre et il était prêt à tout pour la rendre heureuse. Il l'avait dès lors encouragée et soutenue jusqu'à la fin de la grossesse.

C'était donc lui qui l'avait conduite à l'hôpital de la Miséricorde, à l'entrée pour les mères célibataires, au 850 de la rue Dorchester, à Montréal. Bien qu'ils se soient mariés peu de temps après l'annonce de la grossesse de Fernande, ils avaient décidé, d'un commun accord, qu'ils ne pouvaient garder cette enfant et subvenir à ses besoins. Léon avait cependant tenu à débourser les coûts inhérents à la prise en charge et à l'hospitalisation de sa femme, soit la somme de quarante-deux dollars et cinquante cents. C'était beaucoup d'argent pour l'époque, mais il était normal de payer pour des soins professionnels : les honoraires du médecin et de la salle d'opération s'élevaient à eux seuls à treize dollars. S'ajoutaient à cela les premiers examens, les remèdes, les analyses de laboratoire et, s'agissant de la salle publique, c'était environ deux dollars et cinquante cents par semaine, avec un surplus pour les jours où des traitements étaient prodigués.

En dernier lieu, il avait également dû acquitter la somme de cinquante dollars pour les frais d'admission du nouveau-né à la crèche.

Léon n'avait jamais voulu révéler à Fernande combien cet épisode lui avait coûté au total, se limitant à payer la facture. Elle avait suffisamment de tracas à ce moment-là. Il avait cependant dû demander à son oncle Alyre de lui avancer les cent dollars nécessaires, une somme que celui-ci lui avait prêtée sans même lui poser de question.

Fernande lui avait mentionné que l'accouchement avait été très douloureux, le médecin ne l'ayant anesthésiée qu'à la toute fin. Léon craignait qu'elle ne veuille plus avoir de rejeton avec lui par la suite, mais jamais elle n'y avait fait allusion. Elle avait été une mère aimante, attentionnée et courageuse, et elle l'était toujours. Les longues nuits de veille auprès d'un enfant malade n'entachaient aucunement ses lendemains. On aurait même dit qu'elle nourrissait son âme de tous les soins et les caresses donnés aux siens.

Quand Léon revint à la maison, ce jour-là, il trouva sa femme endormie dans sa chambre. Il lui déposa alors une moelleuse couverture sur les épaules et décida de retourner faire un tour afin qu'elle puisse sommeiller. La situation était sérieuse et la santé de Fernande était en jeu. Il devait agir, être aussi fort qu'elle l'avait été tout au long de leur vie de couple. Il se devait de lui rendre la pareille, mais il savait pertinemment qu'il aurait besoin d'aide; il lui faudrait en parler à quelqu'un.

À qui pourrait-il suffisamment faire confiance pour étaler ainsi ses états d'âme?

Qui pourrait comprendre sans juger les décisions qu'ils avaient prises alors qu'ils étaient jeunots?

* * *

Léon considérait Georges comme un frère. Tout au long de son exil, Fernande et son mari avaient été les seuls à communiquer régulièrement avec lui. Jamais ils n'avaient oublié son anniversaire et, de son côté, George n'avait jamais commencé l'année sans les appeler pour leur transmettre ses vœux.

Georges connaissait également les autres membres du clan Demers, dont Léon était l'aîné. S'il n'avait pas été en peine d'amour à cette époque, il aurait même pu fréquenter la belle Lucille, la sœur de Léon. Mais son cœur n'était pas libre à ce moment-là. Les Demers formaient une famille tellement différente de la sienne. Tout le monde s'entendait à merveille et on aurait cru que les frères et sœurs étaient soudés dès la naissance par des liens très forts. Malheur à qui s'en serait pris à l'un d'eux, ce qui n'était pas tout à fait le cas chez les enfants d'Édouard Potvin, où la méfiance et la jalousie avaient préséance sur les bons sentiments.

Quand Léon demanda à Georges de le rencontrer un samedi matin dans le stationnement du garage Landry, situé sur la vieille route à Sainte-Rose, ce dernier accepta, bien qu'il fût surpris de cette requête impromptue. Il croyait être le premier arrivé au rendez-vous, mais Léon l'avait devancé, lui qui habituellement n'était jamais pressé.

— Qu'est-ce qui arrive à matin pour que tu sois si vite sur le piton, le beau-frère?

— Je m'excuse encore de te déranger pendant la fin de semaine, mais il fallait vraiment que je te parle. Ça pouvait pas attendre!

Le ton anxieux de Léon laissait craindre le pire et Georges était inquiet de savoir ce qui se passait dans la vie de cet homme d'ordinaire sans histoire.

— Est-ce que Fernande est malade, ou bien est-ce qu'il est arrivé quelque chose aux enfants?

— Je devrais te répondre oui et non en même temps, c'est un peu compliqué. Les jeunes sont bien, mais Fernande est comme en dépression; je dois absolument prendre des décisions et le plus tôt sera le mieux. Je voulais rien faire sans t'en parler avant.

— Dis-moi pas que tu penses à te séparer de ma sœur après toutes ces années de mariage? Tu vas la faire mourir!

Ces derniers temps, l'impression générale était que

les ruptures de couples se multipliaient à un rythme effarant et que personne n'était à l'abri.

— Jamais! Comment peux-tu imaginer une affaire de même? Non, c'est pas ça.

— Eh bien parle, Léon, tu m'inquiètes! As-tu été chez le docteur avec elle?

— Elle veut pas y aller, répondit le mari, à la fois incapable d'en dire plus et désireux de révéler le lourd secret qui l'habitait et lui créait autant de tourments.

— Arrête de me faire languir. Raconte-moi tout, si c'est pour ça que tu m'as demandé de venir.

Léon expliqua à Georges que Fernande était enceinte quand il l'avait connue et que c'était pour cette raison qu'ils s'étaient mariés si rapidement. Il exposa le contexte économique et le fait que l'enfant avait été donnée en adoption tout de suite après sa naissance.

— Comment ça se fait que je l'aie jamais su?

— Fernande a quitté le lac Brûlé pour venir travailler à Montréal. Du moins, c'est la raison qu'elle vous a donnée. En réalité, c'était pour cacher qu'elle était en famille et c'est à ce moment-là qu'on s'est rencontrés. Après, tout a bien été; on s'est mariés et elle est allée accoucher à la Miséricorde. L'enfant a ensuite été confiée à la crèche. Mais le pire, c'est qu'elle m'en a jamais reparlé après ça!

— Penses-tu qu'elle aurait pu en parler avec quelqu'un d'autre?

— Ça me surprendrait ben gros. C'est pas le genre d'affaire que tu racontes facilement. Mais là, ça m'inquiète! Elle mange presque plus, elle se promène toute la nuit et elle braille comme une madeleine. T'as pas vu Fernande depuis une bonne *escousse*; tu trouverais qu'elle a maigri sans bon sens.

— J'en reviens pas! Ma sœur a eu un bébé et elle a été obligée de le donner. Mais dis-moi ce que je peux faire pour vous aider.

— Je veux surtout avoir tes conseils. J'ai jamais vraiment eu le tour pour régler des problèmes. C'est toujours elle qui s'est occupée de tout dans la maison et dans notre couple depuis plus de quarante ans. J'ai peur qu'elle se décourage, qu'elle me haïsse ou même qu'elle décide de me laisser.

— Pourquoi? T'es pas responsable! En tout cas, pas de la manière que tu me racontes ça.

— Non, tu as raison, mais pendant toutes ces années-là, j'ai su où était son enfant. Le monde est petit, des fois. Je connaissais un docteur de l'hôpital de la Miséricorde qui prenait régulièrement le tramway. C'était un gars bien simple qui venait de l'Abitibi et avec qui je parlais à l'occasion. Ça fait que j'y ai demandé s'il pouvait faire quelque chose dans cette affaire-là. J'avais une tante et un oncle à Ottawa qui avaient fait des démarches pour adopter un enfant plusieurs années auparavant et je pensais que ce serait bien que ce soit eux qui aient le bébé au lieu de le voir aller avec de purs étrangers.

— Ça a marché? s'enquit Georges, désireux de connaître chaque détail de l'histoire.

— Oui! J'ai su par le docteur qu'ils étaient venus chercher le nourrisson à la crèche. C'était une petite fille de huit livres et demie et Fernande l'avait appelée

Myriam. Je t'avoue que j'ai jamais rien fait pour en avoir des nouvelles par la suite, par exemple. C'était plus facile, étant donné que ceux-ci vivaient en Ontario et venaient pratiquement jamais à Montréal, sauf quand il y avait de la mortalité. Je voulais l'oublier et surtout jamais dire à ma femme ce que j'avais fait dans son dos. C'est la seule cachotterie que j'ai faite à ta sœur dans toutes ces années-là. Aujourd'hui, ma tante et mon oncle sont âgés. Cette fille-là est peut-être mariée et elle a probablement des enfants. Pourquoi est-ce qu'il fallait que ça me retombe dans la face après tant d'années?

— Ça doit être possible de la retrouver, on doit juste aller à Ottawa.

— Mais j'ai peur de la réaction de Fernande! Qu'est-ce que je peux faire pour lui expliquer ce que j'ai fait? Elle va m'en vouloir de lui avoir caché ça, j'en suis certain! Quand je pense que pendant toutes ces années-là, Fernande pensait toujours à sa fille!

— Tu me dis qu'elle a jamais reparlé de cette enfant-là. Alors tu pouvais pas savoir qu'elle y pensait.

— Je trouve que c'est trop pour moi. C'est comme si j'étais coupable, mais en même temps, je te jure que j'ai fait ça pour son bien.

— Laisse-moi ça entre les mains. Donne-moi le nom de ton oncle en Ontario et je vais faire une vérification. Je vous en dois pas mal à toi et à Fernande, et je crois que je pourrais faire quelque chose pour vous deux.

C'est ainsi que Léon était retourné chez lui, un peu soulagé. Il avait confiance en son beau-frère, qu'il savait avoir un très bon jugement. C'était un homme d'affaires et il avait de l'expérience dans plusieurs domaines, comparativement à lui, qui n'avait fait que sillonner les rues de Montréal pendant plus de quarante ans sans se soucier de quoi que ce soit d'autre. Il n'avait jamais été méchant avec personne. Encore aujourd'hui, il était dans la tourmente parce qu'il avait voulu protéger l'enfant donnée en adoption en recommandant une honnête famille pour s'en occuper. Aurait-il dû s'abstenir à ce moment-là? Impossible de le savoir, les dés ayant été jetés plusieurs années auparavant.

Le lendemain, il accompagnerait sa femme à l'église et il allumerait un lampion en récitant une prière et en insistant sur «Mon Dieu, que votre volonté soit faite!»

* * *

Georges avait été très perturbé d'apprendre ce que sa sœur avait vécu et il regrettait de ne pas avoir pu lui être d'un quelconque secours. Il était relativement jeune à cette époque et, de plus, Fernande s'était faite très discrète. Il comprenait maintenant tout le dévouement et l'attachement dont elle faisait preuve envers Pierre, qu'elle ne souhaitait sûrement pas voir subir le même sort que sa fille Myriam.

Aujourd'hui, Georges avait l'occasion de remédier à cette situation. Il comprenait la détresse de sa sœur, surtout depuis que lui-même avait finalement retrouvé son fils Pierre. Il savait pertinemment qu'il n'accepterait plus jamais d'en être séparé, dût-il se battre devant les tribunaux.

Il avait bien un plan en tête, et, dès qu'il obtint les détails relatifs à l'oncle de Léon, il décida de se rendre directement chez celui-ci avec l'espoir de trouver une solution.

* * *

Monsieur et madame Paul-Émile Demers demeuraient sur la rue O'Connor à Ottawa, près de Queen, dans une magnifique maison jaune de deux étages et demi avec un toit en croupe et une imposante lucarne. Une grande véranda occupait tout l'avant de la résidence et on pouvait y voir de nombreuses plantes se gorgeant du soleil levant.

Georges s'identifia et fut reçu avec tous les honneurs inhérents à un membre de la famille, bien qu'il ne fasse pas partie du clan Demers. Paul-Émile et sa femme respectaient beaucoup Léon, et le fait pour Georges de dire qu'il était son beau-frère était un gage de confiance.

— Les proches de Léon seront toujours les bien-venus chez nous; veuillez vous donner la peine d'entrer, Monsieur Potvin.

— Je m'excuse de ne pas m'être annoncé, mais ma sœur, la femme de Léon, ne va pas tellement bien et je suis très inquiet. J'ai donc oublié les bonnes manières.

— Nous sommes désolés pour elle, mais nous n'avons que peu de nouvelles de la famille, puisque nous vivons à Ottawa depuis plus de cinquante ans. On ne se rend à Montréal qu'en de rares occasions.

— Je sais, votre neveu m'a raconté que vous aviez

dû quitter la ville pour venir travailler pour les Forces armées canadiennes. Il a beaucoup de respect pour vous deux et il garde un bon souvenir du temps où il passait ses vacances d'été ici. Il est d'ailleurs reconnaissant envers vous d'avoir insisté pour lui faire apprendre l'anglais alors qu'il était si jeune. Ça lui aura été d'un grand secours pour l'emploi qu'il occupe présentement.

— Dites-nous ce qui arrive à votre pauvre sœur. Pouvons-nous vous aider d'une quelconque manière ?

Madame Demers semblait inquiète et curieuse à la fois. Georges décida alors d'oublier le scénario qu'il avait élaboré pendant qu'il roulait sur la Transcanadienne et il entra directement dans le vif du sujet.

— Léon m'a raconté que vous aviez une seule enfant et que vous l'aviez adoptée en 1930.

Madame Demers sembla perdre le souffle et tenta tant bien que mal de garder la tête froide. Bien sûr, elle avait toujours su que Myriam était la fillette de cette femme. Durant les premières années, elle avait craint que Fernande tente de les contacter afin de reprendre sa fille, mais avec le temps, l'inquiétude s'était dissipée peu à peu.

— Oui, Monsieur, répondit son époux, qui cherchait à reprendre le contrôle de la situation, sa dame se retrouvant soudainement sans voix. Nous sommes allés quérir une petite fille à l'hôpital de la Miséricorde à Montréal. Sa maman l'avait appelée Myriam, et nous avons décidé d'entériner son choix. Nous nous sommes dit que c'était le plus beau gage d'amour qu'une mère puisse faire en attribuant à son bébé le premier prénom qui lui vient en tête lorsqu'elle en apprend le sexe. Myriam n'a endossé que notre nom de famille et elle est ainsi devenue notre fille légitime.

— Vous avez été, sans aucun doute, les meilleurs parents possible pour cette enfant, que ma sœur ne pouvait garder à l'époque. Je suis pas une femme, mais je peux vous dire qu'on oublie jamais quand on est le parent d'un enfant. Jour après jour, on pense à lui sans le connaître, sans le voir, mais en continuant de l'aimer. Il se passe pas une seule minute sans que l'on pense que quelque part, une partie de nous existe sans savoir que nous sommes là, alors que nous, nous conservons seulement une immense blessure à l'âme.

— Qu'est-ce que vous attendez de nous, Monsieur Potvin? lui demanda la dame, inquiète et émue à la fois.

— C'est bientôt l'anniversaire de Myriam et j'aimerais que ma sœur Fernande puisse la rencontrer à cette occasion. Chaque année, elle a fait de ce 11 avril un jour de fête et le destin a voulu que mon fils naisse également à cette date. Inutile de vous dire que celui-ci est devenu son préféré et il a reçu d'elle tout l'amour qu'elle gardait au fond de son cœur pour le bébé qu'elle avait abandonné. Mais après 43 ans, ça lui suffit plus. Le mal de vivre refoulé pendant toutes ces années est en train de l'engloutir.

— Pauvre dame! répondit madame Demers avec une grande sincérité.

— Est-ce que vous avez dit à Myriam qu'elle avait été adoptée?

— Oui, quand elle avait 15 ans. Elle s'interrogeait à

savoir pourquoi nous n'avions pas eu d'autres enfants et ma femme a profité de l'occasion pour lui expliquer la situation.

Madame Demers ne pouvait retenir les larmes qui roulaient sur ses joues de vieille dame. Elle revoyait tous les anniversaires de Myriam en songeant à la pauvre mère célibataire qui avait dû délaisser son enfant afin de faire son bonheur à elle. Georges ne voulait pas laisser filer ce moment d'intense émotion et lança spontanément la dernière idée qui lui était passée par la tête.

— J'ai pensé organiser une fête pour mon fils, chez moi, à Sainte-Thérèse-Ouest. Je crois bien pouvoir réussir à faire sortir ma sœur de son isolement afin qu'elle soit présente ce jour-là. Il resterait plus que vous acceptiez de venir vous joindre à nous et que vous emmeniez Myriam pour qu'on souligne également son anniversaire.

— Vous savez, Myriam devra décider par elle-même, mais laissez-nous le temps de lui parler. Elle est enseignante et termine son travail vers cinq heures. Elle est célibataire et elle n'a jamais quitté la maison, car mon mari a été très malade il y a quelques années. C'est en quelque sorte notre bâton de vieillesse. Vous comprenez que nous ne voudrions la perdre à aucun prix, mais nous sommes quand même des gens qui avons le cœur à la bonne place.

— J'en doute pas, Madame Demers. J'ai beaucoup de respect pour toute votre famille et Léon a toujours été très généreux avec mes neveux et mes nièces. J'espère de tout cœur que ça pourra se réaliser.

— Si Myriam accepte, nous serons avec vous pour

célébrer non seulement des anniversaires, mais également des retrouvailles. Personne ne mérite de souffrir pendant toute une vie et je crois que votre sœur a eu sa large part de tristesse. Connaissant Myriam, je suis certaine qu'elle n'aura aucune rancune envers celle-ci ; elle n'a aucune malice, c'est la bonté incarnée.

— C'est bien la fille de Fernande !

* * *

Cette nuit-là, Myriam avait eu de la difficulté à dormir. Après avoir prié pendant des années afin de retrouver sa mère biologique, voilà qu'un soir, elle était revenue de son travail pour apprendre que celle-ci souhaitait la rencontrer.

Elle avait cependant été déçue de constater que pendant toutes ces années, ses parents adoptifs savaient qui elle était et que jamais ils n'en avaient touché mot devant elle.

— Pourquoi vous m'avez laissée dans l'ignorance pendant toutes ces années ?

— C'était pour te protéger, ma fille, avait répliqué sa mère qui se sentait piégée. Imagine-toi donc si cette femme-là n'avait pas voulu te voir ?

— Je crois plutôt que c'est vous qui étiez trop égoïstes pour me partager avec ma vraie mère ! avait-elle lâché sans penser à la douleur qu'elle pouvait provoquer chez sa mère adoptive.

— C'est assez, avait tranché Paul-Émile Demers. Quand on est allés te chercher à la crèche, on a toujours dit qu'on t'apprendrait que tu avais été adoptée au moment où tu serais adulte. Mais jamais on a pensé qu'il faudrait que tu saches qui était ta vraie mère ! Tu étais si heureuse dans ton travail et dans ta vie de tous les jours que l'on craignait de te perturber si tu en avais appris davantage.

— Et là, qu'est-ce que vous allez faire, maintenant que vous savez qu'elle veut me voir ?

— On veut te laisser libre de faire tes choix. Excuse-nous pour les décisions qu'on a prises, mais on a agi au meilleur de notre connaissance. Oui, c'est vrai qu'on a eu peur de te perdre si tu avais d'autres parents, lui dit en pleurant madame Demers. Mais maintenant, je suis prête à te laisser toute ta liberté, même si je sais que j'aurais beaucoup de difficulté à vivre sans toi !

— Maman, dit Myriam, en la prenant dans ses bras, inquiétez-vous pas. Jamais je ne pourrai exister sans vous et sans papa, ajouta-t-elle, en tenant la main de son père, qui était tout aussi attendri que les deux femmes de sa vie.

— Merci, ma belle fille, tu as un grand cœur, dit madame Demers, réconfortée par les bons mots de Myriam.

— Sachez que vous serez toujours ma maman, jusqu'à la fin de mes jours. Mais il vous faudra accepter que j'en aie une autre. Celle-ci m'a un jour donné la vie et vous, vous m'avez fait vivre toutes ces années !

* * *

Léon avait signé les papiers de sa retraite le 10 avril 1973 dans le but de demeurer auprès de sa femme malade, comme il l'avait spécifié à son patron afin de justifier un départ aussi expéditif. Il avait également communiqué avec Georges lorsqu'il était revenu d'Ottawa, mais celui-ci avait été plutôt discret quant à la conclusion de sa rencontre avec les Demers. Il lui avait dit que dès qu'il y aurait du nouveau, il lui en ferait part.

Georges était parvenu à convaincre sa sœur de sortir de sa réclusion en prétextant que Pierre allait fêter ses vingt ans et qu'elle devait absolument assister à la fête qu'il donnait en son honneur. C'est ainsi que, le mercredi 11 avril, Georges attendait Fernande et Léon en début d'après-midi.

La veille, Georges avait expliqué à Pierre que son anniversaire serait quelque peu perturbé. Il lui avait raconté toute l'histoire de Fernande, qui avait eu une enfant qu'elle avait donnée en adoption, en ajoutant qu'il était intervenu, à la demande de l'oncle Léon, pour rétablir le contact avec celle-ci.

— Drôle de façon de souligner ton vingtième anniversaire, fiston, mais le hasard a voulu que vous soyez nés la même date !

— C'est peut-être pas un hasard, papa. Ma tante Fernande s'est occupée de moi pendant des années, comme si j'étais son propre fils. C'était sûrement sa manière à elle de soigner sa douleur.

— T'es vraiment un gars généreux, Pierre, et je suis fier de toi.

— Si ça dérange pas, j'aimerais arriver un peu après les

retrouvailles. J'ai pas besoin d'être là dans ces moments d'intimité entre ma tante et ma nouvelle cousine. Ça leur appartient!

— C'est comme tu veux!

— Tout ce que je souhaite, c'est qu'elles puissent être aussi heureuses que nous deux!

* * *

Fernande avait décidé d'y mettre du sien afin que l'anniversaire de son neveu soit une réussite. Son malheur ne devait aucunement nuire au bonheur des siens. Elle avait pour l'occasion acheté une magnifique mallette en cuir à cet enfant qu'elle considérait comme l'un des siens. Elle planifiait également d'aider Georges à la préparation de ce souper de fête, bien qu'il lui ait dit ne pas avoir besoin de soutien.

Georges était à la fois anxieux et excité de la journée qui s'annonçait. Il se rendit donc à la porte d'entrée dès qu'il aperçut le véhicule de Léon stationné devant sa maison.

— Bonjour à vous deux! Je suis assez heureux de vous avoir ici cet après-midi!

— Moi aussi, je suis contente, Georges, dit gentiment sa sœur. Je t'ai pas vu gros ces derniers temps, mais depuis que Léon a décidé de prendre sa retraite, il me semble que ça va un peu mieux.

— Enlevez vos manteaux et venez dans la cuisine. J'ai quelque chose à vous jaser avant que Pierre revienne de l'école.

— J'espère que c'est rien de grave! lui répondit précipitamment Fernande, désormais fragile comme de la porcelaine.

— Non, pantoute! C'est juste des bonnes nouvelles! Fernande, il faut que je te dise que Léon m'a parlé récemment. Je suis au courant que tu vas pas bien et je connais également les raisons de ta peine. Il a pas voulu trahir votre secret, mais il avait besoin d'aide. Imagine-toi donc que j'ai fait des recherches et que j'ai trouvé une belle jeune femme.

— Tu t'es fait une blonde? lui demanda Fernande, étourdie par la médication et les propos de son frère, qui lui semblaient décousus et incompréhensibles.

— Non, ma sœur. Mais qu'est-ce que tu dirais si je te révélais que j'ai retrouvé ta fille Myriam?

Fernande balança la tête d'un côté à l'autre, avec une attitude ambivalente entre la joie et la tristesse. Le déni luttait avec l'espoir si longtemps cultivé par la prière. Sa confiance absolue en Georges lui permit de laisser un sourire poindre au milieu de son visage ridé par la douleur. Jamais Léon n'aurait eu le courage de lui annoncer une chose pareille.

— Comment t'as fait? J'ai tant imploré la bonne Sainte Vierge! Raconte-moi, comment elle va?

— Elle est très bien. Elle demeure à Ottawa et travaille comme enseignante à l'école primaire. Elle est célibataire et très heureuse.

— Merci, mon Dieu. L'as-tu vue, as-tu eu une photo? J'aimerais tellement ça voir à qui elle ressemble! J'ai promis dans mes prières que j'insisterais pas pour la rencontrer. Je compte respecter mon engagement, mais si au moins je pouvais admirer son image, il me semble que ce serait un si beau cadeau!

Fernande bombarda son frère de questions avec des phrases entrecoupées de rires, de larmes, de grimaces et de soupirs. Elle avait l'impression d'être dans un manège qui lui faisait peur et l'amusait à la fois; son incertitude inquiétait Léon, qui craignait une rechute plus grande.

On sonna soudain à la porte. Fernande était gênée et elle ne voulait pas rencontrer des amis ou des proches de son frère Georges alors qu'elle était dans cet état. Elle décida donc de se rendre à la salle de bain pour se rafraîchir avant de faire la connaissance des gens invités à la fête de Pierre.

Au moment où elle s'apprêtait à quitter la cuisine, elle croisa Georges, suivi d'une jeune femme. Celui-ci dit alors tout simplement:

— Myriam, je te présente Fernande Potvin, ta mère.

Fernande ouvrit grand ses bras pour accueillir l'enfant qu'elle avait un jour dû laisser partir dans le dessein bien généreux de lui procurer une vie qu'elle ne croyait pas être en mesure de lui offrir à cette époque.

Sans toutefois connaître l'avenir, elle souhaitait s'abreuver des quelques instants qui lui étaient alloués pour serrer contre son cœur celle qui avait occupé ses pensées pendant toutes ces années.

Elle aurait voulu la serrer très fort, et, bien que craignant de lui faire peur ou de la blesser, elle ne pouvait s'astreindre à seulement l'effleurer. Comment doser l'amour enfoui si profondément pendant de si longues années ? Elle savait qu'elle serait éternellement reconnaissante à Georges d'avoir mis en œuvre ces retrouvailles.

Les nombreuses prières de Fernande avaient finalement été entendues. Elle croyait fermement qu'Amanda, sa bonne maman, avait elle aussi contribué à la réussite de cette rencontre. Elle l'avait tendrement écoutée quand elle l'implorait et elle lui offrait aujourd'hui ce présent sur un plateau d'argent.

Pouvait-il y avoir plus beau cadeau que de retrouver son enfant, alors qu'on présumait l'avoir perdue à tout jamais ?

Le moment choisi ne pouvait être mieux orchestré. Fernande n'en avait encore parlé à personne, mais, quelques mois auparavant, son médecin lui avait diagnostiqué un cancer du sein. Puisqu'elle avait réalisé son rêve, elle se disait qu'elle était maintenant prête à mourir.

Sa vie était à présent bien remplie, le destin ayant décidé de lui pardonner. Elle accepterait désormais son billet pour l'au-delà si telle était la volonté de son Créateur.

CHAPITRE 18

Le 11 avril, on fête chez Georges

(Avril 1973)

Fernande n'oublierait jamais la journée où elle avait été invitée chez son frère Georges pour souligner les vingt ans de son neveu Pierre. Malgré son état de santé précaire, elle avait eu un regain d'énergie et elle avait choisi son cadeau avec beaucoup de soin et préparé avec plaisir quelques petites gâteries alimentaires.

Pendant plusieurs années, c'était elle qui fêtait l'enfant, qui vivait alors comme pensionnaire à Montréal, mais maintenant qu'il avait retrouvé son père biologique, elle n'avait plus cette responsabilité. Elle avait toujours vécu cette journée partagée entre la joie de faire plaisir à son neveu et sa peine de ne pas savoir si quelqu'un soulignait l'anniversaire de sa petite Myriam.

Quand Georges lui avait dit qu'il avait retrouvé sa fille, Fernande avait été comblée, mais jamais elle n'aurait cru pouvoir la rencontrer dans les minutes qui allaient suivre. Elle avait ensuite profité de chaque instant de cette soirée, ne sachant pas si elle aurait l'occasion de la revoir.

Pierre était ensuite arrivé avec deux bouquets de fleurs. Il en avait offert un à sa tante Fernande et l'autre à Myriam.

— Mais c'est pas ma fête aujourd'hui, mon beau Pierre, c'est la tienne!

— Je le sais. C'est juste pour vous remercier de m'avoir donné autant d'amour pendant toutes ces années. C'est comme si j'avais eu trois mères dans ma vie: maman, mémère et vous. Je suis un gars assez chanceux! Et toi, Myriam, c'est pour te souhaiter la bienvenue dans notre famille. Ça me fait une cousine de plus!

— Merci, Pierre, tu es très gentil. J'aimerais te présenter mes parents, Rollande et Paul-Émile Demers.

En entendant le nom des parents de sa fille, Fernande avait eu un choc. Depuis l'arrivée de ceux-ci dans la maison de son frère, elle ne leur avait pas porté tellement attention, mais elle reconnaissait maintenant l'oncle de son mari, celui qu'elle avait rencontré à deux ou trois occasions quand il y avait eu de la mortalité dans sa belle-famille. Elle avait jeté un coup d'œil à Léon, qui, de son côté, se demandait quand Fernande réaliserait que sa fille avait été adoptée dans sa propre famille. Il craignait sa réaction, mais il voulait croire qu'elle comprendrait ce qui l'avait incité à agir de la sorte.

— Fernande va vouloir me tuer! avait-il dit à Georges.

— Fais-toi z'en pas, je connais suffisamment ma sœur pour t'assurer qu'elle va te pardonner. Mais avant, elle va te faire passer un mauvais quart d'heure...

Durant la soirée d'anniversaire, on avait pris plusieurs photos, alors que Pierre et Myriam soufflaient les chandelles sur leur gâteau respectif. Georges voulait que tous conservent des souvenirs de ces instants précieux.

Le gâteau de Pierre était au chocolat, son préféré, et il était de forme carrée. Sur le dessus, il y avait deux chandelles: un deux et un zéro pour souligner les vingt ans du jeune homme. Il était très heureux de vivre ces moments en compagnie des gens qu'il aimait par-dessus tout.

Le gâteau de Myriam était de couleur rose et en forme de cœur. Il était décoré avec de magnifiques fleurs blanches en pâte de sucre et le mot «Bienvenue Myriam» était tracé d'une fine écriture. C'était une belle pensée de Georges à l'égard de cette nouvelle nièce et un beau moment pour sa sœur Fernande. Il était le mieux placé pour comprendre ce qu'elles pouvaient ressentir d'être ainsi réunies.

Il y aurait toute une adaptation à vivre pour toutes les personnes concernées par ces retrouvailles, mais Fernande, dans sa grande sagesse, se disait qu'elle prendrait chaque chose en son temps. Pour l'instant, elle voulait immortaliser dans son cœur la figure de la femme assise à ses côtés. Comme elle la trouvait belle et réservée, mais avec du caractère; c'est bien certain, c'était une maîtresse d'école! Elle avait l'impression de se voir quand elle avait son âge!

* * *

Sur le chemin du retour, Fernande n'avait pas dit un mot. Elle attendait d'être capable de discuter avec Léon et elle souhaitait le faire calmement, en pesant ses mots. Elle ne devait ni pleurer devant son mari, ni lever le ton inutilement.

Ils étaient arrivés à la maison à dix heures du soir et immédiatement, Fernande s'était réfugiée dans la salle de bain pour laisser libre cours à ses émotions.

Léon était allé s'asseoir au salon et il avait immédiatement ouvert le téléviseur afin d'écouter les nouvelles de fin de soirée. C'était un rituel pour lui et il lui semblait nécessaire de prendre un peu de recul.

Les jours précédents avaient provoqué beaucoup d'anxiété chez celui-ci, alors qu'il avait élaboré mille et une scènes toutes différentes les unes des autres. Il connaissait suffisamment sa femme pour savoir qu'elle n'en resterait pas là et qu'elle chercherait à connaître tous les détails entourant le placement de sa première fille.

— Léon, cria Fernande à plusieurs reprises.

Mais Léon semblait hypnotisé devant une annonce publicitaire. Fernande craignit qu'il soit paralysé ; il avait eu suffisamment de tourments dans les derniers temps pour provoquer un tel malaise.

Elle déposa doucement sa main sur son épaule, ce qui le sortit de sa torpeur.

— Ah, Fernande ! dit-il en sursautant, je crois que je sommeillais les yeux ouverts.

— Si tu voulais, mon vieux, tu fermerais la télévision et on irait se faire une petite tasse d'eau chaude avant de se coucher.

— Si tu veux, répondit Léon, comme l'aurait fait un enfant obéissant.

Fernande était maintenant en possession de ses moyens et elle savait qu'elle devait prendre en main la suite des événements.

Elle s'installa à la table de cuisine en attendant que l'eau chauffe dans la vieille bouilloire en acier inoxydable qui était toujours à sa place sur le dessus de la cuisinière.

— Après une soirée comme celle-là, on est mieux de pas se coucher tout de suite ; sinon, on dormira pas.

— C'est une bonne idée, répondit Léon, qui était inquiet du calme que sa femme affichait.

Alors que Fernande s'apprêtait à prendre la parole, la bouilloire se mit à siffler, ce qui déclencha chez celle-ci un fou rire.

— Même le canard[24] se mêle de déranger notre conversation ! C'est peut-être un présage, tu penses pas ?

— Un présage, c'est quoi ça ? demanda Léon qui n'était pas très fort dans les devinettes.

— C'est un signe que la vie nous envoie, répondit Fernande en préparant deux tasses d'eau chaude avec un peu de lait. Si j'avais commencé à parler tantôt, j'aurais peut-être dit une bêtise alors que maintenant, j'ai eu le temps de me tourner la langue sept fois.

— Tu peux me dire tout ce que tu veux, ma belle brune. Je sais que tu dois m'en vouloir, mais il faut que tu saches que j'ai jamais voulu te faire de la peine.

— Je le sais, Léon, mais peux-tu imaginer la surprise que j'ai eue aujourd'hui. Non seulement j'ai retrouvé ma

---

24 Canard : bouilloire.

fille, mais pendant toutes ces années-là, elle vivait chez ton oncle Paul-Émile à Ottawa. Peux-tu m'expliquer comment c'est arrivé ?

— Pour bien comprendre, Fernande, il faut que tu remontes dans le temps, au moment où tu as décidé de donner ton enfant en adoption.

— Tu sais, Léon, des fois j'ai l'impression d'en avoir perdu des bouts. Raconte-moi tout ce dont tu te souviens. Je pourrai peut-être mieux comprendre.

— On était jeunes et on voyait pas comment on aurait pu subvenir aux besoins d'un bébé. Pendant ce temps-là, à l'hôpital, les religieuses encourageaient les mères célibataires à donner leurs enfants en disant qu'ils auraient une meilleure vie. On était innocents et peureux comme des lièvres. La religion nous menait par le bout du nez. Je te dis que si c'était à refaire aujourd'hui, avec l'expérience qu'on a de la vie, on aurait pas pris la même décision.

Léon fit une courte pause, sirota une petite gorgée de sa boisson chaude et reprit calmement.

— Je voyais que tu étais triste et quelque part, moi aussi, j'étais inquiet pour cette enfant-là. Je t'aimais assez que je m'étais un peu attaché à ce petit bébé que tu portais dans ton ventre. Quand tu as pris ta décision finale et que tu as décidé de signer les papiers d'adoption, je suis intervenu auprès d'un médecin que je connaissais afin qu'elle soit confiée à ma tante et mon oncle, qui pouvaient pas avoir d'enfant. Je savais qu'ainsi, la petite serait entre bonnes mains. Qu'elle aurait une bonne éducation et surtout qu'elle manquerait jamais de rien.

Fernande écoutait, les yeux fermés, chacun des mots que Léon prononçait d'une voix éteinte par le regret. Elle avait les mains jointes sur ses cuisses et le dos courbé. Des larmes s'écoulaient constamment sur ses joues et elle attendait qu'il ait fini de parler pour le regarder.

— Je t'en ai jamais parlé par la suite, reprit Léon, mais c'était pour pas te faire de peine. Si tu m'avais laissé entendre que tu t'inquiétais pour cette enfant-là, j'aurais probablement dit quelque chose, mais je voulais pas rouvrir une blessure que je croyais cicatrisée, du moins en partie. Au début, j'ai appelé chez mon oncle pour savoir si la petite allait bien, mais par la suite, j'ai jugé bon d'arrêter ça. J'avais l'impression de te jouer dans le dos. Je me suis dit que s'il y avait quoi que ce soit, mon oncle Paul-Émile m'appellerait.

Léon respira pendant quelques secondes avant de continuer son récit.

— Étant donné que cette famille-là demeurait en Ontario, on les voyait jamais chez mes parents. Les seules fois où tu as rencontré mon oncle Paul-Émile, c'est au salon funéraire. C'est arrivé deux ou trois fois et chaque fois, ma tante Rollande était restée à la maison avec la petite. Mon oncle m'avait juste confirmé que sa famille allait bien et je lui avais pas posé plus de questions. Dernièrement, quand tu m'as avoué que tu souhaitais retrouver ta fille, j'ai craqué. Je savais pas comment t'avouer que pendant toutes ces années, je savais où ta fille Myriam se trouvait.

Léon arrêta de parler. Pour lui qui avait tellement de difficulté à s'exprimer, il venait de réaliser un exploit.

Il se leva alors afin de s'approcher de Fernande. Il s'agenouilla à ses pieds et il prit ses mains dans les siennes
pour les embrasser.

— Ma belle amour, pourras-tu un jour me pardonner ? avait-il déclaré en pleurant comme un enfant.
J'ai jamais voulu que tu souffres…

Fernande ouvrit alors les yeux pour admirer l'homme
qu'elle avait épousé alors qu'elle était enceinte d'un autre.

— Léon, j'ai pas besoin de te pardonner quoi que ce
soit. Tu as fait ce qu'il y avait de mieux à faire pour ma
fille. Tu m'as permis de garder ma dignité à une époque
où le fait d'avoir un enfant en dehors du mariage était un
grave péché et jamais tu m'as fait le moindre reproche.

— Merci, Fernande, merci d'être une aussi bonne
personne. Sans toi, je suis rien.

— Parle pas comme ça. On est deux, pour le meilleur
et pour le pire, et faisons en sorte que les jours à venir
soient toujours heureux.

Léon avait alors couché sa tête sur les cuisses de sa
femme afin qu'elle le console. Il avait besoin qu'elle lui
caresse les cheveux et lui dise qu'elle l'aimerait toujours.

* * *

Myriam conduisait la voiture de son père, car celui-ci
n'était plus en mesure de le faire pendant la nuit. Elle
était perturbée par cette soirée, mais également heureuse d'avoir rencontré celle qui lui avait donné la vie.
Comme elle avait l'air d'être une bonne personne ! Son
neveu Pierre semblait y être grandement attaché.

— J'ai bien aimé Pierre, le jeune garçon, dit Paul-Émile pour entamer la conversation.

— Oui, ça a l'air d'un bon garçon. Il aime beaucoup sa tante Fernande, dit Myriam qui était heureuse de prononcer le prénom de sa vraie mère.

— On a été bien reçus chez le beau-frère de ton neveu, ajouta madame Demers.

Chacun voulait dire un mot, mais personne ne voulait parler des vraies affaires. Myriam décida donc de rassurer ses parents adoptifs.

— Aussi bien crever l'abcès ! Je dois vous avouer que je suis très heureuse d'avoir rencontré Fernande Demers. C'est une belle et grande dame, et je suis heureuse que ce soit elle qui m'ait mise au monde. Mais je ne veux jamais que vous doutiez de mon amour pour vous. Vous avez été présents dans ma vie pendant quarante-trois ans et je veux que vous le demeuriez le plus longtemps possible, dit-elle avec l'aplomb et la sincérité qu'ils lui connaissaient.

— Merci, Myriam, lui dit son père pendant qu'il entendait sa femme renifler derrière lui. Si vous le voulez bien, on va se concentrer sur la route et écouter un peu de musique. Demain ou dans quelques jours, on reparlera de tout ça et on verra comment on peut partager du temps avec cette femme de cœur qui semble avoir beaucoup souffert.

— Tu as raison, papa, on écoute la radio et demain, on fera un *debriefing*, comme tu le faisais dans l'armée et comme tu le faisais avec moi quand je rentrais trop tard le soir !

* * *

C'était le dimanche de Pâques et, comme à l'habitude, Fernande et Léon recevaient leurs enfants pour le dîner. Elle avait préparé un énorme jambon au sirop d'érable pour le repas principal et un pouding aux ananas pour le dessert.

Afin de distraire les deux petits enfants de Louis, Léon avait pris la peine de tracer une route sur la galerie avec des petits chocolats et il avait dissimulé les grosses sucreries en forme d'animaux dans le salon. Il y en avait une pour chacun des petits. Ils pourraient les ouvrir dès qu'ils auraient mangé leur plat principal et pas avant et ils ne pourraient en manger qu'une toute petite quantité, leur père étant plutôt sévère.

— Ils sont pas du monde quand on leur donne du chocolat, disait-il chaque année.

— C'est Pâques, ajouta encore une fois Fernande pour dédramatiser; tu te rappelles peut-être pas que t'aimais ça du chocolat quand t'étais petit. Une année, tu t'es même levé dans la nuit pour venir en manger dans la cuisine.

Et la discussion s'était arrêtée là.

Fernande savait cependant que Louis garderait le contrôle. Dès qu'il le pourrait, il irait porter les cadeaux des enfants dans le coffre de la voiture et ça clôturerait le débat.

Fernande avait fait en sorte que la voisine vienne chercher les enfants pour aller au parc en début d'après-midi. Celle-ci était une jeune adolescente responsable et elle avait l'habitude de garder des enfants. De plus, elle connaissait bien ceux-ci, car elle les avait rencontrés à plusieurs reprises quand ils venaient visiter leurs grands-parents. Fernande préférait ne pas être perturbée par quoi que ce soit, quand elle annoncerait la nouvelle à ses enfants.

C'est ainsi qu'après un succulent repas, Louis, Julie et Denis, ainsi que leurs conjoints, se retrouvèrent réunis au salon.

Fernande avait dit à Léon qu'elle parlerait elle-même à ses enfants et qu'elle souhaitait le faire alors qu'ils étaient tous réunis. Elle voulait prendre ses responsabilités et répondre aux questions qui pourraient lui être posées.

— Ça peut vous sembler drôle qu'on soit réunis aujourd'hui au salon et que j'aie demandé à vous parler, mais c'est très important pour moi et pour vous.

— Vous êtes bien sérieuse, maman, dit Julie qui était assez proche de sa mère pour s'inquiéter de ces propos.

— Je vais d'abord vous demander de m'écouter. Ensuite, vous pourrez me donner votre opinion, mais attendez de connaître toute l'histoire. Moi et votre père, on a eu une vie avant de se connaître. Quand on s'est rencontrés, on est vite devenus de très bons amis avant de devenir des amoureux. Moi j'avais déjà eu un copain quand j'étais à Sainte-Agathe et je l'aimais énormément. C'était le premier homme que j'avais connu et je pensais vivre toute ma vie avec lui.

— Maman, veux-tu nous raconter ta peine d'amour ? dit Louis sur un ton moqueur, n'appréciant pas particulièrement l'ambiance tendue qui régnait dans la pièce.

— Pas vraiment, mon garçon, mais je dois vous

avouer aujourd'hui que j'ai couché avec cet homme et que je suis tombée enceinte.

— Veux-tu me dire aujourd'hui que papa, c'est pas mon père? dit Louis d'un ton hargneux, comme celui qu'utilisait souvent Ernest Potvin, son oncle.

— Non, Louis, ton père, c'est Léon, mon mari. L'enfant que j'ai eu, c'était une fille et j'ai dû la donner en adoption.

Les enfants étaient sidérés d'entendre leur mère raconter qu'elle avait connu un autre homme que leur père et qu'elle avait même eu un enfant avec lui. Fernande les regardait tour à tour et avait l'impression que ses garçons la jugeaient sévèrement.

— Je vous raconte pas ça pour avoir votre bénédiction. Le garçon avec qui je sortais à ce moment-là m'a quittée et je l'ai jamais revu. Quand j'ai rencontré votre père, il m'a proposé de me marier. Il m'a accompagnée jusqu'à mon accouchement et j'ai donné mon enfant en adoption. J'ai posé ce geste pour le bien du bébé et jamais j'ai oublié cette petite fille à qui j'avais donné le nom de Myriam et qui est née le 11 avril 1930.

Les trois enfants et leurs conjoints se regardaient sans savoir comment réagir à ces propos. Ils avaient l'impression de faire un mauvais rêve.

— Il y a onze jours aujourd'hui, j'ai retrouvé ma petite fille. Elle demeure à Ottawa et c'est une enseignante. Elle a eu de bons parents et je souhaite vous la présenter très bientôt.

— On a donc une sœur! dit Julie en se levant pour aller embrasser sa mère, pendant que Louis et Denis regardaient leurs conjointes d'un air dépité.

Fernande profita de ce câlin de sa fille, qui lui fit chaud au cœur. Elle remarqua cependant la moue de ses fils.

Léon décida que c'était à son tour de prendre la parole.

— Les gars, je trouve que vous êtes pas mal constipés. On dirait que ça vous dérange d'avoir une autre sœur dans la famille.

— Pas une sœur, dit Louis, une demi-sœur!

— Vous apprendrez, les enfants, que chez les Demers, il y aura pas de demi. Je vais considérer Myriam comme ma fille et vous allez la traiter comme votre sœur et rien d'autre. C'est à prendre ou à laisser.

Et pendant que Julie s'était rapprochée de sa mère, qui s'était mise à pleurer, Louis avait fait un signe de tête à sa femme, lui enjoignant de ramasser ses affaires pour qu'ils puissent s'en aller. Il imaginait déjà une nouvelle venue dans la famille, qui viendrait faire la belle afin de recevoir des cadeaux et des attentions spéciales. En fin de compte, elle parviendrait ainsi à s'approprier une partie de l'héritage de ses parents.

Denis n'avait pas osé répliquer, mais la venue d'une nouvelle dans la famille l'inquiétait lui aussi un peu. Après tout, personne ne la connaissait vraiment. Comme il était souvent avec son frère, il savait qu'ils en reparleraient abondamment et qu'il aurait de la difficulté à lui faire entendre raison.

Julie était heureuse pour sa mère et elle avait très hâte de rencontrer Myriam. Elle avait toujours rêvé d'avoir une sœur et voilà que la vie lui en faisait cadeau.

Il n'y avait qu'une femme pour en comprendre une autre. Julie pouvait très bien imaginer comment sa mère s'était sentie quand elle avait réalisé qu'elle était enceinte alors qu'elle n'était pas mariée et qu'en plus, le prétendant avait foutu le camp.

Elle trouvait sa mère très courageuse et son père très généreux et aimant.

Quelques années plus tôt, elle avait elle-même été enceinte alors qu'elle n'était pas encore prête à se marier. Son copain de l'époque, qui était devenu son mari par la suite, lui avait dit que c'était une trop grande responsabilité et qu'il serait préférable qu'ils s'installent adéquatement avant d'avoir des enfants. Il voulait avoir une maison bien à lui avant de fonder une famille. Elle l'aimait et ne voulait pas le perdre, alors plutôt que de se battre pour laisser grandir ce petit fœtus en elle, elle avait choisi de se faire avorter, mais sans en parler à qui que ce soit.

Julie s'était ensuite mariée et ils avaient maintenant une grande maison, mais plus jamais elle n'avait été enceinte.

* * *

C'était le jour de Pâques le plus triste que Myriam eût connu. Elle avait pourtant bien tenté d'agir comme elle le faisait auparavant avec ses parents, mais elle ne parvenait pas à oublier sa mère biologique.

Il lui était impossible de tisser des liens avec celle-ci à cause de la distance qui les séparait et surtout à cause de la précarité de la santé de son père adoptif. Étant enfant unique, elle se sentait totalement responsable du bien-être de ses parents.

À deux reprises, elle avait pris le téléphone pour appeler Fernande afin de lui souhaiter de joyeuses Pâques, mais chaque fois, elle avait raccroché le combiné avant d'obtenir une réponse. Elle ignorait ce qu'elle aurait pu lui dire, ne sachant pas encore comment laisser parler son cœur...

CHAPITRE 19

Pas facile, l'intégration

(Hiver 1973)

Simon était de plus en plus troublé par l'attitude de son père. Il était incapable de cautionner tous ses dires et ses gestes, qu'il trouvait souvent déplacés et excessifs. Il était terriblement peiné pour sa belle-mère, qui n'était rien de moins qu'une martyre dans la maison, et il aurait souhaité pouvoir l'aider. Cependant, comme il n'était qu'un adolescent en quête d'identité, il avait beaucoup de difficulté à prendre position.

Il venait tout juste d'entreprendre une autre année d'études, mais il était beaucoup plus anxieux qu'à l'habitude, car il en était à une nouvelle étape dans sa vie : le début du secondaire.

Depuis que la septième année du primaire avait été abolie, les jeunes accédaient directement à ce niveau scolaire supérieur et devaient fréquenter un type d'établissement différent : les polyvalentes.

Au Québec, tout avait commencé en 1961 quand une commission royale d'enquête sur l'enseignement, connue sous le nom de la commission Parent, avait été instituée.

Le gouvernement cherchait alors à analyser l'ensemble du système scolaire et à mieux coordonner les niveaux d'études. C'est à la suite des recommandations du rapport Parent que le ministère de l'Éducation avait été créé, remplaçant ainsi le Département de l'instruction publique. À partir de ce moment, l'école n'avait plus été la chasse gardée de l'Église catholique.

En 1968, les Agathois, dont la fierté est légendaire, avaient difficilement accepté que la municipalité de Saint-Jovite soit déjà dotée d'une polyvalente, alors que leur ville n'envisageait encore rien de concret à cet égard. À cette époque, le président de la commission scolaire de Sainte-Agathe-des-Monts, monsieur Ladouceur, avait fait plusieurs démarches auprès du ministère de l'Éducation afin que le dossier progresse plus rapidement.

Il avait fallu quatre longues années pour que les citoyens obtiennent leur nouveau lieu d'enseignement, la polyvalente des Monts, qui fut construite sur la rue Brissette, dans le secteur de Fatima, en même temps qu'un superbe centre sportif[25].

Le même scénario se déroulait dans plusieurs municipalités du Québec, qui devaient se moderniser dans le secteur éducatif en réponse à l'accroissement de la population.

Simon n'était pas très enjoué à l'idée d'entamer ses études secondaires. Ses années de primaire n'avaient pas

---

25 Source: *Sainte-Agathe-des-Monts: un siècle et demi d'histoire,* écrit par Serge Laurin.

été faciles pour lui, qui avait très peu d'amis. Il avait de la difficulté à se lier avec les gens, car il craignait toujours de se faire rabrouer. Ernest l'avait tellement endoctriné qu'il avait développé un système d'autodéfense selon lequel il s'éloignait automatiquement des activités de groupe.

Il avait donc été exempté de devoir participer au cours d'éducation physique en demandant à son père de signer un formulaire. Il avait expliqué à celui-ci qu'il préférait étudier pendant cette période plutôt que de courir dans une salle ou jouer au ballon. Le vieil ours n'avait pas posé plus de questions, car il s'était dit qu'il aurait agi de la même façon si, dans son temps, il y avait eu ce genre d'activités au programme.

Pour justifier cette demande, Ernest avait prétexté que son fils souffrait de graves problèmes pulmonaires et que tout effort physique était susceptible de provoquer chez lui des crises d'asthme ou d'autres malaises.

Le passage vers le secondaire impliquait également des classes mixtes, ce qui insécurisait plusieurs adolescents et particulièrement Simon. Pendant ses années au primaire, il avait toujours été en présence de garçons et c'était aussi le cas à la maison, ses sœurs Diane et Rose ayant quitté le foyer familial depuis longtemps. L'unique présence féminine qu'il côtoyait tous les jours était sa belle-mère. Il se demandait comment réagir face à la présence de jeunes filles à l'école, une situation qu'il trouvait relativement gênante.

Tout était différent dans une polyvalente. De la première à la sixième année, Simon n'avait eu qu'un seul professeur pour lui enseigner toutes les matières et toutes les journées se déroulaient dans la même salle de classe, du début à la fin de l'année. Maintenant qu'il était au secondaire, il avait un horaire bien établi, qu'il devait suivre et qui impliquait qu'il devait changer de local et s'acclimater à des enseignants différents pour chacun des cours. Cela représentait beaucoup d'adaptation pour le jeune homme. Comme les relations humaines n'étaient pas sa grande force, il avait de lourds défis à relever. Il avait donc été très anxieux durant tout l'été à l'idée d'entreprendre cette nouvelle vie.

La première semaine avait été moins difficile que Simon ne l'avait envisagé. Les jeunes se trouvaient tous comme lui dans une période où ils laissaient l'enfance et entraient progressivement dans le monde des adolescents. Bien sûr, il n'avait pas plus d'amis, mais il se sentait moins menacé et les filles avaient l'habitude de le saluer et de tenter de se lier d'amitié avec lui, ce qui était différent et lui permettait d'avoir une meilleure confiance en ses capacités.

En vieillissant, Simon était devenu un beau garçon. Il était plus grand que la moyenne et paraissait beaucoup plus mûr que son âge. Une longue chevelure noire légèrement ondulée encadrait sa figure à la forme carrée qui lui conférait déjà un air de virilité.

Adéline l'avait fortement encouragé avant le début de l'année en lui faisant remarquer qu'il n'était plus un petit gars, mais bien un adolescent charpenté. Elle lui avait conseillé de se tenir bien droit et d'être fier et sûr de lui, sans nécessairement être arrogant ou hautain.

Il se sentait ainsi mieux outillé que lorsqu'il écoutait les propos négatifs de son père, qui n'étaient qu'amertume.

Adéline avait réussi à créer un beau lien affectif avec Simon, qui lui donnait une porte d'entrée sur sa conscience. Elle voulait croire qu'un bel avenir s'annonçait pour ce jeune homme élevé dans la tourmente.

* * *

Comme sa sœur Diane demeurait à distance de marche de la polyvalente, elle avait offert à Simon de venir dîner à la maison, mentionnant que, de toute façon, elle devait cuisiner le midi pour ses trois enfants. Cette journée-là, il arriva une heure plus tôt.

— T'es donc bien de bonne heure aujourd'hui, Simon! J'espère qu'il y a pas de problème à l'école?

— Fais-toi z'en pas, ma sœur, tout va comme sur des roulettes. C'était mon cours d'exercices et tu sais que je suis exempté.

— Oui, mais dis-moi, qu'est-ce qui te rend aussi joyeux tout à coup? Il me semble que je t'ai pas vu de bonne humeur comme ça depuis très longtemps.

— Ben voyons, Diane, veux-tu dire que je suis marabout d'habitude?

— C'est pas ça, mon petit frère, mais je suis vraiment contente de ton attitude. Tu sais que la vie est bien plus belle quand on la prend en riant que lorsqu'on cherche toujours le trouble!

— Dis-moi pas que tu vas commencer à parler comme monsieur le curé, ajouta Simon en souriant. As-tu oublié que j'ai madame Adéline à la maison pour s'occuper de ça?

— Non, surtout pas. Mais raconte-moi ton avant-midi. Ça me mettra peut-être sur une bonne piste.

— Depuis le début de l'année, j'avais remarqué une nouvelle élève qui venait pas des alentours. C'est une Noire. À matin, au cours d'anglais, elle s'est assise à côté de moi pour faire un travail et on a commencé à jaser ensemble. Je crois que finalement je me suis fait une amie.

— Une Noire à l'école? Tu parles pas de ses cheveux quand tu mentionnes la couleur. Elle est vraiment de race noire?

— Ben oui, comme Ken Singleton, le numéro 29 des Expos. C'est mon joueur préféré depuis que j'écoute le baseball avec Victor.

— T'es pas mal drôle. Comparer ta nouvelle amie à un joueur de balle.

— Je sais que c'est spécial d'avoir une amie de couleur, surtout quand on est à Sainte-Agathe et c'est pour ça que je te le raconte. En plus, elle est super bonne en anglais. Elle dit qu'elle va m'aider.

— Comment elle s'appelle cette belle fille-là et ça fait-tu longtemps qu'elle reste dans la région?

— T'es ben curieuse tout d'un coup! ajouta l'adolescent en riant. Son nom, c'est Maria, et sa famille est arrivée durant l'été. Ils demeuraient à Montréal avant, mais son père est professeur de géographie et il souhaitait installer sa famille à la campagne. Elle a aussi une petite sœur qui va à l'école Notre-Dame-de-la-Sagesse.

— Je suis contente pour toi! Mais tu sais qu'il est possible que les autres se moquent de toi parce que tu as une amie de couleur.

— De toute façon, ils rient de moi depuis que je suis au monde. Je me suis fait une carapace et je fais maintenant mes affaires. Depuis ce temps-là, ça va beaucoup mieux.

— Je pense que tu as la bonne attitude. Si ça te tente, demande à Maria de venir dîner avec toi un midi. J'aimerais bien ça la rencontrer.

— Elle mange habituellement avec son père, mais je dis pas non. Peut-être quand je la connaîtrai plus.

— Ça va me faire plaisir.

— Mais parles-en pas à personne d'autre. Je voudrais pas que papa l'apprenne. Sinon, je pense qu'il me retirerait de l'école.

— Inquiète-toi pas. Avec le peu de contacts que j'ai avec lui, t'as pas à t'en faire! Je vois plus souvent mon boucher qu'Ernest Potvin, avait dit Diane avec du ressentiment dans la voix.

Simon était content d'avoir parlé avec sa sœur. Vivre de si beaux moments et ne pas être en mesure de le partager, c'était plutôt triste. Il aurait désormais lui aussi des histoires à raconter. Maintenant qu'il en avait discuté avec Diane, il serait à l'aise de le faire également avec Adéline, qui était de bon conseil avec lui.

— Irais-tu chercher Mylène à l'arrêt d'autobus pendant que je fais chauffer la soupe? Elle a les pattes assez courtes que le fond de culotte lui frotte sur la marche quand elle descend.

— T'es comique, mais t'as pas besoin de t'en faire! Je vais la prendre dans mes bras tout le long du trajet. Comme ça, elle touchera même pas à terre!

Simon était fier de rendre service à son aînée, qu'il découvrait jour après jour et avec qui il développait de beaux liens. Il avait plaisir aussi à côtoyer ses enfants, qui devenaient ainsi sa famille. Il aimait beaucoup fréquenter la maison de sa grande sœur.

Finalement son existence semblait vouloir s'améliorer, alors qu'auparavant, il avait l'impression de vivre sa vie en noir et blanc.

Ironiquement, c'était une amie noire qui avait mis de la couleur dans sa vie!

* * *

Au cours des derniers mois, Ernest avait sans le savoir frôlé le seuil de la tolérance d'Adéline. Il avait multiplié les gestes disgracieux et, aujourd'hui, il avait utilisé à son égard des mots d'une rare malignité.

Adéline voyait maintenant la journée prendre fin et elle se demandait si elle serait capable d'affronter seule la nuit. Dans sa petite chambre, à mi-chemin entre la peur et l'espoir d'enfin sombrer dans un lourd sommeil, sa respiration jouait avec son cœur usé par la méchanceté de l'homme qui partageait sa vie.

À côté du lit était installée une vieille table de chevet basse recouverte d'une dentelle élimée où trônait fièrement le chapelet qu'elle n'avait plus le courage ou le droit de tenir dans ses doigts. Depuis qu'elle avait agi de cette façon, et bien que la foi qu'elle portait au Tout-Puissant soit toujours aussi présente qu'au moment où elle avait été consacrée enfant de Dieu, son âme était en quelque sorte entachée.

Les mains jointes, elle regardait ses ongles ébréchés et sales. Elle avait le souvenir d'avoir grafigné le visage tuméfié du vieil ours afin de voir s'il n'y aurait pas eu un homme bon sous ce masque de rudesse et de cruauté, mais elle n'aurait jamais dû poser ce geste imprudent. Il le lui ferait sûrement payer.

Ernest était arrivé à la maison en début de soirée à pied, la figure et les mains entaillées de coupures et les vêtements souillés de terre.

— Mon Dieu, Ernest, veux-tu ben me dire ce qui t'est arrivé ?

Mais l'homme n'était pas en état de raconter quoi que ce soit tellement il était fourbu. Il avait perdu le contrôle de son camion, qui s'était embourbé en pleine forêt. L'accident était survenu à l'intersection des chemins Sainte-Lucie et Ladouceur, et personne n'était passé par la suite sur cette route. Il était donc finalement sorti de son véhicule, qui avait été projeté sur le côté, et il avait difficilement marché dans le sol marécageux jusqu'à ce qu'il puisse rejoindre la chaussée. Il avait ensuite dû parcourir à pied la distance qui le séparait encore de sa maison, d'où l'état d'épuisement dans lequel il se trouvait et la saleté de ses vêtements.

Adéline avait eu pitié de lui et elle l'avait conduit directement dans sa chambre, où il s'était laissé choir sur son lit sans se déshabiller. Quand il se réveillerait, elle enlèverait le couvre-lit et le laverait. Elle avait déjà vu pire que cela. Au moins, il dormait et ne faisait pas la tempête dans la maison.

Deux heures plus tard, des policiers de la Sûreté du Québec avaient frappé à la porte de leur résidence.

— Bonjour, Madame, est-ce que monsieur Ernest Potvin est ici?

— Oui, mais il est couché. Est-ce qu'il y a quelque chose de spécial?

— On a trouvé son véhicule dans le bois à l'intersection de votre chemin. Est-ce que ça fait longtemps qu'il est arrivé?

— Je dirais à peu près deux heures, parce que les nouvelles venaient juste de finir. Mais il était terriblement fatigué. Je crois qu'il est revenu à pied et c'est toute une trotte!

— Était-il en état d'ébriété? demanda le policier qui connaissait Ernest Potvin par l'intermédiaire d'Yvon, qu'il côtoyait dans le cadre de son travail.

— Non, mon mari boit pas la semaine et jamais quand il prend son véhicule, mentit Adéline pour protéger son époux.

— Est-ce qu'on peut voir monsieur Potvin pour s'assurer qu'il est pas blessé?

— Attendez une petite minute, je vais le réveiller.

Adéline, très intimidée par la présence des représentants de la loi chez elle, s'était rendue dans la chambre de son homme pour le sortir de son sommeil et le prévenir qu'il avait des visiteurs. Celui-ci était tout engourdi et bougonnait allègrement sans savoir que, dans la pièce adjacente, les agents entendaient tout ce qu'il racontait.

— Ernest, réveille-toi, il y a quelqu'un qui veut te rencontrer.

— Laisse-moi dormir, que j't'ai dit!

— Faut que tu viennes, c'est important, avait-elle insisté.

— Retourne donc devant ta maudite T.V. dans le salon!

— Mais y a deux policiers dans l'entrée qui demandent à te voir!

Au moment où Adéline avait mentionné le mot «policier», Ernest s'était levé d'un bond, comme si on l'avait piqué au derrière. Il avait eu beau tenter de se lisser un peu les cheveux et de secouer sommairement ses vêtements, il n'était pas en mesure de se donner bonne allure en si peu de temps.

— Monsieur Potvin, commença l'un des agents, qui s'était avancé vers la chambre, on aimerait pouvoir vous poser quelques questions.

— J'ai rien à vous dire, moi! répondit-il sèchement.

— Vous avez fait une sortie de route avec votre camion et vous avez pas appelé la police?

— J'ai pas eu le temps encore. J'ai marché jusqu'icitte et je pensais aller chercher mon *truck* demain matin à la clarté.

— On l'a déjà fait remiser dans un garage.

— Mais ça va me coûter un bras, si vous avez demandé un *towing*! J'aurais pu le sortir moi-même avec le tracteur de mon voisin, mais je voulais pas le déranger à soir!

— Vous avez pas pensé que vous aviez pu faire des dommages à autrui ?

— Arrêtez donc avec vos grands mots savants !

Le deuxième policier, qui n'avait pas encore pris la parole, décida qu'il était temps de mettre un terme à cet échange de banalités. Il emprunta alors un ton autoritaire pour s'adresser à l'homme qui commençait à abuser de sa patience.

— Monsieur Potvin, vous savez qu'on pourrait déposer une accusation contre vous pour avoir conduit avec les facultés affaiblies et pour avoir délibérément quitté les lieux d'un accident. Mais on va simplement remplir le rapport et demain, vous passerez au poste, afin qu'on vous donne un formulaire de remisage signé qui vous autorisera à reprendre possession de votre camion au garage. Bien entendu, vous aurez à payer les coûts du remorquage. Tardez pas, car il y a des frais additionnels de cinq dollars par jour pour que celui-ci garde votre véhicule.

Ernest bouillait par en dedans, mais avec le ton employé par cet agent, il avait cru bon se taire et collaborer, en sachant fort bien qu'il venait d'éviter une accusation criminelle. En très peu de temps, le dossier avait été complété et les policiers étaient repartis sans prendre en considération le fait qu'Adéline aurait à subir la hargne de son mari frustré d'avoir été ainsi remis à sa place.

Dès qu'il avait vu le véhicule sortir de sa cour, Ernest s'était tourné vers Adéline avec la rage dans les yeux.

— T'aurais pas pu fermer ta grande gueule ? T'aurais pu dire que j'étais pas là !

— Ça aurait été assez difficile! Tu ronflais comme un cochon! se défendit Adéline, qui était à la fois craintive et épuisée d'être constamment blâmée.

— T'as toujours une bonne raison, vieille imbécile! Qu'est-ce que tu leur as raconté pour qu'y viennent jusque dans la chambre comme ça?

— Je suis tout le temps inquiète quand j'aperçois un policier, alors je savais pas quoi répondre. J'ai pas l'habitude de dire des menteries. Pis c'est lui qui s'est avancé dans l'entrée de la chambre, c'est pas de ma faute!

— C'est jamais de ta faute de toute façon! Tu pensais peut-être qu'y venaient pour ton fils, le maudit *bum*[26]. Euclide Gagnon, le voleur, le bandit...

Mais avant qu'il n'ait terminé sa phrase, Adéline avait foncé sur lui comme un animal et il avait été déséquilibré. Il était tombé à la renverse sur une chaise qui avait brisé sous l'impact. Ne sachant plus ce qu'elle faisait, elle l'avait ensuite griffé au visage en hurlant, tant que sa rage ne s'était pas éteinte. Elle n'avait jamais frappé personne avant ce jour-là, mais Ernest avait touché une corde sensible en parlant de son fils, dont elle était terriblement inquiète, et elle avait cédé à la panique.

Celui-ci avait été étourdi par sa chute et n'avait pu se défendre. Quand il était parvenu à se relever, il s'était enfui dans son garage. Il faisait face à la frustration d'avoir été dominé par une femme et il ne souhaitait pas continuer cette querelle dont il avait honteusement perdu une ronde.

---

26 *Bum*: voyou, délinquant.

Adéline avait ramassé la chaise brisée et avait replacé tant bien que mal les meubles dans la cuisine. Elle s'était ensuite enfermée dans sa chambre. Elle devait non seulement envisager la nuit, mais également penser aux jours à venir.

Le tonnerre grondait au loin, comme s'il voulait lui aussi la menacer. Il récidivait, se rapprochant de plus en plus, mais Adéline ne craignait plus ni la foudre ni l'orage. La vie de tous les jours avait une couleur de tempête. Depuis qu'elle s'était installée dans la maison du vieil ours, son existence n'avait plus jamais été heureuse.

Ces derniers temps, Adéline veillait la nuit pour profiter du calme et elle sommeillait un peu avant le lever du jour. Partager la même maison qu'Ernest lui répugnait, mais jamais elle ne lui ferait le plaisir de capituler comme la malheureuse Pauline l'avait fait.

CHAPITRE 20

La prière et le rêve

(Décembre 1973)

Noël serait bientôt là et, dans la grande majorité des familles québécoises, on s'activait aux préparatifs du réveillon. Rose n'en avait plus maintenant que le souvenir, vivant à l'intérieur des murs opaques d'un intimidant monastère où régnait partout une forte odeur d'encens et d'encaustique. Elle fonctionnait jour après jour comme un automate, et ce, depuis son entrée au sein des Recluses Missionnaires.

Elle avait choisi le noble nom de sœur Agathe, en l'honneur de cette dame née au IIIe siècle à Catane, en Sicile, et qui, ayant refusé les avances d'un proconsul, avait été jetée en prison et torturée. Parmi les sévices qu'elle avait subis, la religieuse avait eu les seins arrachés à la tenaille, mais elle avait été guérie de ses blessures par l'apôtre Pierre, qui l'avait visitée dans son cachot. Elle était décédée après avoir subi d'autres atrocités dans sa geôle en priant son Dieu. Une magnifique peinture de sœur Agathe ornait les murs de l'église de Sainte-Agathe-des-Monts et Rose avait maintes fois entendu cette histoire au moment où elle étudiait au couvent. C'est le destin tragique de cette jeune sœur qui avait motivé le choix de son nom.

De plus, Sainte Agathe était la patronne des nourrices, ce qui enorgueillissait Rose tout en l'attristant, maintenant qu'elle savait qu'elle ne serait jamais une maman alors qu'elle l'aurait tellement désiré.

Depuis son arrivée en réclusion, Rose avait fait la paix avec elle-même, mais la flamme n'avait plus jamais rejailli dans ses yeux. Elle déambulait lentement au gré d'une routine pénible, respirant pour ne pas mourir et priant pour occuper son esprit tourmenté.

Ce petit monastère, construit en 1958 sur un immense terrain situé le long de la côte à Marcotte, dans la municipalité de Lafontaine, représentait pour elle une oasis de quiétude pour son cœur durement malmené par un amour impossible. Elle avait été souillée par les caresses d'un homme qui n'était pas en droit de profiter ainsi de la naïveté de ses jeunes années. Depuis, il lui semblait que le port de ces habits conventuels faisait pour elle office de carapace et elle s'en trouvait quelque peu rassérénée. Elle ne pouvait purifier son corps entaché, mais elle avait choisi la pénitence de l'isolement afin, l'espérait-elle, d'obtenir le pardon au jour dernier.

Comme toutes ses consœurs, elle assistait de façon quotidienne à trois cérémonies religieuses, soit le matin, le midi et le soir. Également, elle participait activement à l'adoration perpétuelle du Saint-Sacrement, une cérémonie au cours de laquelle les sœurs se relayaient de jour comme de nuit pour une heure de vénération devant le

Saint-Sacrement exposé dans la chapelle, puisqu'une présence constante devait être assurée. Pendant ces périodes de méditation, elle se recueillait et demandait au Tout-Puissant de protéger les siens, de leur accorder le bonheur dans leurs vies plutôt tourmentées et de maintenir leur foi en l'Église catholique. Faisant une encoche aux Saintes Écritures, elle avait pardonné à sa mère son geste de désespoir, fermement convaincue que Pauline était en droit de refuser de vivre sous le joug d'un bourreau.

Lors du décès de sa maman, son cœur d'enfant s'était instantanément envolé, probablement parti avec celle-ci, avait imaginé Rose. La douleur avait été tellement foudroyante qu'elle avait cru elle aussi vouloir abandonner la partie. Ce raisonnement empreint de fatalité avait changé quand elle avait croisé le triste regard de son cadet, Pierre. Elle pensa à cet instant qu'elle devrait assurer la relève et couvrir d'affection ses deux jeunes frères.

Son chemin de vie était formellement tracé et elle avait dû en parcourir les méandres pour finalement atteindre ce lieu béni, là où l'amour prenait tout son sens dès qu'elle entrait en adoration. C'est du moins ce qu'elle essayait de croire jour après jour.

Au-delà de la prière, elle avait découvert en ces murs une activité unique et enrichissante, soit la confection de petits Jésus de cire. Cette tradition avait été amenée au Canada par les Ursulines et, par la suite, s'était perpétuée dans d'autres congrégations religieuses.

Dans les années 1970, les Recluses Missionnaires avaient pris noblement la relève de cette confection avec sœur Rose-Marie Labonté, laquelle avait obtenu le procédé de fabrication des sœurs de l'Immaculée Conception et des sœurs de la Miséricorde. Le façonnage de ce menu personnage voué à l'adoration exigeait une patience exemplaire et une minutie hors du commun que seule cette nonne avait acquises et développées. Depuis ce temps, celle-ci avait perfectionné sa technique; elle avait donc entrepris la confection de plusieurs Jésus de cire de différentes dimensions, lesquels avaient tous trouvé preneur. Les commandes arrivaient de partout et les heures requises pour terminer une seule pièce étaient nombreuses. Chaque bébé créé se devait d'avoir les traits et le charisme du petit Jésus, ce qui aurait pu s'avérer une tâche contraignante, mais il semblait que dans son minuscule atelier régnait une odeur spirituelle qui décuplait le talent des doigts agiles.

Rose se plaisait à contempler ces superbes œuvres d'art, jugeant avec amertume qu'elle aurait pu avoir un enfant tout aussi magnifique si la vie lui avait permis de rencontrer un homme digne d'être un bon père. À défaut de fonder une famille, elle avait accepté de s'engager au sein d'un groupe de femmes liées avec affection par l'obédience, la fidélité et la dévotion. Jour après jour, elle demandait en prière d'acquérir la force de prendre du recul afin d'oublier certains vestiges d'hier. C'était le but premier de son cheminement, mais Dieu que la route pouvait lui sembler difficile!

Certaines nuits, contre son gré, elle revivait sur une toile de rêve les plus beaux moments passés en compagnie de William Thompson. Elle se réveillait alors terriblement mélancolique et désorientée par rapport à son véritable destin. Par la suite, les longues heures de prière et de méditation lui permettaient de recouvrer ses facultés et de retrouver une certaine sérénité.

Ces épisodes de désir nocturne venaient la hanter particulièrement à certaines périodes du mois, où il lui semblait que son corps voulait prendre le dessus sur son esprit logique et nourri de piété. Les fantasmes vécus dans le domaine du songe la laissaient hébétée et embarrassée à un tel point qu'elle ne pouvait regarder le Saint-Sacrement qu'elle devait adorer à son heure de garde, craignant les foudres du Très-Haut.

Serait-elle suffisamment forte pour occulter toutes traces de son passé chaotique ? Personne à qui parler, perpétuellement garder pour soi ce que l'on vit ou revit : tel était son lot quotidien.

Était-il possible d'y parvenir sans que le déséquilibre vienne la troubler irrémédiablement ? Parfois, elle avait très peur. Elle s'en remettait alors à sa mère qu'elle implorait, du plus profond de son être : « Bonne maman, vous que j'aime tant, préservez-moi de sombrer dans la folie ! »

* * *

Du côté d'Ottawa, une autre fille pensait à sa maman, sans trop savoir ce qu'elle devait faire. Depuis le mois d'avril dernier, Myriam songeait beaucoup à Fernande, sa mère, qu'elle venait de retrouver, mais elle ne voulait pas bousculer les événements. Elle avait donc choisi de se manifester au mois de mai suivant.

Pour la fête des Mères, Fernande avait eu le bonheur de recevoir une carte de souhaits par le courrier. Une magnifique carte de carton gaufré blanche avec des roses rouges sur le dessus et la mention : À ma mère. En l'ouvrant, elle avait lu un court texte qui disait :

Vous êtes une maman formidable,
Vous êtes dans mon cœur pour toujours,
Je vous aime

Myriam avait signé de sa belle main d'écriture : « *Votre fille Myriam* », en ajoutant trois petits x en guise de baisers.

Fernande avait été très touchée par ce geste et elle avait beaucoup pleuré. Les jours suivants, elle déposait cette carte sous sa taie d'oreiller avant de s'endormir, comme si elle sommeillait auprès de sa petite fille qu'elle venait de retrouver.

Durant l'été, elle avait demandé à Léon d'appeler sa tante Rollande pour prendre des nouvelles de sa santé, mais il n'était pas très à l'aise avec cette démarche.

— Léon, j'aimerais savoir comment ça se passe dans la famille de ton oncle Paul-Émile depuis qu'on a rencontré Myriam. Ça a dû les perturber terriblement !

— Je les ai jamais appelés de toute ma vie, c'est pas facile à faire pour un gars comme moi qui parle presque jamais au téléphone.

— Après que tu leur auras dit bonjour, tu me passeras le téléphone et je vais m'occuper de demander des nouvelles.

C'est ainsi que Fernande avait pu parler librement avec Rollande Demers, qui semblait heureuse de son initiative. Myriam était au travail et elle se portait bien. Elle avait beaucoup parlé avec ses parents adoptifs, posant plusieurs questions, mais la vieille dame semblait maintenant rassurée : sa fille adoptive ne l'abandonnerait jamais.

Au début du mois de décembre, Fernande avait reçu une jolie carte de Noël signée de la main de Myriam ainsi qu'une belle lettre.

Ma chère maman,

Excusez-moi si je ne vous ai pas réécrit plus tôt, mais si vous saviez le nombre de lettres que j'ai commencées et que j'ai déchirées par la suite, vous penseriez que je suis folle !

Je voulais utiliser les mots justes, mais y a-t-il des mots assez précis pour dire à celle qui vous a donné la vie que vous voulez lui dire merci ?

Jamais je ne vous tiendrai rigueur d'avoir pris cette décision. J'ai eu des parents formidables qui m'auraient donné le ciel s'ils avaient pu le faire. J'ai reçu une bonne éducation, de bons soins et beaucoup d'amour. Au cours des derniers mois, j'ai voulu leur prouver que jamais je ne les abandonnerai. Je serai leur fille pour toute la vie.

Mais je suis également votre fille et j'en suis très fière.

Vous êtes très belle et, avec l'oncle Léon, vous formez un magnifique couple.

J'ai cru déceler dans vos yeux beaucoup de fatigue et d'inquiétude, mais j'espère que cette lettre saura vous rassurer. Je ne veux plus jamais vous perdre et même si nous ne nous voyons pas souvent à cause de la distance, nous tenterons de garder contact avec le téléphone.

Nous devrons nous apprivoiser, nous découvrir et ce seront à mon avis de merveilleux moments.

Je vous souhaite un très Joyeux Noël et une très bonne année avec de la santé, du bonheur et l'amour d'une Myriam qui est la plus heureuse des filles.

Dans cette enveloppe, il y avait également quelques photos de Myriam à différentes époques de son enfance.

Fernande venait de recevoir le plus beau cadeau de Noël de sa vie. Elle relirait cette lettre d'innombrables fois. Elle lui apportait la paix de l'âme et lui donnait le courage de combattre la maladie.

* * *

Le mois de décembre s'étirait lentement et, ce matin-là, Rose revenait de la chapelle où elle avait encore une fois demandé au Seigneur de venir alimenter sa foi et lui donner force et courage. Elle semblait n'être en mesure de survivre que par le rêve et la nonchalance. Elle déambulait, le dos légèrement courbé, comme si elle portait un fardeau menaçant de l'écraser à tout moment. Sa respiration était lente et anormalement laborieuse.

La mère supérieure avait constaté son état et elle l'avait d'ailleurs rencontrée à quelques reprises pour discuter avec elle de la situation et voir ce qui pouvait accabler si profondément cette pauvre âme. Sa longue expérience avec les novices lui avait appris que l'on ne peut obliger quelqu'un à vivre en réclusion que si la personne en a vraiment envie et elle craignait le pire pour sa postulante.

Après une habituelle réunion de prières, où le chant des psaumes avait habité chacune de ses ouailles, la mère supérieure interpella doucement Rose, lui enjoignant de la suivre à son bureau.

— Oui, mère, répondit celle-ci, inquiète de cette requête.

Au lieu de s'asseoir derrière son pupitre imposant et austère, la patronne des lieux approcha un fauteuil et invita Rose à prendre place à ses côtés.

— Sœur Agathe, vous me semblez bien mal en point depuis quelque temps. Y aurait-il quelque chose que je puisse faire pour vous?

— Non, répondit-elle d'un ton si faible qu'on avait peine à discerner ses mots.

— Je pense que vous devriez implorer le Tout-Puissant de vous soutenir afin que vous puissiez atteindre une certaine sérénité, un véritable bien-être, car vous me paraissez vraiment tourmentée et d'une tristesse absolue.

— J'ai bien essayé, mais sans succès. Il ne semble pas vouloir m'entendre. Que Dieu me pardonne, je crois malheureusement être entachée au point de devoir absoudre mes péchés dans le désarroi et la douleur.

— Vous êtes trop sévère avec vous! Ayez la foi et demandez de la force pour continuer votre route.

— Pourquoi Dieu, qui est si bon, ne m'aide-t-il pas à oublier et à vivre comme vous toutes dans la paix et la prière? J'ai pourtant bien essayé, mais il ne paraît pas m'écouter.

— Vous savez, Sœur Agathe, que parfois nous utilisons des méthodes comme la méditation et même des lieux tels que les monastères pour fuir les vicissitudes de notre existence, mais le Bon Dieu n'est pas dupe. Je crois qu'il a choisi pour vous une tout autre voie.

— Qu'est-ce que vous voulez dire?

— J'accepte aujourd'hui de vous rendre à la vie civile si vous le désirez.

— Mais, bonne mère, je me suis engagée et selon moi, je n'ai pas la permission d'abdiquer.

— Je m'en occupe. Mon pouvoir discrétionnaire me donne la latitude de vous certifier que maintenant, j'ai devant moi Rose, et non pas sœur Agathe, comme elle a bien tenté de le devenir, expliqua la religieuse, sans entrer dans les détails ni mentionner qu'elle outrepassait ainsi ses droits en prenant cette décision sans consulter l'évêque du diocèse. Elle ajouta ensuite, dans le seul but de rassurer la jeune fille:

— Une nouvelle mission vous attend en dehors de nos murs. Ouvrez bien les yeux, cherchez et vous trouverez. Quelqu'un a besoin de vous, et non seulement de vos prières, mais de votre présence. J'en ai eu la certitude ce matin en adorant le Saint-Sacrement.

Rose était abasourdie et pleurait toute la douleur qui l'habitait, en même temps qu'elle songeait à sa sœur Diane, qu'elle pourrait voir très bientôt. Elle voulait y croire et craignait en même temps de revenir à la vie laïque. Serait-elle punie d'avoir capitulé devant cet engagement?

Comme si elle avait pu entendre ses pensées, la mère supérieure la rassura.

— Rose, c'est le Seigneur qui a pris cette décision ce matin, je n'y suis pour rien. Vous devez retourner là où l'on a besoin de vous et il vous guidera, soyez-en certaine.

Ce fut ainsi qu'en si peu de temps, Rose avait été libérée de ses promesses, mais elle devait maintenant foncer vers l'inconnu et elle avait terriblement peur. En suivant les conseils de la mère supérieure, elle se dirigea vers sa chambre aux allures de cellule, attendant que la religieuse lui fasse à nouveau signe.

Où irait-elle, maintenant qu'elle n'avait plus rien? Sans aucun bien matériel, sans logement et avec une toute petite somme d'argent, qu'allait-elle devenir?

Soudain, comme mue par une force suprême, elle reprit confiance. Ce fut avec diligence qu'elle ramassa les quelques affaires lui appartenant et qu'elle enfila les seuls vêtements civils qu'elle possédait encore et qui étaient tapis au fond d'une vieille valise.

On frappa à sa porte doucement, et on lui dit que quelqu'un l'attendait à l'entrée principale du monastère.

— Mais j'ai communiqué avec personne! répondit Rose à la jeune religieuse mandatée pour lui transmettre le message.

Or, avant qu'elle ne puisse entendre la moindre réplique, elle aperçut la mère supérieure qui venait à sa rencontre dans le couloir. Sans formuler un seul commentaire, celle-ci appuya son bras généreux sur les frêles épaules de Rose et l'escorta jusqu'à l'extérieur avec un regard rempli de tendresse divine.

— Soyez heureuse, Rose! Vous êtes une fleur qui a besoin de lumière pour s'épanouir, la réclusion n'était pas pour vous.

Une grosse voiture stationnée en bordure de l'entrée principale l'attendait, comme les bourgeons espéraient le soleil pour éclore. Quelqu'un avait outrepassé ses droits et communiqué avec son oncle, Georges, afin qu'il vienne la cueillir à sa sortie du monastère.

La responsable, la bonne mère supérieure, n'avait dit à Georges que ces quelques mots:

«C'est un ange que je vous confie; elle a un urgent besoin d'amour! Celui d'une famille est le plus puissant que je connaisse! Faites en sorte qu'elle reprenne goût à la vie.»

CHAPITRE 21

Comme le veut la coutume

(Décembre 1973)

Léon n'était plus du tout le même. Tout au long de sa vie, il s'était confondu avec le décor, ne parlant que lorsque c'était vraiment nécessaire et laissant toute latitude à son épouse, qui orchestrait la maisonnée d'une main de maître. C'était un homme placide et tempéré, qui ne disait jamais un mot plus haut que l'autre. Il était également d'une écoute rarissime et d'une sagesse qui lui aurait valu une médaille.

Il aimait sa femme depuis la toute première fois où il l'avait aperçue, alors qu'elle montait dans un tramway. Dès qu'il avait croisé son regard candide et inquiet, il avait eu le goût de la connaître et de la protéger, sans savoir à quel point elle était démunie, seule dans la grande ville. Elle avait rapidement accepté son offre et, depuis, jour après jour, ils avaient cheminé aux côtés l'un de l'autre.

Léon avait en Fernande une confiance inébranlable. Elle décidait de tout ou presque et c'était bien ainsi jusqu'à ce qu'elle s'écroulât et qu'il fût obligé de la secourir.

Il tergiversait maintenant sans arrêt avant de faire

le moindre geste ou de tout juste se prononcer sur un sujet, même banal. Peu importait le degré de gravité de la situation, il avait peine à statuer. Il se sentait comme un oiseau jeté en bas du nid, et chaque battement d'ailes lui semblait difficile et dangereux.

Fort heureusement, il pouvait compter sur Georges, son beau-frère, dont l'itinéraire de vie et la maturité étaient un gage d'assurance, mais il ne voulait pas l'accaparer pour autant. C'est donc avec une immense joie qu'il avait accueilli la proposition de celui-ci d'héberger Rose à sa sortie de réclusion. Elle serait un pilier pour Fernande, qui traversait une période difficile.

— C'est sûrement la Providence qui vous envoie chez nous aujourd'hui !

— Tu penses pas que tu exagères, Léon ? J'ai bien des contacts, mais pas autant que tu le prétends, répliqua Georges, toujours souriant, même durant les moments pénibles.

C'était ainsi que Rose s'était vu confier son premier rôle de missionnaire laïque. Georges lui avait demandé si elle accepterait de prendre soin de Fernande. Il s'engageait à assumer les coûts de sa subsistance afin que la présence de Rose ne soit pas une surcharge pour le couple, qui ne roulait pas sur l'or.

— J'ai besoin de très peu de choses, mon oncle, si ce n'est quelques vêtements, puisque avant d'entrer au monastère, comme c'est la coutume, j'ai fait don de tous les miens à une œuvre de charité.

— Pas de problème, ma belle fille, tu iras acheter tout ce dont tu auras envie. Et si tu le veux bien, je te conduirai moi-même pour *shopper*[27]. Je serai ton porteur de paquets.

— J'ai l'impression aujourd'hui de revivre ; m'occuper de tante Fernande s'avère pour moi un privilège. Elle en a tellement fait pour notre famille, et particulièrement quand elle a pris Pierre sous son aile.

— Ma sœur a fait le bien toute sa vie, renchérit Georges pour appuyer les propos de sa nièce. Elle mérite qu'on l'entoure et qu'on la soutienne durant cette terrible épreuve. Tu es la mieux placée pour lui apporter tout le réconfort nécessaire.

La maladie de Fernande n'avait été décelée que tardivement. Bien sûr, elle s'était aperçue d'une anomalie dans son sein gauche, mais elle l'avait occultée. Elle ne se dévêtait plus jamais au complet devant son époux, prenant son bain quand il était occupé, ou, plus souvent, lorsqu'il était absent. Après autant d'années de mariage, cela n'avait pas inquiété Léon outre mesure ; il ne s'était donc douté de rien. N'eussent été la fatigue extrême et l'état dépressif de sa femme, personne n'aurait rien détecté.

Lors de sa visite chez le médecin de famille, celui-ci avait été clair. Il était urgent de faire un prélèvement et de l'analyser ; en effet, il était inquiet et suspectait la bête noire qu'était le cancer. Moins de deux mois après le diagnostic, on procéda à l'opération, que l'on avait désignée comme une mastectomie segmentaire ; l'ablation de la moitié de son sein gauche. On avait également enlevé plusieurs ganglions à l'aisselle. Fernande

---

27 *Shopper* : magasiner.

avait perdu beaucoup de force dans ce bras, qui enflait anormalement. De plus, elle se fatiguait très rapidement. Heureusement, son moral était plutôt bon.

Rose cherchait à rendre grâce au Ciel de l'avoir ainsi guidée et, dès le lendemain matin, elle se fit un devoir d'assister à la première messe à l'église Saint-Charles-Garnier, au coin des rues Sauvé et Georges-Baril, là où sa tante s'était mariée et où tous ses enfants avaient été baptisés. Elle souhaitait remercier le Tout-Puissant de lui avoir donné l'occasion de vivre parmi les Recluses Missionnaires et d'avoir pu, en conséquence, prendre conscience des valeurs de l'existence. Elle promit alors de continuer à faire le bien dans la voie parallèle à celle de son noviciat. Elle envisageait d'accompagner les siens, les démunis et tous ceux qu'elle pourrait aider à cheminer dans la volonté de son Dieu.

Dès son arrivée à la maison de Fernande, Rose avait dû se mettre à la tâche. Il fallait cuisiner de bons plats, puisque la période des Fêtes approchait à grands pas. Tout comme son oncle, elle désirait que ce soit des moments gais, festifs et mémorables.

— Vous devrez m'enseigner comment vous cuisinez vos classiques si on veut préparer un vrai festin pour les fêtes, dit-elle à sa tante Fernande, afin que celle-ci ne se sente pas tout à fait inutile.

— Je sors mon vieux cahier de recettes tout de suite. Si ça te tente, on va commencer par les douceurs. Ce sont mes plats préférés! Tu pourras constater que je goûte à tout ce qu'on cuisine.

— Est-ce que mémère Potvin vous a livré son secret

pour faire ses bonnes tartes au suif? Chez nous, si on en avait pas eu une année, je crois que ça aurait fait tout un drame!

— Non, ma belle fille. Tu sais, quand j'étais plus jeune, j'étais pas mal difficile et juste d'entendre le mot «suif», ça me donnait des nausées. Peux-tu me dire c'est quoi l'idée de manger du gras dans une tarte à la place du sucre à la crème? En tout cas, moi, j'ai pas eu de difficulté à faire mon choix. C'est donc pas avec moi que tu vas perpétuer la coutume.

— C'est pas grave. On peut trouver un accommodement. Je me rappelle très bien comment on faisait les tartes aux dattes. Ça fait qu'on pourra quand même se payer la traite!

— Comme c'est plaisant de t'avoir avec nous autres dans la maison! Je dois te dire que tu as toujours été ma préférée, mais il faut pas trop en parler. On ferait des jaloux dans la famille. Tu ressembles tant à ta mère que ça peut pas faire autrement.

— Oui et je suis heureuse qu'on pense encore à maman. Elle est partie tellement vite que ça m'a pris beaucoup de temps par la suite pour croire que c'était réellement arrivé. J'y ai beaucoup réfléchi pendant que j'étais en réclusion. Mais aujourd'hui, je suis fière d'être avec vous et mon oncle Léon. Je vous aime comme si vous étiez mes propres parents.

— Ça me touche beaucoup ce que tu me dis là, ma fille. Nous autres aussi, on t'aime ben gros. Mais ça doit te faire drôle de te retrouver à nouveau parmi nous, après avoir été ainsi coupée du monde?

— Vous savez, ma tante, j'ai beaucoup prié, mais sans jamais songer à sortir un jour de la congrégation. J'ai bien essayé de croire que j'avais la vocation, mais ma vie avait perdu tout son sens. J'étais absolument convaincue de plus jamais pouvoir rire.

— Il faut toujours avoir foi en l'avenir ! Je suis persuadée que ta mère t'aurait répété les mêmes mots. Tu sais, la maladie m'a fait comprendre bien des réalités de l'existence. On dirait que tout à coup, je vois plus clair. Les fleurs sont plus belles, les qualités des gens m'apparaissent beaucoup plus que leurs défauts et j'ai l'impression de profiter de chaque minute comme je l'ai jamais fait auparavant. Sois certaine, jeune fille, que la vie est remplie de surprises ; j'ai tout de même retrouvé ma fille Myriam après plus de quarante ans.

— C'est un beau cadeau que la vie vous a fait et vous avez raison, on a aucun contrôle sur celle-ci.

— La vie se termine jamais comme on l'avait prévu. Il y a un ailleurs et, sans être pressée de m'y rendre, je m'y prépare tranquillement. Mais ça, c'est une discussion juste entre nous deux. Ton oncle le prendrait mal s'il savait combien je suis prête pour le grand voyage.

— Comment pouvez-vous être aussi sereine ?

— Et toi, comment peux-tu être si bonne et serviable ? Tu verras, un jour, le bonheur te tendra la main, au moment où tu t'y attendras le moins.

— Pensez-y bien, ma tante, je viens tout juste de sortir d'un monastère. Imaginez-vous pas que je suis prête à me trouver un mari. De toute façon, qui voudrait d'une religieuse défroquée ?

— T'es drôle, toi! Comme si ça faisait de toi une personne souillée. Laisse faire le temps, il arrange toujours les choses. En attendant, donne-moi la chaudière de farine dans le bas de l'armoire, on va faire des tartes pour les fins pis pour les fous! Il y a pas de diète pour personne dans le temps des Fêtes.

Léon, assis confortablement au salon, écoutait le caquetage des deux femmes avec le cœur empli de joie. Les derniers mois avaient été plutôt difficiles pour lui, qui ne s'imaginait pas entendre à nouveau son épouse faire des projets et s'enthousiasmer.

Il avait appris la maladie de celle-ci peu de temps après qu'elle eut retrouvé sa fille Myriam. Elle s'était ouverte à lui en racontant tout le calvaire qu'elle avait enduré depuis qu'elle avait découvert cette masse dans son sein gauche. Elle s'était à ce moment-là refusé d'en parler à qui que ce soit, gardant pour elle toute l'inquiétude et le tourment qu'elle ressentait. Elle avait cependant dû lui avouer tout son tracas pour justifier ses nombreux accès de fatigue intense, les moments de dépression et les fréquents rendez-vous à l'hôpital ou chez le médecin.

Cette épreuve avait transformé Léon, qui n'était pas un homme de caractère, mais qui avait le cœur à la bonne place. Il avait bien dû prendre ses responsabilités, alors que la vie de sa femme était menacée, et il avait très bien relevé le défi. Le soutien moral de Georges avait aussi été très important, mais l'arrivée de Rose fut particulièrement déterminante. Elle lui avait permis de raviver sa foi, qui était parfois défaillante.

— Ma tante, savez-vous combien nous serons pour le dîner du jour de l'An? s'enquit Rose, pour connaître l'ampleur du travail à accomplir.

— J'ai pas l'habitude de faire des invitations. J'ai pour mon dire que la porte est toujours ouverte, que ce soit à Noël, au jour de l'An ou tous les autres jours que le Bon Dieu amène. L'année passée, on était vingt-cinq, mais cette année, j'ai demandé à tes frères et à ta sœur de se joindre à nous. Comme c'est peut-être mon dernier jour de l'An, je voulais me gâter et avoir tout mon monde avec moi.

Rose était sans mots. Fernande s'exprimait comme si elle allait mourir dès que la table serait desservie. Comment était-il possible de vivre ainsi sans larmoyer ni tempêter? Elle n'avait pas encore dévoilé à Myriam qu'elle était malade, ne souhaitant pas commencer leur nouvelle relation sur cette base. Plus tard, elle lui écrirait pour lui faire part de sa situation. Elle souhaitait que ce temps des Fêtes soit mémorable.

— Ma tante, vous pouvez pas parler comme ça! La médecine a tellement fait de progrès depuis une couple d'années. Il y a des gens qui passent au travers plus souvent qu'on le pense.

— En tout cas, moi, je veux pas courir le risque, répondit Fernande en souriant gentiment. Si je suis encore là l'an prochain, on fêtera encore, mais pour l'instant, j'ai le goût de voir tous ceux que j'aime et de profiter avec eux de la première journée de la nouvelle année. Si on continue à jacasser comme ça, on va finir pas mal tard. Va me chercher des assiettes d'aluminium dans la dépense. Pendant ce temps-là, je vais regarder dans mes recettes pour trouver ma liste de codes.

— C'est quoi ça, les codes?

— C'est pour différencier mes tartes. Ta mère faisait exactement comme ça, j'en suis certaine. Quand on roule la pâte du dessus, avec un couteau, on fait des entailles ou, avec un dé à coudre, on fait des trous. Moi j'ai les mêmes repères que maman avait dans le temps. S'il y a un trou, ce sont des tourtières, deux, des tartes au sucre, trois, aux dattes, et quatre, c'est pour celles aux bleuets.

— Plus de trous que ça et il y aurait plus de pâte pantoute!

— Tu fais ta petite comique, mais j'aime ça! Cette année, j'ai le goût d'en faire plus que pas assez. Tu sais que ton oncle a la dent pas mal sucrée. D'habitude, même si j'en fais beaucoup, ça dure pas trop longtemps pendant l'hiver.

— Et puis je suppose que vous voulez profiter du fait que vous avez de l'aide cette année pour faire la popote!

— T'as tout compris, ma belle fille!

Cette journée de préparation de nourriture avait permis à Rose de renouer avec la routine d'une vie de famille. Pour la première fois, elle ne se sentait plus coupable d'avoir abandonné la congrégation. Comme le lui avait bien mentionné la sœur supérieure, le Seigneur avait d'autres desseins pour elle et il l'avait guidée là où il était convaincu qu'elle pouvait être utile.

La vie auprès de sa tante Fernande saurait-elle lui apporter l'équilibre nécessaire à sa nouvelle destinée d'adulte?

Malgré son jeune âge, Rose avait déjà cheminé en eaux troubles, goûtant aux plaisirs charnels en territoire interdit. Pour s'en sortir, elle n'avait rien trouvé de mieux que d'aller s'isoler dans une prison vouée à la prière.

Était-elle en sécurité maintenant qu'elle était livrée à elle-même ?

Elle devrait bientôt faire face à toute la famille, qu'elle n'avait pas revue depuis plus de deux ans. Comment les siens agiraient-ils avec elle maintenant, en sachant qu'elle avait vécu en communauté pendant tout ce temps ?

Il avait coulé beaucoup d'eau sous les ponts depuis ! L'accepteraient-ils sans condition au sein des leurs ou aurait-elle maille à partir avec certains d'entre eux ?

CHAPITRE 22

Le jour de l'An à Montréal

(Janvier 1974)

Mardi matin premier janvier 1974, à dix heures, Pierre et Georges se présentèrent les premiers chez Fernande et Léon, afin de participer au repas traditionnel qui, autrefois, avait lieu au lac Brûlé. Ils avaient auparavant assisté à la messe de 8 h 30 dans la paroisse que Pierre avait l'habitude de fréquenter avec sa tante et son oncle quand il passait des fins de semaine avec eux.

— On arrive de bonne heure, ma petite sœur, mais si j'avais écouté Pierre, c'est hier soir qu'on aurait sonné à votre porte. Depuis que Rose reste chez vous, je crois qu'il m'abandonnerait pour venir vivre ici avec vous.

— Moi, je dirais pas non, mais toi, je pense que tu trouverais ta maison pas mal grande ! Ça me fait plaisir que vous soyez les premiers ! On va pouvoir jaser un peu avant que tout le monde débarque. Avez-vous déjeuné ?

— J'ai bien pris un bol de céréales en me levant, répondit rapidement Pierre, mais c'est déjà loin dans mon estomac. Si vous aviez des toasts avec vos bonnes confitures, je dirais pas non !

Pierre était comme un adolescent en pleine croissance. Il avait toujours faim. Durant toute sa jeunesse, il s'était souvent fait narguer à cause de sa petite taille, mais maintenant, il semblait vouloir rattraper le temps perdu.

— Des fois, je pense qu'il est défoncé, lança Georges à la blague. Il mange plus que le Grand Antonio[28], mais y a rien à comprendre ; il prend pas une sacrée livre !

— C'est parce que je passe pas mes après-midi assis à lire ou à faire des mots croisés comme vous, répliqua Pierre candidement.

La complicité entre ces deux êtres semblait solide comme un chêne. On aurait pu croire qu'ils avaient toujours demeuré ensemble. Jamais une riposte ou une remarque déplacée et constamment de bonne humeur. Ils exhalaient la joie de vivre et la bonhomie.

— Ma tante Fernande, un peu plus tard dans l'avant-midi, Marie-Josée, ma blonde, va venir me retrouver, dit Pierre. On a réveillonné chez ses grands-parents hier soir à Montréal-Est, mais moi, je suis retourné coucher chez mon père. À matin, c'était trop tôt pour que j'aille la chercher. C'est pas une lève-tôt ! Ses parents vont la laisser ici sur le chemin du retour.

— Elle va être la bienvenue chez nous, tu le sais, mon garçon. Ici, la maison est toujours ouverte !

Luc était arrivé seul environ une heure plus tard,

---

28 Grand Antonio : homme fort et ancien lutteur qui mesurait six pieds et quatre pouces et qui pesait près de cinq cents livres. Il portait de longs cheveux et une grande barbe, et il s'est illustré entre autres en tirant des autobus remplis de passagers avec ses cheveux.

suivi d'Albert, de sa copine Nicole et de l'amie de Pierre. Yvon avait été le dernier à se pointer, mettant toute la responsabilité de son retard sur son épouse Johanne, qu'il accusait d'avoir pris une éternité à se préparer.

— Je pense que c'est pas une femme que j'ai mariée, c'est une poupée. Elle s'est changée quatre fois avant de partir et je vous parle pas de sa séance de maquillage!

— Arrête donc, l'interrompit Johanne, gênée par ses propos. Toi, tu dis pas que tu es passé faire un tour au poste. Tu devais être là cinq minutes et je t'ai attendu une bonne demi-heure dans l'auto.

— C'est le jour de l'An, on va pas commencer à se crêper le chignon, répliqua Fernande pour couper court à cet échange non conforme aux règles de la bienséance qu'elle avait inculquées aux siens.

— Excusez-nous, ma tante, vous avez bien raison, répondit Johanne, gênée de s'être emportée devant sa belle-famille.

— Le plus important, c'est que vous soyez là. C'est triste que Diane ait pas pu venir. Elle m'a téléphoné à matin pour me dire que toute sa *gang* a le va-vite[29]!

— Et Simon est resté au lac Brûlé pour pas laisser le père et la belle-mère tout seuls, ajouta Rose d'un ton empreint d'une légère tristesse. Mais Albert, si tu y penses, avant de partir, je vais te remettre des beignes poudrés pour que tu lui donnes quand tu le verras. Je me rappelle qu'il aimait ben ça.

Les enfants de Fernande et Léon étaient venus

---

29 Va-vite : diarrhée.

réveillonner avec eux la veille. Pour le repas du midi, ceux-ci visitaient traditionnellement leurs belles-familles respectives. Ils se joindraient au groupe vers quatre ou cinq heures de l'après-midi pour participer au souper. On disait chaque année qu'on les attendait pour manger les restants du dîner.

Rose s'était démenée pendant trois jours afin que tout soit impeccable dans la maison, où elle prenait son rôle de bonne à tout faire très au sérieux. À la blague, elle appelait parfois Fernande ou Léon, sa bourgeoise ou son bourgeois, ce qui avait toujours l'effet escompté. Elle avait instauré la bonne humeur au menu de tous les jours.

Pour l'occasion, elle avait sorti le service de vaisselle des jours de fête et avait lavé chaque pièce avec minutie. Il s'agissait de porcelaine anglaise Royal Albert, avec des motifs de roses, emblème de l'Angleterre, et inspirés des magnifiques jardins anglais.

La tante Fernande s'était renseignée à ce sujet et, année après année, elle se targuait d'expliquer que c'était pour rendre hommage au prince Albert, devenu le roi Georges VI en 1936, que la manufacture avait décidé de prendre le nom de Royal Albert Crown China. Chaque fois, elle terminait son exposé en montrant que c'était inscrit tel quel en dessous de chaque soucoupe, tasse ou assiette.

Fernande avait reçu ce service de vaisselle en cadeau pour son vingt-cinquième anniversaire de mariage de la part de son frère Georges, alors que celui-ci vivait à Détroit. Elle en avait toujours pris soin et ne l'utilisait que lors des événements spéciaux. Or elle devait à chaque occasion le laver à la dernière minute afin de s'assurer qu'il fût propre et lisse, sans aucune trace de poussière ou de graisse.

— C'est vrai que c'est le jour de l'An, ma sœur a sorti son *set* de vaisselle des grands jours!

Georges s'était permis de taquiner Fernande en se souvenant que, bien des années auparavant, leur mère en faisait tout autant avec sa vaisselle du dimanche comme elle le disait bien. La pomme ne tombait jamais très loin de l'arbre!

— C'est surtout parce que je reçois les gens que j'aime le plus que je m'en sers aujourd'hui!

— Est-ce que vous parlez de moi? intervint alors Yvon, toujours soucieux de se mettre en évidence, même si c'était pour rigoler.

— J'avais pas vu ça de même, mais à bien y penser, quand on a une police dans la famille, vaut mieux en prendre soin. Ça peut un jour nous être utile, on sait jamais!

— Voulez-vous dire, ma tante, qu'un commis-comptable, c'est moins prestigieux? taquina gentiment Albert, pour sa part toujours plus ou moins réservé.

— Ça y est! Je suis en train de me mettre pas un, mais bien les deux pieds dans les plats! rigola Fernande.

— Je pense, dit Pierre candidement, que le plus important pour nous tous, c'est d'avoir retrouvé notre sœur Rose!

— C'est pas dans mes habitudes d'être *licheux*, dit Yvon sur un ton qui ne lui ressemblait pas, mais je dois avouer que ça faisait un maudit gros trou dans la famille que tu sois pas là.

— Merci à vous tous, dit Rose, grandement émue de ces témoignages d'appréciation. Vous m'avez tous beaucoup manqué et je vous dirais que j'ai rêvé à chacun de vous à un moment ou l'autre pendant ces longs mois. J'ai même pensé à mon pauvre père, c'est pour vous dire ce que ça peut faire, l'ennui, des fois!

Tout le monde avait pouffé de rire. Ainsi, toute la famille s'amusait sans gêne en relatant les récents potins du village ou en asticotant son voisin immédiat. On parla de Margaret Trudeau, née Sinclair, l'épouse du premier ministre du Canada, Pierre-Elliott Trudeau, qui avait donné naissance à leur premier fils le 25 décembre dernier.

— Quand c'est toi qui mènes le pays, tu peux même choisir le jour et l'heure que ton bébé va venir au monde! dit Yvon qui aimait bien amorcer des discussions controversées et souvent liées à la politique.

— Tu sais bien qu'on peut pas décider de ça, répliqua Rose naïvement. C'est toujours le petit Jésus qui a le dernier mot, ajouta-t-elle en riant.

— Et si le petit Jésus avait rien fait là-dedans? On était pas là, ils ont peut-être avancé l'horloge à l'hôpital pour que ça arrive de même, renchérit Yvon.

— En tout cas, Trudeau a pas fini de faire jaser. Depuis qu'il a proposé son projet de loi pour légaliser l'homosexualité, l'avortement et le divorce, je te dis qu'il nourrit pas mal de discussions un peu partout au pays, déclara Albert qui voulait démontrer qu'il s'intéressait lui aussi à ce que les politiciens envisageaient pour le futur.

— À part ça, quand tu nommes ton fils Justin, c'est sûrement pour faire parler de toi et pas d'autre chose. Je me demande s'il va appeler le prochain, Justedeux?

Tout le monde rigolait et chacun ajoutait son petit grain de sel à la discussion fort animée. L'ambiance était à la fête et personne ne tenait à faire allusion à la maladie de l'hôtesse. Le simple fait de discuter de cancer faisait peur et tous voulaient éviter le sujet, ne serait-ce que le temps d'une journée. On trinquait à la santé de tout un chacun, sans égard à ce que le lendemain pouvait leur réserver.

Rose était heureuse de se retrouver parmi les siens. Elle n'osait y croire, se remémorant souvent des pensées reliées à sa vie des derniers mois. Elle devait se pincer pour réaliser qu'elle était maintenant vraiment à la place qui lui convenait, en charge de tout dans une maison, afin de voir au bien-être des occupants et de leurs hôtes. C'était exactement le rôle qu'elle avait joué dans sa propre famille, longtemps auparavant, après le décès de sa mère. Pendant un bon moment, elle avait pris soin de toute la maisonnée, et ce, jusqu'à ce que son père décide de remplacer sa maman par une autre femme. Elle ne regrettait rien depuis, si ce n'était d'avoir quitté son coin de pays. Son existence avait été mouvementée et ardue, mais elle s'en sortait relativement bien maintenant. Les blessures provoquées par la vie cicatrisaient au fil du temps. Nul besoin de les panser si on acceptait de cesser de lorgner constamment derrière soi.

— Ça faisait longtemps que t'avais pas fait un bon ragoût de même, ma femme! s'exclama Léon qui lui parlait de plus en plus, comme pour s'assurer qu'elle reste bien vivante à ses côtés. T'es comme le vin, tu vieillis mauditement bien!

— Tout est excellent, ma tante! ajouta Albert. Après maman, c'est vous qui faites la meilleure tourtière, affirma-t-il en rigolant.

— C'est toujours notre mère qui fait les plats les plus succulents, mais avant d'en prendre conscience, il faut malheureusement quitter la maison. Louis, mon plus vieux, était très difficile. Il me répétait souvent le dimanche midi: «Encore du maudit rosbif!». Après qu'il a été marié, il m'a dit une fois qu'il aimerait bien avoir un «maudit rosbif» certaines fins de semaine. Il semble que sa femme avait une forte tendance à faire cuire des pâtes de toutes les sortes et lui, c'était plus un mangeur de viande. À cette époque, Louis ne réalisait pas que c'était simple pour moi à préparer quand je recevais une *gang* et que la cuisine était pleine de monde. Le lendemain, je pouvais hacher les restants pour en faire un gros pâté chinois ou bien un chiard[30] que je servais durant la semaine. Je gagnais du temps et avec une famille, on en a jamais de trop!

— Quand on est jeune, on pense pas à tout ça, mais heureusement qu'on peut parfois se racheter auprès de nos parents, répondit Rose, qui était très attachée

---

30 Chiard: mets québécois composé de restants de viande, de patates et d'oignons.

à sa tante qu'elle considérait réellement comme une deuxième mère.

Les filles ramassèrent les assiettes et commencèrent à laver la vaisselle avant d'entreprendre de servir le dessert. Pendant ce temps, Fernande fut fière de disposer elle-même sur la table tous les bons plats sucrés préparés avec sa nièce : tartes au sirop d'érable, aux dattes, aux raisins, sucre à la crème et bonbons au beurre de *peanuts* enrobés de chocolat. Il y avait également toujours un dessert à base de gélatine de marque Jell-O, obligatoirement rouge, que l'on présentait avec une crème fouettée. C'était un classique du temps des Fêtes chez les Potvin.

* * *

On jasait et riait à tue-tête, sirotant une crème de menthe ou un thé bien chaud, alors que d'autres continuaient à grignoter des sucreries et des desserts qui jonchaient encore la table de la salle à manger.

À travers tout ce brouhaha, personne n'entendit les pas pesants sur la galerie. On fut donc grandement surpris lorsque la porte de la cuisine s'ouvrit brusquement, laissant le froid glacial de janvier envahir toute la pièce. Un silence lourd s'installa soudain, écrasant l'ambiance festive qui emplissait la demeure de Fernande et Léon. Tous les convives furent frappés d'étonnement en apercevant ce visiteur impromptu.

— Batinse, on dirait que vous venez de voir une apparition ! lança de sa voix bourrue Ernest, qui semblait ne pas s'être couché depuis des lunes et qui était saoul comme une grive.

Georges se leva le premier avec la ferme intention de ne pas permettre à son frère de perturber une si belle réunion familiale. Mais Ernest n'entendait pas se faire rabrouer par cet être qu'il détestait au plus haut point, celui qu'on avait rapidement installé sur un piédestal depuis son retour au pays.

— Toi, essaye pas de te mettre dans mes jambes! Chu icitte chez ma sœur, pis j'ai autant le droit d'être là que toi. Pour rencontrer mes enfants au jour de l'An, ça a l'air qu'il fallait que je vienne en ville, même si on avait oublié de m'inviter!

— Ernest, dit doucement Fernande, peu désireuse de voir une si magnifique journée être bouleversée, tu sais bien que personne a besoin d'invitation pour rentrer chez nous. Ma porte est toujours ouverte. On va s'asseoir tous les deux dans le salon pendant que les autres s'occuperont de ramasser la vaisselle sale.

Connaissant son frère, elle souhaitait ainsi limiter les dégâts en l'isolant afin de désamorcer une crise imminente. Elle s'avança lentement vers lui et, d'un élan se voulant fraternel, elle fit un mouvement pour lui prendre le bras.

Ernest, les yeux hagards et l'écume à la bouche, ne sembla pas réaliser la portée de son geste et il repoussa sa sœur violemment, sachant d'instinct qu'elle chercherait à éteindre sa fureur.

Fernande tenta spontanément de prendre appui sur la table, mais elle perdit l'équilibre et tomba lourdement sur Johanne, l'épouse d'Yvon. Les deux femmes se retrouvèrent étendues sur le parquet de la cuisine, entre les tasses de café renversées et quelques morceaux de vaisselle.

Rose et Luc se dépêchèrent d'aider leur tante et leur belle-sœur à se relever. Heureusement, elles ne semblaient pas blessées, malgré la violence du geste posé.

Yvon vit rouge et, en moins de deux, il se leva en trombe et assena un violent coup de poing à la figure d'Ernest. Celui-ci s'effondra sur la petite table de téléphone à laquelle une chaise était intégrée. Le meuble utilitaire en noyer brisa d'un coup sec sous le poids de l'ivrogne et l'appareil téléphonique lui tomba sur la tête.

Le vieil ours tenta tant bien que mal de se relever, mais Léon, qui était tout près, le frappa à son tour avec une bouteille de bière qu'il tenait à la main. Il avait été tellement fâché de voir Ernest pousser sa pauvre Fernande qu'il aimait plus que sa propre vie qu'il n'avait pas hésité une minute à lui asséner ce coup de grâce.

Ernest était maintenant affalé par terre dans un coin de la cuisine. Il avait la lèvre supérieure sanguinolente et, rapidement, une bosse de la grosseur d'un œuf lui poussa sur le front. À la limite de l'inconscience, il était présentement hors d'état de nuire.

Albert essaya maladroitement de contrôler son frère, qui était hors de lui et qui injuriait ouvertement le fauteur de troubles. « Arrête, Yvon, c'est ton père et c'est le jour de l'An ! » lui cria-t-il.

— C'est rien qu'un écœurant, une moitié d'homme quant à moi ! Depuis toujours, tout le monde en a peur et on le laisse faire la pluie pis le beau temps, mais moi j'en ai assez de vivre de même ! Je veux même plus avoir affaire à lui. Mets ton manteau, bébé, dit-il à sa conjointe, on s'en retourne chez nous !

— Yvon ! implora Albert. Pour l'amour de ma tante Fernande, reste ici avec ta femme. Moi, je vais monter à Sainte-Agathe pour reconduire le père.

Soudain, on entendit la porte d'entrée s'ouvrir tout doucement.

Tout le monde se retourna pour voir qui d'autre pouvait bien venir se joindre à cette mascarade.

— Simon, dit Fernande, qu'est-ce que tu fais là ?

— Qu'est-ce qu'y se passe, pourquoi papa est couché à terre comme ça ? demanda l'adolescent.

Simon était complètement déboussolé. Il n'avait pas voulu rentrer plus tôt, car il savait très bien que son père venait chez Fernande pour se chicaner. Il avait vainement essayé de le raisonner en lui demandant de retourner à Sainte-Agathe, mais celui-ci ne l'avait pas écouté. Ernest avait soif de vengeance et rien n'aurait pu l'arrêter. Le jeune garçon se demandait cependant qui l'avait frappé de la sorte. Le vieil ours avait l'air d'un boxeur affalé dans le ring après la décision de l'arbitre de mettre fin au combat.

— Il a conduit de Sainte-Agathe à Montréal dans cet état ? demanda Rose qui s'inquiétait pour son jeune frère.

— Il était moins pire que ça quand on est partis à midi, mais il s'est arrêté dans une couple de bars sur la route 117.

Pendant quelques instants, personne ne s'était

préoccupé d'Ernest, qui somnolait, la figure appuyée sur le combiné du téléphone, qui émettait un son en continu.

La fête était terminée et il fallait maintenant ramasser les dégâts. Léon n'avait pas la stature pour prendre le contrôle de la situation et son épouse était plutôt perturbée. Il fit alors un signe de tête à Georges, lui demandant ce qu'il pouvait faire. Celui-ci se sentit donc investi du droit de gérer la crise.

— Albert, est-ce que tu serais assez bon de ramener ton père chez lui dans ton véhicule? Je pense pas qu'il puisse être en état de conduire avant quelques heures. Simon pourrait rester ici pour la nuit. Demain matin, si Léon est disponible, j'irais avec lui à Sainte-Agathe et on lui rapporterait son camion.

— Ça me dérange pas de le reconduire chez eux, mais je veux pas que ma blonde vienne avec nous autres. On sait jamais, avec lui! Des fois qu'y ressusciterait avant d'arriver sur le chemin Ladouceur. Moi, j'ai pas peur de lui, mais Nicole est pas obligée d'endurer ses folies!

— Inquiète-toi pas, mon frère, lui dit Yvon, qui avait hâte de quitter les lieux. Je m'en retourne tout de suite avec Johanne. Si Nicole veut embarquer avec nous autres, on lui donnera un *lift*.

Au moment où il avait pris la parole, Georges avait calmé tous les esprits. Albert s'était alors empressé d'aller embrasser sa copine et de la rassurer avant de récupérer son manteau. Avec l'aide de Luc, il avait ensuite soulevé son père et l'avait conduit jusqu'à sa voiture.

Après leur départ, plus personne ne parlait dans la maison. L'ambiance de la fête venait d'être soufflée par l'arrogance de l'homme pétri de rancœur. Ce qui devait être une rencontre festive s'était trouvé empoisonné par la jalousie.

Par la suite, Yvon avait quitté les lieux avec Johanne et Nicole. Il avait dit vouloir suivre à distance le véhicule de son frère pour s'assurer qu'il n'ait pas de problème sur l'autoroute.

Ne restaient comme invités que Georges, Luc, Pierre, sa petite amie et Simon, en attendant que les enfants de Fernande et Léon arrivent pour le souper. Rose remerciait le Ciel que ceux-ci n'aient pas encore été là au moment de l'altercation. S'il avait fallu que Louis, le fils aîné des Demers, voie Ernest pousser sa mère, il lui aurait sûrement fait passer un très mauvais quart d'heure et le patriarche des Potvin aurait assurément été beaucoup plus amoché.

Louis travaillait comme débardeur au port de Montréal ; il était fort et très musclé. Il avait habituellement un tempérament doux, mais Rose était convaincue qu'il n'aurait jamais laissé personne toucher à l'un ou l'autre de ses parents.

Ernest Potvin avait donc un ange gardien qui veillait sur lui et qui l'avait aujourd'hui protégé de prendre une sévère raclée.

De connivence avec son oncle Georges, Rose entreprit de mettre de l'ordre dans la cuisine et de préparer la table pour le souper, pendant que celui-ci conduisait tout le monde au salon en prétextant vouloir s'asseoir dans un fauteuil plus confortable pour sa pauvre jambe blessée à la guerre.

Il fallait tourner la page et faire en sorte que la famille Demers ait un repas des Fêtes à la hauteur de ses attentes.

Personne ne ferait mention de cet incident afin de ne pas ternir l'ambiance. Simon jouait déjà au Mille Bornes avec ses deux frères pendant que Georges et Léon discutaient, bien installés sur les divans, les pieds sur des tabourets. Fernande s'était retirée dans sa chambre parce qu'elle souhaitait se remettre de toutes ces émotions et être en forme pour recevoir ses propres enfants.

Elle remerciait le Ciel d'avoir mis Rose et Georges sur sa route, et elle priait afin qu'ils trouvent un jour le bonheur qu'ils méritaient.

* * *

À Sainte-Agathe-des-Monts, Diane avait réveillonné toute seule avec ses trois jeunes, car pour la première fois, son mari n'était pas rentré de la nuit.

La veille, il avait prétexté avoir un dîner avec les employés du bureau, mais il avait juré qu'il serait là assez tôt. Il était prévu qu'ils aillent à la messe de minuit à pied pour faire plaisir aux enfants, qui s'étaient fait tout un scénario de réveillon. Ceux-ci ne voulaient pas participer à la cérémonie des plus jeunes à sept heures trente, mais bien à la vraie messe de minuit. Ils étaient même prêts à faire une sieste en après-midi pour pouvoir veiller si tard.

À leur retour, un petit buffet les attendrait à la maison et ils se coucheraient tout de suite après afin d'être en forme pour se rendre tôt le lendemain chez la tante Fernande, à Montréal.

Diane n'était pas en mesure de joindre son mari au téléphone et, dès l'heure du souper, elle avait craint qu'il lui fasse faux bond. Elle avait toutefois rassuré ses petits en disant que leur papa avait prévu arrêter chez une de ses sœurs qu'il n'avait pas vue depuis longtemps.

À onze heures trente, les enfants demeuraient silencieux en réalisant que l'absence de leur père n'était pas normale. Diane ne voulait cependant pas les alarmer, ayant suffisamment subi de chagrins dans son enfance pour être capable de taire ses appréhensions.

— Les mousses, habillez-vous chaudement. On va partir plus tôt pour être certains d'avoir une belle place à l'église.

— Mais on attend pas que papa arrive ? avait candidement demandé la petite Mylène.

— S'il arrive, il va savoir qu'on est à l'église et il viendra nous retrouver. C'est juste à quatre ou cinq coins de rue.

Puis, Diane était sortie toute seule avec ses trois enfants qu'elle tenait fermement par la main, comme pour s'assurer que jamais ils ne l'abandonneraient. C'était eux, ses amours, et elle ferait en sorte qu'ils ne souffrent pas trop des erreurs que les adultes pouvaient commettre.

Le ciel était beau et la neige tombait en d'immenses flocons tous plus brillants les uns que les autres. Les petits tiraient la langue afin de pouvoir les attraper, tandis que Diane profitait de la noirceur pour laisser couler quelques larmes sur ses joues fiévreuses.

La vie était cruelle parfois, mais cette fois-ci, c'était encore pire.

Diane devait commencer l'année en sachant qu'elle avait un jour marié un homme suffisamment hypocrite et sans-cœur pour abandonner sa femme et ses enfants pour le réveillon du jour de l'An...

Demain matin, elle appellerait sa tante pour lui dire qu'ils étaient tous malades... et c'était une demi-vérité.

Ils avaient tous un peu mal à l'âme. Il manquait quelqu'un d'important pour eux en ce Premier de l'an et bien plus, ils se demandaient s'il reviendrait...

* * *

Jean, le fils d'Adéline, était venu chercher sa mère vers 10 h, le matin du jour de l'An, car celle-ci aidait habituellement à la confection de la sauce pour servir avec la dinde. C'était sa recette et aucune autre que les enfants aimaient.

Adéline ne pouvait emmener Simon, mais elle regrettait qu'il doive rester seul avec son père en ce premier jour de l'année. La veille, elle leur avait cependant préparé un repas digne de ce jour de fête. Ils n'auraient qu'à le réchauffer.

À son retour en fin d'après-midi, il n'y avait personne à la maison. Adéline souhaita que rien de grave ne soit arrivé, car elle ne voyait pas d'endroit où Ernest et Simon auraient pu aller. Cette année, le repas du jour de l'An avait lieu chez Fernande, à Montréal.

Soudain, elle remarqua des phares de voiture dans

sa fenêtre de cuisine. Comme elle n'attendait pas de visiteur, elle se dit que ce devait être eux qui revenaient de faire un tour.

La porte de la maison s'entrouvrit alors et elle vit Albert qui supportait son père, ce dernier ayant de la difficulté à marcher. Il le conduisit directement à son lit, où il s'effondra, encore sous les vapeurs de l'alcool et de la volée qu'il avait reçue.

— Faites-vous z'en pas, madame Adéline. Il devrait dormir jusqu'à demain matin et il devrait avoir mal à la tête en se réveillant! Il a encore une fois abusé des bonnes choses! dit-il pour ne pas envenimer la situation.

— T'étais pas à Montréal chez ta tante Fernande?

— Oui, mais papa a décidé de venir faire le trouble. Il a trouvé chaussure à son pied. Inquiétez-vous pas pour nous autres. L'important, c'est que personne soit blessé. Il a la tête assez dure qu'il va passer au travers. Vous allez m'excuser, mais je dois m'en aller, dit Albert pour ne pas avoir à raconter l'anecdote dans les détails. Il savait que s'il commençait, Adéline voudrait connaître chaque parole qui avait été échangée et il souhaitait ardemment tourner la page sur cette malheureuse journée.

Adéline s'était donc assise près de la fenêtre de la cuisine et elle avait regardé tomber la neige qui recouvrait les traces sur la route.

Pourquoi n'était-il pas aussi simple d'effacer toutes les bêtises de son mari?

CHAPITRE 23

Amour de printemps

(Juin 1974)

Mademoiselle Catherine Thompson devait arriver à la maison familiale au tout début de l'après-midi et Simon n'avait toujours pas tondu la pelouse, nettoyé les galeries, ni vu à ce que tout soit en parfait ordre. Il aurait dû le faire pendant la semaine, mais il remettait constamment son travail au lendemain. La veille, il avait préféré aller taquiner le poisson avec Victor Morin, le vieux garçon qui demeurait en bas de la côte du chemin Ladouceur.

Simon n'avait jamais vraiment eu d'amis de sa génération au lac Brûlé. Durant leur enfance, ses frères pouvaient s'amuser entre eux, mais il avait une trop grande différence d'âge avec eux pour pouvoir participer à leurs activités. Par la suite, ceux-ci avaient tour à tour quitté le lac Brûlé, alors qu'il n'était encore qu'un tout jeune gamin.

Simon vivait donc au lac Brûlé, seul avec son père et sa belle-mère. Il lui fallait avouer que madame Adéline lui accordait beaucoup de temps, lui témoignant une affection particulière. Il avait en elle une confiance absolue et il s'en était fait une alliée pour les moments difficiles.

Adéline avait rapidement constaté que depuis que Simon était un adolescent, Ernest avait tendance à le malmener dès qu'il ne se comportait pas comme il l'entendait. Il s'agissait surtout de violence verbale, alors qu'Ernest diminuait ouvertement son plus jeune. Chaque fois qu'elle en avait été témoin, Adéline avait tenté de dédramatiser la situation auprès du gamin. Elle ne voulait pas qu'il se sente rejeté ou qu'il devienne aussi méchant que son paternel. Elle souhaitait croire qu'il était possible, malgré l'hérédité, de changer un tant soit peu le caractère du jeune homme, en lui démontrant la force de l'amour de son prochain. Cependant, lorsque le vieil ours était dans les parages, elle avait plus de mal à contrôler les agissements fautifs du garçon.

Comme un caméléon, Simon se transformait selon les lieux où il se trouvait ou en fonction des gens qu'il côtoyait. C'était devenu une question de survie pour l'enfant né dans la tourmente. Il n'était bien nulle part ; les heures, les minutes et même les secondes s'écoulaient comme la rivière, rarement calme, parfois mouvementée et menaçant constamment de sortir de son lit.

Son père avait constaté la complicité entre sa deuxième épouse et Simon, et il acceptait difficilement que son fils participe aux tâches ménagères d'Adéline quand il était à l'extérieur. Pour tenter d'éviter cela, il lui préparait régulièrement de longues listes de corvées à accomplir à la maison et dans ses dépendances, et il y avait toujours une feuille de notes particulières pour la résidence de monsieur Thompson. Ernest pouvait ainsi s'absenter la tête tranquille, en sachant que son fils aurait suffisamment de travaux à exécuter en attendant qu'il soit de retour.

Depuis qu'Ernest avait commencé à boire plus souvent, il partait à l'extérieur du village pendant des épisodes prolongés ou il se terrait dans son garage. Mais on le voyait beaucoup moins. Simon avait donc plus de responsabilités. Il était heureux de pouvoir profiter de cette solitude pour vaquer à ses occupations sans avoir à rendre de comptes à qui que ce soit. On ne lui avait cependant pas enseigné la discipline et le sens de l'organisation, ce qui l'obligeait parfois à mettre les bouchées doubles pour parvenir à terminer ses tâches quand il réalisait que l'échéance était proche.

Depuis quelques années, Catherine Thompson, enseignante à Montréal, venait s'établir au lac Brûlé pendant tout l'été. Encore célibataire, bien qu'elle allât avoir bientôt vingt-sept ans, elle apparaissait dès que les classes se terminaient et ne repartait qu'une semaine avant la rentrée scolaire. On ne l'apercevait que très peu, si ce n'est qu'elle passait tranquillement à pied, tous les jours, faisant une grande marche de santé. Vêtue d'une longue jupe de denim, de sandales de cuir sans talon et de blouses paysannes, elle respirait la liberté. Il n'était pas rare de la voir cueillir quelques fleurs sauvages ou quelques fruits des champs selon les mois. Elle se fondait dans le décor, comme les papillons, qui ne semblaient exister que pour égayer le moment présent.

Au moment où il s'apprêtait à quitter la maison, Simon entendit le bruit d'une voiture au loin. Impossible que ce soit mademoiselle Catherine, avec un tel vacarme, pensa-t-il. Il s'agissait d'un véhicule dont le silencieux était modifié ou défectueux, avec un pareil écho de ferraille. C'était sûrement quelqu'un qui se cherchait un chalet pour l'été et qui venait faire une tournée sur le chemin Ladouceur, une route en terre battue avec quelques endroits pavés. Soudain apparut, dans un nuage de poussière, une Ford Mustang GT 1967 vert. On l'aurait crue issu directement du film *Bullit* avec Steve McQueen. Est-ce qu'il rêvait ou bien c'était son aîné, Luc, qui était au volant de ce rutilant bolide?

— Salut, Simon, dit celui-ci en sortant de son superbe véhicule.

Luc avait l'air très heureux de voir son jeune frère, mais en même temps, cela lui faisait tout drôle de se sentir presque étranger dans ce lieu qu'il avait quitté depuis si longtemps.

— Allo, Luc, qu'est-ce que tu fais par ici? Es-tu perdu? demanda Simon, gêné, mais tout de même content de la visite de son frère.

Simon avait une attitude tout à fait légitime, compte tenu de la différence d'âge entre Luc et lui. De plus, ils ne s'étaient rencontrés que dans les occasions familiales, plutôt rares chez les Potvin.

— Tu as beaucoup grandi depuis la dernière fois que je t'ai vu chez Diane. Ça fait déjà une bonne *escousse*. Je sais pas ce qui m'a pris aujourd'hui, mais j'avais le goût de venir faire un tour au lac Brûlé. Notre sœur Rose, avec ses grands mots, dirait que je fais un retour aux sources. Ça bouge pas gros par ici, es-tu tout seul ?

— Oui, madame Adéline est partie pour quelques jours chez sa fille Madeleine à Sainte-Agathe. Elle lui donne un coup de main avec les enfants ces temps-ci.

— Qu'est-ce que le père pense de ça ? Il doit pas être fier de passer en deuxième, c'est pas vraiment son genre !

— Tu sais, avec son travail, papa est pas souvent à la maison ces derniers temps. Quand il part pour faire du transport en ville, on peut jamais dire quand il va revenir.

— Et toi, tu restes tout seul ici ? C'est pas vraiment normal pour un garçon de treize ans.

— J'ai pas treize ans ! répliqua Simon, heurté dans son orgueil.

— Je m'excuse, mais j'ai pas la mémoire des dates. Ce que je sais par contre, c'est que t'es pas encore suffisamment vieux pour avoir autant de responsabilités sur les épaules et pour vivre en ermite à la campagne.

— Mardi prochain, je vais avoir quinze ans bien sonnés et depuis que vous êtes tous partis de la maison, c'est moi qui fais tout ici pour aider papa.

— Je voulais pas t'insulter, Simon, mais je trouve que c'est pas raisonnable de la part de notre père et même de madame Adéline de t'abandonner comme ça.

— En tout cas, tu peux entrer dans la cuisine si ça te dit. Moi, je devrais revenir dans deux heures à peu près, répondit Simon, dans une tentative d'éluder toutes ces questions incommodantes et gênantes pour lui.

— Je veux pas te déranger. Qu'est-ce que tu dois faire aujourd'hui ?

— Il faut que j'aille couper le gazon, et faire deux ou trois petites *jobines* chez les Thompson, parce que mademoiselle Catherine devrait être là dans une heure ou deux.

— Elle vient encore au lac Brûlé, après toutes ces années? Dis-moi, est-ce qu'elle est mariée, la belle Catherine?

— Ben non, je l'ai même jamais vue avec un gars. Elle monte dans le Nord presque toutes les fins de semaine et elle passe tout l'été ici même quand son père y est pas.

— Ça fait une éternité que je l'ai pas revue.

— En tout cas, moi je trouve que c'est une drôle de fille. Elle reste de longues journées à lire, à écrire ou à se promener. Monsieur Thompson arrive d'habitude le vendredi en fin d'après-midi ou le lendemain matin et ils vont souper à Sainte-Agathe le samedi soir. Toujours la même petite routine durant toute la saison. Me semble que je m'ennuierais à mourir si j'étais à sa place.

— Et toi, qu'est-ce que tu fais pour t'amuser, ici, dans le fond des bois?

Simon n'avait pas l'habitude de ce genre de discussion, mais il commençait à apprécier la simplicité avec laquelle son grand frère s'adressait à lui. Il sentait également un intérêt réel de sa part et cela ensoleillait tout à coup sa journée.

Le plus jeune enfant de la famille Potvin se couchait souvent le soir en pensant qu'il était seul au monde et voilà qu'aujourd'hui, il avait l'impression d'être important aux yeux de son aîné. Cela réchauffait son cœur, qui avait tellement besoin d'amour. Il décida donc de laisser tranquillement tomber son armure et de profiter du bon temps que la vie semblait lui offrir. Il souhaitait connaître son frère un peu plus, et il en avait maintenant l'occasion.

— Moi ? Ou bien je travaille ou je vais à la pêche. En attendant, tu devrais venir avec moi chez monsieur Thompson. Ça te permettrait de respirer l'air pur de la campagne. Et en plus, si tu soupes avec moi, je te ferai cuire une truite que j'ai pêchée hier, dans le deuxième détour du lac, où tu m'avais emmené une fois quand j'étais petit.

— Tu te souviens encore de ça, Simon ? Pourtant tu étais assez jeune à l'époque. J'avais prévu faire juste un aller-retour, mais comme tu es tout seul, je peux bien te donner un coup de main pour l'ouvrage chez monsieur Thompson. Ça fait longtemps que j'ai pas coupé du gazon. Quand tu restes dans un trois et demie au deuxième étage à Montréal, tu passes plus souvent la balayeuse que la tondeuse !

— T'es pas mal drôle, mais dépêche-toi si on veut terminer avant que mademoiselle arrive de la ville. J'aurais déjà dû faire cette *job*-là avant aujourd'hui. Heureusement que papa est pas là, sinon ça irait mal à *shop* !

— C'est correct, Simon. À deux, le travail se fera plus rapidement. Pis tant qu'à faire, si le père revient pas à soir, je resterai avec toi pour le souper.

— J'aimerais ben ça. C'est vraiment long les veillées quand je suis tout seul. On pourrait peut-être jouer une partie de Monopoly? C'est toi qui m'avais offert le jeu à ma fête il y a quelques années.

— D'accord, mais avant, tu devras me faire un bon repas. Il y a une bonne secousse que j'ai pas mangé de poisson frais. Pourvu que tu saches bien cuisiner! plaisanta Luc en passant la main dans les cheveux de Simon pour le dépeigner, mais surtout pour lui démontrer qu'il était tout de même attaché à lui malgré la différence d'âge et l'éloignement.

Luc avait deviné sans peine que la vie ne tournait pas rond au lac Brûlé. Il profiterait donc de cet après-midi pour travailler avec son cadet et, par la même occasion, reprendre un contact plus familier avec lui. Peut-être qu'il parviendrait à percer sa carapace et qu'il pourrait dialoguer de façon plus soutenue avec lui pendant le repas. Il aimerait bien être en mesure de connaître un peu ses états d'âme.

Luc était inquiet d'avoir trouvé Simon ainsi, comme abandonné à lui-même. Pouvait-on imaginer que son père le maltraite, ou qu'il manquât de quoi que ce soit?

En tant qu'aîné, il devait garder l'œil ouvert. Il se souvenait trop bien des gestes de violence posés par son père lors du dîner du jour de l'An.

Qui sait, quand il avait décidé de venir ici aujourd'hui, s'il ne s'agissait pas d'une intuition?

Mais peu lui importait, il était heureux d'être là présentement.

Il invita donc son jeune frère à prendre place dans sa voiture sport pour se rendre chez les Thompson. En arrivant sur les lieux, Luc constata que le terrain était négligé et qu'il y avait déjà un bon moment que le travail aurait dû être fait. Connaissant bien le propriétaire, il était convaincu que celui-ci serait mécontent de voir son domaine dans un si piètre état.

— Veux-tu bien me dire, Simon, depuis combien de temps t'as pas coupé le gazon chez monsieur Thompson? Une affaire pour que pépère Potvin se revire dans sa tombe!

— Je le sais, mais j'ai vraiment pas pu venir avant. J'avais encore de l'école, jusqu'à la semaine passée. Pis quand je mettais les pieds à la maison en fin d'après-midi, j'avais des devoirs à faire. Il me restait juste du temps pour manger et faire l'ouvrage autour pour que ce soit correct quand papa reviendrait. Il s'annonce jamais d'avance. Il arrive à toutes sortes d'heures. Mais maintenant que les vacances d'été sont commencées, ça va aller mieux.

— J'ai de la misère à croire que tu restes tout seul ici, dans la maison, et que tu doives t'occuper de tout.

— Madame Adéline m'appelle parfois et elle vient avec son gendre pour me porter des petits repas et faire un peu de ménage. La semaine passée, elle a même apporté mon lavage chez sa fille. Je t'en aurais pas parlé, mais ça fait déjà plus d'une quinzaine de jours que papa est parti. C'est la première fois qu'il part aussi longtemps.

Simon se sentait maintenant prêt à se confier; sa misérable vie lui pesait lourd. Il était isolé, loin de tous les autres membres de sa famille. Il n'avait jamais pensé communiquer avec l'un d'eux pour se plaindre ou leur raconter ce qui se passait par crainte des représailles du vieil ours.

— Cette fois-ci, il est allé livrer de la marchandise en Ontario. Il m'a téléphoné deux fois, mais il peut pas me dire quand il rentrera. Ça devait être juste pour deux ou trois jours.

— Et pourquoi madame Adéline revient pas au lac Brûlé, maintenant que tu es tout seul?

— Papa s'est chicané avec elle et il l'a mise à la porte le mois passé. Mais jure-moi de pas répéter ça à personne! Il m'avait fait promettre de pas en parler. Elle devrait réapparaître quand sa crise sera finie, c'est du moins ce que le père m'a dit avant de partir.

Luc était doublement satisfait d'être là. La situation était anormale et même inquiétante. Étant donné qu'il était le plus vieux des garçons, il se sentait responsable de son jeune frère qu'il ne connaissait pourtant que si peu.

— On va s'occuper de *renipper* le terrain ici et après, on retournera à la maison pour jaser de tout ça. Et t'as pas à t'inquiéter, ça restera entre nous!

Simon était ambivalent. Il aurait préféré ne pas avoir à dévoiler le pot aux roses concernant la vive dispute entre son père et sa belle-mère, mais il n'avait pas vraiment le choix. Cela lui pesait sur la conscience et il estimait trop son aîné pour lui raconter des sornettes.

Les deux gars commencèrent donc à travailler chacun de leur côté et Luc prit plaisir à faire ces tâches d'entretien à l'extérieur, lui qui passait de longues journées enfermé dans une usine. Cela lui rappelait les années où il venait lui aussi faire de l'ouvrage chez les Thompson à la demande de son père.

Il songea également à sa mère, qui était à cette époque responsable du grand ménage au début de la saison et de la maintenance de cette immense résidence durant tout l'été, en plus de vaquer à ses occupations familiales. Comme elle était courageuse et fière! Jamais une plainte ou un mot décrivant une lassitude quelconque.

Sûrement qu'elle était au Ciel après avoir vécu de si durs moments auprès de ce mari vil et ingrat. Luc ne regrettait pas de penser à son paternel de cette façon, car il était convaincu que c'était un démon qui avait été oublié sur la terre. Jamais il ne pourrait honorer un homme de cet acabit, dût-il être puni pour avoir enfreint les commandements de Dieu.

Après tout juste une heure de corvée à deux, le terrain semblait avoir subi une vraie cure de rajeunissement. Luc se rendit au garage avec un brin de nostalgie, pour y mettre un peu d'ordre, comme il avait été habitué à le faire avec son grand-père jadis. Il se permit de replacer certains outils qu'il avait maintes fois rangés en songeant à la fierté qu'il avait ressentie un jour, alors que monsieur Thompson avait partagé une réflexion auprès de lui.

— Tu travailles comme ta mère, mon cher Luc. On dirait qu'en peu de temps, tu peux tout remettre en place alors que pour certaines personnes, ça semble si compliqué. C'est une grande qualité que tu as là, mon jeune garçon, et fais en sorte de ne jamais modifier ton style.

Par la suite, à plusieurs occasions, Luc avait pensé à ce commentaire qui lui avait été fait ce jour-là. Peu habitué d'être louangé, il en avait retiré beaucoup de satisfaction.

Soudain, son frère le sortit de sa rêverie, alors qu'il le réclama d'une voix forte et résolue.

— Luc, veux-tu venir m'aider? Mademoiselle Catherine est arrivée et il y a pas mal de stock à débarquer de son auto.

— Attends-moi, cria Luc, surgissant de cette grande bâtisse où l'on entreposait les matériaux et les outils.

Au moment où il s'approcha de la voiture, il fut étonné d'apercevoir la magnifique femme. La dernière fois qu'il l'avait vue, elle était encore une fillette avec de longues nattes, qu'il croisait lors de ses randonnées bucoliques. À cette époque, il était un jeune adulte en proie à l'inquiétude face à l'avenir et il venait occasionnellement chercher des réponses sur les berges du lac Brûlé.

Il avait peine à croire qu'il s'agissait bien de la même personne. La petite Anglaise, comme il l'appelait à son insu, s'était transformée en une gracieuse créature.

— Bonjour, Catherine, il y a un bon moment que l'on s'est vus! déclara Luc, tout heureux de reprendre contact avec la jeune femme.

— Je vous avoue sincèrement que je ne vous reconnais pas du tout. Un des frères de Simon, je présume, dit-elle, également attirée par ce bel homme qui avait des traits familiers, mais dont elle ignorait le nom.

— Bien sûr, j'ai quitté le lac Brûlé il y a très longtemps. Mais s'il te plaît, laisse tomber le vouvoiement, sinon je vais croire que tu me prends pour un vieux loup. C'est moi, Luc, l'aîné des garçons Potvin. Je travaille à Montréal, mais j'ai décidé de venir faire un tour à la campagne aujourd'hui. Il faisait tellement beau.

— Oui, je me souviens. Mais je ne vous... ou plutôt je ne t'aurais jamais reconnu. Il y a vraiment longtemps.

— Comme ça, tu passes toutes tes fins de semaine et tous tes étés au lac Brûlé?

— On y est si bien que je serais folle de ne pas m'offrir ce privilège. Si je le pouvais, je resterais ici toute l'année.

— Tu as donc un petit côté campagnard, si on peut dire, sans vouloir t'insulter.

— Je suis effectivement campagnarde et fière de l'être! J'adore sortir de la ville aussi souvent que je le peux. Cet après-midi, j'en ai profité pour monter par la vieille route à partir de Saint-Jérôme. C'est tellement plaisant d'arriver dans les Laurentides et d'admirer les montagnes!

— Ça me fait tout drôle de parler comme ça avec toi aujourd'hui. J'ai comme l'impression de redécouvrir le lac Brûlé. Il faut parfois partir de chez nous pour apprécier les paysages quand on revient.

Simon avait le sentiment de ne plus exister. Les deux jeunes gens discouraient allègrement, comme s'ils s'étaient laissés la veille. Il passait entre ces deux êtres un courant qui n'était sûrement pas près de s'éteindre.

— Où on met toutes ces boîtes-là? se décida-t-il enfin à demander, afin de rompre le charme qui semblait les avoir envoûtés, mais qui par-dessus tout intimidait l'adolescent.

— On va les déposer dans le salon, répondit Catherine.

La jeune femme était quelque peu gênée d'avoir été ainsi surprise à *flirter*, ce qu'elle n'avait pas fait très souvent avant aujourd'hui.

C'est tout sourire que Luc s'activa à la tâche, touchant avec délicatesse chacun des cartons qu'il transportait, car ils appartenaient à la plus belle fille qu'il ait jamais rencontrée. Il aurait souhaité ranger chaque article pour elle, afin de pouvoir la suivre dans toutes les pièces de la maison et être à ses côtés le plus longtemps possible.

Le foin fraîchement coupé et les rayons du soleil semblaient s'amuser d'être les premiers témoins de cette idylle. Luc et Catherine auraient l'occasion de les regarder encore et encore, du moins l'espéraient-ils secrètement.

Le lac Brûlé avait connu de nombreux amoureux et il était intéressant de voir que malgré les années, il restait de la place pour d'autres histoires romantiques.

CHAPITRE 24

Des nouvelles d'Iroquois Falls

(Octobre 1974)

Depuis quelques mois, Ernest avait entrepris une vie de bohème, ne regardant plus l'heure ni même le jour avant de revenir à la maison. En fait, tout cela avait commencé à la suite de l'altercation survenue chez sa sœur Fernande au jour de l'An.

Le matin du Premier de l'an, il n'avait pas encore dégrisé de la veille et il s'était disputé avec Adéline, qui insistait pour se rendre chez son fils Jean, ce dernier l'ayant invitée pour le dîner familial.

— Le devoir d'une femme mariée, c'est de rester à la maison et de faire les repas pour les siens !

— On en avait parlé bien avant aujourd'hui. Je suis pas allée chez mon garçon à Noël pour passer la journée avec Simon et toi. Ce serait bien normal que je puisse être avec mes enfants et mes petits-enfants que j'ai pas encore vus dans le temps des Fêtes.

— Je suppose que tu leur as acheté des cadeaux avec de l'argent que tu m'as volé !

— C'est une insulte que tu me fais là, Ernest Potvin !

J'ai tricoté des mitaines et des foulards à tous mes petits avec la laine que ma fille m'a apportée.

Depuis la dernière querelle avec son mari, le soir où les policiers avaient trouvé son véhicule dans le fossé, Adéline s'imposait beaucoup plus. Contrairement à ce qu'elle avait cru, Ernest ne l'avait pas frappée ni insultée le lendemain, mais il l'avait complètement ignorée.

Il la punissait en s'absentant de plus en plus souvent sans donner de nouvelles ou en ne lui permettant pas d'aller au village quand elle en avait envie. Il se disait que tant que Simon n'aurait pas une femme bien à lui, il aurait besoin d'Adéline pour faire son travail de maison.

Au jour de l'An, Adéline avait donc tenu tête à son mari et elle avait demandé à son fils de venir la chercher pour le dîner. Quand elle avait quitté la demeure, Ernest avait demandé à Simon de s'habiller, en mentionnant qu'ils sortiraient ensemble.

Il avait dessein d'aller chez sa sœur Fernande, sachant fort bien que ses enfants y seraient. On aurait pu croire qu'il avait soif de chicane tout simplement. Il avait donc bu tout le long de la route et il se rappelait à peine ce qui s'était passé par la suite.

Il s'était réveillé dans son lit le lendemain matin et il avait un mal de tête lancinant. Un peu plus tard dans l'avant-midi, Luc était venu lui rapporter son camion en même temps qu'il ramenait Simon chez lui. Ce dernier avait pris ses clés et, en entrant, il les avait laissées sur le bahut à côté de la cheminée.

Luc était reparti tout de suite avec son oncle Georges, qui l'avait suivi de près et avec qui il retournerait à

Montréal en discutant de tout sauf du vieil ours.

Adéline avait vu arriver Luc et Simon, mais elle n'avait rien dit. Ernest, qui était encore couché, n'avait pas su ce qui s'était passé et sa femme ne lui raconterait rien. Quand ils seraient seuls, Simon lui expliquerait sûrement pourquoi il était revenu avec son grand frère ce matin, mais en attendant, tout était calme dans la maison du lac Brûlé.

Ernest avait mis plus d'une semaine pour reprendre du poil de la bête. Avec les années, il avait de plus en plus de difficulté à récupérer et il avait besoin de moins en moins d'alcool pour s'enivrer.

Il avait ensuite recommencé sa routine en s'absentant de chez lui pendant plusieurs jours d'affilée sans dire où il allait ni quand il réapparaîtrait.

Quand il se rendait à Saint-Jérôme, Sainte-Thérèse, Laval ou Montréal pour des livraisons, il n'était pas rare qu'il s'attardât dans des bars plus ou moins recommandables, où il se faisait un plaisir de rester jusqu'à ce qu'on lui montre la porte à cause de l'heure indue ou en raison de son attitude colérique. Il roupillait parfois dans son véhicule, le temps de retrouver ses esprits, ou encore il se louait une chambre à proximité du débit de boisson lorsqu'il s'acoquinait avec une fille de son genre.

Durant ces escapades, il s'était fait des amis qui lui ressemblaient et il en profitait pour raconter une version de son existence allongée et modifiée au gré de la quantité d'alcool englouti. Quand il trouvait des gens intéressés ou plutôt disposés à écouter ses jérémiades, cela regonflait momentanément son ego.

Toute sa vie, il avait été de nature colérique, mais il ne buvait dans ces années-là que très peu de spiritueux. Après le décès de Pauline, il avait commencé à s'évader en ingurgitant à l'occasion quelques bières ou un peu de gin. Par la suite, de jour en jour, il avait augmenté sa consommation, de sorte qu'il se couchait souvent passablement ivre.

Durant les premiers mois, Adéline n'avait pas trop parlé, redoutant les foudres de son mari. Et puis les années avaient passé et il était devenu toujours plus audacieux. Un certain soir, il avait poussé sa chance à la limite en lui faisant un affront qu'elle n'avait pu accepter. En plein milieu d'un souper de semaine, il était arrivé à la maison en compagnie d'une jeune fille ayant tout au plus la majorité.

Habillée d'une mini-jupe rose bonbon et d'un corsage de dentelle décolleté jusqu'à n'avoir rien à cacher, la demoiselle se moulait au corps d'Ernest comme si elle craignait de se perdre. Il venait de passer les derniers jours avec elle et il avait décidé de l'emmener chez lui, au lac Brûlé. Depuis le temps qu'Adéline et lui faisaient chambre à part, il se disait que la présence de la jeune femme ne pouvait déranger qui que ce soit. Après tout, il était toujours le maître des lieux et personne ne pouvait le déloger.

Les deux joyeux fêtards étaient naturellement sous l'effet de la boisson et ils riaient à s'en décrocher la mâchoire.

Adéline n'en croyait pas ses yeux et elle était heureuse que Simon soit parti chez son ami Victor et qu'il n'ait pas à voir son père dans cet état.

Qu'Ernest vienne la narguer ainsi dans la maison avec une fille de rue, c'était le comble de la bêtise humaine. Quand elle lui avait demandé de qui il s'agissait, il lui avait tout simplement répondu :

— Toutes les femmes parlent d'avoir une batinse de laveuse à vaisselle. Ben moi, je t'en ai ramené une de dix-neuf ans !

Et il avait scellé cette maline déclaration en donnant une forte tape sur les fesses de sa copine de beuverie, qui encaissa le coup avec un rire niais.

— Mosanic, Ernest, c'est pas un bordel icitte ! avait alors crié Adéline.

Celle-ci n'avait pourtant pas l'habitude de répliquer à son mari, mais c'en était trop. Elle se sentait tout à la fois humiliée et choquée d'être ainsi traitée. La vue de cette jeune fille si peu vêtue la gênait et l'intimidait à la fois.

— Si t'es pas contente, t'as rien qu'à sacrer ton camp ! Chu chez moi, pis y'a personne qui va venir me dire quoi faire ! Si ça fait pas ton affaire, ramasse tes p'tits pis décrisse ! lui avait-il lâché de son ton tyrannique.

Craignant les représailles d'Ernest et profondément insultée par la présence de cette femme de mauvaise vie dans sa maison, Adéline avait jugé bon de quitter rapidement les lieux. Elle s'était réfugiée chez une voisine en prétextant que son appareil téléphonique était défectueux et qu'elle souhaitait joindre sa fille.

— Allo, Madeleine, c'est ta mère. Je t'appelle de chez madame Bélair. Ton beau-père arrive juste de Montréal et le téléphone marche pas. J'aurais aimé ça que tu montes au lac Brûlé à soir, avait-elle marmonné d'une voix saccadée et nerveuse.

Madeleine n'était pas dupe et comprit que les paroles de sa mère ne pouvaient que représenter un message d'alarme ; il se passait quelque chose de grave au lac Brûlé.

— Maman, êtes-vous malade, voulez-vous que je vienne vous chercher ?

Madeleine avait tendu une perche, sachant que sa mère ne pouvait sûrement pas parler librement.

— Oui, c'est ça, ma fille. Monte au lac Brûlé, mais inquiète-toi pas. Je vais t'attendre « chez nous, à ma maison », avait-elle spécifié, haussant volontairement le ton à la fin de sa phrase.

Puis, Adéline était ressortie de chez sa voisine en faisant semblant que tout allait bien, faisant fi de tous les racontars au sujet des allées et venues d'Ernest au cours des derniers mois. Elle s'était dirigée tranquillement jusqu'à son ancienne maison en espérant que sa fille avait bien compris le message. Elle avait par la suite profité de l'air frais du début de la soirée pour tenter de reprendre ses esprits et se calmer avant l'arrivée de Madeleine.

Celle-ci l'avait ensuite emmenée à Sainte-Agathe avec la ferme intention de ne plus lui permettre de réintégrer cet endroit de malheur. Elle avait mis sa pauvre mère en sécurité et lui avait offert de venir s'installer avec sa famille, où elle aurait l'opportunité de vieillir en toute sérénité.

Une fois la poussière retombée, Adéline avait pourtant insisté pour rentrer au bercail, espérant fermement que son mari avait eu sa leçon. Elle voulait croire qu'elle pourrait un jour l'amadouer et faire en sorte qu'il s'assagisse pour ses vieux jours.

C'était cependant sans tenir compte de la tête dure de l'homme vil et égoïste, qui multipliait les escapades au gré de son humeur. Après quelques nouvelles escarmouches, un soir, il avait finalement mis Adéline à la porte de la maison. Il avait poussé l'audace jusqu'à aller la reconduire avec sa valise directement sur la rue Larocque, en face du cimetière, en sachant fort bien qu'elle avait terriblement peur des morts.

— Débarque asteure, t'es quasiment rendue chez ta maîtresse d'école.

— Mosanic, Ernest, tu pourrais au moins me laisser sur la rue Thibodeau, en face de chez Madeleine, c'est à deux coins de rue !

— Non, je dépenserai pas une cenne de gaz de plus pour toi ! Moi y faut que j'tourne sur la rue Sainte-Anne pour m'en retourner à maison.

— T'es vraiment sans-cœur, Ernest Potvin. Mais si tu penses que j'ai peur des morts, tu te trompes. J'ai dans l'idée que t'es pas mal plus dangereux que ces pauvres esprits qui peuvent se promener dans les allées du cimetière.

Elle avait claqué la porte de son camion comme elle aurait aimé pouvoir le frapper sans retenue. Elle avait pris sa vieille valise brune, la même que Pauline utilisait quand elle devait se rendre à l'hôpital, et elle s'était dirigée d'un pas alerte chez sa fille, dans le but d'y élire définitivement domicile. Elle était triste d'abandonner ainsi Simon, mais elle devait sortir de cet enfer quotidien.

Simon avait tout de même quinze ans et il avait bien dit à Adéline de ne pas s'inquiéter pour lui. Quand son père était à la maison, il faisait en sorte de se trouver des activités à faire à l'extérieur, évitant à tout prix de le contrarier. Il avait même réussi à le manipuler adroitement en s'occupant promptement des travaux d'entretien et en ramassant dans les détritus de son entourage le genre d'objets hétéroclites qui plaisaient à Ernest.

Comme Simon était souvent seul, il passait beaucoup de temps chez un voisin éloigné, Victor Morin, qui était aussi son bon ami. Il avait l'impression auprès de lui d'oublier ce qui se déroulait en haut de la côte.

Quand il reprenait la route vers sa maison, il craignait d'y trouver son père tout autant qu'il souhaitait sa présence. Il se sentait partagé entre le lien filial et la peur d'être attaqué. Il aurait aimé recevoir l'attention que le vieil ours démontrait au petit ourson, il y avait de cela plusieurs années déjà.

Victor avait profité de cette pénurie de tendresse pour s'immiscer dans le cœur de l'adolescent en lui démontrant de l'intérêt et en soignant son âme meurtrie. Il aurait souhaité avoir un enfant comme Simon. Habité par une ancienne peine d'amour, il s'était protégé toute sa vie en refusant son affection à qui que ce soit, jusqu'à ce qu'il rencontre le jeune garçon, qu'il avait tout de suite pris sous son aile.

— Simon, ce sont peut-être pas mes affaires, mais sais-tu si ta belle-mère a entendu parler de ton père

410

dernièrement ? Ça va faire quasiment deux mois qu'il est pas revenu.

— Non, j'y ai téléphoné hier soir. J'ai pas voulu l'inquiéter, mais il y a des comptes qui rentrent et j'ai pas d'argent pour les payer.

— Tu parles d'un homme; c'est pas intelligent de laisser un enfant comme toi sans nouvelles.

— J'espère qu'il lui est rien arrivé. J'ai demandé à Yvon s'il pouvait apprendre quelque chose au poste avec son numéro de plaque ou son nom, mais il m'a dit qu'il avait rien trouvé. Il faudrait qu'on le rapporte comme disparu pour pouvoir faire des recherches. Si papa se fait arrêter par la police à cause de nous autres, on est pas mieux que morts !

L'inquiétude habitait toute la famille jusqu'à ce qu'une nuit de pleine lune du mois d'octobre, le téléphone réveille Simon, lui qui ne dormait plus que d'une oreille depuis qu'il était seul à la maison.

— Est-ce que je suis chez monsieur Potvin ? demanda une voix masculine avec une intonation franco-anglaise.

— Oui ! répondit Simon d'un ton ensommeillé. Qui parle ?

— Constable Bourque, d'Iroquois Falls, en Ontario. Est-ce que vous connaissez un dénommé Ernest Potvin ?

— Certain, c'est mon père ! Qu'est-ce qu'y arrive ? s'informa-t-il, inquiet et curieux à la fois.

— Il est présentement à l'hôpital de Timmins. Il s'est battu avec sa femme et il est blessé.

— Ça peut pas être lui, objecta naïvement Simon. Sa femme est ici, à Sainte-Agathe-des-Monts !

L'agent entreprit donc de décrire sa victime en détail, en mentionnant son âge, ses cheveux, sa barbe grise, et il fit la description de son véhicule. Simon ne put que confirmer qu'il s'agissait bien d'Ernest, mais il était tout à coup dérouté et ne put que s'en remettre à plus vieux que lui.

— Mon frère est dans la police à Sainte-Agathe. Pouvez-vous l'appeler ? Moi j'ai juste quinze ans et j'ai pas de *char* pour aller là-bas, expliqua-t-il.

Simon raccrocha le téléphone et s'installa dans la cuisine, désarçonné et ne sachant à quel saint se vouer. Il avait soudainement froid et pensa que son père n'aimerait pas qu'il utilise la fournaise au mazout si tôt dans la saison. Il se devait cependant de ranimer le poêle s'il voulait retrouver un minimum de confort. Il passa donc son inquiétude et sa colère en fendant du bois bien sec pour faire une attisée. Les yeux embués par la peine et la détresse, il froissa du papier, entrecroisa des éclisses et craqua une allumette. Ces gestes brefs eurent pour effet de calmer sa crainte. Soudain, la sonnerie du téléphone le fit de nouveau sursauter.

— Allo ! répondit-il anxieusement.

— Simon, c'est Yvon, comment ça va ? s'enquit celui qui habituellement ne se souciait que très peu des états d'âme de son frère.

— La police t'a-tu appelé pour papa ? demanda aussitôt Simon.

— Oui, inquiète-toi pas. Je monterai là-bas dès que possible ; avant, je dois trouver quelqu'un pour me remplacer au poste. Je devais travailler à huit heures à matin.

— Est-ce que je peux y aller avec toi ? questionna

Simon sans gêne, souhaitant savoir au plus tôt ce qui arrivait à son père.

— Oui, pas de problème. Je passerai te prendre aussitôt que mes affaires seront réglées. Albert viendra avec nous autres aussi parce qu'il faudra rapporter le *truck* de papa. Prépare-toi, j'aurai pas le temps d'attendre après toi !

Yvon coupa court à la conversation, sans égard aux sentiments de Simon. Celui-ci se morfondait d'inquiétude pour son paternel, qu'il aimait malgré tous ses défauts. Il devait avant tout s'assurer que la demeure soit en ordre quand il reviendrait afin d'éviter d'inutiles esclandres. Comme il avait toujours froid, il rajouta du bois dans le poêle, espérant ainsi réchauffer son cœur meurtri. Un coup de balai dans la cuisine l'aiderait à tuer les minutes à venir en attendant son grand frère.

L'horloge semblait ne pas comprendre l'inquiétude de l'adolescent et elle ralentissait ses aiguilles de façon à le narguer bêtement, du moins en avait-il l'impression.

Finalement au bout de sa maigre patience, Simon entendit le bruit d'un véhicule. Bien qu'il fût déjà sur le perron, Yvon, prompt de nature, klaxonna afin que son jeune frère s'active. Ce dernier s'engouffra à l'arrière de la voiture après avoir fermé la porte de la maison sans prendre la précaution de la verrouiller. Il avait hâte de connaître l'état de santé d'Ernest.

* * *

Simon aurait bien souhaité faire un voyage dans un tout autre contexte. Comme la route lui paraissait interminable, alors que ses frères discouraient de tout et de rien, sans vraiment s'intéresser à ce qu'il pouvait éprouver! On aurait dit qu'ils s'en allaient à une banale partie de baseball ou qu'ils se rendaient visiter un ami éloigné.

Il était vrai qu'il y avait déjà une mèche qu'ils avaient quitté la maison familiale et ils ressentaient beaucoup plus de rage que d'inquiétude envers leur père, qui semblait si doué pour troubler la sérénité de tous ceux qui l'entouraient. Ils reprendraient probablement contact avec la réalité quand ils seraient à proximité de leur destination.

Au moment où ils s'arrêtèrent à Mont-Laurier pour faire le plein d'essence, l'anxiété de Simon avait atteint son paroxysme. Il ressentait le besoin d'être rassuré par ses grands frères.

— Yvon, le policier a-tu dit si papa était blessé gravement?

— Non, je te l'ai déjà dit. Il m'a juste raconté qu'il avait été transporté en ambulance jusqu'à l'hôpital de Timmins après une altercation.

— On aurait dû appeler Adéline, renchérit-il, histoire de faire parler celui qui était plus muet qu'une carpe.

— On était pas pour inquiéter toute la populace en plein milieu de la nuit sans être au courant de ce que notre innocent de père a encore fait comme niaiserie!

— Fais-toi z'en pas, Simon, ajouta Albert, plus doux dans ses propos. Si ça avait été grave, tu peux être certain qu'ils l'auraient dit à Yvon, en sachant que c'est un policier. Ça lui servira peut-être de leçon. Si au moins, le père pouvait réaliser qu'il est plus un jeune homme et qu'il doit arrêter de se battre comme un vulgaire voyou.

En présence de ses deux frères, Simon réfléchissait différemment. Pourquoi ceux-ci éprouvaient-ils autant d'animosité envers leur père, alors que c'était lui qui vivait à ses côtés et qui subissait ses sautes d'humeur ? Il repensa soudain à toute la méchanceté dont son père avait fait preuve pour tuer le petit chat Galerie, celui qu'Adéline avait soigné avec autant d'affection. Il aimait son père, mais il le détestait tout autant quand il posait des gestes de la sorte.

Ironie du sort ou étrange coïncidence, la radio jouait une chanson fort populaire du groupe Beau Dommage.

« *Ça vaut pas la peine, de laisser ceux qu'on aime, pour aller faire tourner, des ballons sur son nez...* »

* * *

Le trio poursuivit sa route, les plus vieux continuant de discuter de choses et d'autres pendant que Simon priait, comme il le faisait avec Adéline quand une crise se produisait. En comptant tous les « Je vous salue Marie » sur ses longs doigts maigres, il s'endormit d'un sommeil attristé, les yeux lourds de larmes retenues par l'orgueil.

Aucun des fils Potvin n'était allé aussi loin dans le nord du Québec et de l'Ontario auparavant. Après avoir recueilli des indications dans quelques stations-service concernant l'itinéraire, ils arrivèrent finalement à l'hô-pital de Timmins. Albert, le plus calme des trois, se présenta à la réception et s'enquit au sujet de leur père.

— Vous ne pourrez le voir immédiatement. Il vient de subir une intervention chirurgicale et il est présentement en salle de réveil, l'informa l'infirmière envoyée à leur rencontre par la préposée aux admissions.

— Le policier nous a jamais parlé d'opération ; est-ce qu'il y a quelqu'un qui pourrait nous dire ce qu'il a eu ? demanda Yvon sur un ton autoritaire, souhaitant bien démontrer que c'était lui que l'on devait informer.

Le médecin de garde fut donc appelé et il vint à leur rencontre. Il mentionna que c'est lui qui avait reçu leur père, plus tôt, mais que c'était un autre docteur qui avait procédé à l'intervention chirurgicale délicate. Il leur fit savoir qu'Ernest avait été transféré de toute urgence du Anson General Hospital d'Iroquois Falls vers leur établissement, car il avait été victime de voies de fait sévères. Un violent coup à la figure, assené avec une poêle en fonte avait fait de lourds dégâts. Il expliqua alors que le patient avait une fracture de la mandibule et une autre du nez. On avait été dans l'obligation de pratiquer l'opération assez rapidement.

Après quelques discussions et précisions, Yvon procéda à la signature de différents formulaires. On permit ensuite aux garçons d'accéder à la chambre où leur père avait été conduit, sans toutefois les préparer à ce qui les attendait : ils y trouvèrent un homme inconscient, étendu sur un lit et relié à des tubes aux narines et dans le bras. Il avait le visage tuméfié et boursouflé à ne plus voir ses yeux dans leurs orbites. Les pansements qui entouraient sa tête étaient volumineux, ce qui n'avait rien de vraiment rassurant pour Simon. Il s'agissait bien de son papa, mais celui-ci pourrait-il survivre à pareille épreuve ? Sentant tout à coup un vent de chaleur lui monter à la tête, l'adolescent pressentit que ses genoux allaient fléchir. C'est Albert qui le soutint et l'emmena à l'extérieur de la chambre, où il demanda une débarbouillette d'eau froide afin d'éviter à son cadet une perte de conscience.

— Ça va bien se passer, Simon, le docteur a dit que le pire est derrière. Fais-toi z'en pas.

— Celle qui lui a fait ça, je te jure que j'aimerais ça l'avoir en face de moi ! gémit-il.

Simon était indigné de la lâcheté de la personne qui avait utilisé une telle arme pour s'en prendre à quelqu'un. Il était également frustré d'être passé tout juste à deux doigts de l'évanouissement.

— Simon, même si c'est notre père, rappelle-toi bien qu'il a souvent couru après les ennuis. Il faudra aussi qu'on rencontre le policier afin de savoir vraiment ce qui lui est arrivé. Tu étais trop petit dans le temps, mais moi, je l'ai vu frapper notre mère alors que j'avais à peu près ton âge et jamais je l'ai oublié. Elle s'était blessée en tombant et si ça avait pas été du bon docteur Lavallée et surtout de grand-mère Potvin, elle serait probablement morte au bout de son sang.

— Je sais qu'il est *tough*, mais c'est quand même pas un monstre !

— C'est peut-être pas le mot exact, répondit Yvon silencieux jusqu'alors, mais c'est bien près de la réalité. J'ai même pas été surpris quand j'ai reçu le coup de téléphone la nuit dernière ; ça devait arriver de toute façon. On peut rien faire avant qu'il reprenne connaissance. Qu'est-ce que vous en penseriez, les gars, si je me rendais à Iroquois Falls pour rencontrer les policiers et savoir le fond de cette histoire ? Vous êtes assez de deux pour rester sur place.

C'est ainsi qu'Yvon avait repris la route en direction d'Iroquois Falls, où il souhaitait connaître les circonstances entourant l'événement qui avait mis son père dans un tel état. Bien qu'il soit encore jeune dans le métier, il avait déjà été appelé à intervenir lors de conflits semblables. C'était toutefois différent cette fois-ci, puisque son père était la victime. Il repensa alors au moment où il avait lui-même frappé son paternel d'un violent coup de poing lors du dîner du jour de l'An. Il n'avait pu se retenir quand il l'avait vu s'en prendre à la tante Fernande et, même aujourd'hui, bien que ce ne soit pas normal de frapper son père, ni aucunement recommandable, Yvon n'éprouvait aucun remords.

Ernest avait-il mérité ce qui lui était arrivé ici, en Ontario ? C'est ce qu'Yvon voulait découvrir, mais il s'attendait un peu à tout.

* * *

Ernest avait la curieuse impression de revenir d'un très long voyage. Les quelques instants où il avait réussi à entrouvrir les yeux, il avait eu peine à distinguer les lieux, les objets et même les couleurs. Tout était emballé d'une brume épaisse, à croire qu'il se trouvait enveloppé dans un immense nuage.

Il était peut-être tout simplement mort et il découvrait que c'était ainsi que cela se déroulait. Personne ne pouvait décrire réellement le passage vers l'au-delà. Avait-il finalement terminé sa chienne de vie? se demanda-t-il.

Comme il avait mal à la tête! Il avait l'impression d'avoir le cerveau enserré dans un étau et sa bouche refusait de s'ouvrir. Il avait des tubes insérés dans les narines, une aiguille piquée dans la main et reliée à une bouteille de verre, et il peinait à bouger. Rêvait-il ou s'agissait-il bien de la réalité?

Il devait faire un effort pour se remémorer son dernier souvenir; c'était celui d'avoir travaillé pour un certain monsieur Losier, qui devait faire réparer un tracteur. Il habitait dans une grande maison sur la rue Main Street, à Iroquois Falls, ce petit village où il créchait depuis quelques mois. Ernest avait été invité à dîner chez son employeur, et son épouse lui avait servi un bon repas de maquereau bouilli avec des patates et des oignons frits. Il se rappelait même qu'elle avait fait un délicieux gâteau aux pistaches.

Mais qu'est-ce qui lui faisait penser à de pareils détails? Que s'était-il donc passé pour qu'il soit maintenant immobilisé de la sorte?

Charlène. Oui, il avait souvenance de sa querelle avec la femme qu'il fréquentait depuis quelques mois, en fait depuis qu'il était parti du lac Brûlé. C'était en juin ou en juillet, il avait peine à se rappeler la période exacte.

Il se revoyait arriver dans les marches menant au deuxième étage et entendre Charlène rire, tandis qu'elle prenait une bière avec un homme. Tout de suite, la rage l'avait empli et il était entré en trombe dans la maison en invectivant celle-ci. Son cousin, lui avait-elle raconté ! Comme s'il avait une poignée dans le dos !

Bien sûr, il n'était pas rentré la veille, car il était allé livrer une voiture à Toronto avec un gars, mais c'était pour gagner quelques piastres. Il se devait de travailler à l'occasion s'il désirait continuer cette vie de bohème.

Charlène était pourtant bien contente quand il lui tendait quelques billets en revenant, surtout les coupures de cinquante dollars, qu'elle lui disait préférer.

À son retour de Toronto, il s'était arrêté prendre une bière dans un petit bar du motel qu'il fréquentait souvent, question de jaser un peu avec les amis. Suzanne, la serveuse, lui payait parfois un cognac et il avait du plaisir à discuter avec celle-ci. Elle ne le jugeait pas et ne lui faisait pas la morale. Elle l'écoutait simplement ; il lui avait d'ailleurs parlé du décès de Pauline, ce qu'il avait rarement fait dans sa vie. Suzanne semblait être une bonne personne, assez âgée, ou plutôt du même âge que lui. Elle était tellement compréhensive. C'est la raison pour laquelle il n'était rentré chez lui qu'à neuf heures du soir.

Comme il avait mal à la tête en pensant à son entrée dans la maison !

C'était bien ça, il était à l'hôpital, car il sentait les barreaux de chaque côté du lit. Il était blessé, c'est pour cela qu'il avait tellement de douleur. Il se rappelait avoir été frappé, mais ce n'était pas un coup de poing, il en était certain. Il avait déjà reçu plusieurs volées dans sa vie, mais cette fois-ci avait été différente. Il avait reçu un vrai coup de masse en plein front, comme on le faisait pour tuer un cochon.

Qui était là, à côté de son lit? À travers ce brouillard, il devait sûrement rêver. Il entrevoyait Albert et, à ses côtés, il croyait apercevoir son jeune fils Simon. Il tenta alors de se relever, mais en vain, il n'en avait pas la force.

— Bouge pas, papa, tu vas te faire plus mal, lui dit Simon d'un ton empreint de douceur et de compassion.

— Je sors avertir la garde-malade qu'il se réveille. Elle a demandé qu'on l'avise tout de suite, chuchota Albert à l'intention de son frérot.

Impossible pour Ernest de parler à ses fils; mais pourquoi étaient-ils là? Comment avaient-ils su qu'il était à l'hôpital?

Une infirmière pénétra dans la pièce et s'approcha délicatement du blessé.

— Ne bougez pas, Monsieur Potvin. Si vous avez mal, essayez de cligner des yeux.

Ernest déploya un grand effort pour faire papilloter ses paupières, espérant que l'infirmière puisse saisir son message. Si elle pouvait atténuer un tant soit peu sa douleur, il lui en serait très reconnaissant. Il lui semblait que sa tête voulait fendre en deux comme les bûches de bois qu'il manipulait jadis si habilement.

— Nous lui donnerons une injection pour éviter qu'il souffre, expliqua la jeune dame aux deux fils inquiets. Vous n'êtes pas obligés de rester, car il va dormir une partie de la journée. Il doit subir une autre intervention chirurgicale demain ou après-demain, dès que l'enflure aura disparu.

Ernest comprenait à peine ce que l'infirmière disait, car elle parlait beaucoup trop bas. De plus, il avait un pansement sur une oreille.

La vie du vieil ours était sur la pente descendante et il craignait d'atteindre le fond du baril. Il se devait de reprendre ses esprits et de retourner auprès du dernier enfant qu'il lui restait à la maison et qu'il avait abandonné à son propre sort.

Selon la coutume familiale, c'est Simon qui devait lui succéder et il était important qu'Ernest revienne au bercail pour le former en ce sens. Il n'était pas encore prêt à mourir ; il lui fallait préparer son petit ours pour lui transférer des pouvoirs au cas où il serait frappé par la foudre ou par ce Dieu, qu'il avait allègrement défié toute sa vie.

L'espace d'un instant, il réintégra le pays des rêves, léger et insouciant. Il y demeurerait probablement pendant une longue période de temps avant d'espérer pouvoir reprendre sa vie en main.

* * *

Les trois garçons étaient attablés au restaurant Anson Diner, sur la rue Principale, à Iroquois Falls, et ils discutaient de la situation. Yvon leur fit un bref rapport de ce qu'il avait réussi à apprendre.

— Je suis allé rencontrer les policiers et ils m'ont raconté ce qui s'était passé. Ils ont été appelés à se rendre dans une bicoque pour une chicane de couple et ce n'était pas la première fois qu'ils étaient demandés à cette adresse-là.

— Mais qu'est-ce que papa faisait là ? questionna Simon, avec toute sa naïveté.

— Il restait avec cette femme-là, une *barmaid* qui travaillait à Saint-Jérôme avant. Elle est originaire de la région et c'est elle qui l'a emmené par ici.

— Si Adéline savait ça, elle aurait de la peine sans bon sens !

Simon, qui ne connaissait rien de la vie des adultes, était totalement abasourdi d'apprendre que son père pouvait poser des gestes aussi répréhensibles.

— En tout cas, intervint Albert, je pense qu'il a maintenant eu sa leçon. Je propose d'attendre qu'il puisse sortir de l'hôpital et on le ramènera à la maison. Mémère Potvin racontait que son mari s'était calmé en prenant de l'âge, c'est peut-être ça qui va se passer également avec son vieil ours de fils. « Il faut faire confiance à la nature humaine », qu'elle nous rabâchait tout le temps.

* * *

Madeleine discutait sérieusement avec sa mère, après que celle-ci eut reçu un appel téléphonique de Johanne, l'épouse d'Yvon, pour lui apprendre la nouvelle à propos de ce qui était arrivé à son beau-père quelques jours plus tôt.

— Maman, vous retournerez pas au lac Brûlé chez ce vieux fou-là ! Attendez pas qu'il fasse avec vous ce qu'il a fait à sa pauvre Pauline !

— Ma fille, c'est mon devoir de femme mariée. Quand je l'ai épousé, j'y ai dit oui pour le meilleur et pour le pire et au moment où il sortira de l'hôpital, il va avoir besoin de moi. Je m'en veux assez d'être partie de la maison ! Si j'étais restée, ça serait peut-être jamais arrivé.

— Je peux pas vous retenir de force, mais je sais que vous faites pas le bon choix. Le bonhomme Potvin m'a toujours fait peur. Il vous a malicieusement volé votre bien, et vous a éloignée tranquillement de tous vos enfants. Il a divisé pour mieux régner. Avant qu'il arrive dans votre vie, on était une belle famille. Vous trouvez pas qu'il vous en a assez fait ?

— Madeleine, c'est moi qui ai accepté de lui léguer mes avoirs en retour de quoi, il me promettait de m'entretenir. Tu sais, à date, j'avais jamais manqué de rien. C'est moi qui suis partie de la maison, il m'a jamais mise à la porte.

— Maman, vous allez m'excuser, mais je vous crois pas. Vous l'auriez jamais quitté s'il avait agi comme du monde. Depuis que vous êtes mariée, vous travaillez toute la journée. À votre âge, vous devriez commencer à profiter un peu de la vie au lieu de faire le ménage pour tout le rang. En tout cas, si papa avait vécu, vous auriez pas été aussi misérable !

— Je t'ai juste demandé si tu pouvais me conduire au lac Brûlé après le dîner. Si ça te dérange, je me trouverai quelqu'un d'autre !

Adéline était triste de voir que sa fille critiquait sévèrement sa décision. Elle était pressée de mettre fin à ces longues réprimandes. En femme soumise, elle avait hâte de retrouver sa demeure pour s'assurer que tout serait en ordre quand son époux rentrerait de l'hôpital. Il aurait sûrement besoin de soins et elle se devait d'être là pour les lui prodiguer.

— Non, maman, c'est moi qui irai vous conduire au lac Brûlé, mais je voulais simplement que vous compreniez mon état d'âme. Je suis toujours inquiète pour vous quand vous êtes là-bas.

— Simon est revenu à la maison et, tu sais, c'est un bon garçon. Ça me tourmentait de toute façon de le laisser tout seul. Fais-toi z'en pas, tout se passera bien.

Madeleine acquiesça à la demande de sa mère, mais elle ne put s'empêcher de songer que la vie était parfois bien bizarre. Si on lui avait dit un jour qu'Adéline Vendette-Gagnon se ferait manipuler par un vieil ours égocentrique, elle en aurait bien ri. Celle qui tenait tête à son père quand elle était jeune, celle-là même qui pensait maintenant avoir trouvé chaussure à son pied, n'avait malheureusement pas fini d'avoir peine à marcher.

CHAPITRE 25

Souper d'anniversaire

(Février 1975)

Le navire de Diane et de Jules Labrie semblait voguer à la dérive. Souvent, Diane songeait que si elle n'avait pas eu d'enfants, cela ferait une mèche qu'elle se serait séparée, et ce, peu importe ce que les gens du village en auraient pensé. Elle regrettait amèrement de ne pas avoir profité à fond de sa vie de jeune fille. Elle enviait secrètement celles qui avaient le courage de quitter la maison familiale et de vivre seules en appartement pendant un moment avant de se passer la corde au cou.

Dans son cas, tout s'était déroulé trop rapidement. Elle voulait tellement partir du lac Brûlé qu'elle n'avait pas mesuré toutes les conséquences de la décision qu'elle avait prise. Elle s'était donc amarrée bien solidement sans prendre le temps de voguer librement. La peur de ne pas trouver à se marier avait joué pour beaucoup dans son choix. Il n'était pas question de rester vieille fille, comme on disait à cette époque, mais Dieu sait qu'elle n'avait plus le même avis aujourd'hui.

Fort heureusement, elle s'était accordé, depuis peu,

une certaine forme de liberté. Elle voulait qu'on la respecte pour ce qu'elle représentait et non pour ce qu'elle était en mesure d'apporter aux siens. Il n'était pas trop tard pour redonner à sa vie un peu de vigueur et d'effervescence.

Diane avait commencé par s'occuper d'elle-même, particulièrement au point de vue physique. Elle allait marcher tous les jours et surveillait son alimentation, si bien qu'elle avait pratiquement retrouvé sa taille de jeune fille. Elle ne sortait maintenant plus jamais sans être maquillée et vêtue convenablement. Elle avait trouvé un petit emploi de vendeuse dans une mercerie pour hommes, et faisait un peu de couture à la maison. L'argent qu'elle gagnait lui appartenait et elle s'était ouvert un compte de banque à son nom afin d'assurer ses arrières.

L'avenir de son couple était sombre et nébuleux. Depuis que Jules avait accepté une promotion à Montréal, la vie de famille n'existait pratiquement plus. Bien sûr, elle avait refusé de déménager en ville en prétextant que les enfants allaient à l'école. Après maintenant deux ans, elle n'avait toujours pas changé d'idée. Au début, Jules effectuait le trajet trois ou quatre fois par semaine, mais il couchait de plus en plus souvent chez un collègue de travail; du moins, c'est ce qu'il lui racontait. Elle ne voulait pas penser plus loin ou douter de son mari. C'était plus simple pour elle de se mettre la tête dans le sable plutôt que de tenter de discuter pour clarifier une situation qui s'enlisait jour après jour.

Dans ses longues périodes de réflexion, Diane se disait

que sa maman serait peut-être en vie aujourd'hui si elle avait pris la décision d'abandonner le bateau au lieu de se noyer. Mais il s'agissait d'une tout autre époque. Dans l'intérêt de sa fille Mylène et des générations futures, elle souhaitait briser ce schème de soumission envers les hommes que sa mère et sa grand-mère avaient vécu auparavant.

Au fil des ans, Diane avait beaucoup suivi la carrière de Thérèse Tourangeau, une Agathoise qui se démarquait des autres, conciliant le travail et l'éducation de ses enfants. Membre des Filles d'Isabelle, auxiliaire de la Légion canadienne, commissaire d'école et conseillère au conseil municipal de Sainte-Agathe-des-Monts, celle-ci était un modèle pour les femmes de son époque[31].

Diane aurait aimé n'avoir que le quart de la détermination de cette Agathoise qu'elle admirait beaucoup.

Elle se retrouvait donc seule pour voir à l'éducation de leurs trois enfants âgés de six, dix et onze ans, ce qui n'était pas toujours de tout repos. Bien sûr, Jules téléphonait régulièrement, mais il n'était pas là pour participer à la vie de famille. Il manquait aux gamins et on aurait pu croire qu'inconsciemment, ils en faisaient payer le prix à leur mère.

Ce soir, elle soulignerait l'anniversaire de son fils Steve, qui célébrait déjà ses dix ans. Contrairement à ce qu'elle avait prévu, le papa serait absent. La veille, c'était la Saint-Valentin et elle avait accepté de bonne grâce

---

31 Source : *Sainte-Agathe-des-Monts : un siècle et demi d'histoire*, écrit par Serge Laurin.

de passer la soirée en solitaire. Pour son petit garçon, elle aurait cependant souhaité que toute la famille soit réunie et que son mari ait pensé à lui apporter un joli cadeau pour combler le vide créé par son absence.

Diane s'était donné la peine de préparer une belle lasagne, le plat préféré de son fils. Elle lui avait aussi acheté le traditionnel gâteau de fête à la boulangerie Charbonneau. Elle devrait donc festoyer seule avec les trois enfants, songea-t-elle, mais un anniversaire sans invité, c'était vraiment banal.

Pourtant, elle s'était juré que c'était fini, la vie de victime !

Sans réfléchir plus longtemps, elle décida de piler sur son orgueil et descendit au sous-sol afin d'inviter son jeune locataire, Claude Tremblay, à se joindre à eux pour le souper. Elle savait qu'il travaillait de jour, puisqu'elle l'avait croisé au moment où elle sortait quérir son journal ce matin-là. Elle avait d'ailleurs été embarrassée, car il l'avait surprise en jaquette, alors que le quotidien avait été lancé sur le pavé au lieu d'être déposé dans sa boîte aux lettres comme à l'habitude.

— Attends, Diane, je vais te le donner ! lui avait proposé Claude pour éviter qu'elle n'ait à marcher sur la neige avec ses pantoufles tricotées de fil Phentex.

— Tu es trop gentil ! Si tu savais comme je m'ennuie de mon petit Légaré, qui passait le journal avant celui-là. Le nouveau est pas trop vaillant à mon avis.

Diane s'était tout à coup trouvée gênée d'être si légèrement habillée en face de ce jeune homme attrayant dans son uniforme de policier et elle s'était empressée de rentrer dans la maison. Il lui semblait que la pointe de ses seins ne s'était pas manifestée ainsi depuis très longtemps. Elle était mal à l'aise et excitée à la fois.

Tout au long de la journée, elle avait pensé à lui à plusieurs occasions. Dire qu'un si beau garçon vivait chez elle, avec une proximité à la limite de la décence... Cela l'avait bien fait sourire.

Claude demeurait seul dans son appartement, puisque sa copine l'avait quitté pour aller habiter avec un de ses collègues de travail quelques mois après son arrivée. Il n'avait jamais emmené qui que ce soit d'autre à la maison, sachant que ses propriétaires avaient été très stricts lors de la signature du bail, lui mentionnant que ce n'était pas un motel et qu'ils ne voulaient pas voir entrer et sortir des filles à tout moment de l'appartement.

— Bonjour, Claude, est-ce que je te dérange? lança Diane après avoir frappé à sa porte.

— Jamais, Diane! Où est-ce que tu t'en vas avec ton tablier italien?

— J'ai oublié de l'enlever tout simplement.

Elle était tout à coup intimidée par la situation et les souvenirs de la matinée refirent alors surface dans sa mémoire de femme esseulée, rougissant ses joues et lui procurant ainsi un éclat de santé instantané.

— Qu'est-ce qui se passe pour que tu cognes à ma porte cet après-midi? J'espère que ce sont pas de gros problèmes, car je suis pas aussi habile que ton Jules, dit-il en ricanant.

— Il n'y a pas de complication. C'est juste que je voulais t'inviter à te joindre à nous pour le repas de ce soir. C'est la fête de Steve et il me semble que pour un souper d'anniversaire, ça prend de la visite. Je suis consciente que je suis à la dernière minute, alors si tu as autre chose de prévu, c'est pas plus grave que ça.

— Ça va me faire plaisir, mais si j'avais su, je lui aurais acheté un cadeau.

— C'est pas nécessaire, rien que de t'avoir avec nous autres à la table, ce sera suffisant. Les enfants seront bien contents !

— Juste les enfants ? demanda le locataire, avec des sous-entendus dans la voix.

— Ah… Fais-moi pas rougir ! On sera tous très heureux que tu te joignes à nous. Monte quand tu seras prêt et on prendra une bière avant de manger.

C'est ainsi que Claude avait accepté de festoyer en plein milieu de la semaine avec la petite famille Labrie. Un souper comme il n'en avait pas dégusté depuis longtemps. Il croyait cependant que Jules arriverait à un moment de la soirée, à tout le moins pour le dessert.

L'ambiance était joyeuse et Claude jouait très bien son rôle d'invité en divertissant tout le monde avec ses histoires de policiers. Les enfants avaient écouté attentivement l'épisode des deux mineures qui s'étaient enfuies d'une espèce de secte religieuse des Laurentides et qui avaient trouvé refuge au poste de police en attendant que les agents aient joint leur sœur aînée, qui demeurait en Alberta. Celle-ci avait elle-même quitté ce regroupement dès qu'elle avait atteint ses dix-huit ans et elle s'était engagée à payer le coût des billets d'avion afin de recueillir ses cadettes, qui étaient maintenant sans abri. Claude expliquait ensuite avoir conduit les fillettes à l'aéroport avec une accompagnatrice. Il les avait finalement confiées à l'officier responsable de la compagnie d'aviation, qui avait comme mandat de les escorter jusqu'à ce qu'elles soient rendues à destination. Le récit finissait bien, mais il faisait surtout réaliser que même dans leur petit village, il arrivait des faits divers comme ceux dont on parlait parfois à la télévision.

Diane riait en regardant ses rejetons poser mille et une questions à son locataire. Ils avaient les yeux remplis de curiosité et elle savait qu'ils s'imaginaient déjà dormir pendant toute une nuit dans un poste de police alors que c'était pour leur protection et non parce qu'ils auraient commis un délit. Ils se vantaient d'ailleurs abondamment à leurs amis d'avoir un policier qui vivait dans la même maison qu'eux.

Une fois l'histoire terminée, ils en redemandèrent une autre, et une autre, jusqu'au moment où leur mère se vit dans l'obligation de mettre un terme à cet interrogatoire.

— Les mousses, ça va être le temps de penser à prendre votre bain avant de vous coucher. Dites merci à Claude pour les sous qu'il vous a donnés, même si c'était pas votre anniversaire à tous.

— Merci, Claude! crièrent les enfants en chœur.

— Ça me fait bien plaisir. Quand j'étais petit comme vous autres, on avait un oncle qui faisait ça, lui aussi, et on aimait ça. J'ai pensé que ce serait peut-être pareil avec vous. C'est pas grand-chose; on va pas loin avec deux piastres aujourd'hui, mais c'est de bon cœur!

Les enfants étirèrent habilement le temps pendant

que leur mère ramassait les plats et s'apprêtait à nettoyer les traces de ce merveilleux souper. Elle se devait de considérer le fait qu'elle travaillait maintenant à l'extérieur et qu'il lui fallait être prête pour le déjeuner du lendemain.

— Est-ce que je peux t'aider à essuyer la vaisselle? demanda Claude en s'approchant de l'évier.

— Non, ça aurait pas de bon sens. Je laisse ça là et à la place, je te sers un bon café au salon.

— J'ai une autre idée, proposa-t-il, on lave tout ça en jasant. Ainsi, tout sera fait, et on prendra ensuite notre café si tu en as encore le goût, bien naturellement.

Comme de vieux amis, Diane et Claude s'occupèrent à mettre de l'ordre dans la cuisine, pendant que les enfants circulaient comme si de rien n'était. En un rien de temps, la pièce fut impeccable et les jeunes étaient déjà dans leurs chambres, plus calmes qu'ils ne l'avaient jamais été auparavant.

Diane apporta ensuite un plateau contenant son percolateur, des tasses, du sucre et de la crème au salon, où Claude s'était assis devant le poste de télévision.

— Aimerais-tu un peu de cognac dans ton café, Claude?

— On demande pas à un cheval s'il veut de l'avoine, plaisanta-t-il, très à l'aise, dans un contexte qui ne lui était pourtant pas coutumier.

— Et je t'accompagne, il me semble que ça va me détendre. J'en ai grandement besoin ces temps-ci!

Ils se mirent donc à discuter du nouveau travail de Diane et de la tâche qu'elle devait accomplir quand elle revenait à la maison. Il s'installa progressivement entre eux une familiarité qui poussa Diane à s'épancher sur sa vie de famille, qu'elle trouvait difficile. Ils bavardèrent librement et elle se sentit comme enveloppée d'une forme de sérénité, pouvant enfin parler à quelqu'un sans crainte de jugement. Jamais elle n'aurait pu raconter la moitié de cela à sa sœur et encore moins à ses frères, qui considéraient leur couple comme un modèle à suivre.

Tout à coup, sans qu'ils aient entendu quoi que ce soit, Jules fit irruption dans le salon, le visage rouge et veiné de colère.

— Quand le chat est pas là, les souris dansent, ça a l'air !

— Jules, qu'est-ce que tu fais ici ? demanda Diane en se levant promptement du fauteuil où elle était pourtant si bien installée.

— Je fais probablement ce que j'aurais dû faire avant si je veux protéger mes biens ! Toi, Tremblay, c'est la cave que je t'ai louée, pas ma femme !

— Voyons, Jules, Diane m'a juste invité pour l'anniversaire de ton fils. Va pas penser quoi que ce soit d'autre.

— Ça sent le cognac à plein nez quand on rentre dans le salon et tu me parles d'une fête d'enfant ! Décrisse au plus maudit, pis je te donne la semaine pour déménager tes affaires de ma maison ! C'est pas parce que tu es dans la police que tu peux faire ton p'tit *boss des bécosses* !

Claude tenta d'apaiser la colère de son propriétaire, mais en vain. Il décida donc de retourner chez lui en se disant que le lendemain matin, Jules serait peut-être plus compréhensif. Il n'avait rien à se reprocher et jamais il n'avait même pensé à Diane autrement que comme à une grande sœur.

Après le départ du locataire, Diane laissa sortir sa rage si longtemps refoulée.

— Tu te prends pour qui, toi, Jules Labrie? Venir me traiter comme ça, toi qui as abandonné ta famille depuis bientôt deux ans. Je peux te jurer que je t'ai jamais trompé, mais je suis pas certaine que tu puisses en dire autant. J'ai pas eu besoin de te suivre. Des gens sont venus me dire que tu avais été vu au Mont-Condor avec une autre femme.

— Tu vas toujours ben pas déterrer les morts! J'ai sorti avec des amis du bureau et dans le groupe, il y avait une ou deux femmes, un point, c'est tout!

— Je pourrais te dire que ce qui est bon pour minou est bon pour pitou, mais c'est pas mon style!

— T'es pas facile à suivre, Diane! En tout cas, je suis venu icitte de bon cœur pour l'anniversaire de mon fils.

— Oui et tu es arrivé comme un visiteur, et tu as toujours l'air d'avoir hâte de t'en retourner!

— C'est peut-être parce que tu fais rien pour que ce soit plaisant. C'est drôle qu'à soir, tu te sois habillée et grimée comme dans ton jeune temps!

— Ça fait déjà une maudite secousse que je me maquille tous les jours, mais je pense qu'il fallait la présence d'un autre homme autour pour que tu me remarques. Si ça prenait que ça pour t'ouvrir les yeux, ça aura valu la peine!

Jules était tiraillé entre une terrible colère et une sérieuse prise de conscience. Il savait bien qu'il était fautif de négliger ainsi sa famille. Ses amis avaient occupé beaucoup de place dans sa vie au cours des dernières années; quelques aventures avec deux collègues de travail s'étaient immiscées dans sa vie montréalaise, ce qui l'incitait en ce moment à douter de sa femme, qui, pourtant, lui était restée fidèle, de son côté.

Une fois la tempête passée, Diane prit un ton imprégné de douceur et de bons sens.

— Ton fils Steve a eu dix ans aujourd'hui et tu l'as même pas appelé. Au souper, il était tellement triste, alors qu'il aurait dû être joyeux.

— J'ai pas pensé à téléphoner au petit, mais j'avais bien dans l'idée de monter à soir ou demain matin au plus tard.

— La fête de Steve, c'était pas demain! C'était une journée importante pour lui. Tu sais comment Claude est gentil avec les jeunes. Alors j'ai décidé de l'inviter pour distraire les enfants tout simplement. Il leur a raconté des histoires de police et leur a donné deux dollars chacun pour qu'ils s'achètent des bonbons au dépanneur.

— C'est quand même pas normal qu'une femme mange avec son locataire!

— Comme c'est pas vraiment normal qu'un père vive pas avec sa famille! Je t'ai dit comment ça s'est passé et ça me blesse terriblement que tu aies pensé autre chose. J'ai assez de respect pour nos petits pour pas agir à l'encontre de la décence.

Jules était sans mots; il s'était emporté, ce qu'il ne faisait que très rarement, étant d'un tempérament plutôt calme. Il ne souhaitait pas nécessairement admettre ses torts, mais il ne pouvait non plus en remettre sur le tas.

— Encore une fois, reprit-elle, tu parles pas. Ça fait pas changement!

— Qu'est-ce que tu veux que j'ajoute? Je trouve ma femme assise au salon avec mon locataire à siroter du cognac.

— Un café cognac, s'il te plaît; et c'est toi qui m'as appris à aimer prendre ça pour me détendre. C'est moi qui élève nos trois enfants et qui m'occupe de les rassurer, eux qui s'ennuient de leur père. Et tu vas me dicter ce que j'ai le droit de boire ou de manger maintenant?

— Tu exagères encore!

— Non, pas du tout. Tu sais, Jules, je t'en ai déjà parlé, mais là, c'est la dernière fois. Ou bien tu acceptes qu'on s'inscrive au *Marriage Encounter* ou bien on se sépare tout simplement. Ça peut plus continuer comme ça.

— Arrête avec tes histoires de bonne femme! Ça doit être ta nouvelle *gang* au magasin qui t'a mis ça dans la tête. C'est rien qu'une *gammick* de religion cette affaire-là!

— C'est à prendre ou à laisser. Mon patron et sa femme ont proposé de nous parrainer et je vais leur demander de nous inscrire à la prochaine session.

— C'est pas nécessaire que les autres viennent régler nos petits problèmes. On pourrait se calmer et en reparler.

— Si pour toi c'est des petits problèmes, pour moi c'est devenu très lourd. Je souhaite pas vieillir comme ça et nos enfants ont besoin d'un père. Ils veulent pas d'un oncle qui passe de temps en temps les fins de semaine.

Diane ne croyait pas se coucher ce soir en ayant vidé complètement son sac de réprimandes et de regrets.

— Tu m'as jamais parlé de la petite Pauline que j'ai perdue à sept mois de grossesse?

— Pourquoi tu me parles de ça à soir?

— Pour te prouver que t'as pas le cœur à la bonne place. Essaie d'imaginer un instant que pendant plus de trente-deux semaines, il y a un enfant qui grandit dans ton ventre.

— Arrête avec tes histoires, c'est pas de ma faute si t'as fait une fausse couche!

— Es-tu bien certain que t'es pas responsable? Si tu avais été là un peu plus souvent, j'aurais peut-être pas travaillé aussi fort. Avec trois enfants dans la maison, c'est de l'ouvrage à plein temps!

— J'ai jamais voulu que tu perdes le bébé, dit doucement Jules pour se déculpabiliser. C'est vrai que j'aurais pu t'aider un peu plus.

Il la prit soudain dans ses bras afin de la réconforter et elle se laissa aller comme un petit enfant. Il y avait longtemps qu'il ne l'avait pas serrée contre lui de la sorte. Elle n'avait plus la force de discuter et ne souhaitait que profiter de ce moment d'intimité.

Diane reprendrait la discussion demain matin, afin de ne pas avoir subi cette dispute en vain. Elle était sûre qu'avec de la bonne volonté, Jules pouvait redevenir un papa convenable et un homme avec lequel elle pourrait continuer sa route... du moins tant et aussi longtemps que les enfants seraient jeunes.

Elle n'étalerait pas son jeu maintenant, mais elle avait planifié depuis déjà un bon moment comment elle agirait quand le temps serait venu. Jules n'avait qu'à bien se tenir, car elle était bien déterminée à faire quelque chose...

CHAPITRE 26

Retour aux sources

(Février 1975)

Ernest s'était remis lentement des blessures subies l'automne dernier. Il était revenu à la maison plus de trois semaines après l'événement et il était heureux qu'Adéline ait réintégré le foyer avec Simon. Il avait vraiment besoin d'aide pour recouvrer la santé et elle en avait les capacités. C'était une femme dévouée et généreuse.

Ni l'un ni l'autre n'avait fait allusion au fait qu'Ernest avait précédemment chassé Adéline de sa résidence avec violence et ingratitude. Celle-ci ne lui avait pas non plus parlé de l'incident qui avait fait en sorte qu'il soit ainsi blessé. C'était comme s'ils avaient voulu faire un retour dans le temps, au moment où l'ambiance était agréable et saine au lac Brûlé. Ils souhaitaient repartir à zéro en laissant le passé derrière eux.

C'était du moins ce qu'Adéline pensait, sans toutefois connaître les idées profondes de son mari. Il lui en avait fait voir de toutes les couleurs durant les dernières années et elle ne tenait maintenant plus rien pour acquis. Elle vivrait comme les alcooliques anonymes, un jour à la fois. C'est d'ailleurs la prière de la sérénité qui lui avait donné la force de continuer. Chaque fois que la vie devenait un poids qui lui semblait insupportable, elle faisait une pause et elle la récitait avec ferveur :

Mon Dieu, donnez-moi la sérénité
D'accepter les choses que je ne peux pas changer
Le courage de changer les choses que je peux
Et la sagesse d'en connaître la différence.

Pour l'instant, la situation était vivable et Ernest avait grand besoin de sa femme.

Pendant une très longue période, il avait dû boire avec une paille. Puis, il avait recommencé à se nourrir, mais seulement avec des aliments mous, ce qui provoquait chez lui des lamentations constantes. Il avait également de violents maux de tête et des étourdissements.

Adéline était aux petits soins avec lui. Il ne s'épanchait pas particulièrement en remerciements, mais il n'était pas haïssable pour autant.

Par la force des choses, Ernest avait permis à Simon de conduire son camion pour que celui-ci emmène sa belle-mère au village pour y faire les emplettes. Il n'était pas en mesure d'y aller lui-même et, de toute façon, il n'avait pas tellement le goût de côtoyer les gens du coin, ceux-ci étant probablement au courant de ses esclandres.

Les seuls moments où il s'était rendu à Sainte-Agathe-des-Monts, c'était pour y rencontrer le denturologiste qui devait lui refaire des prothèses. Il avait dû attendre une guérison complète de ses gencives et des rougeurs qu'il avait au palais avant de pouvoir penser à se doter d'un nouveau dentier. Bien qu'il ne soit plus très orgueilleux, il détestait regarder des gens totalement édentés qui parlaient en bougeant les lèvres exagérément. Le fait d'observer une bouche vide de ses dents le répugnait. Avant l'incident d'Iroquois Falls, Adéline n'avait jamais aperçu Ernest sans ses prothèses. Quand il les enlevait, c'était à la noirceur. Il les déposait alors dans une tasse en dessous de son lit, tout juste avant de se coucher, et il les remettait dès qu'il se levait le matin.

— On a assez de vieillir pis de voir notre face avec plein de rides, qu'on est pas obligé en plus d'avoir l'air d'une poule vidée, disait-il pour expliquer son profond dégoût à ce sujet.

Ernest avait dû se présenter à la cour en Ontario concernant l'incident survenu l'automne précédent, mais les accusations avaient finalement été abandonnées, puisqu'on avait conclu qu'il s'agissait de légitime défense. L'accusée avait été suffisamment malmenée au préalable pour que les policiers fassent ce qu'ils appelaient une plainte croisée. Ceux-ci étaient intervenus assez souvent à cette adresse pour en déduire que la coupe avait débordé une fois de plus.

Si mémère Potvin avait été juge, elle aurait dit: « C'est six d'un bord et une demi-douzaine de l'autre! »

Ernest n'avait plus eu de nouvelles de sa belle blonde ontarienne depuis et il ne s'en trouvait pas plus mal. Il avait été forcé de réduire sa consommation de boissons alcoolisées au début de sa convalescence, mais il renouait doucement avec ses habitudes de fin de journée sans pour autant en abuser. Il éprouvait moins de douleur quand il avait ingurgité quelques verres de gin De Kuyper, celui qu'on appelait, dans la famille, «les épaules carrées», à cause de la forme de sa bouteille.

À partir du moment où il avait suffisamment récupéré ses forces, il avait recommencé à se rendre dans son garage et à fouiller dans ses antiquités. Il pouvait rester là des heures sans parler à qui que ce soit. Sa vieille radio diffusait toujours CKAC, de jour, de soir et même de nuit, puisqu'il ne se souciait plus des moments de rentrée et de sortie, maintenant qu'il était de retour au lac Brûlé. Il était d'un tempérament beaucoup plus taciturne.

Adéline et Simon faisaient tout ce qui était possible pour que la vie s'écoule calmement à la maison et pour l'instant, cela se déroulait bien. Adéline ne regrettait pas d'être revenue au foyer conjugal comme elle appelait le domicile d'Ernest. Celui-ci était plus conciliant avec celle qui l'avait soigné avec autant de sollicitude. Elle était maintenant la championne dans les recettes de repas à faible consistance. Elle nourrissait son homme comme elle l'avait fait avec ses jeunes enfants, et de l'apercevoir si démuni lui donnait à nouveau le goût de l'aimer. Comme si les blessures au corps avaient pu transmettre à Ernest de la bonté au cœur; c'était apaisant d'y croire. Cela demeurait cependant assez peu probable.

Simon avait abandonné l'école l'automne précédent et il s'occupait maintenant de l'entretien extérieur de la maison ainsi que du chalet de monsieur Thompson, désormais le seul client d'Ernest, les autres l'ayant délaissé, ne le trouvant pas suffisamment fiable et professionnel. Ernest donnait ses ordres et Simon les exécutait à son rythme, sans avoir à craindre les représailles de son paternel, qui se faisait pourtant omniprésent.

Simon avait réellement eu peur de devenir orphelin lorsqu'il avait vu son père hospitalisé et il s'était dit qu'il était maintenant prêt à tolérer ses sautes d'humeur, même s'il reprenait son rôle de vieil ours. Mais pour l'instant, tout était au beau fixe et, après son travail, Simon trouvait même du temps pour aller pêcher avec son bon copain Victor.

Comme Simon conduisait le camion pour se rendre faire les courses au village, il en profitait à l'occasion pour y rencontrer son amie Maria, avec qui il avait gardé contact même s'il avait abandonné ses études. Il dînait parfois avec elle ou encore il l'emmenait faire un tour durant son heure de repas. Ils se téléphonaient parfois, mais il n'imaginait pas pouvoir l'inviter chez lui. Il pouvait par contre aller la visiter chez elle, car son papa l'appréciait beaucoup. Ce dernier avait été déçu de savoir que Simon abandonnait ses études, et il lui avait conseillé de les reprendre dès que la santé de son père le permettrait.

Adéline était au courant de ces fréquentations et elle trouvait que Simon était plus docile depuis qu'il avait des amis. Elle souhaitait fermement que les gènes hérités de sa bonne mère soient ceux qui l'emporteraient dans sa manière d'agir avec autrui. On devait briser à tout jamais ce cycle de violence dont avaient été victimes les habitants de cette maison.

* * *

Luc venait régulièrement à la maison depuis qu'il fréquentait la belle Catherine. Ernest ne se gênait cependant pas pour lui faire des remontrances selon lesquelles on ne devait pas mêler les classes de gens. Le jeune homme n'en prenait toutefois pas ombrage, l'amour dominant cette dissension. Il profitait tout simplement de l'occasion pour avoir un endroit où coucher quand il montait dans les Laurentides. Il n'aurait pas été approprié qu'il créchât chez les Thompson, bien qu'il s'attardât auprès de sa douce assez souvent tard dans la nuit.

Il y avait de cela quelques années, Luc avait vécu une grosse peine de cœur alors que la belle Huguette Belleau, une jeune employée de la caisse populaire, lui avait gentiment fait comprendre qu'il n'était pas le genre d'homme qui lui convenait. Elle lui reprochait de ne pas être suffisamment actif, d'être casanier et beaucoup trop intellectuel. Un vrai «rat de bibliothèque»! lui avait-elle dit quand ils avaient cessé de se voir. Luc avait été très blessé, lui qui avait cru qu'elle était la femme de sa vie, celle avec qui il fonderait une famille.

Mais avec un peu de recul, il réalisait que c'était bel et bien vrai qu'il y en avait toujours un qui aimait plus que l'autre, comme lui avait si bien expliqué sa sœur Rose pour le consoler.

Aujourd'hui, il ne regrettait rien. L'existence était

somme toute bien faite; elle lui avait réservé un trésor plus loin sur sa route. S'il avait su que c'était au lac Brûlé qu'il rencontrerait l'amour de sa vie, il aurait bien rigolé.

Ce matin-là, il se rendait chez Catherine pour déjeuner. Elle lui avait mentionné avoir une excellente nouvelle à lui apprendre.

— Bonjour, ma belle bourgeoise! la taquina-t-il.

— Arrête de te moquer de moi! J'avais tellement hâte que tu arrives!

— Explique-moi donc ce qui t'excite autant. T'es-tu trouvé un nouvel amant?

— Luc… s'il fallait que madame Adéline t'entende? Déjà que je crois qu'elle a d'énormes soupçons.

— Je fais pourtant attention de pas laisser ma trace quand je visite ta chambre, ma petite chérie, dit-il en la serrant dans ses bras pour l'embrasser dans le cou, son point faible.

— Assis-toi! lui intima-t-elle en prenant un ton austère. C'est important, ce que j'ai à te dire ce matin.

— Arrête de me faire languir et lâche le morceau tout de suite! J'ai deviné: tu es enceinte et ça va être des jumeaux!

— Plutôt difficile de discuter sérieusement avec toi, lui répondit-elle en riant; mais c'est pas dramatique. C'est comme ça que je t'aime. Non, je suis pas en famille et c'est mieux comme ça. J'ai obtenu un poste de professeur à la polyvalente des Monts pour la prochaine année scolaire!

— C'était sincère, cette histoire de venir t'installer dans les Laurentides?

— Tout à fait! Je suis fatiguée de vivre dans le bruit de la grande ville et dans la circulation constante. On doit maintenant partir une demi-heure avant l'heure de notre rendez-vous pour se rendre quelque part et encore faut-il qu'il y ait pas d'accident. D'une journée à l'autre, les sens uniques changent de côté ou bien c'est la construction qui s'en mêle. On est si bien ici, à la campagne.

— Qu'est-ce que tu fais de moi dans tout ça? On pourra pas se voir pendant toute la semaine!

— J'avais pensé que tu pourrais venir travailler dans le Nord toi aussi. On serait bien tous les deux, à vivre au lac Brûlé toute l'année.

— Rester chez mon vieux père la fin de semaine, ça peut aller, mais à longueur de semaine, je suis certain que je deviendrais fou.

— Et si on emménageait ensemble ici, je suis convaincue que mon père dirait rien.

— Es-tu malade, toi? Tu parles de t'installer avec moi, comme ça?

— Et pourquoi pas?

— En plus, tu sais que j'ai une bonne *job* à Ville-Saint-Laurent, je pense pas que je pourrais trouver ça à Sainte-Agathe. Les emplois courent pas les rues par ici. Il y a juste à la Bigelow que je pourrais me faire engager, mais j'ai pas tellement de chances d'avoir de l'avancement. Il me faudrait recommencer au bas de l'échelle et c'est sans compter que les salaires sont pas hauts comme en ville. Avec la dernière grève qu'ils ont eue et tout le brasse-camarade qu'on a lu dans le journal *Le Sommet,* ça m'inspire pas tellement confiance.

— J'ai l'impression que tu t'éloignes volontairement du sujet, mon beau Luc. On pourrait toujours prendre le temps de regarder les possibilités avant de décréter que c'est carrément infaisable. Refuse pas tout de suite ; toi aussi tu aimes ça, vivre à la campagne.

— C'est sûr que je suis bien ici, mais je voudrais pas avoir à endurer que le vieux vienne mettre son nez dans mes affaires. Ça fait longtemps que j'ai coupé le cordon. Il faudrait qu'on se trouve un endroit bien à nous.

— On en parlera avec papa la fin de semaine prochaine. Je suis certaine qu'il pourra nous orienter adéquatement. Tu réalises combien il t'apprécie ? Alors je crois qu'il sera heureux pour nous.

Catherine organisa donc un souper de famille pour le samedi suivant. Elle souhaitait vivement pouvoir discuter avec son père et lui demander conseil. Elle savait qu'il voulait son bien et qu'il serait un excellent guide.

— Tu es au fait, papa, que moi et Luc, c'est sérieux et qu'on est plus jeunes jeunes.

— Comme je serais heureux d'avoir votre âge, les enfants ! leur dit-il, appréciant ces moments passés en présence de sa fille et de celui qu'il considérait comme son garçon.

— J'ai obtenu un poste d'enseignante à la polyvalente des Monts pour cet automne et si Luc se trouvait du travail dans les environs, on aimerait ça rester ensemble.

— Vous avez pas l'intention de vous marier ? demanda William Thompson.

— Non, papa ! Tu sais, avec tous les gens qui divorcent, ça nous incite pas tellement à nous engager là-dedans.

Qu'est-ce que ça nous donnerait de plus de toute façon?

— C'est vos affaires et je veux pas m'en mêler. Si les parents respectaient plus les volontés de leurs jeunes, je crois que ça irait beaucoup mieux! répliqua-t-il.

William avait un grain de regret dans la voix en songeant à sa mère et à son père, qui avaient insidieusement aiguillé sa destinée. Ils avaient été les artisans du malheur de leur fils en l'obligeant à se marier avec Irène. Afin de considérer les préférences de Luc, il s'informa de ses goûts.

— Toi, Luc, dans quel domaine aimerais-tu travailler si tu t'en venais dans le Nord? Y as-tu déjà pensé?

— Vous savez, je suis magasinier chez Canadair, alors il y a pas d'emploi comparable dans le coin. Je devrais me contenter d'un poste de commis dans un commerce, à un salaire beaucoup moins élevé.

— Et si je faisais l'achat d'une petite station-service, ici, à Sainte-Agathe, est-ce que tu accepterais de la gérer pour moi?

— Pourquoi vous feriez ça, alors que vous approchez de la retraite?

— Parce que j'ai des contacts qui me permettent d'en faire l'acquisition et que je sais que tu es un bon travailleur. Il y a déjà plusieurs mois que j'ai un lieu en vue et ça m'attire pas mal. De plus, ma belle Catherine t'aime bien et je voudrais vous aider à partir dans la vie. Ce serait mon humble contribution.

— J'ai l'impression de rêver! Moi, gérant de garage à Sainte-Agathe!

— Et propriétaire plus tard, si tu acceptes mes

conditions. On signerait un contrat selon lequel, après quelques années, le tout te reviendrait, ou plutôt vous reviendrait, car ma fille serait codétentrice avec toi. Les bons comptes font d'excellents amis et je crois que l'un empêche pas l'autre.

— C'est quasiment trop beau pour être vrai. J'étais juste un petit gars et je capotais déjà sur les autos. Pincez-moi pour être certain que je rêve pas ! Catherine, si tu le souhaites, on pourrait se trouver un beau petit logement à Sainte-Agathe et on emménagerait ensemble. Et si tu décides de te marier...

— Va pas trop vite, mon Luc, intervint Catherine. On pourrait rester ici un peu. Bien entendu, si tu le veux bien, papa.

— J'ai pas d'objection, bien que ce soit pas courant de vivre avec des jeunes en amour comme ça. Je te propose donc autre chose, ma belle Catherine. Tu sais, la maison que j'ai rénovée sur le terrain voisin ?

— Celle de la veuve Therrien, comme on disait dans le temps ?

— Oui, celle-là. Si elle te convient, même si c'est pas luxueux, je te la donne. J'attendrai pas de mourir pour te la léguer en héritage. J'avais acheté cette bâtisse-là dans le but d'en faire un pavillon pour ta mère, mais elle a jamais pu en profiter à cause de sa maladie. C'est pas tellement grand, mais vous pourrez plus tard la faire agrandir et je suis pas éternel. Tu l'auras un jour, cette maison-ci, l'ancien chalet familial.

— Papa, c'est le plus beau jour de ma vie ! Qu'est-ce que t'en penses, Luc ?

Luc était sans mots ; tout se déroulait à la vitesse de l'éclair. Il n'avait qu'à acquiescer et il serait gérant d'un commerce et vivrait dans une attrayante demeure au lac Brûlé, seul avec sa conjointe. Mais par la même occasion, il avait l'impression qu'en répondant par l'affirmative, il serait en quelque sorte assimilé par les Thompson. Perdrait-il sa personnalité, sa raison d'être ? Peut-être avait-il simplement peur.

— Vous êtes trop bon, Monsieur Thompson, mais j'aimerais bien y penser avant de vous dire que j'accepte. Je suis pas habitué à prendre des décisions aussi rapidement.

— Est-ce que je peux te donner un conseil, mon garçon ?

— Oui, répondit-il doucement, ne voulant pas offusquer le père de sa dulcinée, mais trouvant en même temps qu'il avait reçu suffisamment de propositions et d'opinions pour la journée.

— Y a-t-il quelqu'un en qui tu crois vraiment et qui est décédé ?

— Bien sûr, vous devez vous en douter. Ma mère est celle en qui j'avais le plus confiance.

— Eh bien ! Ce soir, en te couchant, fais-lui un brin de jasette, à ta bonne maman. Je l'ai connue et je sais combien elle était intègre et sincère. Demande-lui si elle peut te guider pendant ton sommeil et demain matin, tu auras ta réponse, c'est certain !

Monsieur Thompson voulait faire prendre conscience à Luc que les gens décédés étaient là pour aider les vivants et il le croyait fermement. Tout au long de sa vie, il s'était laissé aiguiller par sa grand-mère maternelle qu'il avait aimée comme une mère et c'est elle qui l'avait ramené sur le bon chemin.

Les gens là-haut peuvent nous orienter, mais encore faut-il les écouter et surtout croire qu'ils existent. Ils ont une si magnifique vue de nos faits et gestes que l'on ne peut ignorer leurs conseils.

CHAPITRE 27

Du pareil au même

(Hiver 1976-1977)

Pour la famille d'Ernest Potvin, l'année 1976 avait été parsemée de plusieurs bouleversements et c'était lui qui était, dans presque tous les cas, l'instigateur des malheurs qui survenaient aux siens. Difficile d'engendrer la joie de vivre quand on est narcissique et usurpateur.

Depuis son retour à la santé, Ernest semblait être redevenu aussi hargneux qu'auparavant. On aurait pu croire que son coup à la tête l'avait vraiment déboussolé. On avait dû l'opérer à deux reprises et il avait réellement eu peur de mourir, ce qui l'avait calmé en ce qui avait trait à ses sorties. Il avait réintégré sa vieille cage, mais sans pour autant accepter que la vie soit aussi sévère avec lui.

Simon avait tout de même à cœur le bien-être de son père et il le plaignait d'être ainsi négligé par ses propres enfants. Il était trop jeune au moment du décès de sa mère pour comprendre tout ce qui s'était réellement passé. Contrairement à ses frères et sœurs, il avait été très gâté et choyé par un Ernest tellement fier de l'avoir à ses côtés et surtout de constater qu'il prenait désormais sa part. Sans l'avouer, Simon jouait aussi le rôle du bon garçon, car il voulait être l'héritier des biens familiaux. Son unique souhait était que son père n'ait pas une soudaine envie de se racheter et qu'il aille changer ses papiers chez son vieux notaire. Il laissait donc passer très souvent les répliques blessantes qu'il entendait en reproche à des gestes qu'il posait, ou tout simplement lorsque celui-ci était victime d'une de ses sautes d'humeur. Il se disait que s'il endurait suffisamment longtemps la situation, il récolterait probablement dans peu de temps les fruits de sa patience, puisqu'il trouvait Ernest passablement amoché. Quand il en avait l'occasion, Simon déblatérait un peu contre les siens afin de les maintenir dans la poussière haineuse, dans la tête de son paternel.

Adéline pensait pour sa part que c'était une drôle de mentalité que de vouloir tout donner au dernier des enfants de la famille, comme si les autres n'étaient pas importants. Pourquoi avoir eu autant de gamins si c'était pour n'aimer que le benjamin ?

Quand Ernest avait su que Luc habiterait bientôt la maison de la bonne femme Therrien et qu'il en deviendrait le propriétaire à parts égales avec la belle Catherine, il aurait déterré son père pour le punir d'avoir signé comme témoin pour la vente de cette résidence, sans lui en avoir parlé au préalable. Il avait la nette impression de se faire voler pour la deuxième fois, lui qui était pourtant passé à deux doigts de s'approprier ce bien avec l'aide d'un parent de la défunte, il y avait de cela quelques années.

Il se fâchait aussi en pensant à sa fille Rose, qui était sortie du monastère et qui n'était jamais venue le voir. Elle prenait par contre soin de sa tante Fernande comme de sa propre mère, alors qu'il ne pouvait compter que sur Adéline pour s'occuper de lui. Elle pouvait bien avoir fait sa sainte-nitouche pour rentrer chez les religieuses après avoir batifolé allègrement avec son patron, monsieur Thompson. Elle croyait qu'il ne le savait pas, mais Ernest n'avait tout simplement pas parlé, de peur de perdre son emploi auprès de l'Anglais.

Quant à son aînée, Diane, dans un élan de changement, elle avait décidé de retourner travailler à l'extérieur alors que son mari gagnait déjà un bon salaire. Elle recevait ses frères et sœur pour des repas, mais ne l'invitait jamais. De toute façon, lui non plus ne voulait pas les voir autour de sa table, surtout maintenant qu'ils avaient des petits morveux bien à eux. Il n'avait pas le goût de se faire appeler grand-papa et encore moins pépère, bien que c'était moins courant de nos jours.

À force de ressasser son amertume, il cultivait sa haine envers l'un ou l'autre de ses enfants au rythme des nouvelles qui lui parvenaient bien souvent par de purs étrangers. Qu'à cela ne tienne, il finirait ses jours tout seul avec Simon. Ceux qui avaient pris le bord de leur mère récolteraient ce qu'elle leur avait laissé: des souvenirs.

Maintenant que Simon pouvait conduire son camion, Ernest lui faisait faire ses courses et jamais l'adolescent ne refusait. Bien sûr, il lui donnait un peu d'argent de poche, mais au moins le jeune ne rouspétait pas, du moins, pas devant lui. Le vieux grincheux savait que son fils passait beaucoup de temps chez le bonhomme Morin qui, semblait-il, lui montrait à travailler le bois, mais cela ne le dérangeait pas, pourvu que Simon soit là quand il avait besoin de lui. Il aimait mieux le voir traîner avec Morin que de le laisser faire des tartes ou du ménage avec Adéline. Il avait justement bien avisé celle-ci de cesser de lui faire faire des tâches réservées aux femmes ; sinon, avait-il dit, « tu vas en faire une tapette ».

Adéline exécutait sans se plaindre sa besogne de tous les jours. Elle s'occupait également d'entretenir la maison de monsieur Thompson, présent de plus en plus souvent depuis qu'il avait acheté une station-service dont Luc était le gérant. Elle prenait aussi soin du nid d'amour de Catherine et de Luc, bien que cela déplaise à son époux.

— Ça prend du front tout le tour de la tête pour venir s'installer avec une femme dans le même rang que nous autres et par-dessus le marché, tu vas lui faire son ménage.

— C'est toi-même qui m'as dit que monsieur Thompson t'avait demandé que j'entretienne la maison de sa fille comme la sienne et en plus, c'est lui qui te paye pour ça !

— Je suis au courant, mais je suis pas obligé d'être content pour autant ! Les jeunes d'aujourd'hui ont plus d'orgueil. Se faire vivre par une femme parce que la famille a de l'argent. C'est pas moi qui aurais fait ça !

Et Adéline se mordait les lèvres pour ne pas rire,

sachant fort bien qu'Ernest aurait tout fait pour récolter une pauvre *cenne* noire. Elle repensait entre autres à sa propre maison, qu'elle avait dû lui céder avant le mariage.

Adéline ne fréquentait ses enfants que très rarement maintenant qu'elle avait décidé de retourner vivre avec Ernest Potvin pour le meilleur et pour le pire. Ils refusaient de venir voir leur mère au lac Brûlé, où ils n'étaient d'ailleurs pas invités.

La fête de Noël de cette année-là s'annonçait plutôt maussade. Dans chaque maison, on préparait de la nourriture en abondance, mais Ernest avait demandé à Adéline de réduire les dépenses.

— Tu veux pas que je fasse quelques tourtières, des beignes, ou une couple de tartes ? C'est bon en mosanic quand arrive la fin du mois de décembre de manger des mets de saison.

— C'est rien que du gaspillage ! répondit Ernest, de plus en plus radin. L'année passée, on en a eu pour des semaines et même, je me demande si t'en as pas donné sans que je m'en aperçoive. Je t'ai déjà vue remettre des pots de confitures et du ketchup à tes enfants et moi, j'ai pas dans l'idée de nourrir tes bâtards.

— Ernest, parle-moi pas comme ça, tu sais que ça me fait de la peine. Je voulais juste te faire plaisir en te faisant des petits plats pour les Fêtes.

— On a du chevreuil et de l'orignal de l'année passée dans le congélateur. Je t'ai déjà dit de manger ce qu'on avait là-dedans avant d'aller acheter des aliments au village. Ça paraît que c'est pas toi qui payes !

— Tu sais, Ernest, que la viande sauvage, c'est difficile pour les intestins à la longue. En tout cas, moi, ça me donne la diarrhée au coton !

— C'est comme ça ! Qu'est-ce que tu veux ? Il semble que les animaux se purgent naturellement eux autres en mangeant des herbages. C'est probablement pour ça que tu passes ton temps aux chiottes. T'as pas à t'en faire pour ça ! Tu pues assez que tu vas mourir vieille !

Et il éclata de rire comme s'il avait fait la blague la plus drôle du monde et qu'il avait un public pour l'encenser.

— Tu pourrais rester poli, au moins. Moi je pense que cette viande-là est passée date, dit-elle, fâchée d'être traitée méchamment encore une fois. De plus, elle avait été témoin de la méthode peu traditionnelle utilisée pour trancher et congeler ces pièces de gros gibiers.

— Tu peux toujours manger de la soupane ou des œufs si t'es trop difficile, mais je te défends bien de jeter un seul morceau de viande ! On est pas millionnaires après tout. Pense qu'il y a des gens sur la terre qui ont rien à se mettre sous la dent. Toi qui pries à cœur de jour pour les enfants du tiers-monde, tu devrais être au courant de ça.

Et c'était ainsi pour tout ce qui concernait le côté financier. Plus jamais ils ne mangeaient au restaurant ni n'allaient magasiner pour acheter des vêtements à moins d'un besoin urgent. L'argent était devenu la seule préoccupation du vieil ours.

* * *

Pierre avait terminé ses études avec succès. Avec son diplôme de comptable, il s'était immédiatement trouvé un emploi dans une firme de Sainte-Thérèse où il avait fait son stage. Il était véritablement doué et ses patrons avaient vite compris qu'il serait un atout pour leur entreprise.

La vie avec son père se déroulait dans un climat de sérénité. Tous deux profitaient des bons moments passés ensemble, mais par-dessus tout, le respect était une priorité. Georges remerciait tous les jours celui qui avait fait en sorte de lui redonner son fils. Il n'aurait plus voulu vivre sans lui.

Pierre l'appelait maintenant « papa » quand ils étaient entre eux. Cette semaine-là, il avait annoncé à Georges qu'il espérait marier sa belle Marie-Josée en mars prochain et lui avait demandé s'il accepterait d'être à ses côtés lors de la cérémonie.

— Ce sera avec un grand plaisir, mon garçon. Je pense que même si je suis arrivé tard dans ta vie, j'ai été un bon père.

— Tu as été le meilleur. J'en voudrais pas d'autres!

— Qui comptes-tu inviter pour ce mariage?

— Mes sœurs, mes frères et ma tante Fernande. Je voudrais aussi inviter le frère de maman, mon oncle Léopold. Il voudra probablement pas venir, mais je veux qu'il sache que je l'ai pas oublié. Je souhaite que tout le monde réalise que le petit Pierre a grandi et que grâce à toi, je suis devenu quelqu'un. J'aimerais être un homme aussi charitable que toi plus tard.

— Merci, mon fils. Sache que la bonté est un bien

qui rapporte assurément. On connaît pas toujours le moment où les dividendes seront versés, mais quand on les reçoit, on est bien content! Je pense qu'il suffit d'être patient et par-dessus tout d'être croyant. C'est un gage de réussite.

* * *

Le facteur était passé plus tard cette journée-là, alors qu'Ernest faisait sa sieste au salon. Adéline n'aurait jamais osé décacheter la moindre lettre, mais cette fois-ci, il y en avait une qui lui était adressée et l'autre était pour Simon.

Elle ne recevait jamais de courrier, mais elle n'était pas pour attendre et demander à Ernest d'ouvrir sa correspondance. C'était son prénom à elle seulement qui était inscrit et le nom de famille de son premier mari: Mme Adéline Gagnon. La décision n'avait pas été très difficile à prendre. Un coup de couteau sous le rabat de l'enveloppe et elle avait en main une lettre remplie de fautes d'orthographe:

«Cher maman, ça fait longtemp que je t'ai pas vu, mais je voulait te dire que je suis marié et que ma femme va avoir un bébé. On reste à Lantier depuis que je suis revenu de l'ontario. Si tu avais une couple de piastre à me donner sa serais bon. J'ai pas encore d'ouvrage icitte, mais je vais te remboursé. J'ai pas le téléfonne, mais je t'écrit mon adresse. Ton fils Euclide.»

Un frisson lui parcourut la colonne vertébrale. S'il avait fallu qu'Ernest voie cette enveloppe et cette lettre, il lui aurait sûrement fait une sainte colère. Elle devait à tout prix la détruire, mais elle voulait tout de même garder en mémoire l'endroit où son fils demeurait.

— Qu'est-ce qui se passe, Adéline ? Tu *virailles* dans la maison comme une toupie.

— C'est rien, dit celle-ci, en tentant de prendre un ton insouciant. C'est juste qu'il y a une lettre qui est arrivée pour Simon, ajouta-t-elle pour camoufler son émoi.

Ernest, sans aucun respect, s'empara de l'enveloppe adressée à son fils et il l'ouvrit sur-le-champ. Il devint tout à coup cramoisi de colère en faisant la lecture d'un faire-part de mariage.

— Pierre Potvin, fils de Georges Potvin et de feu Pauline Cloutier, il se prend pour qui, ce petit crisse-là ? C'est moi, son père, sur les papiers, y peut pas changer ça ! Écrire des pareilles *menteries* pis les maller au monde, y faut qu'il ait du front tout le tour de la tête !

— C'est pas à toi qu'il l'a envoyé, osa répliquer Adéline.

— Veux-tu ben la fermer, toi, la pauvre innocente ! J'ai pas le goût de faire rire de moi ! J'ai payé l'hôpital quand il est venu au monde, pis c'est encore moi qui ai payé pour l'élever pis le faire soigner, cet enfant de chienne-là !

Adéline s'était réfugiée dans sa chambre, car elle craignait la violence d'Ernest. Elle savait que cette invitation avait jeté de l'huile sur le feu. Elle ne voulait pas que Simon soit au courant de cette nouvelle dispute, mais il lui fallait trouver le moyen de lui faire savoir qu'il était invité au mariage de Pierre. La seule façon de sauver cet enfant était qu'il puisse garder contact avec ses frères et sœurs. Pour le moment, les cris d'Ernest l'empêchaient de réfléchir.

— Prépare-toi ben, Pierre Potvin, parce que t'es pas encore rendu au pied de l'autel à Sainte-Thérèse! Prends le temps de lire ton baptistère, y'é ben écrit, fils de Pauline Cloutier et d'Ernest Potvin... C'est moi, Ernest Potvin!

La haine d'Ernest envers son frère Georges était toujours aussi vive et il n'entendait pas suspendre les hostilités.

De son côté, sans aucune munition autre que l'amour et le respect, Georges était devenu «le parrain» de la famille Potvin...

Sur les berges du lac Brûlé

TOME 3

L'héritage

Les années passent, mais le vieil ours rôde toujours autour de sa tanière, bien que la santé lui fasse défaut. Il semble qu'à force de l'entendre rugir, les gens se soient habitués et qu'ils aient de moins en moins peur de lui.

Euclide, le fils d'Adéline, est revenu s'installer à proximité du lac Brûlé, ce qui inquiète la vieille dame.

La maison de Léopold Cloutier est maintenant vide. Personne n'a eu connaissance du départ de l'oncle qui avait toujours été là sans pourtant se mêler à la famille de sa sœur.

Simon continue de vivre avec son père en prenant de plus en plus de place. La condition physique défaillante du vieil ours forcera le plus jeune fils Potvin à révéler un jour ou l'autre ses secrets.

Alors que Luc revient dans les Laurentides avec sa belle Catherine, il ne reste plus que Rose à Montréal. Elle devra cependant décider de la route qu'elle suivra quand son oncle et sa tante la quitteront subitement.

Myriam ne sera pas étrangère à ce départ.

Heureusement pour Rose, elle fera une agréable rencontre à son travail, qui lui fera vivre de merveilleux instants.

L'aînée des Potvin, Diane, devra régler ses problèmes et Jules ne gagnera pas toutes les parties. Les petits-enfants du vieil ours, Michel, Steve et Mylène, vivront difficilement les conflits familiaux.

Albert et Yvon continueront leurs vies familiales avec quelques soubresauts et c'est Pierre qui leur démontrera qu'il était peut-être fragile dans sa jeunesse, mais qu'il est maintenant en plein contrôle de son existence. Il trouvera le moyen de réunir les membres du clan Potvin dans un lieu de paix et de sérénité, et son père sera très fier de lui.

Ne reste que l'héritage du vieil ours qui devra être distribué un jour ou l'autre.

Comment réagiront les enfants à la lecture du testament?

À suivre...

REMERCIEMENTS

Merci à toute l'équipe de Guy Saint-Jean Éditeur qui m'a donné ma chance et qui me guide avec une main de maître dans toutes les étapes reliées au monde de l'édition. Vous êtes ceux qui ont fait en sorte que je vis de si merveilleux moments et particulièrement, toi, Isabelle Longpré, qui me pousse à devenir meilleure jour après jour.

MARQUIS

Québec, Canada

Achevé d'imprimer le 1er juin 2016

RECYCLÉ
Papier fait à partir
de matériaux recyclés
FSC® C103567

Imprimé sur du Rolland Enviro,
contenant 100% de fibres postconsommation,
fabriqué à partir d'énergie biogaz et certifié FSC®,
ÉCOLOGO, Procédé sans chlore et Garant des forêts intactes.

PERMANENT

100%

BIO GAZ
ÉNERGIE

Garant
des forêts
intactes^{MC}